재벌들의 밥상

곳간의 경제학과 인간학

이태주 李泰柱

　　서울대학교 영어영문학과를 졸업하고 같은 대학원 영어영문학과에서 석사 학위를 받았다. 이후 미국 하와이대 및 조지타운대학교 대학원에서 수학했다. 셰익스피어 관련 저서로 『이웃사람 셰익스피어』 『원어와 함께 읽는 셰익스피어 명언집』 『셰익스피어와 함께 읽는 채근담』 『셰익스피어 4대 비극』 『셰익스피어 4대 희극』 『셰익스피어 4대 사극』 등이 있고 저서로 『세계 연극의 미학』 『연극은 무엇을 할 수 있는가』 『브로드웨이』 『R 교수의 연극론』 『충격과 방황의 한국연극』 『한국연극 전환시대의 질주』 등이 있다. 단국대학교 영어영문학과 및 연극영화학과 교수 · 공연예술연구소장 · 대중문화예술대학원장, 한국연극학회 회장, 국제연극평론가협회(IATC) 집행위원 겸 아시아–태평양 지역센터 위원장, 예술의전당 이사, 국립극장 운영위원, 서울시극단장, 한국연극교육학회장, 한국 연극평론가협회 회장 등을 역임했다. 현재 공연예술평론가로 활동하며 동아방송예술대학교의 초빙교수로 재직하고 있다.

재벌들의 밥상
곳간의 경제학과 인간학

초판 인쇄 · 2015년 11월 12일
초판 발행 · 2015년 11월 20일

지은이 · 이태주
펴낸이 · 한봉숙
펴낸곳 · 푸른사상사

주간 · 맹문재 | 편집 · 지순이, 김선도 | 교정 · 김수란
등록 · 1999년 7월 8일 제2-2876호
주소 · 서울시 중구 충무로 29(초동) 아시아미디어타워 502호
대표전화 · 02) 2268-8706~7 | 팩시밀리 · 02) 2268-8708
이메일 · prun21c@hanmail.net
홈페이지 · http://www.prun21c.com

ⓒ 이태주, 2015
ISBN 979-11-308-0573-3 03810
값 27,000원

이 도서의 국립중앙도서관 출판예정도서목록(CIP)은 서지정보유통지원시스템 홈페이지(http://seoji.nl.go.kr)와 국가자료공동목록시스템(http://www.nl.go.kr/kolisnet)에서 이용하실 수 있습니다.(CIP제어번호: CIP2015030287)

재벌들의 밥상

곳간의 경제학과 인간학

이태주 지음

푸른사상
PRUNSASANG

광기가 세상을 바꾼다

1.

미국 경제잡지『포춘』에서 매년 발표하는 세계 부호 순위 1위를 차지하고 있는 빌 게이츠의 재산은 2012년 610억 달러, 2013년 670억 달러, 2014년 760억 달러였다. 1960년대에는 '백만장자의 웃음'이라는 비유로 부호를 지칭했는데, 현재 세상은 10억 달러 이상 '억만장자의 시대'로 바뀌고 있다. 2014년 전 세계의 억만장자는 1,645명이다.『포브스』선정 IT 100대 부자에 한국인도 다섯 명 포함되어 있다. 그 모든 재벌들의 정상에 빌 게이츠가 우뚝 서 있다.

2015년 6월 15일 미국의 주간지『타임』은 현재 5천만 명의 극빈자들이 지구상에 살고 있으며 이 숫자는 2차 대전 이후 최대의 수치라고 발표했다. 아프리카 극빈 지역 아동들을 구호해야 한다고 호소하는 소리가 매일 전파를 타고 있다. 아프리카뿐인가. 세계 곳곳에서 벌어지는 전쟁과 재난으로 고향을 떠나 유랑하는 난민들의 참상과 북한에서 굶어 죽은 300만 명은 우리를 경악케 한다. 세상은 이토록 극과 극을 달리고 있다.

돈이란 무엇인가? 돈을 어떻게 벌면 억만장자가 되는가? 이 세상에는 돈 벌기 위해 돈을 버는 지하경제로 호사를 누리는 부자들도 있다. 그들에게는 문화도, 교육도, 자선도, 눈물도, 국민도, 뜨거운 가슴도 없다. 나는 그런 인간들에 대해서는 관심이 없고 경멸감을 느낀다. 내가 존경하는 재벌들은 피땀 흘려 이룩한 재산으로 문화예술을 후원하고 자선의 업적을 남긴 인물들이다. 사회 공익에 헌신한 재벌들의 인생을 접하면 나는 인간의 긍지를 느끼게 되고 행복하다. 르네상스 시대 메디치 가문을 위시해서 록펠러 가문, 로스차일드 가문, 헨리 포드, 구겐하임 가문, 조지 소로스, 도널드 트럼프, 빌 게이츠, 스티브 잡스, 마크 저커버그 등, 그리고 그 밖에 수많은 역사적 인물에 눈길이 가는 것은 바로 그런 이유 때문이다. 이 책은 역사에 큰 흔적을 남긴 문화사회적 거인들의 고난과 좌절, 원대한 이상과 업적, 부와 명예, 그리고 사랑의 이야기를 전하기 위해 시도되었다.

2.

중요한 것은 당신도 부자가 될 수 있고 성공할 수 있다는 희망이다. 어린 시절 헨리 포드는 어느 주일 날 목사님의 설교를 들었다. 설교의 제목은 "당신의 마차를 별에 묶어라"였다. 인생을 바쳐, 대망을 품고 살라는 설교에 감동한 소년 헨리는 "내가 하고자 하는 일이 바로 그것"이라고 결심했다. 그는 성장해서, 자동차 회사를 세우고, 대량생산으로 20세기 문명 신화를 만들어 대부호가 되었다. 그러나 이 일은 쉽게 이루어진 것이 아니었다. 수많은 실패를 거듭하고도 좌절하지 않는 용기로 일어나서 이룩한 성공이었다. 그는 마침내 자신의 인생을 별에 묶었다.

부자가 되려면 부자 되는 법을 알아야 한다. 그 방법은 무엇인가. 부자가 된 사람의 인생 행로에 그 오묘한 비법이 있다. 재벌들의 전략은 알고 보면 간단하다. 재벌 경영은 인간 중심이었다. 최고의 전략, 최상의 경영은 사람의 지략, 상상력, 리더십에서 나왔다. 사람이 최고의 전략이었다. 어떻게 성장해서 사람을 만나고, 어떻게 친화하고, 어떻게 합심하는가. 이것이 핵심이다. 경영의 요체는 결국 사람이었다. 세계 유수의 재벌그룹 회장과 임직원들은 사람을 쓸 때 모든 절차를 마친 다음 마지막 단계에서 그 사람과 식사를 하며, 매너를 보고, 언어를 살피고, 행동을 본다. 그 뜻은 무엇인가. 사람의 외관을 보고 그 내심을 읽는다는 것이다. 인격을 눈으로 확인하는 것이다. 경영과 인간의 관계는 이토록 복잡하고, 미묘하고, 신비롭다. 재벌들은 그 미로를 헤치고 나가면서 경영의 정상에 도달했다.

3.

재벌들 상당수는 그들이 조성한 막대한 재산으로 인류와 사회 발전에 공헌했다. 물질에 현혹되지 않고, 정신으로 물질을 제압하며, 사회에서 얻은 것을 사회로 돌려보내는 결단, 관용, 미덕을 발휘했다.

메디치 가문의 융성을 성취한 코시모는 피렌체 부(富)와 권력의 상징이면서 고대 철학을 연마한 지성인이었다. 코시모가 후원한 마르실리오 피치노는 르네상스 시대 최고의 플라톤 학자였다. 그는 콘스탄티노플에서 들고 온 그리스 철학 서적을 라틴어로 번역해서 선사했다. 코시모의 상남 피에로도, 손자 로렌초도 학자요 시인이었다. 이들은 피렌체 문화예술을 선도했다. 로렌조는 보티첼리, 레오나르도 다 빈치, 미켈란젤로의 후원자였다.

구겐하임 집안의 다니엘은 사업의 천재였지만, 기업 윤리에 엄격했다. 그는 노사 간의 친밀성과 이익의 공동 분배를 목표로 삼았다. 그는 기업 내 민주주의를 강조하면서 재산의 사회 환원을 통해 전 세계 복지 활동에 매진했다. 특히 구겐하임 재단은 문학과 예술 분야를 활성화하는 일에 크게 공헌했다. '다니엘과 플로렌스 구겐하임 재단'과 '존 시몬 구겐하임 기념 재단'을 통해서 장학금과 연구비, 문화 지원 사업, 뉴욕 구겐하임현대미술관, 베를린, 리오데자네이루, 빌바오 등지의 박물관, 미술관 건설과 운영 등 다양한 사회사업을 했다. 구겐하임 재단을 설립하여 현대 미술을 후원한 공헌은 역사에 길이 남게 되었다. 또한 구겐하임 집안은 항공학과 우주 개발에 관심을 집중하면서 뉴욕대학교 항공학과를 설립하고, 캘리포니아공과 대학에 '다니엘 앤드 플로렌스 제트 추진센터'를 설립한 후 프린스턴대학교의 항공추진과학 구겐하임연구소에 자금 지원을 하고 있다.

4.

돈의 가치 전환은 철학의 힘에 의해서 가능하다. 필자는 이 책을 쓰면서 투자기업가 소로스를 통해 그 사실을 깨달았다. 소로스는 왜 철학 공부에 매달렸는가. 정의롭고 자유로운 민주사회에 대한 열망 때문이다. 그 현실적 대안인 '열린사회'가 그에게 정의, 이타주의, 자선사업의 길을 열어주었다. 보스니아 내전 당시 우물물을 길어 가는 여성에게 세르비아 저격병이 총격을 가한 끔찍한 사건을 전해 듣고, 그는 즉시 5천만 달러를 투입하여 사라예보 시내에 수돗물을 공급했다. 이 일은 그의 철학적 소신을 알 수 있는 단적인 사례이다. 이 밖에도 각종 교육사업을 벌이고 공산 독재 체제와 싸우는 소로스의 눈부신 활약을 보고 나는 금융과 자선과 철학은 그에게 있어서 통합된 하나의 개념이라는 것을 알게 되었다.

헨리 포드와 그 아들 에드셀 포드가 1936년 설립한 포드 재단은 경제, 교육, 인권, 창조예술, 제3세계 발전 등에 특별한 비중을 두는 문화재단이다. 현재 109억 달러 자산을 소유하고 있다. 1951년, 포드 재단이 교육발전펀드(FAE)를 통해 카네기 재단과 함께 추진한 미국장학프로그램(NMS)은 미국 고등교육 발전을 위한 최고의 교육 지원 사업으로 평가되고 있다.

빌 게이츠는 앤드루 카네기와 존 록펠러의 전기를 읽고 나서, 1994년 재단 창설을 위해 마이크로소프트의 주식을 내놓았다. 2000년, 게이츠와 그의 아내 멜린다는 '빌과 멜린다 게이츠 재단'을 창설했다. 재단 설립의 목적은 건강 관리, 빈곤 퇴치, 교육 기회 및 정보기술 접근의 증진이었다. 2014년 현재 이 재단은 423억 달러의 재산을 확보하고 있다.

월터 아이작슨은 말했다. "스티브 잡스는 산업과 인간 생활의 혁신을 위한 장치를 창조하기 위해 예술과 사상과 기술을 통합했다." 잡스의 업적을 한마디로 요약한 명언이라 생각된다. 다이애너 워커의 지적도 마음에 든다. "그는 위대한 이미지 발명가이다." 주간 시사평론지 『타임』은 더 큰 소리를 냈다. "스티브 잡스는 우리 시대 최고의 기업 전문가였다. 이후, 그는 앞으로 펼쳐지는 역사 속에서 오랫동안 기억될 것이다. 역사의 기념관은 스티브 잡스를 토머스 에디슨과 헨리 포드 곁에 안치할 것이다." 스티브 잡스는 인생의 절정에서 요절했다. 미망인 로린 파월은 '에머슨 공동체'를 설립해서 교육, 이민법 개정, 사회 정의, 환경 보존을 위한 정책 입안 운동을 펼치고 있다. 때로는 의회로 가서 시위도 한다. 2011년 10월 17일, 파월은 스티브 잡스의 추도식에서 말했다. "스티브 잡스는 현실에 없는 것을 상상하고 있었습니다. 그는 현실을 바꾸는 일에 매진했습니다." 세계는 잡스의 빛나는 유지를 어떻게 계승할 것인지 기대를 걸면서 파월의 일거일동에 시선을 집중하고 있다.

역사상 최연소 억만장자 마크 저커버그는 평생 모은 재산의 반을 기부하기로 게이츠와 워런 버핏이 공동으로 발의한 '기부약정'(The Giving Pledge)에 서명했다. 2013년 저커버그 부부는 10억 달러 기부자로서 미국 최고 기부자가 되었다. 그는 '스타트업' 교육재단을 설립했고, 2010년 이 재단을 통해 초등교육 발전을 위해 1억 달러를 기부했다.

페이스북 인구 10억 명에 도달한 오늘의 세계에서 페이스북을 통한 인간 상호관계가 어떻게 변할 것인지 지금은 예측할 수 없다. 영국의 낭만주의 시인 셸리는 "시인은 비공인된 세계의 제왕"이라고 말했었다. 저커버그는 과거 시인이 차지했던 그 자리에 군림할 것인가. 그 낌새는 강하지만 아직도 그렇다고 단정할 수는 없다.

5.

재벌들의 세계에는 양지만 있는 것이 아니라 음지도 있다. 패션 감각이 뛰어났던 구초 구치는 이탈리아 피혁상의 아들이었다. 젊은 시절 파리와 런던에 가서 사업의 눈을 떴다. 1920년 귀국해서 돈을 빌려 개업한 가죽 제품 판매는 대성공을 거뒀다. 그러나 가장이 사망하자 가족들은 유산 상속 문제로 진흙탕 싸움을 벌였다. 살인극이 일어나고, 급기야 구치 라벨은 감옥서 종말을 고했다.

헨리 포드는 1947년 4월 7일 83세로 세상을 떠나면서 전 국민이 존경하는 기업인으로 역사에 남았다. 그러나 한 가지 이해되지 않는 점은 그 자신의 중역이나 친구들, 그리고 공신들이 왜 끝까지 포드 가문과 함께 회사에 있지 못하고 떠나갔느냐는 것이다. 이런 사태는 재벌들의 경제학, 인간학의 미스터리로 남아 있는 문제점이다.

록펠러 가문은 "기업과 정치의 유착"이라는 비난을 많이 받았다. 헨리 로이드는 저서 『국가에 반역하는 부』(1894)에서 록펠러 가문의 추문을 폭로했고 이로 인해 록펠러는 곤욕을 겪었다. 게다가 1914년, 록펠러 가문에 혹독한 비난이 쏟아지는 사건이 일어났다. 4월 20일, 콜로라도 주 라드로에서 광산 노동자들이 파업을 벌였고 진압에 나선 주(州) 병력의 발포로 199명이 사망한 것이다. 이 광산은 록펠러가 1903년에 매입한 것으로서 장남 존 주니어가 관장하고 있었다. 노사 분쟁에 윌슨 대통령까지 중재에 나섰으나 진정되기는커녕 급기야 '학살'로 낙인찍힌 대참사로 번진 것이다. 평소 록펠러의 기부에 감사했던 헬렌 켈러도 "록펠러는 자본주의 괴물"이라고 맹렬히 비난했다. 그래도 록펠러는 분을 참고 반론을 아꼈다. 이 어려운 고비를 넘길 수 있었던 것은 록펠러 가문의 지속적인 자선사업 때문이었다. 록펠러 가문은 일치단결해서 묵묵히 자선사업에 몰두했다. 존 D. 록펠러는 취미도 도락도 없이 오로지 돈을 기부하는 일에만 전념하는 사람이었다. 종교단체, 교육기관, 공중위생에 기부해서 현재의 시카고대학교를 설립하고, 육성 발전시켰다. 록펠러 재단을 통해 공중위생 보급, 의학교육에 힘썼다. 가장은 자손들에게 자선 이외에는 아무것도 가르치지 않았다. 록펠러 가족들은 일정 기간 동안 사업을 하면서, 적절한 시기에 은퇴해서 자선사업으로 여생을 보냈다.

철광업의 정점에 도달한 앤드루 카네기는 65세 되던 해에 은퇴를 결심했다. 그러나 그 당시 그는 모건 계열 회사로부터 도전을 받았다. 경쟁 본능에 불붙은 그는 즉시 응전에 나섰다. 그와의 철강 싸움에 가망이 없다고 판단한 모건은 방향을 바꿔 기업 합병 쪽으로 가기로 했다. 카네기는 끝까지 합병에 반대였다. 모건 쪽 사람이 카네기 부인과 상의했다. 부인은 카네기가 다시 사업을 시작하는 걸 반대했기 때문에 모건 측에 협조해서 말했다. "남편과 골프를 해서 져주세요. 그 이후 합병 얘기를 꺼내세요." 그 말대로 했더니 합병은 원만하게 성사되었다. 결심했던 대로 사업에서 물러난 카네기는 여생 18년 동안 자신에게 했던 맹세를 지켜 자선사업을 실천했다. 1919년 밝혀진 유언장에는 3억 5천만 달러를 도서관, 대학, 병원, 공원, 교회, 세계 평화를 위한 사업과 시설, 그 목적에 기부한다는 카네기 재단의 '부의 복음서'를 남겼다.

6.

이 책은 수많은 역사의 변전 속에서 한 인간이 어떻게 재산을 축적해서 재벌이 되었는가를 알려주는 창업 비화를 소개하고, 그 축적된 재산을 어떻게 사회에 되돌려주었는가에 관한 이야기를 담았다. 대업은 혼자서 이룬 것이 아니었다. 이들의 눈부신 성공에는 항상 함께 일한 사람들—가족, 스승, 자문역, 친구, 파트너—이 있었다. 재벌들에게는 자신의 재능과 운도 있었지만, 탁월한 인맥이 항상 주변에 깔려 있었다. 이들의 인간관계는 순수했다. 함께 있으면 즐겁고, 서로 주고받는 정보와 지혜는 무궁무진 새로운 아이디어에 넘쳐 있었다. 결과적으로 보면 그 원천에서 행운과 돈이 쏟아졌다.

그런 인간관계를 어떻게 구축할 수 있었는가에 관해서는 이들 재벌들의 성공담 속에 그 비결이 있다. 그들은 정력적으로 매일을 충실하게 살았다.

자신으로부터 돈의 흐름을 발생해서 주변을 풍성하게 만들고, 그 여파로 자신의 부가 축적되는 흐름을 따랐다. 자신이 접하는 모든 사람을 기쁘게 만들고 그들과 친하게 지냈다. 호기심, 정열, 애정의 폭이 컸다. 시련과 좌절을 체험하면서도 자신과 주변 사람들, 그리고 자신의 앞날을 믿었다.

한 가지 분명한 것은 이들 재벌들은 돈의 노예가 아니라 돈의 지배자였다는 사실이다. 성공한 재벌들은 아름답게 살아간다는 생의 철학을 터득하고 있었다. 그것은 무엇이었는가. 그것은 부의 사회적 책임이었다. 사랑과 봉사의 인생이었다.

2015년 9월
이태주

차례

메디치 가문
"르네상스 예술을 탄생시키다"

로렌초 메디치(1395~1440)

제1장

메디치 가문

르네상스의 빛나는 별들

십자군 시대는 제1차 십자군이 출정한 1096년서부터 제7차 원정(1270)이 종결된 1291년 사이의 기간이 된다. 십자군은 군인들만의 원정이 아니었다. 군인들과 함께 무역업 상인들이 따라 나섰다. 이들은 동서 간 물건을 사고 팔면서 재산을 축적했다. 그 재산이 교황청에 흘러들어왔다. 막대한 재화를 감당하지 못한 로마 교황청은 베네치아와 피렌체 도시국가에 재화를 맡겨놓았다. 그 돈은 자연히 금융업자 손에 넘어가고, 도시국가의 경제력을 활성화시키는 계기가 되면서 은행이 생기는 단초(端初)가 되었다.

유럽에 페스트가 유행했다(1348~1349). 인구가 급감했다. 유럽의 경제 대국으로 성장한 피렌체와 베네치아 도시국가는 1400년 후반부터 1500년에 이르는 시기에 전성기를 맞는다. 1300년대에 간피오(조각, 건축), 치마부에(회화), 단테(문학), 조토(회화), 페트라르카(문학), 보카치오(문학) 등 문화예술의 대가들이 르네상스의 꽃을 피웠다. 동로마제국 멸망(1453), 구텐베르크 인쇄술 발명(1455), 콜럼버스의 미국 발견(1492) 등이 르네상스 시대 일어난 큰 사건이 된다.

메디치 가문이 위세를 떨쳤던 15세기 중반에서 16세기 초에 르네상스의 빛나는 별들이 탄생했다. 레오나르도 브루니(고전학), 도나텔로(조각), 프라 안젤리코(회화), 베로키오(조각, 회화), 기를란다요(회화), 토스카넬리(수학, 지리, 천문학), 보티첼리(회화), 베로키오(조각, 회화), 브라만테(건축), 알도 마누치오(출판), 비토레 카르파초(회화), 마키아벨리(고전학), 에라스무스(철학), 뒤러(회화), 조르조네(회화), 폴리치아노(시, 고전학) 등이다.

피렌체의 메디치 가문

1400년대 이탈리아는 그리스어 공부로 시작되었다. 플로렌스, 피렌체, 밀라노, 베네치아 등 도시국가는 그리스 문화를 배우고 찬양하면서 르네상스 문화의 싹을 키웠다. 자유로운 이들 도시국가는 정치만이 아니라 도시 건축과 미술 분야에서도 괄목할 만한 업적을 세웠다. 피렌체의 메디치 가문의 코시모 데 메디치가 주도한 건축과 미술은 황홀한 문명의 꽃으로 피어났다.

1115년 피렌체는 자치도시를 선언했다. 1187년 피렌체는 인구 2만 5천 명의 유럽 지역 대도시로 성장하면서 1187년, 황제가 추대되었다. 발전의 원동력은 중동 지역에서 수입한 명반(明礬)을 사용해서 양모(羊毛)를 염색한 다음 재수출하는 가공무역이었다. 도시국가마다 교황파와 황제파의 대립이 치열해져서 유럽 열강이 가담하는 국제분쟁으로 확산되었다. 교황파였던 피렌체 은행가들은 이 분쟁에서 승리를 거둔 다음 프랑스에서 유럽 북서 지방으로 세력을 확대했다.

메디치 가문(The House Medici)은 피렌체 북부 무겔로(Mugello) 지방 출신이다. 1230년 처음으로 이 가문의 이름이 기록에 올랐다. 메디치 가문의 조반니(Giovanni di Bicci de' Medici, 1360~1429)는 은행을 열어 재산을 축적해서 네 명의 교황과 프랑스의 두 섭정 왕을 배출하고, 피렌체의 세습 공작이 되었다. 메디치 가문은 섬유 사업으로 재산을 증식하고, 모은 자금으로 은행업에 진출해서 유럽 최고의 부호가 되었다. 메디치 가문은 정치를 흔들고 경제를 지배하는 권력을 행사하게 되었고, 회계법과 부기(簿記)를 고안해서 상업과 무역 업무에 기여하기도 했다. 13세기부터 14세기에 걸쳐 메디치 가문의 돈은 런던, 콘스탄티노플, 바르셀로나, 나폴리와 키프로스 등 전역에 신용 대출의 그물을 펴놓았다. 15세기에 이르러 메디치 가문은 은행, 정치, 종교, 결혼, 노예, 애인, 음모, 건축, 문화, 예술 등 실로 인생의 모든 것을 품속에 넣고 있는 듯했다. 메디치 가문 이야기는 장장 5세기에 걸쳐 전개된다. 그 가족사는 복잡하고 사건은 요란하다.

14세기 말 피렌체를 지배했던 가문은 알비치(Albizzi) 가문이었다. 알비치 가문의 유일한 적수는 메디치 가문이었다. 메디치 가문은 정략결혼, 동맹 관계, 고용 정책, 금전 관계를 활용해서 3세기 동안 피렌체와 이탈리아, 그리고 유럽을 지배하는 대족벌(大族閥)로 성장했다. 메디치 은행은 14세기 프랑스와 스페인과의 교역으로 막강한 권력을 행사했다. 아베라르도(Averardo de' Medici, 1320~1363)는 메디치 왕조의 출발이었다.

메디치 가문은 알비치 가문에 대해 도전장을 냈다. 메디치 가문의 수장(首長) 조반니의 아들 코시모(Cosimo de' Medici, 1389~1464)는 1433년 알비치 가문에 쫓겨 한때 유배지로 추방되었지만, 메디치 가의 측근 시뇨리아(Signoria)가 피렌체 시장으로 선출되자 코시모는 자유인이 되어 귀향지에서 돌아올 수 있었다. 아베라르도의 아들 조반니, 그의 아들 코시모

마리(Marie de' Medici)의 마르세유 상륙
(루벤스 작)

(Cosimo the Elder, 1389~1464), 로렌초(Lorenzo, 1395~1440), 코시모의 아들 피에로(Piero, 1416~1469) 3대는 15세기 플로렌스 통치자였다.

메디치 가문은 15세기의 흥망과 내분을 겪으면서 16세기에 이르러 레오 10세 교황과 클레멘스 7세(Clemens VII, Giulio de' Medici) 교황 시기에 이탈리아를 지배하는 세력으로 안정을 찾았다. 이 시기에 메디치 가문은 예술을 진흥시켰다. 코시모(Cosimo II, 1590~1621) 가족은 이 시기에 세력을 크게 확장했다. 1574년 프란체스코(Francesco)가 가문을 승계했는데, 후손이 없어서 동생 페르디난도(Ferdinando II, 1610~1670)가 자리를 물려받았다. 1587년 페르디난도 사망 후, 프란체스코는 오스트리아의 요한나(Johanna)와 결혼해서 만토바(Mantova) 백작부인 엘레오노라(Eleonora de' Medici)를 낳고, 프랑스 왕비 마리(Marie de' Medici)를 낳았다. 1605년 페르디난도는 알렉산드로(Alessandro de' Medici)를 교황으로 추대했는데. 그는 교황이 되는 달에 사망했다. 그를 승계한 교황 파울루스 5세(Pope Paul V)는 친(親)메디치 세력이었다. 프랑스에서는 마리(Marie de' Medici)가 아들 루이 13세의 섭정(攝政)이 되었다. 루이 13세는 1617년 마리의 친합스부르크 정책을 수용하지 않았기 때문에 정치적 권한을 박탈당하고 생을 마감했다. 페르디난도의 후계자 코시모 2세는 오스트리아의 마달레나와 결혼해서 여덟 명의 자손을 얻었고, 천문학자 갈릴레오 갈릴레이의 후원자가 되었다. 코시모는 폐병으로 1621년 사망했다. 페르디난도 2세는 연소(年少)한 탓으로 마달레나가 섭정을 했다. 페르난도가 성장해서 집권했을 때, 그는 과학 아카데미아(Academia del Cimento)를 설립하고, 저명 과학자들을 유치해서 과학 기술 발전에 이바지했다. 페르디난도 2세는 1670년 사망했다. 그는 비토리아 델라 로베레(Vittoria della Rovere, 1622~1694)와 결혼해서 코시모 3세와 프란체스코 마리아(Francesco Maria de' Medici) 두 자녀를 얻었다. 프랑스 부르봉 왕조 앙리 4세는 재원이 바닥나 메디치 가문의 마리아와 정략결혼을 했다. 마리아의 지참금은 프랑스 국가예산만큼 막대한 것이었다. 마리아가 수천 명의 수행원을 이끌고 18척의 갤리선(galley)으로 마르세유에 도착한 장면을 루벤스(Peter Paul Rubens)가 그림으로 남겼다. 현재 그 그림은 파리 루브르 박물관에 전시되어 있다.

메디치 가문의 흥망성쇠

18세기는 메디치 가문 몰락의 시기가 된다. 코시모 3세는 독재정치를 감행했다. 그는 프랑스 앙리 4세의 손녀 마르그리트(Marguerite Louise d'Orleans, 1645~1721)와 결혼해서 세 자녀를 얻었다. 메디치 가문의 세(勢)가 꺾이면서 경제는 쇠퇴하고 나라의 금고는 바닥이 났다. 피렌체의 인구도 반으로 줄었다. 외교 관계도 얼어붙었다. 모든 일이 여의치 않는 가운데 코시모 3세는 1723년 사망했다. 후계자는 지안 가스토네(Gian Gastone, 1671~1737)였다. 가스토네가 사망하자 그의 누님 안나 마리아(Anna Maria Luisa de' Medici, 1667~1743)가 전권을 장악하고 메디치 가문의 모든 사유지를 상속받으며 재정을 관장했다. 안나 마리아는 재산의 상당 부분을 자선사업에 기증했다. 그녀의 사망은 메디치 가문의 종말이었다.

메디치 가문의 업적은 르네상스 시대 초기에 펼친 문화예술 진흥과 건축 지원 사업이다. 메디치 가문 통치 시절 예술이 급속도로 발전한 것은 이들이 소유하고 있는 막대한 재산 때문이었다. 그 당시 예술은 예술가들이 주문을 받아 작품을 생산하는 제도였기 때문에 메디치의 막대한 재산은 수많은 예술품 창조에 크게 기여했다. 메디치 가문의 시조로서 첫 교황에 오른 조반니 비치는 가문의 첫 번째 후원자였다. 그는 1419년 피렌체의 바실리카(Basilca of San Lorenzo) 재건 사업을 성취했다. 코시모(Cosimo the Elder, 1389~1464)의 공헌은 도나텔로(Donatello)와 프라 안젤리코(Fra Angelico)와 함께 미켈란젤로(Michelangelo Buonarroti, 1475~1564)를 후원한 일이 된다. 당대 유럽 최고의 부자 코시모는 나라와 자선사업에 재산을 아낌없이 사용했다. 그는 예술의 후원만이 아니라 고전적 가치가 있는 방대한 서적을 수집해서 메디치 도서관(로렌시안 도서관)에 소장했다. 메디치 가문은 예술 지원과 예술품 수집에 전력을 기울였다. 그들은 예술작품의 창조와 건물 건축, 그리고 성찬 의식 제례용품, 갑옷, 사본, 보석, 고대 유물들을 광범위하게 수집했다. 로렌초 일 마그니피코(1449~1492)의 어머니 루크레치아(Lucrezia, 1425~1482)는 피에로의 아내로서 시인이었다. 로렌초는 동방으로부터 고전 서적을 수집해서 수많은 고전 작품을 필사했다. 로렌초의 궁전은 당대 저명한 예술가들이 드나들면서 15세기 르네상스 운동의 진원지가 되었다. 로렌초는 이들과 함께 그리스 철학을 논하고, 철학과 기독교의 융화를 모색하면서 휴머니즘 사상 확산에 기여했다. 로렌초는 예술가였다. 그는 인간의 운명과 사랑을 노래한 시인이었다. 로렌초 최고의 공로는 레오나르도 다빈치(Leonardo da Vinci, 1452~1519)를 7년간 후원한 일이 된다. 미켈란젤로는 그의 저택에서 5년간 함께 살았다.

로렌초 사후, 금욕적인 도미니크회 신부 지롤라모 사보나롤라(Girolam-
lo Savonarola)와 광신도들이 예술품을 타락의 산물이라고 지목하면서 불태
워버린 사건이 발생했다. 1498년 5월 23일, 피렌체 시민들은 사보나롤라
와 광신도들을 체포했다. 이들은 광장에서 화형되었다. 메디치 가문이 수
집한 예술품들은 현재 피렌체의 우피치 갤러리(Uffizi Gallery), 보볼리 가든
(Boboli Gardens), 벨베데르(the Belvedere), 팔라초 메디치(the Palazzo Medi-
ci), 메디치 성당(Medici Chapel) 등에 보존되어 있다. 로마에서도 메디치
교황은 예술가 지원을 계속했다. 레오 10세 교황은 라파엘로(Raffaello)에게
미술 창작의 영(令)을 내렸다. 클레멘스 7세 교황은 미켈란젤로에게 시스
티나 성당의 그림을 위촉했다. 코시모 1세는 1560년 우피치 갤러리 건축을
지원하고, 1563년 '회화(繪畫) 아카데미(Academia delle Arti del Disegno)'를
설립했다. 마리(Marie de' Medici) 프랑스 왕비는 궁정 화가 페테르 파울 루
벤스(Peter Paul Rubens)에게 룩셈부르크 궁전(Luxembourg Palace)의 그림
을 그리게 하고, '마리 드 메디치 사이클'이라 일컫는 일련의 그림을 완성
케 했다.

피렌체 은행과 회계학
― 부의 철학 '스투디움 게네랄레'

코시모 데 메디치(1389~1464)는 은행가였다. 그 자
신, 은행가의 아들로 태어났다. 코시모의 부친 조반니 디 비치 데 메디치
(1360~1429)는 피렌체 명문가의 아들이었다. 교황청과 거래를 하면서 거

부가 된 부친 조반니는 11만 3천 플로린이라는 거금을 유산으로 남겼다. 아들 코시모는 그 유산으로 자신의 은행을 활용해서 국제간의 금융 업무를 발전시켰다. 코시모는 르네상스 황금시대에 태어났다. 15세기 초 피렌체는 그리스도교와 금융, 무역, 예술의 중심지였다. 단테, 페트라르카, 보카치오 등 문호(文豪)들은 모두 피렌체에 거주하고 있었다. 이들은 토스카나 방언을 사용하면서 나라의 언어가 통합되고 정리되는 계기를 만들었다. 단테를 중심으로 이들은 근대문학과 인문주의를 확립하는 데 큰 공을 세웠다.

피렌체는 은행업과 상업만이 아니라 교육도시이기도 했다. 피렌체 시민은 글을 읽고, 쓰고, 상인은 장부(帳簿)를 사용했다. 당시 피렌체 인구는 약 12만 명 정도였는데, 이 가운데서 8천에서 1만 명은 학교를 다녔다고 한다. 반 이상의 학교는 산술과 회계학을 가르치는 곳이었다. 피렌체는 라틴어를 이해하는 교사, 예술가, 시인, 철학자로 넘쳐 있었다. 아리스토텔레스와 피타고라스, 플라톤 등의 고대 사상을 배우는 아카데미가 문을 열고, 1321년, 대학의 전신인 '스투디움 게네랄레'가 창설되어 천문학과 윤리학, 그리고 교양과목 강좌가 개설되었다.

부와 고대 철학을 연마한 피렌체의 엘리트 가운데 코시모가 있었다. 코시모는 피렌체 공화국의 사실상의 지배자로서 전국에 영향력을 미치고 있었다. 그는 유럽 전체의 금융을 손에 쥐고 있었기에 그의 서재에는 정치 경제의 정보, 편지, 소포, 밀서, 보고서, 장부가 끊임없이 오고 갔다. 그는 인사 행정을 장악하고, 예금자와 대출인과 상담하며, 물품의 질을 검사하고, 인맥을 관리했다. 돈 거래 때문에 사람을 관찰하고 판단하는 일에 엄격했다. 동맹국에 대해서는 풍성하게 돈을 빌려주었다. 베네치아 공화국에 15만 플로린을 대출하고 유대를 강화하는 정책을 쓰기도 했다. 코시모는 가톨릭교회 용달을 책임지는 은행가였으며, 외국과의 교역 루트를 장악했다.

폭력과 음모가 성행한 당시에 현금을 소지하는 일이 위험했기 때문에 메디치 은행의 수표가 널리 사용되어 송금에 이용되었고, 유럽의 모든 은행과의 거래도 순조롭게 이루어졌다. 코시모는 용병(傭兵) 부대를 거느리며 안전을 확보했다. 로마 교황청 재화를 메디치 은행이 관리

코시모 데 메디치

하기 때문에 추기경, 정치가, 상인들이 돈이 필요하면 코시모 은행으로 갔다. 은행은 돈 거래로 연(年) 13~26퍼센트의 이익을 얻으면서 재산을 축적했다. 코시모는 또한 피렌체 공화국과 토스카나 지방의 징세 업무도 대행하면서 대출금을 회수했다. 그는 추기경과 부유층의 예금을 확보하고, 농장과 직물업, 그리고 무역업에 돈을 투자하면서 거액의 이득을 올렸다.

피렌체 권력의 원천, 코시모

재력은 코시모 권력의 원천이었다. 풍부한 자금으로 정치에 관여해서 피렌체의 독재자가 되었다. 그는 돈도 잘 벌었지만, 돈의 관리도 탁월했다. 코시모는 젊은 시절 인문주의 교육을 받고, 메디치 은행 로마 지점에서 금융과 회계 실무를 익혔다. 복잡하고 은밀한 돈 거래를 로마 지점이 장악하고 있었기 때문에 코시모는 거래의 기법을 통달한 귀재가

되었다. 당시에는 복식부기(複式簿記)가 필수였다. 금전상의 분쟁이 발생하면 복식부기 원장(元帳)이 법적 문서로서 법정에 제출되었다. 법정은 그 자료를 면밀히 검토하고 판결을 내렸다. 따라서 상업 교육의 기본은 부기(簿記)였다. 코시모는 젊은 시절 회계학을 철저히 공부한 후, 실무 경험을 쌓고 유능한 경영자가 되었다. 복식부기를 하지 않으면 돈의 행방을 알 수도 없고 방대하고 복잡한 금전 결제를 진행할 수도 없었다. 메디치 은행의 지점 업무 감사는 부기 장부를 보는 일이 필수였다. 코시모는 출자자 겸 경영자였기 때문에 감사자의 지위를 갖고 있었다. 코시모는 부기 실력을 활용해서 감사 시스템을 구축했다. 총수(總帥)인 그는 회계 보고와 결산을 위해 언제든 지점장을 소환할 수 있었다. 회계감사는 연 1회 코시모와 회계주임이 담당했다. 회계주임은 코시모의 심복 조반니 아메리고 데 벤치였다. 그는 열다섯 살 때 로마 지점에서 심부름 소년으로 시작해서 20세 때 복식부기를 배우고, 마침내 메디치 은행 총지배인이 되었다. 그의 장부와 비밀 장부는 완벽했다. 그는 만년에 거액의 유산을 교회에 헌납하고, 레오나르도 다빈치에게 딸의 초상화를 그리도록 했다.

르네상스 시대 플라톤 철학의 영향을 받은 코시모는 자신의 후손들이 상업을 해서 번 돈으로 탐욕스런 생활에 빠지는 것을 용납하지 않았다. 그는 인간의 영광은 문화예술의 업적으로 평가된다는 가치관을 신봉했다. 코시모는 은행과 정치만을 추구한 것이 아니라 종교에 헌신하고 예술을 지원했다. 산마르코 수도원 수복에 거금을 기부하고, 성 마르티노 의인회(義人會)를 결성해서 자선 활동을 했다. 플라톤의 『국가』를 라틴어로 번역한 크리솔로라스를 피렌체에 초청해서 플라톤 강의를 열었다. 코시모의 후원으로 크리솔로라스는 콘스탄티노플에서 플라톤의 저작물을 잔뜩 들고 피렌체에 와서 번역 일을 계속했다. 특기할 만한 일은 코시모의 후원을 얻은 마르실리오 피치노(Marsilio Ficino, 1433~1499)가 르네상스 시대 최고의 플라톤 학자가 되어 플라톤 철학과 기독교를 융합해서 네오플라토니즘을 전파한 일이었다. 그는 그리스 철학 관련 문헌을 라틴어로 번역하고, 코시모 별장이 있는 피렌체 교외에 플라톤 아카데미를 개설했다. 플라톤은 예술을 통해서 신의 창조를 모방하라고 가르쳤다. 화가 도나텔로와 산드로 보티첼리(Sandro Botticelli, 1444~1510)는 그 가르침에 따라 그리스 고전에서 소재를 얻어 그림을 그렸는데, 그 아름다움은 신의 경지에 도달했다는 평가를 받았다. 고대 그리스 철학은 메디치 가문 사람들이 물질주의 영화에서 벗어나서 예술을 통해 신의 길로 가는 이상주의자가 되도록 가르쳤다. 코시모는 자손들에게 회계를 전수하지 않았다. 복식부기는 말할 것도 없다. 그 결과 얄궂게도 메디치 가문은 몰락의 길로 갔다. 경제 파탄은 메디치 은행과 피렌체 공화국의 정치, 군사, 외교 등 온갖 국력이 처참하게 쇠락하는 위기를 초래했다.

코시모의 장남 피에로(1416~1469)는 상업의 길로 가지 않았다. 피에로는 인문주의 교육을 받고, 그리스어와 라틴어 수사학을 연마했다. 차남 조반니는 상업 분야에 진출했지만, 그의 성격은 치밀함과 엄격함이 결여된 향락적인 성품이었다. 더욱이 건강을 해쳐 1463년 42세로 세상을 떠났다. 코시모도 세상을 떠난 후, 메디치 가문은 1464년부터 1469년까지 피에로가 총수를 맡고 간신히 살아남았지만, 메디치 은행은 실무 책임자나 감사역이 없어서 존속하기 힘든 상태였다.

코시모의 손자, 피에로의 장남 로렌초 일 마그니피코는 피렌체 문화에 술을 선도한 가문의 맹주였다. 그는 피렌체의 상징이 되었다. 화가들은 성쟁하듯이 그의 초상화를 그렸다. 로렌초는 자신이 시인인 것을 자랑했다. 그는 보티첼리, 레오나르도 다빈치, 미켈란젤로의 후원자가 되었다. 로렌초는 춤, 궁술, 노래, 승마, 악기 연주, 시 창작 등에 다재다능했다. 그러나 그는 독재군주였다. 메디치 은행의 총수였지만 회계와 부기에 경험이 없는 그는 침몰하는 메디치 가문의 경제를 회생시키는 일에는 역부족이었다.

메디치 가문의 영화와 로렌초

로렌초는 20대에 은행 총수가 되었다. 그는 교황의 신임을 얻는 등 정치에 능했다. 학식도 교양도 충분했고 문화 사랑도 높은 평가를 받았다. 그는 은행과 재정을 총괄할 측근이 필요했으나 회계와 금융에 정통한 사람은 가족 가운데 한 사람도 없었다. 그래서 전문가 프란체스코 사세티(1421~1490)를 총지배인으로 영입했다. 사세티는 제네바 지점에서 업적을 올려 메디치 가문의 신뢰를 얻었다. 그는 유능한 회계 감사역이며 지배인이었다. 그는 신플라톤주의에도 깊은 관심을 기울여 피렌체 예술을 지원했다. 그러나 인문주의 학문과 문화예술에 전념한 피에로는 은행을 돌보지 않게 되었다. 이런 일로 코시모가 일찍부터 엄격히 규정했던 외국 왕족에 대한 대출 사건이 빈발했다. 그러다 1469년, 런던에서 사건이 발생했다. 에드워드 4세가 장미전쟁 전비(戰費)로 빌려간 부채를 묵살한 것이다. 그 일이 있은 후, 메디치 은행 최악의 사건이 1477년 발생했다. 프랑스 부르고뉴 공작 샤를이 사망하면서 브뤼헤 지점 자본금의 세 배나 되는 그의 부채가 미수금으로 남게 되었다. 지점의 손실은 7만 플로린(코시모 유산이 12만 플로린임을 감안할 때 그 액수는 막대하다)에 달해서 지점이 결국 폐쇄되었다. 사세티도 전 재산을 상실했다. 로렌초는 은행 재산의 대부분을 잃게 되었다. 그런 와중에도 로렌초는 피렌체 문화사업을 위해 미친 듯이 공금을 사용했다. 1492년 로렌초 사망 후, 무능한 장남 피에로 알폰시나 오르시니(1472~1503)가 대를 이었다. 차남 조반니(1475~1521)는 교황 레오 10세가 되었다. 1494년 메디치 가족은 피렌체에서 추방되는 수모를 겪었다. 피렌체는 이때 공화정을 선포했다. 이후, 메디치 가문은 로렌초의 증손자 코시모 1세가 토스카나 대공국을 통치하면서 다시 피렌체로 복귀했지만, 메디치 은행은 기능을 잃고, 피렌체의 옛 영화는 찾을 수 없게 되었다.

메디치 가문은 중요한 교훈을 남겼다. 회계가 확실하게 기능해야 경제가 살고 사회는 번영한다는 것이다. 르네상스 시대 이탈리아의 제노바, 피렌체, 황금시대 네덜란드, 18세기와 19세기 영국과 미국은 회계 교육을 장려하고, 종교와 윤리사상에 토대를 둔 기업 운영을 지표로 삼아 활기찬 번영을 구가했다.

한때 메디치 가문의 자산은 엄청났다. 1420년 조반니가 은퇴할 때까지 23년간 메디치 은행은 합계 15만 2820플로린의 막대한 이익을 올렸다. 조반니는 이익의 3/4을 갖고 갔다. 1420년부터 다음 재편이 일어나는 1435년까지 공동 경영자는 코시모 데 메디치와 동생 로렌초, 그리고 베디토 데 바루디의 형제 이라리오네였다. 이들의 이익은 18만 6382플로린이었다(연평균 1만 1068플로린). 이익 가운데서 메디치 가문이 차지한 돈은 전체 이익금 1/3이었다. 1427년 메디치 은행과 산하 회사의 총 자산은 10만 47플로린이었다. 1451년에는 은행 이익이 7만 5천 플로린을 초과했다. 1460년 밀라노 지점 한 곳의 자산만 하더라도 58만 9,298플로린이 되었다. 은행마다 창고가 있었는데, 1427년 피렌체 메디치 은행 창고에는 생사(生絲), 양모, 마(麻), 유니콘의 뿔이 가득 차 있었다. 메디치 은행은 무역만으로 거부가 된 것은 아니다. 수표 거래로 떼돈을 벌었다. 그것은 일종의 고리채(高利

債)였다. 공채(公債) 딜러가 되기도 했다. 이 모든 메디치 돈의 행방이 현재 피렌체 도서관 복식 장부에 기록으로 남아 있다.

메디치 가문의 문화유산
— 예술로 남은 피렌체

중요한 것은 메디치 가문이 벌어들인 돈을 어디에 썼느냐는 것이다. 돈이 무엇이 되어 역사에 남았느냐는 것이다. 분명한 것은 메디치 가문의 돈이 찬란한 르네상스 문화의 시대를 열었다는 것이다. 피렌체 곳곳에 세운 아름다운 건축물, 미술관에 수장된 찬란한 미술품은 그 증거가 된다. 피렌체는 도시 전체가 미술관이요, 박물관이다. 문화유산을 접하게 되면, 메디치 가문의 돈이 신플라톤주의 철학자 마르실리오 피치노, 피코 델라 미란돌라, 문학가 안젤로 폴리치아노, 건축가 미켈로초, 조각가 도나텔로, 화가 보티첼리 등 유명 학자와 희대의 예술가를 도와서 르네상스 문화예술을 탄생시킨 것을 알 수 있다. 기근과 페스트 전염병으로 8만 인구가 4만으로 반감된 시기였던 1348년부터 메디치 가문은 그 엄청난 재난을 극복하고, 부흥하면서 중세의 어둠을 헤치고 벗어나서 정치, 경제, 예술의 근대화를 이룩했다.

산타트리니타 교회 사세티 벽화는 사세티가 후원한 화가 도미니코 기를란다요의 명작이다. 성 프란체스코의 생애와 사세티와 그의 아내, 로렌초 등의 초상을 그림으로 완성한 이 작품은 피렌체 신플라톤주의의 기념비적 유물로 남게 되었다. 1434년부터 1471년에 걸쳐 메디치 가문이 공공 건축과 세금에 사용한 돈은 66만 3,755플로린이었다. 당시 대저택 한 채의 건축비는 1천 플로린이었다. 피렌체 시민 대부분은 1 플로린의 세금도 내기 어려운 빈곤에 시달렸다. 코시모는 피렌체 시의 세금 대부분을 자신이 부담했다. 시민들은 교양이 있고, 관대하고, 돈을 베푸는 메디치 가문을 찬양했다. 예술가와 인문학자들은 코시모를 사랑하고 존경했다. 유럽 여러 나라의 왕후 귀족들은 메디치 가문을 부러워하고, 그 가문으로부터 인정받는 것을 영광으로 생각했다.

록펠러 가문

"재벌에서 자선사업으로"

존 D. 록펠러 시니어(1839~1937)

제2장

록펠러 가문

록펠러 가문의 뿌리
― 존 데이비슨 시니어

록펠러 가문의 시조는 고다드 록펠러(Goddard Rock-feller, 1590~1684)이다. 양친 윌리엄 록펠러(William Avery "Bill" Rock-feller Sr. 1810~1906)와 엘리자(Eliza Davison, 1813~1889) 사이에서 여섯 남매가 태어났다. 이 가운데서 혜성처럼 두각을 나타낸 아들이 존(John Davison Rockfeller Sr, 1839~1937)과 윌리엄(William Avery Rockfeller Jr, 1841~1922)이다. 두 형제는 스탠더드 오일(Standard Oil)을 창립했다. 존 D. 록펠러는 가문의 6대손이며, 그의 21명의 자손에게 속하는 가족들은 2006년 현재 150명을 기록하고 있다. 존 시니어의 부친 윌리엄 빌 록펠러는 아들 존 시니어가 열네 살 때, 클리블랜드 하숙집에 던져놓고 약간의 돈을 주면서 혼자 사는 법을 찾으라고 엄명했다. 수년 후, 아들이 사업 자금을 요청할 때 이같이 말했다. "빌려주지만 이자는 10퍼센트다." 존 시니어는 이때 평생 가는 무서운 교훈을 얻었다고 한다. 무엇이든 큰일을 하고 싶었는데, 그게 무엇인지 그 당시에는 몰랐다.

존 데이비슨 록펠러는 미국 최대의 재벌로서 1913년 '록펠러재단'을 창설했을 때 자산은 9억 달러였다. 어린 시절부터 그는 유난스러웠다. 집안일 돌보면서 칠면조를 기르고, 감자와 캔디를 팔면서 돈을 벌었다. 번 돈은 이웃 사람들에게 빌려주었다. 어린 시절 그의 가족은 뉴욕 주 모라비아(Moraavia)로, 1851년에는 오웨고(Owego)로 이사 갔다. 그는 1853년 오웨고 아카데미에 입학했다. 그의 가족은 다시 클리블랜드 교외 스트롱빌(Strongville)로 이사갔다. 그는 클리블랜드 센트럴고등학교를 마치고, 폴솜 상업대학(Folsom's Commercial College) 10주 과정에 입학해서 부기(簿記)를 배웠다. 간단없이 움직이는 이사와 부친의 무궤도한 생활에도 불구하고 존 D. 록펠러는 성실하고, 부지런했다. 그는 자신의 견해를 분명하게 전달하는 영리한 소년이었다. 그는 음악에 대해서도 깊은 애착을 가졌다.

1855년 9월 열여섯 살 때, 그는 일급(日給) 50센트를 받고 서점에서 일했다. 첫 직장이었다. 그는 책임감이 강해 서점 주인의 눈에 들었지만, 1858년 열아홉 살 때 서점을 그만두고, 부친으로부터 1천 달러를 빌려 친구 모리스 클라크(Maurice B. Clark)와 함께 회사를 차렸다. 타고난 인내심과 치밀함, 기독교인의 정직성으로 중개 브로커 사업은 순조롭게 번창해서 어느새 자산이 4천 달러로 늘어났다. 그는 인맥을 넓히고, 은행의 신뢰를 얻었다. 모리스 클라크와 동업해서 새운 '클라크와 록펠러' 회사는 육류와 곡류, 야채 등을 판매하는 식료품 상점인데, 장사가 잘되어 이익은 1862년 1만 7천 달러가 되었다. 식품 도매사업으로 돈을 모은 이들은 1863년 '클라크와 록펠러 정유회사'를 설립해서 정유 사업에 뛰어들었다. 존 시니어는 스물다섯에 50만 달러 매상을 올리는 거상이 되었다.

록펠러는 링컨과 공화당을 지지했다. 그는 사회적 책임과 윤리를 중시하는 금욕적 기업인이었다. 그의 신조는 열심히 돈을 벌어서 유익하게 쓰는 일이었다. 그는 존 웨슬리의 격언을 잊지 않았다. "얻을 수 있는 모든 것을 쟁취하라. 얻은 것을 저축하라. 줄 수 있는 모든 것을 주라." 자선사업에 대한 열정은 일찍부터 생겨났다. 그는 바르게 살면서, 신중하게 계획을 세우고, 헌신적으로 일에 몰두했다. 특히 그는 기회를 삼는 일에 민첩했다.

당시 도시의 조명은 촛불이요, 고래 기름이나 동물의 유지(油脂)로 충당했는데, 항상 공급 문제가 난관이었다. 미국 서부 곳곳에 석유가 있다는 소문이 퍼졌다. 1850년대, 다트머스대학교 학생 조지 비셀이 석유의 효용성을 실험하고 그 가치를 확인한 후, 1856년 펜실베이니아 석유회사를 창립해서 석유 붐이 일어났다. 존 시니어는 클라크로부터 회사를 7만 2,500달러로 매입하고, 회사 이름을 '록펠러 앤드 앤드루스'(Rockefeller & Andrews)로 바꿨다. 록펠러는 그날이 자신의 운명을 바꾼 순간이라고 말했다.

존 시니어는 부동산, 석유, 그리고 철도 사업에 진출하면서 계속 거액을 벌어들였다. 그는 돈을 빌려서, 그 돈으로 재투자하고, 변하는 시장 움직임에 적절히 대응했다. 1866년 그의 형제 윌리엄 록펠러 주니어(William Avery Rockefeller Jr., 1841~1922)가 클리블랜드에 정유회사를 차린 후, 1867년 존을 파트너로 영입했다. 1870년 6월, 존 시니어는 자본금 1백만 달러를 투입해서 자신의 회사를 '스탠더드 오일 회사'로 탈바꿈시켜 클리블랜드 최대 정유회사로 발전시켰다. 그는 철도회사 측의 경쟁을 이용해서 리베이트 전략으로 싼 운임을 얻어내어 원유를 유전에서 클리블랜드로 운송한 후 석유제품을 만들어 미국 동부 지역 시장에서 판매했다. 생산, 수송, 판매의 일관성으로 회사는 독점기업으로 번창하고, 재산은 계속 늘어났다.

스탠더드 오일은 뉴욕시 브로드웨이 26번로에 새로 본부를 차렸다. 이곳은 뉴욕시 경제활동의 중심 거점이 되었다. 석유의 국내 판매량은 물론이거니와, 수출량도 늘어났다. 1890년대에 록펠러는 철강업에 진출해서 당시 철강 재벌 앤드루 카네기와 겨루게 되었다. 존 시니어가 석유 회사를 설립하고 한참 일할 때 나이는 고작 27세였다. 처음에는 동업자들과 함께 했지만, 사업이 번창하자 동업자들은 향락에 빠져들었다. 존 시니어는 자제심, 도덕적 윤리, 절약 정신을 신조로 삼고 일에 열중하면서 옆길로 빠지지 않았다. 그는 억만장자가 되었지만 생활은 여전히 검소했다. 아침 식사는 빵과 우유, 저녁에는 사과 몇 개였다. 오렌지 껍질이 건강에 좋다고 해서 장복(長服)했다. 아내는 마차를 사자고 졸랐지만, 그는 5센트 고가 철도를 이용해서 6번가 직장으로 출근했다. 양복은 헐 때까지 입었다. 취미도 없었다. 독서는 종교와 도덕에 관한 것이 전부였다. 미국 최고 부자 존 시니어는 낡은 집을 구입하고, 가구는 전에 살던 사람의 것을 얻어서 썼다. 그가 단 한 가지 전념하는 일이 있었다. 승마였다. 말(馬)을 구입하고, 수많은 사람을 고용하고, 가정과 직장에 전신 시설을 했다. 그러나 금전을 남용(濫用)하는 일은 절대 없었다. 이런 절제 생활과 근면한 자세로 존 시니어는 미국 최대의 석유 시설을 갖추는 데 성공했다.

록펠러 석유 재벌

록펠러는 오하이오, 인디애나, 웨스트버지니아 지역의 원유 정제 시설을 대대적으로 인수했다. 문제는 석유 정제의 방법과 운반이었다. 존 시니어는 전문가들과 함께 방법을 모색했다. 이들 교회 친구들은 대규모 석유 정제 장치 건설을 검토하고 실행에 옮겼다. 이 일은 미국에 산업혁명을 촉발하고, 존 시니어를 재벌로 끌어올리는 토대가 되었다. 마차로 운반하던 석유를 철도로 대신하는 획기적인 방법을 그는 모색했다.

그러기 위해서는 석유 용기(容器) 철제 탱크가 필요했다. 존 시니어의 스탠더드 오일은 정유 시설, 운반용 철도망을 독점하고, 석유 수송용 파이프라인을 시설했다. 파이프라인은 미국 경제의 동맥이 되었다.

1866년 그의 형제 윌리엄 록펠러 주니어(William Avery Rockefeller Jr., 1841~1922)가 클리블랜드에 정유회사를 차리고, 1867년 존을 파트너로 영입했다. 이들은 정유 회사를 계속 매입했다. 그 결과, 1870년 6월, 록펠러 가문은 세계 최고의 정유 회사로 군림하게 되었다. 1885년 오하이오 주 라이머에서 석유가 발견되었다. 이른바 '라이머 석유'였다. 이 석유는 유황 함유량이 많아 악취가 나고 금속을 부패시키는 부작용이 있었다. 그는 독일 화학자 헤르만 프라슈 교수에게 연구 용역을 주어 1888년 유황 정제법을 발견하게 되었고, 라이머 석유를 상품화하는 데 성공했다. 그의 이성적이며 단호한 행동, 지식과 기술의 존중, 과학 연구의 실험과 응용은 록펠러 발전의 원동력이었다. 그는 주변 인사들을 설득하고 회유해서 라이머 유전 지대를 장악했다. 2만 개의 유전, 4천 마일에 달하는 파이프라인, 10만 명의 고용인, 전 세계 90퍼센트의 정제 능력으로 1880년대 스탠더드 오일은 세계 석유 시장 정상에 올랐다.

스탠더드 오일 회사

1890년 스탠더드 오일이 유니온 오일을 매입하면서 유전 지대는 30만 에이커를 넘었다. 1891년 그의 회사는 미국 원유 1/4을 확보하고, 이듬해에 1/3로 격상시켰다. 그는 부동산, 석유, 철도로 사업을 확장하면서 계속 거액을 벌어들였다. 이 일은 절대로 쉬운 일이 아니었다.

산업계는 비정하고 냉혹했다. 석유 가격 변동이 심하고, 산유량이 요동치고, 과잉과 부족의 불안정성 때문에 정유소도 유정(油井)도 하루아침에 파산하고 폐업하는 일이 허다했다. 계속 과감한 투자와 모험을 감행한 결과로 빚어진 스탠더드 오일의 독점 사업은 불가피했다. 성수기에는 국내 석유 산업의 90퍼센트를 차지했다. 스탠더드 오일의 시장점유율이 높아지면, 석유 제품 가격이 내려갔다. 스탠더드 오일의 물품은 고품질을 유지하면서 저가 원칙을 고수했다. 이른바 '탄력적 수급' 정책으로 '박리다매'를 시행했다. 미국은 이들 기업의 노력으로 농업국가에서 중앙집권적 산업 중심 민주주의 국가로 발전했다.

그러나 세상은 좋은 일만 있는 것이 아니다. 승승장구하는 회사에 날벼락 같은 일이 생겼다. 폐업으로 몰린 생산업자와 정유업자의 불평불만이 쌓이자 스탠더드 오일에 대한 조사가 시작되었다. 대기업 활동을 법적으로 제한해야 한다는 여론이 일자 펜실베이니아 주 정부가 공동 모의 죄목으로 록펠러 관련 인사들을 형사 기소했다. 스탠더드 오일의 '트러스트'(신탁제도)가 문제를 일으켰다. 37명의 주주들이 소유하고 있는 주식을 9명의 수탁자 명의로 바꾸어놓았다. 그리고 이들 37명 주주에게 트러스트 증권, 모회사의 주식이 전달되었다. 9인의 수탁자는 전체 주식의 2/3를 소유하게 되었다. 1880년 미국 산업계는 이런 수탁 제도를 광범위하게 도입하고 있었다. 문제는 이런 수탁 제도가 민주주의를 위협한다는 우려를 낳았기 때문이다.

뉴저지 스탠더드 오일 회사와 존 시니어의 시련

1890년 미국 연방의회가 셔먼 반(反)트러스트 법을

가결했다. 해리슨 대통령이 서명한 이 법은 즉시 공포되었다. 이 법에 따라 오하이오 주정부는 스탠더드 오일의 해산을 요구했다. 이 법으로 인해 1892년 스탠더드 오일 트러스트는 해산되고, 이 회사는 '뉴저지 스탠더드 오일'로 재탄생했다. 자본금도 1억 1천만 달러로 증액되었다. 14명의 임원을 거느리는 사장에는 록펠러 시니어가 부임했다. 내부 구조는 바뀌었지만, 사업 방식은 마찬가지요, 업계에 미치는 지배력도 절대적이었다. 1900년에 2억 5백만 달러 순자산은, 1906년 3억 6천만 달러에 달했고, 순이익은 5,600만 달러에서 8,300만 달러로 증가했다. 반대파는 이 사실을 묵과하지 않았다. 다시 소송을 제기해서 뉴저지 스탠더드 오일은 1907년 2,900만 달러의 벌금을 연방정부에 냈다. 70세의 존 시니어는 끄덕도 않았다. 판결 후 3년이 지났다. 유럽에서 전쟁이 났다. 방대한 양의 석유는 바다를 건너갔다. 미국의 자동차 수도 급증했다. 석유 소비량이 늘었다. 석유 업계는 새로운 시대에 돌입했다.

그는 1890년대 철강과 철강 운송 사업에 역점을 두었다. 이 일로 미국 철강 재벌 앤드루 카네기와 충돌했다. 그러나 존 시니어의 마음은 오로지 석유뿐이었다. 여론 일각에서는 존 시니어를 '민중의 적'으로 비난했다. 신문은 스탠더드 오일이 석유 산업의 독점을 기도한다고 비난했다. 존 시니어는 미국 자본주의 체제를 비난하고 반대하는 모든 사람들의 표적이 되었다. 미국 위스콘신 주 정치가 로버트 라폴레트는 존 시니어를 "동시대 최악의 범죄자"라고 공격했다. 존 시니어는 이때 은퇴를 결심했다. 그는 회사에 출근도 안 하고, 자택에 머물다가 자주 여행길에 올랐다.

라드로 사건

        라드로 사건이 터졌다. 1914년 4월 20일 콜로라도 주 라드로에서 파업을 감행한 광산 노동자와 주 병력이 충돌해서 주 병력의 발포로 199명이 살해되었다. 미국 노동운동사 최악의 사태가 벌어진 것이다. 이 광산은 록펠러가 소유한 광산으로서, 장남 존 주니어가 운영하고 있었다. 그는 강경책을 썼다. 끝까지 노동자와 타협을 하지 않았던 것이다. 광산에 재해가 빈발하고, 노동자들은 저임금이었다. 가혹한 노무 관리에 반기를 든 노동운동가들이 광산에 대거 잠입하고 있었다. 이들은 쟁의에서 노동조합 승인, 10퍼센트 노임 인상, 8시간 노동제 등을 주장했다. 회사 측은 노동조합을 인정하지 않았다. 사태가 진정되지 않자 록펠러 가문에 대한 비난이 쏟아졌다. 평소 록펠러의 후원을 받았던 헬렌 켈러 여사도 비난 행동에 가담했다. 여전히 장남 존 주니어는 양보하지 않았다. 1904년 출판된 아이다 타벨(Ida Tarbel)의 저서 『스탠더드 오일의 역사(The History of the Standard Oil Company)』는 록펠러가 "미국 기업 윤리를 손상시켰다"고 비난했다. 존 시니어는 "동시대 최악의 범죄자"라는 낙인이 찍혔다. 그러나 손자 데이비드는 그의 『회상록』에서 조부를 옹호하며 "스탠더드 오일은 다른 회사에 비해 경영이 고결했으며, 조부는 동업자와 소비자, 그리고 나라 전체가 시장 독점 때문에 피해를 입지 않도록 배려했다"라고 주장했다. 존 시니어에 대한 일반적인 논평은 "석유의 저가격을 고집했고, 박리다매 원칙을 지켰으며, 석유 산업의 모든 요소를 하나의 조직으로 통합해서 고품질 석유를 공급하는 근대적 회사 창출을 도모했다"는 것이었다. 손자 데이비드는 존 시니어에 대해서 단언했다. "조부는 침례교의 엄격한 교리를 지키며 자선사업에 진력한 신앙인이었다."

존 주니어의 약진, 존 시니어의 자선사업

존 데이비슨 주니어는 뒷날 캐나다 수상으로 취임하는 윌리엄 라이언 매켄지 킹을 고용해서 노동자와 협상을 시작했다. 이 일은 노사 분쟁 역사에 획기적인 사건으로 기록된다. 존은 킹과 함께 광부들을 만나서 협상을 통해 분쟁을 해결하고, 그들의 부인들과 마당에 나와 즐겁게 스퀘어 댄스를 추었다. 이 일이 계기가 되어 존 데이비슨 주니어는 노사 관계 개선에 매달리게 되고, '노사관계상담소'를 설립해서 노사 관계 모든 난제를 해결하는 데 기여했다.

존 시니어는 라드로 사건에 대처하는 아들의 경영 능력을 보고 그를 깊이 신임하게 되었다. 그는 아들의 자산 관리 능력을 믿고 거액의 자산을 그에게 양도했다. 그 돈에는 "세계 인류의 행복을 위하여"라는 암묵적 메시지가 담겨 있었다. 아들 존 데이비슨 주니어는 종교, 과학, 환경, 교육, 문화 예술 전 분야 지원 사업 계획을 구상하기 시작했다.

존 시니어는 은퇴를 했다. 그의 나이 63세였다. 은퇴 후, 그는 묵묵히 자선사업에 몰두했다. 산업의 발달로 그의 자산은 계속 늘어났다. 자동차 개발과 보급으로 석유 수요가 급증했기 때문이다. 은퇴 무렵 그의 자산은 2억 달러였다. 20년 후 1913년, 자산은 10억 달러로 증가했다. 막대한 재산이 자선 활동에 투입되었다. 독실한 침례교 신자였던 그는 사업을 시작할 무렵부터 수입의 10퍼센트를 교회에 헌금했다. 은퇴 후 그는 침례교 목사 프레드릭 게이츠에게 지원이 필요한 사람과 조직에 대한 사정 방법을 연구하도록 부탁했다. 게이츠는 박식한 목사였다. 두 사람은 재산 분배 계획을 세웠다. 특히 교육과 의학 분야 발전에 중점을 두었다. 존 시니어 최대의 자선사업은 1890년대의 시카고대학교 창립과 1901년에 창립한 록펠러의학연구소가 된다. 시카고대학교 창립에 8천만 달러를 희사하고, 공중위생과 의학 교육을 위해 2억 5천만 달러를 기부했다. 그는 미국 남부 지방 흑인 교육을 돕는 일에도 열중했다. 일반교육위원회(General Education Board)를 설립해서 미국 남부 지방에 흑인을 위한 학교교육 제도를 만들고 후원했다. 그는 이 위원회에 30년간 1억 3천만 달러의 기부금과 운영자금을 제공했다. 1913년에 창립한 록펠러재단은 범세계적인 자선단체인데, 창립 후 10년간 1억 8,200만 달러를 기부했다. 이 재단은 '녹색혁명'을 통해 전 세계의 농업, 환경, 사회 개혁에 큰 공헌을 했다.

존 데이비슨 록펠러 시니어가 자선사업에 기부한 총액은 5억 달러를 넘었다. 재산을 어떻게 모았느냐는 질문을 받았을 때 존 시니어는 "하나님이 부를 안겨주셨다"고 말했다. 그의 모든 수입과 지출 내용은 록펠러 아카이브에 보존되어 있다. 회계 기록 문서의 보존은 엄격한 가풍(家風)이고, 전통이었다. 존 시니어의 식사는 여전히 우유와 과실과 과자로 끝내는 소식이었으며, 별다른 취미 없이 말(馬)을 살피고, 골프를 하고, 충분한 휴식을 취하는 일상은 체중 50킬로그램과 장수 97세의 비결이 되었다.

존 데이비슨 록펠러 주니어

장남 존 데이비슨 록펠러 주니어(John Davison Rocke-feller Jr., 1874~1960)는 브라운대학교 출신이었다. 그는 대학생 시절 음악을 좋아하면서 현악사중주단 단원이 되었다. 술도 담배도 삼가고, 도박에도, 관극에도, 만화에도 관심이 없었다. 그는 아버지처럼 검소한 생활을 했다. 허름한 양복이 단벌이었다. 우편료 2센트, 여자 친구 선물 값 5센트,

음료수 값 등을 꼼꼼하게 일기장에 적었다. 대학 2학년 여름 방학에 영국 가서 생전 처음으로 연극을 봤다. 셰익스피어의 〈베로나의 두 신사〉와 〈한여름 밤의 꿈〉이었다. 세상에 이런 것도 있었구나, 충격이었다. 그는 사교춤에 열중했다. 댄스는 사회생활이요, 친구를 사귀는 방법이었다. 그는 이윽고 매력적인 여성을 만나게 되었다. 그래도 쉽게 마음을 열지 않았다. 그는 내성적인 성격이었다.

애비 올드리치(Abigail Aldrich, 1903~1976)는 공화당 상원의원의 딸이었다. 존 주니어는 그녀가 마음에 들었지만 그는 4년 동안이나 말문을 열지 않고 있었다. 마침내 그는 자신의 심정을 어머니에게 털어놓았다. 그는 어머니의 지침을 원했다. 어머니 말씀을 듣고, 그는 애비에게 청혼 편지를 보냈다. 그는 자신의 배경, 재정 상황, 미래 계획을 적었다. 장인 될 사람은 편지 내용이 웃겼지만 마음에 들었다. 그가 사랑했던 애비는 28세, 미모는 아니지만 발랄한 성격의 여인이었다. 애비는 로드아일랜드 프로비던스에서 남자 다섯, 여자 셋, 여덟 명인 형제자매 대가족 중 세 번째 차녀로 태어났다. 애비의 기백, 사교성, 친밀성은 존 데이비슨 록펠러 주니어의 부족한 점을 보완했다. 두 사람은 결연되어 혼례를 올렸다. 신문은 대서특필이었다. 이들 부부 사이에서 1903년 딸 애비, 1906년 존 3세, 1908년 넬슨, 1910년 로렌스, 1912년 윈스롭, 1915년 데이비드 등 5남 1녀의 자녀들이 탄생했다. 데이비드는 『회상록』에서 "어머니를 생각하면 사랑과 행복감에 젖어든다"고 말했다. 자녀들은 어머니의 심미안과 직관력을 흡수했다. 어머니는 예술품에 대한 혜안이 빛났다.

존 주니어 가족은 뉴욕 시 브로드웨이 웨스트 54번로 10번지 집에서 살았다. 9층 건물이었다. 옥상에는 놀이터, 지하에는 스쿼시 코트, 옥내 운동장, 진료소, 2층에는 음악실이 있고, 이곳에서 저명한 음악가들의 연주회가 열렸다. 집 안은 온통 세계 각국에서 수집한 예술품으로 넘쳐 있었다. 애비의 취미가 반영된 고대 예술품과 구미의 현대작품이 망라되어 있었다. 이 모든 미술품은 후에 미술관(MOMA)을 더욱더 빛나게 만들었다. 애비는 어린이 방을 미술품 전시실로 개조했다. 집 안의 공간이 부족하자 애비는 옆집을 구입했다. 애비의 부군(夫君)은 근대미술보다는 중국 명조(明朝)나 강희제(康熙帝) 시대 도자기 수집을 선호했다. 애비는 아시아 미술을 좋아했다. 중국과 한국의 초기 왕조 시대 도자기와 불상 등 불교미술도 수집했다. 애비는 집 안에 '부처님 방'을 마련해서 수많은 불상이나 관음상을 전시했다. 애비의 언니 루시도 미술품 수집에 힘을 보탰다. 루시는 아시아 지역을 여행하면서 미술품을 수집해서 뉴욕으로 발송했다.

록펠러 집안 자녀들의 일과는 늘 한결같았다. 자녀들은 일찍 일어나 아침 식사 전에 부친의 서재에서 아침 기도를 올렸다. 아이들이 성경 구절을 암기하고 낭송하면, 부친은 성경 구절을 해설했다. 아침 운동은 계속되었다. 모두들 링컨 스쿨에 다녔다. 링컨 스쿨의 교사들은 우수했다. 특히 역사 교사의 가르침은 잊을 수 없었다. 링컨 스쿨을 졸업하면 각자 대학으로 진학했다. 겨울에는 주말마다 웨스트체스터의 포칸티코 힐스 저택에서 지냈다. 숲과 호수와 들판과 강물이 흐르는 넓은 대지에 야생동물이 우글거렸다. 이 저택은 조부가 거주하는 집이었다. 가족들은 자연 속의 삶을 만끽했다. 이곳은 어린이들의 낙원이었다. 여름에는 메인 주 마운트디저트 섬에서 지냈다. 가족이 이동하는 데 몇 주일이 걸렸다. 함께 옮기는 짐이 어마어마하게 많았다. 예컨대 워커고든 연구소가 만든 살균 우유를 보관한 아이스박스만 하더라도 굉장한 부피였다. 가족과 고용인들로 침대차 1량(兩)이 만원이었다. 부모와 6인의 형제자매 외에 간호사, 가정교사, 개인 비서, 부친의 측근들, 요리사, 객실 담당 및 거실 담당 가정부들, 전기 기술자

등 사람들 직업도 가지각색이었다. 침대차에 마필(馬匹) 수송용 화차를 연결했다. 여름휴가를 위한 말과 사륜마차도 화차에 실었다. 마부가 그 화차에 동승했다. 여름 별장으로 가는 열차 여행은 16시간 걸렸다. 열차에서 내리면 섬으로 가는 배를 탔다. 24시간 걸리는 여정이었다. 가족들이 도착한 바하버는 뉴잉글랜드 지방의 피서지 명소였다. 이곳 해안선 저택에는 미국 갑부들의 호화 별장이 늘어서 있었다. 해안선에 정박한 요트에서는

존 D. 록펠러 시니어와 주니어

밤을 새우는 파티가 요란했다. 록펠러 가족은 그런 파티와는 거리가 멀었다. 부친은 말을 타고 숲 속을 달렸다. 모친은 보트를 타고 바다로 나갔다. 아이들도 각자 자신들 놀이에 열중했다.

존 주니어는 인색했다. 자녀들에게 자전거 한 대, 주간 용돈 25센트를 주었다. 용돈의 10퍼센트는 교회 헌금이요, 10퍼센트는 저금이었다. 나머지 돈의 사용처는 상세하게 노트에 적도록 엄격히 지시했다. 존 주니어가 그의 아버지 존 시니어로부터 배운 그대로, 보았던 그대로였다. 존 주니어는 35세가 될 때까지, 딴 일 하지 않고 부친의 자선사업에 종사하면서 업무를 수업했다.

이런 일이 있었다. 1915년 재벌 J. P. 모건이 사망하자 그의 수집품인 중국제 도자기를 입수할 기회가 생겼다. 금액은 1백만 달러였다. 그는 부친

에게 차용(借用)을 요청했다. 부친은 거절했다. 그는 다시 한 번 편지로 요청했다. 이번에는 부친이 양보했다. 그래서 도자기를 구입할 수 있었는데, 부친은 아들 존의 집착과 용기를 칭찬했다. 이 일이 있은 후, 부친은 대량의 주식과 채권을 그에게 양도했다. 손에 쥐어준 막대한 돈의 액수에 존은 기절할 뻔했다. 1917년부터 22년 동안에 존 D. 록펠러 시니어는 자녀들에게 계속적으로 자산을 증여했는데, 대부분 존 주니어 몫이었다. 그는 자손에게 자선 활동에 대해서 엄한 당부를 잊지 않았다.

록펠러 가족들의 사회봉사

록펠러 가족들은 유지를 받들어 재산을 축적하고, 사업에서 물러나면서 자선을 행하는 인생을 살았다. 로스차일드 등 다른 재벌들은 대대로 사업을 계속했다. 그러나 록펠러나 구겐하임은 2대 넘으면 사업도 축재도 뜸해지고, 3대 이후에는 가문의 재산과 명예를 발휘해서 사회적 책임을 완수했다. 넬슨 록펠러는 뉴욕 주 지사를 네 번 연임하면서 '록펠러 마약법'을 입법하고 시민들 복지에 힘썼다. 그는 1974년 12월 제럴드 포드 대통령 정부에서 부통령에 취임했다. 넬슨 동생 윈스롭(Winthrop Aldrich Rockefeller, 1912~1973)은 한때 체이스내셔널 은행에서 일하다가 아칸소 주 지사가 되었다. 존 3세(John Davison Rockefeller III, 1906~1978)는 자선사업가로 독자적인 일을 하면서 아시아 미술 발전과 국제 개발 사업 중요 기관에서 봉사했다. 그는 1952년 후반 록펠러재단의 회장으로 취임하면서 방대한 미술품을 수집하고, 막대한 재원으로 과학 연구와 세계 여러 나라의 사회문제 해결을 돕는 일을 지원했다. 가장 두

드러진 업적은 노먼 볼로그가 성취한 교배 종자 산출 사업을 지원한 일이다. 이 사업은 1960년대 아시아 지역과 라틴 아메리카 여러 나라에서 시행된 '녹색혁명'을 돕게 된다. 존은 아시아 소사이어티(The Asia Society), 농업발전협의회(The Agricultural Development Council), 인구문제협의회(The Population Council)를 설립해서 재정을 지원했다.

3남 로렌스는 암 연구와 환경문제 사업을 지원하는 일에 헌신했다. 그는 록펠러형제기금(Rockefeller Brothers Fund: RBF)과 록펠러센터의 회장으로 취임했다. 막내 데이비드(David Rockefeller)는 2002년『회고록』을 출판하면서 록펠러 가문의 모든 것을 세상에 알리는 일에 기여했다. 이 책은 록펠러에 대한 올바른 정보를 알리고 자본 증식으로 얻은 세상의 비난을 반감시키는 데 도움이 되었다. 하버드를 우등으로 졸업하고, 시카고대학교에서 박사학위를 받은 그는 런던으로 가서 케임브리지대학교에서 영문학 공부를 하고, 런던 스쿨 오브 이코노믹스 경제 명문대학에서 연수한 다음, 미국으로 돌아와서 체이스맨해튼 은행에서 일했다. 1960년 사장으로 취임하고, 1981년 회장직을 맡았다. 지미 카터 대통령으로부터 재무장관 취임 등 입각과 대사 취임을 요청받았지만 그는 거절하고, 25억 달러 이상의 재산으로 자선사업과 사회봉사 활동에 전념했다. 그는 하버드대학교에 '라틴아메리카 연구 데이비드 록펠러 센터'를 설립해서 4천만 달러를 기부했다. 이 연구소는 라틴아메리카 정치경제의 안전을 연구하는 일에 목적을 두었는데, 다년간의 연

데이비드 록펠러와 그의 처 페기

구 성과로 미국 내 라틴아메리카에 대한 인식이 새로워지고, 경제개발, 환경보호, 인권, 마약, 폭력 등 사회문제에 대한 해결책이 강구되는 성과를 올렸다.

링컨 센터
— 500년 내다본 예술의 전당

존 록펠러 3세의 빛나는 업적은 맨해튼 서부(150 West 65th Street on the Upper West Side of Manhattan)에 자리 잡은 링컨 센터(Lincoln Center for the Performing Arts)의 건립이었다. 링컨 센터는 어떻게 세워졌는가?

변호사 찰스 스포퍼드(Charles Spofford)는 뉴욕 메트로폴리탄 오페라단 이사회 이사였다. 당시 라가르디아(Fiorello H. LaGuardia) 뉴욕 시장은 평소 오페라 하우스 건립의 중요성을 자주 언급했다. 시장은 오페라단의 열렬한 팬이었다. 스포퍼드는 시장의 말을 듣고 가슴이 설렜다. 그는 시장을 만나 이 일을 추진하자고 제언했다. 시장은 뉴욕시 도시 및 공원 담당관 로버트 모제스(Robert Moses)를 만나보라고 말했다. 모제스는 오페라를 사양(斜陽) 예술이라고 경시하면서 센터 건립 반대 의견을 시장에게 제출했다.

그 후, 10년이 지났다. 라가르디아가 물러나고, 오드와이어(William O'Dwyer)가 새로 뉴욕 시장으로 선출 되었다. 스포퍼드는 다시 시장을 만나러 갔다. 시장은 그 전 시장처럼 담당관 모제스를 만나라고 했다. 스포퍼드는 모제스를 다시 만나 격론을 벌였다. 그는 오페라가 사양이 아니라 나

날이 발전하고 있다고 말했다. 장시간 논쟁 끝에 모제스는 스포퍼드의 열의에 감동되어 자신의 입장을 바꿨다. 그는 건축 부지 여러 곳을 물망에 올렸다. 남미인들의 빈민가로 변한 링컨 광장이 유망지로 선정됐다. 이 부지를 수용할 경우 6주일 안에 150만 달러가 있어야 한다고 모제스는 말했다. 스포포드는 외교연구원 모임에서 만나는 존 록펠러 3세에게 오페라 하우스 건립을 호소했다. 존 3세는 그의 말에 귀를 기울이고 흔쾌히 지원을 약속했다. 뿐만 아니라 그는 센터 건축 준비 모임의 좌장도 수락했다. 존 3세는 중요 인사 몇 사람을 가담시키면서 말했다. "이상한 일이죠. 내가 한 일을 보면 항상 여섯 명 남짓한 사람들이 해냈어요. 아무리 큰 프로젝트도 창조력을 지닌 소수가 해냅니다."

그가 초빙한 인사들 중에는 뉴욕 생명보험회사 이사장 조지프스(Devereux C. Josephs)가 있었다. 조지프스도 외교연구원 회원이었다. 조지프스와 록펠러는 흑인 대학 펀드(United Negro College Fund) 일을 함께 하고 있었다. 록페러가 다음에 접근한 인사는 브루클린 문화예술협회 회장 로버트 블럼(Robert Blum)이었다. 록펠러는 그의 풍부한 문화예술계 인맥과 배경을 존경했다. 특히 록펠러가 주목했던 일은 블럼이 로버트 모제스와 친하고, 시청 관리들을 알고 있다는 점이었다. 록펠러는 이 사업을 '신념의 모험'이라고 불렀다. 그는 돈 이상의 것, 록펠러의 이름을 바치기로 결심했다. 존 3세는 예술과 건축 지식이 얄팍했다. 허지만 전문가의 말을 듣고 배우는 능력은 충분했다. 더욱더 중요한 것은 영도하는 자질이 있었다.

록펠러는 매달 둘째 주 월요일 센트리 클럽 정규 오찬(12시 30분) 모임을 갖기로 했다. 이 모임에 참석하는 인사들은 뉴욕에서 가장 바쁘게 일하는 사람들이었지만 결석도 지각도 하지 않았다. 록펠러 의장, 메트로폴리탄 오페라의 스포퍼드, 잭슨(Jackson), 올즈(Olds), 뉴욕 필하모닉의 호턴

(Houghton), 카이저(David Keiser), 블레어(Floyd Blair), 뉴욕 시티 발레의 커스타인(Lincoln Kirstein), 건축가 해리슨(Wallace Harrison), 그리고 조지 프스, 블럼, 블리스(Bliss) 등 측근들이었다. 이들은 건축을 위한 원칙과 계획을 세우고, 능력 있는 전문가들을 초빙했다. 모임은 이사회로 발전되었다. 우선 결정된 것은 링컨 센터를 세우고, 그 안에 교향악단, 무용단, 극단을 포함하자는 것이었다. 그러다 보니 수많은 소위원회가 구성되었다. 소위원회는 각 분야 최고의 전문가들로 구성되었다.

링컨 센터의 교육석 기능에 관해서도 토론이 벌어졌다. 뉴욕대학교 부총장 조지 스토더드(Dr. George D. Stoddard)가 이 토론에 참가했다. 그는 미국 셰익스피어 축제 극장과 교육방송협회 이사로 재임하고 있었다. 그는 단호하게 진언했다. "링컨 센터는 젊은이들의 문화교육 체험의 장이 되어야 합니다." 그의 의견이 받아들여졌다. 그는 창조예술과 교육 소위원회 회장이 되어 10년간 설립 작업을 도왔다. 일은 확대되어 부설 음악학교와 박물관 및 도서관이 수용 대상으로 거론되었다.

왕성한 토론이 있은 후 귀결되는 의문은 "돈은 어디서 나오나?"였다. 센터 건립에 필요한 돈은 7,500만 달러 이상이었다. 다행스럽게도 준비위원 인사들은 이런 일에 쓸 수 있는 돈이 어디 있고, 그 돈을 어떻게 얻을 수 있는지 알고 있는 도사들이었다. 게다가 록펠러가 주도하고 있는 일이라서 그 이름이 기금 모금에 절대적인 기여를 할 수 있다고 모두들 믿고 있었다. 막대한 돈이 필요한 일이었지만, 이 일에 참여한 인사들은 어떤 일이 있어도 센터는 필요하고 바람직한 일이라는 확고한 신념을 갖고 있었기에 난관은 돌파할 수 있다고 믿었다.

센터에 반대하는 비판 여론도 있었다. 평론가 브루스틴(Robert Brustein)은 『뉴 리퍼블릭(The New Republic)』에 "문화 창조 없이 문화 전당 건설은 있을 수 없다."라고 말했다. 준비 모임 측 조지프스는 응수했다. "무슨 소리야, 창조와 센터는 함께 성장한다! 문화는 환경을 만든다. 환경은 문화를 만든다. 둘은 함께 간다."

존 록펠러 3세와 준비 모임 인사들은 유럽 8개국 14개 도시 극장 순방 길에 나섰다. 그들은 여러 나라의 공연예술가들과 예술교육 전문가들을 만나서 협의하고 아이디어를 얻어냈다. 링컨 센터 오페라 하우스에 걸린 휘황찬란한 샹들리에는 해리슨이 뮌헨의 소극장서 봤던 아름다운 등을 모방한 것이었다. 순방 인사들에게 감명을 주었던 스트라스부르의 미셸 생드니(Michel Saint-Denis)의 창의적 예술 훈련 개념은 줄리아드 음악학교(Juilliard School) 창설에 도움을 주었다. 생드니는 이후 초빙되어 교육 관련 자문을 맡게 되었다.

링컨 센터의 핵심이 무엇인가에 대한 토론이 벌어졌다. 메트로폴리탄 오페라와 뉴욕 필하모닉은 자신들이 중심이라고 양보하지 않았다. 그러나 이사들과 전문 위원들은 특정 예술 분야가 주인이 되면 안 된다고 역설했다. 각 분야의 독립성이 유지되고, 동시에 모든 분야를 아우르는 '허브(hub)'조직의 구성안이 바람직하다고 수용되었다. 시티 센터 문제도 거론되었다. 이 문제는 시티 센터를 메트로폴리탄 오페라가 수용하는 것으로 결론이 났다. 전속 극단 문제는 링컨 센터가 새로운 극단을 출범시킨다는 안으로 결론이 났다.

여전히 돈의 문제는 협의 중심 과제였다. 문화예술 전당으로서 이토록 종합적이고 방대한 조직은 처음 있는 일이었기 때문에 예산도 그만큼 많이 소요되어 한때 센터 계획은 불가능한 꿈이 아닌가라는 의구심이 들기도 했다. 과거 메트로폴리탄 오페라를 위해 300만 달러 예산을 책정한 적이 있었지만, 그 일도 수포(水泡)로 돌아갔다. 지금은 7,500만 달러였다. 일의 가능성이 점쳐진 것은 국내 사정의 변화 때문이었다. 국민들은 돈의 여유가 생겨 여가 활용이 당면 과제가 되었다. 1957년 미국에는 80개 오페라 단체, 1천 개의 심포니 오케스트라, 5천 개의 공공 극장이 있었다. 고전음악 레코드판이 기록적인 판매량을 올리고, 음악회 입장객은 야구 경기를 앞섰다. 하지만 뉴욕시는 아직도 금융과 산업의 도시이지 문화의 도시는 아니었다. 그래서 항상 돈, 돈, 돈이 삶의 주제였다. 그래서 센터 건설은 뉴욕의 이미지를 바꾸고, 문화생활을 획기적으로 향상시키는 거사(巨事)가 되었다. 그래서 모두가 일심 단결이었다. 모금 캠페인을 위해 커스틴 브라운 선문회사가 영입되었다. 모금 행사의 사령탑으로 식료품계 거물 클래런스 프랜시스(Clarence Francis)를 초빙했다.

록펠러와 프랜시스는 산업 분야 회장들을 찾아갔다. 그런데 그들은 묻는 것이었다. "존, 이런 일이 된다고 믿습니까?" 존은 자신 있게 대답했다. "되고말고요. 뉴욕을 위해 중요합니다. 이 나라를 위해 중요합니다. 전 세계를 위해 중요합니다." 그러자 회장들은 다시 묻는 것이었다. "얼마 필요합니까?" 프랜시스는 대답했다. "우리는 여러 세대를 가는 극장을 지으려 합니다. 우리는 문화예술의 전당을 짓습니다. 500년간 이곳에 남아 있을 건물을 짓습니다." 프란시스는 이 캠페인이 뉴욕 시에 국한되지 않고 연방 모든 주가 참여하는 범국민적 행사가 되기를 바랐다. 왜냐하면 링컨 센터는 문화예술의 국가적 표현이요, 그 상징이 되기 때문이었다.

링컨 센터 건립을 위한 모금 운동 전개

모금 운동 회사 커스틴 브라운이 시동을 걸었다. 그들

은 오페라와 교향악단 사람들부터 시작해서 음악 축제 행사 관련 인사들, 준비위원회 인사들의 친구들, 음악 관련 기관의 사람들, 신문 잡지 여론 주도자들, 문화예술계 사람들을 탐방해서 모금 활동을 펼쳐나갔다. 모금 참여자는 순식간에 수만 명으로 늘어났다. 커스틴 브라운 모금 운동은 수많은 뉴욕 시 소위원회 둥지 속을 뚫고 들어갔다. 소위원회는 다른 소위원회로 기하급수적으로 번져나갔다. 파트론 기증자의 이름이 대리석에 새겨지고, VIP 대우를 받으며, 연습실 참관이 가능하다는 이야기가 참여자들에게 알려져서 참여자들은 계속 늘고 늘었다. 놀랍게도 뭉칫돈 2,500만 달러가 포드재단으로부터 전달되었다. 록펠러재단도 1,500만 달러를 기증했다. 록펠러형제기금(RBF) 등 16개 재단의 총 기부금은 6,280만 달러가 되었다. 메트로폴리탄 오페라단을 오랫동안 지원했던 텍사코(Texaco)는 45만 달러를 보내왔다. 이것은 단일 회사 기부로서는 최고의 액수였다. 두 은행 체이스맨해튼과 퍼스트 내셔널 시티(First National City)는 각각 25만 달러를 기부했다. 다른 15개 은행도 이에 준해서 기부금을 냈다. 독일 대사도 기부에 가담했다. 일본 재벌들도 후원금을 냈다. 존 록펠러 3세는 전체 모금액 1억 8,500만 달러의 반 이상을 들고 왔다. 잭슨(C. D. Jackson)은 이탈리아 대사에게 이탈리아 명산(名産) 대리석을 링컨 센터 현관에 부착하도록 기증하면 얼마나 나라 사이 우의가 다져지겠느냐고 권유했고, 존 록펠러 3세는 때를 놓치지 않고 대사에게 긴 편지를 띄워 일을 성사시켰다. 이런 국제 협력은 지금까지 누구도 상상 못한 일이었다. 존 록펠러 3세는 한 걸음 더 나갔다. 뉴욕 시와 주 정부, 그리고 연방정부 돈을 얻어오는 데 결정적인 역할을 했다. 연방정부 지원금은 '빈민가 정리법'으로 처리되었다. 뉴욕 시 지원금은 링컨 센터 건설로 공용 주차장과 야외 공연장 확보가 실현될 수 있어서 가능해졌다. 뉴욕 주 지원금은 넬슨 록펠러 지사가 뉴욕 세계 박람회 예산의 전용을 결정하면서 가능해졌다. 건립 장소가 결정되고, 재원이 마련되자, 링컨 센터 건축은 순조롭게 진행되었다.

링컨 센터 건축 기공식과 준공

건축가 해리슨은 건축 디자이너와 힘을 모았다. 아브라모비츠(Max Abramovitz)는 필하모닉 홀을 설계했다. 존슨(Philip Johnson)은 극장을 설계했다. 번샤프트(Gordon Bunshaft)는 도서관-박물관을 설계했다. 사리넨(Eero Saarinen)은 레퍼토리 극장을 설계했다. MIT 건축대학 학장 벨루치(Pietro Belluschi)는 줄리아드 음악학교를 설계했다. 건물의 크기, 교통과 접근성, 도로 방향, 건축물의 요구 조건 등 근본적인 문제가 1년 이상 충분히 논의되어 최종안이 마련되었다.

링컨 센터 기공식이 1959년 5월 14일 거행되었다. 음악가 레너드 번스타인(Leonard Bernstein)이 사회를 맡고, 애런 코플런드(Aaron Copland)의 곡 '판파레'를 지휘했다. 줄리아드 합창단이 국가를 부르고, 줄리아드 출신 메조소프라노 메트로폴리탄 오페라 가수 스티븐스(Rise Stevens)가 〈카르멘〉의 아리아를 노래했다. 로버트 와그너(Robert Wagner) 시장, 로버트 모제스 그리고 존 D. 록펠러 3세가 짧은 연설을 했다. 아이젠하워 대통령이 기공식 첫 삽을 들었을 때, 줄리아드 합창단과 필하모니 오케스트라는 헨델의 〈메시아〉 중 〈할렐루야〉를 우렁차게 불렀다. 44년 된 앤소니 카파소 건설회사 대형 크레인이 큰 삽으로 흙을 파내는 순간 역사적인 링컨 센터 공사가 시작되었다. 존 록펠러 3세의 "신념의 모험"이 실현된 날이었다.

프란시스는 모금의 어려움을 말했다. "하버드대학 모금은 쉬워요. 많은

링컨 센터의 메트로폴리탄 오페라하우스(왼쪽)와 데이비드 게펜 홀(오른쪽)

사람들이 하버드를 좋아하기 때문이죠. 어린이 병원 모금도 쉬워요. 병원 병상을 보여줄 수 있기 때문이죠. 그러나 링컨 센터는 아무것도 없어요. 오로지 하나의 개념뿐이죠." 그 개념 하나가 센터를 만들어냈다.

애버리 피셔 홀(Avery Fisher Hall, 1962년 현재 필하모닉 홀), 데이비드 코시 시어터(David H. Koch Theater, 1964, New York State Theater), 비비안 보몬트 극장(Vivian Beaumont Theater, 1965), 도서관 및 박물관(The Library & Museum of the Performing Arts, 1965), 메트로폴리탄 오페라 하우스(Metropolitan Opera House, 1966), 줄리아드 스쿨(Juilliard School, 1969) 등 센터 내 건물이 준공되어 개관했다. 현재 링컨 센터는 11개 전속 단체를 포용하고 있다.

- 실내악협회(The Chamber Music Society of Lincoln Center)
- 영화협회(Film Society of Lincoln Center, Sponsor of the New York Film Festival)
- 링컨 센터 재즈(Jazz at Lincoln Center)
- 줄리아드 스쿨(Juilliard School)
- 링컨 센터 공연예술센터(Lincoln Center for the Performing Arts, Inc.)
- 링컨 센터 극단(Lincoln Center Theater)
- 메트로폴리탄 오페라단(Metropolitan Opera)

- 뉴욕 시티 발레단(New York City Ballet)
- 뉴욕 교향악단(New York Philharmonic)
- 뉴욕 공연예술 도서관(New York Public Library for the Performing Arts)
- 미국 발레 학교(School of American Ballet)

존 록펠러 3세는 1956년부터 1961년까지 링컨 센터 초대 회장으로 일했다. 이후 맥스웰 테일러 장군(General Maxwell D. Taylor)이 회장으로 추대되어 1961년 1월 4일 취임했는데, 4개월 후 사임하고, 케네디 대통령의 고문이 되어 쿠바 위기 해결에 나서게 되었다. 그 자리를 에드거 영(Edgar Young)이 회장 서리로서 맡고 있었는데, 존 3세가 추대해서 줄리아드 총장을 지냈던 윌리엄 슈만(William Schuman)이 회장으로 영립(迎立)되었다. 슈만은 1962년 1월 링컨 센터 회장으로 취임했다.

존 록펠러 3세는 링컨 센터의 이념을 요약했다. "우리는 오늘과 내일을 위해 링컨 센터를 짓고 있지 않습니다. 수백 년 앞을 내다보고 짓고 있습니다. 링컨 센터가 예술에 대한 미국인의 관심을 높이고, 미국인의 생활에서 예술의 중요성을 깨닫게 하는 하나의 상징으로서 전 세계에 알려질 것을 바라고 있습니다."

근대 미술관(MOMA) 건립과 운영

록펠러 가문이 성취한 역사적 업적 가운데 하나는 세계 최고의 수준인 근대 미술관 MOMA(Museum of Modern Art)의 설립이다. 뉴욕 시 5번가와 6번가 사이 53번로에 위치한 MOMA는 1929년 11월

7일 문을 열었다. 이 미술관이 소장한 근대와 현대 미술품–건축 디자인, 드로잉, 회화, 조각, 사진, 판화, 예술가의 삽화가 그려진 책, 영화, 전자 미디어 등 다양한 수장품은 획기적이며, 도서관에 비치된 30만 권(2013년 현재)의 책과 4만 장의 예술가 파일은 근 현대 미술의 중요 자료가 된다.

이 미술관이 발상되고 시작된 이야기는 감동적이다. 데이비드의 어머니요, 존 D. 주니어의 부인인 애비 올드리치는 그녀의 두 친구 릴리 블리스(Lillie P. Bliss)와 메어리 설리번(Mary Quinn Sullivan)과 함께 1927년 맨해튼 5가 730번지 헥셔 빌딩(Heckscher Building)에서 미술관 일을 시작했다. 월가 증권파동 9일 전이었다. 애비는 뉴욕 버팔로 올브라이트 미술관의 굿이어(A. Conger Goodyear) 전 이사장을 새 미술관 고문으로 모셨다. 무용가 마사 그레이엄의 춤 사진으로 유명한 사진작가 소이치 수나미(Soichi Sunami)가 전속 사진가로 초빙되었다. 그는 1930년부터 1968년까지 미술관의 기록을 사진으로 보존했

다. 굿이어는 폴 삭스(Paul J. Sachs)와 프랭크 크라우니실드(Frank Cownishield)를 이사로 초빙했다. 삭스는 하버드대학교 포그 미술관(Fogg Museum)의 관장이요, 큐레이터였다. 삭스는 앨프리드 바(Alfred H. Barr, Jr.)를 미술관 임원으로 추천했다. 이들 탁월한 인재들의 노력으로 여덟 장의 판화와 한 점의 그림을 기증받아 시작

MOMA(Museum of Modern Art)

한 일이 점차 확장되다가 미국 최초 현대미술관이 되었다. 이 미술관은 또한 맨해튼에서 유럽 현대미술을 최초로 선보인 업적을 남겼다.

최초의 미술전은 1929년 11월에 열린 반 고흐, 고갱, 세잔, 쇠라의 전시였다. 전시 작품은 임대해 온 것이었다. 화랑에는 여섯 전시실이 있었다. 네덜란드에서 온 66점의 유화, 50점의 드로잉과 예술가들의 편지는 전시회 성공의 기폭제가 되었다. MOMA 미술관은 10년 동안 장소를 전전했다. 초창기 존이 미술관 일을 반대했기 때문에 애비는 할 수 없이 다른 곳에서 미술관 운영 자금을 구했다. 애비는 계속 존을 설득하고, 강권했다. 결국, 존은 애비의 소원을 받아들이고 미술관 지원을 약속했다. 존의 공로는 현재의 미술관 부지를 기부한 일이다. 그는 마침내 미술관 최고 후원자가 되었다.

MOMA는 시카고 미술협회(Art Institute of Chicago)와 제휴해서 1939~1940년 피카소 회고전을 열었다. 이 전시회가 엄청난 반응을 일으키면서 MOMA는 국제적인 명성을 얻었다. 이 획기적인 일은 피카소의 열렬한 팬인 바(Barr)가 저지른 일이었다. 이 전시회로 피카소는 미국에서 파문을 일으키고 새롭게 각인되었다. 1939년 애비의 아들 넬슨이 관장이 되었다. MOMA는 새 전기를 맞았다. 53번로 새 보금자리에 자리를 잡으면서, 동생 데이비드가 1948년 이사가 되었다. 1958년 넬슨이 뉴욕 주지사로 선출되자, 데이비드가 MOMA의 총수가 되었다. 데이비드는 건축가 필립 존슨(Philip Johnson)에게 미술관 정원의 개수(改修)를 요청했다. 2013년 데이비드 록펠러 주니어, 샤론 퍼시 록펠러(Sharon Percy Rockefeller, 제이 록펠러 상원의원의 부인)가 MOMA 이사진에 가담했다. 록펠러 가족들은 '록펠러 형제기금'(Rockefeller Brothers Fund)을 통해 미술관 후원을 시작했다. 데이비드는 정원을 새로 단장해서 이 정원을 '애비 올드리치 록펠러 조각 정원'

이라 명명하고 미술관 창립자인 어머니를 기념했다.

애비는 1948년 4월 5일 뉴욕 시 파크애비뉴 740번지에서 서거했다. 자녀들은 어머니의 깊은 정신의 우물에서 샘솟는 예술 사랑을 건져 올렸다. 애비는 자연의 아름다움을 사랑하고, 고결한 인간을 사랑했다. 그리고 대단한 독서가였다. 애비는 자신이 습득한 지식을 자녀들에게 담뿍 안겨주었다. 열심히 일하고, 배우고, 살아가는 일, 미지의 세계를 탐색하는 일의 기쁨과 보람을 여섯 명의 자녀들에게 전수했다. 보칸티코 유니온 교회 장식창(窓)에 애비를 기념하는 창을 제작하게 되었다. 노년의 앙리 마티스가 그림을 그렸는데 이 작품은 마티스의 유작이 되었다. 장미가 그려진 창문의 스케치는 마티스 임종의 자리를 지켰다. 1956년 애비의 기일(忌日)에 장미의 창 헌정식이 열렸다.

존 주니어는 1960년 5월 11일 별세했다. 존 주니어는 1억 5,700만 불의 유산을 현명하게 분할 처리했다. 그의 후처 마사와 록펠러형제기금(RBF)에 유산을 균등 분배했다. 그 밖의 록펠러 자손들에게는 일찍이 1934년부터 1952년에 걸쳐 신탁과 직접 증여로 이미 재산 상당 부분을 나누어주었다. 이런 방식으로 유산이 자선사업의 자금원이 되도록 했다. 존 주니어는 평소 자녀들에게 "자신을 사랑하듯 이웃을 사랑하라", "받는 것보다 주는 것이 좋다"라는 그리스도의 가르침을 전수했다. 유니온 교회 애비 창 옆에 마르크 샤갈이 존 주니어 창을 그렸다. 유니온 교회는 이후 록펠러 가족의 창이 되었다. 넬슨의 창과 아들 마이클의 창, 그리고 데이비드의 아내 페기의 창도 샤갈 그림으로 완성되었다.

1958년 4월 15일 화재로 모네의 18피트 길이의 〈수련〉 그림이 망가졌다. 현재의 모네 〈수련〉 그림은 화재 후 새로 구입한 것이다. 화재는 공기청정기 장치 공사 중에 발생했다. 1983년 미술관은 두 배로 공간을 확장했다. 강당을 증축하고, 식당 두 개와 서점도 추가했다. 2000년대 초, MOMA는 대대적인 보수 작업을 했다. 재개관은 2004년 11월 20일이었다. 이 공사에 8억 5,800만 달러의 비용이 들었다. 전시실, 교실, 강당, 워크숍 연습실, 도서관, 자료실 등이 새로 확충되었다. 개수 작업은 일본의 건축가 요시오 다니구치(Yoshio Taniguchi)가 맡았는데, 개축 후, 건축에 대한 찬반양론이 벌어졌다. MOMA의 The Lewis B. and Dorothy Cullman Education and Research Building은 다니구치의 야심적인 건축물인데 교육 목적으로 지은 빌딩이다. 2011년 MOMA는 미국민속예술박물관(The American Folk Art Museum)을 인수하고, 그 건물 자리에 새 건물을 2018~2019년까지 지을 예정으로 있다.

MOMA는 근현대 15만 점의 걸작 미술품을 소장하고 있다. 2만 2천 편의 영화필름과 400만 점의 영화 스틸, 30만 권의 서적, 1천 종의 잡지를 소장하고 있다. 2009년 MOMA는 연간 11명 9천 명의 회원들과 280만 명의 관람객을 기록했다. 최고의 연간 방문객 수는 309만 명이다. MOMA는 1929년 창설 이래로 매일 문을 열었는데, 1975년 경비 절감을 이유로 주 1일(수요일) 휴관했다. 2012년 이후, 화요일이 휴관이다.

비영리재단인 MOMA는 예산 면에서 미국 내 일곱 번째로 큰 박물관이다. 방대한 예산을 지원하기 위해 진행된 2002~2004년 모금 행사에서 데이비드 록펠러는 7,700만 달러의 현금을 기부하고, 2005년에는 추가로 1억 달러의 기부금을 약속했다. 이 예산으로 MOMA는 2012년 예산연도에 3,200만 달러의 예술품을 구입했다. MOMA는 815명의 직원을 고용하고 있으며, 1929년부터 2013년까지 84년간 일곱 명이 관장을 역임하고, 리처드 올덴버그(Richard Oldenburg)는 23년간 관장직을 유지했다.

데이비드는 그의 저서 『회상록』을 어머니 애비에게 헌정했다. 애비는 자녀들에게 일찍부터 예술의 중요성을 깨우쳤다. 자녀들이 그림, 판화, 도자기의 아름다움을 즐기고 깨닫도록 세심한 교육을 실행했다. 애비는 예술가들이 하고 있는 일이 얼마나 중요하고 귀중한 것인지, 그것을 이해하도록 가르쳤다. 애비는 일찍부터 근대 미술관 설립에 대해서 열정을 쏟았다. 이일은 1920년 초에 시작되었는데, 실현되기까지는 긴 시간이 흘렀다. 미술관 창립을 준비하는 회의가 록펠러 자택에서 연일 진행되었다. 미술관 설립이 결정된 다음에는 관장 선임이 문제였다. 하버드대학 부설 포그 미술관 관장 폴 삭스 교수는 근대미술사 연구로 이름 난 웰즐리대학 교수 바 교수를 추천했다. 그는 30세였다. 박식하고, 심미안이 있었으며, 구미 여러나라 미술가들과 폭넓은 교류가 있었다. 피카소와 마티스와도 교분이 있었다. 이후 40년 동안 그는 MOMA에서 근대미술의 걸작을 수집하고, 예술가를 후원하고, 일반인의 미술 감상을 도왔다. 그는 MOMA 초창기 1929년부터 1943년까지 중요한 시기에 미술관 기반을 다지는 일에 헌신했다. 특히 그는 피카소와 마티스를 수용하고 알리는 데 결정적인 역할을 했다.

1930년 다트머스대학을 졸업한 넬슨 록펠러가 MOMA 활동을 적극적으로 돕게 되었다. 넬슨 등 급진적 예술 애호가들은 추상미술을 선호했다. 그래서 넬슨은 미술관이 추상미술 수용과 전파에 적극적으로 나서야 한다고 주장했다. MOMA에서는 드가, 모네 등 고전 작품을 주장하는 입장과 에른스트, 몬드리안, 클레 등을 찬양하는 입장 간에 항상 논쟁이 벌어졌다. 애비는 이런 격론을 언제나 조화롭게 수습했다. 미술관 일을 주도한 애비가 심장병이 악화되어 병상에 눕자, 넬슨이 회장 일을 맡게 되었다. 그때가 바로 MOMA 빌딩이 완성된 해였다. 그는 근현대미술 작품 수집에 발 벗고 나섰다. 넬슨의 파트너는 1949년 MOMA 관장이 되어 1968년까지 직무를 맡았던 르네 다르농쿠르(Rene d'Harnoncourt)였다. 두 사람은 아프리카, 중남미에서 원시미술품을 수집해서, 1954년, 넬슨이 설립한 원시 미술관에 수장하고 전시했다. 넬슨은 1961년 인류학 조사차 남태평양 고도 파푸아뉴기니로 갔다가 행방불명된 아들 마이클을 기념해서 마이클이 수집한 공예품과 자신의 원시미술 수집품을 메트로폴리탄 미술관에 기증했다. 미술관 측은 새로 전시 동(棟)을 지어 마이클 이름의 전시관을 개관했다.

MOMA는 프랑스 인상파 화가 피에르 보나르의 아름다운 꽃 그림과 마티스의 정물화를 구입했다. 르누아르의 나체화 〈거울을 보고 있는 가브리엘〉은 5만 달러를 지불했다. 1955년 세잔의 그림 〈빨간 조끼를 입은 소년〉과 마네의 정물화도 구입했다. 1956년, 모네의 〈수련(睡蓮)〉 중 석 점을 입수했다. 1962년 데이비드가 MOMA 이사장으로 취임했다. 1960년대 말, MOMA는 40년이 지나면서 미국 근대미술의 성지가 되고, 예술 체험 현장이 되었다. 1968년 MOMA는 전위예술가 거트루드 스타인의 소장품 중 일부를 입수해서 화제가 되었다. 47점 회화 중 38점이 피카소 그림이었다.

록펠러 센터

록펠러 가문이 성취한 두 번째 위업은 록펠러 센터였다. 1934년 이후, 록펠러 센터는 이 가문이 펼친 사업의 중심이었다. 존 주니어는 그동안 공원 창설, 자연경관 보호, 박물관, 교회, 주택 등 온갖 건설 업무와 부동산 매입에 관여해서 뉴욕 시의 아름다운 경관 증진에 힘을 썼다. 존의 록펠러 센터 건축은 모험이었다. 이 일을 진행하면서 때로는 재정적 위기에 봉착하기도 했지만, 역설적으로 가족의 유대를 강화하는 계기가 되기도 했다.

뉴욕시 미드타운 맨해튼 5번가와 6번가 사이 48번로와 51번로에 자리잡은 19개 건물의 집합체는 22에이커의 광대한 땅 위에 솟아 있다. 1987년 이 건물은 역사 유적지(National Historic Landmark)로 지정되었다. 이 건물은 존 D. 록펠러 주니어가 시동을 걸어 완성한 건물이다. 그는 1928년 컬럼비아대학교로부터 이 토지를 임차해 1930년부터 개발을 시작했다(1985년 당시 센터 소유주였던 제너럴일렉트릭(GE)은 4억 달러를 지불하고 컬럼비아대학교로부터 차관된 이 토지를 매입했다). 최초 24년간 임대료로 평균 360만 달러를 매년 지불하는 계약이었다. 대학과의 계약으로 존 주니어는 2,500만 달러를 지불해서 중앙 블록 대지를 구입할 수 있게 되었다. 다만 오페라 하우스 건축의 조건이 붙었다. 그러나 1년 후, 주식시장 붕괴로 사태는 급변했다. 1930년 초, 존의 고민은 불황 속에서 연간 500만 달러의 제반 지불금과 임대료 1억 2천만 달러를 어떻게 마련할 것인가, 그런 문제였다. 당시 친구에게 존은 말했다. "뛰고 싶어도 목적지가 안 보일 때는 자기 앞에 열린 한 가지 길로 향해 돌진하는 용기가 필요하다." 존은 건설 관계 측근들과 상담해서 두 가지 용감한 대안을 마련했다. 첫째는, 메트로폴리탄 생명보험회사로부터 6,500만 달러의 대부를 받는 일이었다. 당시 보험회사로는 사상 최대의 계약이 되었다. 둘째는, 오페라 하우스 건설 계획을 취소하고 록펠러 센터 건설로 방향을 바꾼 일이다. 이 계

건설 중인 록펠러 센터

획에 따라 1930년 이후, 5년 동안 그는 연간 1천만 달러에서 1,300만 달러의 건설비용을 투입했다. 자금원은 존 주니어의 개인 소득과 석유주의 매각 대금이었다. 1929년 이후, 10년 동안 존은 센터에 1억 2,500만 달러를 투입했지만, 1960년 그가 사망할 때까지 그는 투입 자본의 반밖에 회수하지 못했다. 센터 개관 후 50년간 이 건물에 지속적으로 투자한 록펠러 가족들도 아무런 수익을 얻지 못했다. 센터는 그야말로 록펠러 가족의 자선으로 이루어진 기념탑이다.

존 록펠러 주니어가 지른 대가는 논의 문제가 아니었다. 그는 건강 악화와, 신경쇠약으로 기진맥진 상태가 되었다. 그는 의사의 권유로 아내 애비와 함께 수시로 시칠리아 섬 타오르미나에 가서 휴양을 하고 건강이 회복되면, 뉴욕으로 돌아와서 건설공사에 매진하면서 경제공황 시대 수천 가지 일터를 창출하고, 4만 명에게 일자리를 제공했다. 노조원들은 존을 찬양하고, 건설업자들은 그의 용기와 관용에 대해서 깊은 사의를 표명했다. 건축가 레이먼드 후드(Raymond Hood)가 설계한 록펠러 센터는 존 D. 록펠러 주니어를 기념하는 예술적 건축물이 되었다. 이 건물은 건축면의 성공만이 아니라 도시 계획의 모델이 되었다. 1989년, 미쓰비시 그룹이 록펠러 센터를 구입했는데, 2000년 제리 스파이어(Jerry Speyer)는 데이비드 록펠러와 협조해서 센터 옛 건물 14개 빌딩을 되찾았다. 타임-라이프 빌딩 등 새 건축물은 록펠러 그룹 소유로 되어 있다.

'착한 사마리아 사람'들의 이웃 사랑

록펠러 가문의 자녀들은 일찍부터 존 D. 록펠러 시니

어로부터 아침 식사 시간에 신약성서 '착한 사마리아 사람' 이야기를 경청했다. "이웃을 사랑하라"는 존 시니어의 기도는 가족들에게 이어지고 이어졌다. 이웃 사랑은 존 시니어 인생의 목표요, 록펠러 가문의 자선사업 원리가 되었다. 존 시니어는 개인 자산 대부분을 자선사업에 기부하는 모범을 보여주었다. 자녀들은 다양한 자선사업에 헌신했고, 비영리 기관에서 유익한 봉사활동을 했다. 데이비드는 록펠러 대학교와 밀접한 관계를 맺으면서 생명과학 분야에서 선봉 역할을 했다. 세포생물학이라는 새로운 학문이 이 대학에서 시작되었다. 암의 원인을 규명하고, DNA 이중나선 구조의 수수께끼를 부분적으로 해명한 곳도 이 대학이었다. 개학 초 6개 연구소는 현재 80개 연구소로 확장되었다. 이들 연구소의 분자유전학, 이론물리학, 신경과학, 면역학, 분자생물학, 생물물리학 분야의 세포 연구는 질병 퇴치와 생명 연장의 과제와 연관되어 있다. 록펠러 대학은 세계 6대 의학연구소의 지위를 확보하고 있으며, 21명의 노벨상 수상자들이 교편을 잡고 있었다. 록펠러대학에 록펠러 아카이브 센터(Rockefeller Archive Center)가 소속되어 있었는데, 2008년, 독립 재단으로 재발족했다. 이 문서 보관소는 록펠러 관련 7천만 페이지의 자료를 보관하고 있다. 140년 록펠러 가족의 역사는 이 가족만이 아니라 당대 미국과 세계의 중요 문제를 고찰하는 귀중한 자료가 된다.

록펠러 가문이 설립하고 후원한 시카고대학교에서 1907년 미국 최초의 과학 분야 노벨상 수상자가 배출되었다. 이 대학만이 아니라 전 세계 75개 대학이 록펠러재단의 후원금을 받고 있다. 그 속에는 하버드, 다트머스, 프린스턴, 스탠퍼드, 예일, MIT, 브라운, 컬럼비아, 코넬, 펜실베이니아, 런던 스쿨 오브 이코노믹스, 런던대학, 필리핀대학 등이 있다.

존 시니어는 평생 5억 4천만 달러를 기부해서 역사상 의학 분야 최고의 기부자가 되었다. 존 주니어는 5억 3,700만 달러를 기부해서 두 부자가 1860년부터 1960년 사이 기부한 액수는 10억 달러가 넘는다. 2006년 10월 『뉴욕타임스』는 데이비드 록펠러의 자선사업 기부금이 약 9억 달러가 된다고 보도했다. 1991년 록펠러 가문은 미국 중요 건물과 공간, 그리고 환경 보호 활동에 대한 공로를 인정받아 '미국건축 박물관 상(Honor Award from the National Building Museum)'을 수상했다. 가족을 대표해서 데이비드 록펠러가 상을 받았는데, 이들 가족들의 허드슨 강 유역 환경 보존, 윌리엄스버그 복원 사업, 록펠러 센터 건축, 넬슨 뉴욕 주지사의 누욕 중저가 주택 건설사업 등의 공로가 동시에 평가되었다.

존 데이비슨 록펠러 시니어는 1839년 7월 8일에 태어나서 1937년 5월 23일 서거했다. 그는 미국의 대부호요, 박애주의자였다. 그는 앤드루 카네기 재벌과 함께 자선 활동의 개념, 구조, 기법을 정립한 거인이었다. 1897년 은퇴 후, 그는 뉴욕 주 웨스트체스터 카운티 카이커트(Kykuit) 저택에 은거하면서 여생을 의학, 교육, 과학연구 분야 연구를 지원하고, 그 밖에도 '분명한 목적'(targeted philanthropy)이 있는 자선 활동을 지속해 나갔다. 그는 신심 넘치는 침례교 신도로서 술과 담배를 멀리했고, 주일학교 선생으로도 봉사하면서 침례교회와 교회 관련 기관에 막대한 기부금을 전달했다. 종교는 그의 일생을 지탱한 버팀목이요, 성공의 원천이었다. 그는 또한 다윈(Darwin)의 '적자생존' 원리가 대기업 성장의 요체가 된다고 확신했다. 그는 골프장에서, 교회에서, 산책 중에 만난 길거리 사람들에게도 친밀한 관계를 맺으면서 아낌없이 돈을 건넸다. 자선사업으로 탐욕스런 영리(營利)를 감추려 한다는 비난을 받아왔는데, 그는 웃으면서 그런 비난을 참으며, 모른 척하고 넘어갔다. 만약에 그런 얄팍한 계략이 동기라고 하더라도 그런 일에 5억 달러의 돈을 내던지는 사람이 세상 어디에 있겠는가. 이렇게 손자 데이비드는 땅을 치면서 그의 회고록에서 항변했다.

1941년 존 D. 록펠러 주니어는 명언을 남겼다. 1962년 그 명언이 록펠러센터의 명판(銘板)에 새겨졌다.

나는 개인의 숭고한 가치를 믿는다. 나는 자유와 행복의 추구, 그리고 삶의 권리를 믿는다.

나는 모든 권리에는 책임이 따른다는 것을 믿는다. 모든 기회, 책무, 소유에는 의무가 있다.

나는 법이 사람을 위해 있지, 사람이 법을 위해 있지는 않다고 믿는다. 정부는 국민의 봉사자이지 주인이 아니다.

나는 손으로 하든 머리로 하든 노동의 존엄을 믿는다. 세상은 사람에게 생존의 책임을 지지 않는다. 세상은 모든 사람들이 살 수 있는 기회를 빚지고 있다.

나는 절약이 안정된 생활에 필수임을 믿는다. 건전한 재무구조에는 절약이 필수 요건이다. 이 철칙은 정부와 사업가와 개인에게 똑같이 적용된다.

나는 진실과 정의가 영속적인 사회질서의 기본임을 믿는다.

나는 약속을 신성시하는 것을 믿는다. 사람의 말은 그의 증서와 같다. 인격은 부나 권력, 또는 지위 보다 으뜸가는 가치이다.

나는 유익한 봉사는 인간의 공통된 의무인 것을 믿는다. 희생이라는 정화(淨化)의 불꽃은 이기심이라는 불순물을 태우고, 위대한 인간의 정신을 개방한다.

나는 그 이름이 무엇이든 간에 전지전능하신 사랑의 신을 믿는다. 인간 최고의 업적, 최상의 행복, 광대한 효율성은 신의 뜻을 따르는 생활 속에 있다.

나는 세상에서 최고의 것은 사랑이라고 믿는다. 오로지 사랑만이 증오를 제압할 수 있다. 올바른 것만이 권력을 제압할 수 있고, 또한 제압하게 될 것이다.

구겐하임 가문과 페기 구겐하임
"사랑과 예술을 살다"

페기 구겐하임(1898~1979)

제3장

구겐하임 가문

구겐하임 가문의 뿌리와 가업의 시작

구겐하임 가문은 스위스 북부 렝나우 유대인 한촌(寒村)이 고향인데, 그 기원은 17세기였다. 당시 독일령이었던 알자스 지방 구겐하임 마을에서 가문의 이름을 얻었는데, 유대인들이 추방되었을 때, 주거지를 스위스로 옮겼다. 구겐하임 가문 최초의 기록은 1696년까지 거슬러 올라간다. 유복한 유대인들만 렝나우 마을에 입주할 수 있었다. 유대인들은 초가집에 살았다. 추방되면 집에 불을 지르기 좋은 방법이었다. 유대인들은 저주받은 민족이라 결혼이 금지되었다. 유대인 예배당은 시도 때도 없이 소실되었다. 유대인들은 끊임없이 협박, 차별, 무시, 억압을 당했다. 그들은 연명하기 위해서 필사적으로 돈을 벌었다. 돈이 마지막 보루였다.

시몬 마이어 구겐하임(1792~1869)은 결혼 허가를 얻지 못하자, 1848년에 했던 전 결혼에서 얻은 자녀 열두 명과 결혼 상대 여인 라추엘과 함께 미국으로 이민 갔다. 그는 재산이 있었기 때문에 이 일이 가능했다. 그는 미국에서 의류와 잡화상을 운영해서 성공하고, 상당한 액수의 재산도 축적했다.

아들 시몬 마이어(Meyer Guggenheim, 1828~1905)는 유럽 유학에서 돌아왔다. 당시 일용품은 유럽에서 수입되었기 때문에 유럽 물정을 알기 위해서는 집안에 유럽통(通)이 있어야 했다. 유럽에서 교육을 받은 아들 마이어는 미국 중산층이 패션에 관심이 있다는 점을 알고 스위스에서 자수(刺繡)를 수입해서 성공했다. 구겐하임 가문은 부자 반열에 올라 필라델피아 고급 주택지에 호화 저택을 장만했다.

마이어는 미국 가성(苛性) 알칼리 회사를 설립하고 비누 원료를 생산했는데, 경쟁회사 펜실베이니아 솔트 회사가 15만 달러를 주고 이 회사를 인수했다. 마이어는 투자 감각이 있었다. 그는 이 돈으로 철도주(株)를 매입해서 백만장자로 부상했다. 구겐하임 가문은 다시 미국 서부 지역 로키 산맥을 주목했다. 그의 판단력은 옳았고, 행운이 뒤따랐다. 로키 산맥에 파묻혀 있는 동, 아연, 은 등의 광물을 발견하고 채굴했다. 탄약 소비량이 급증하고, 전신용 전선이 보급되는 기술혁명으로 수요는 폭발했다. 구겐하임은 떼돈을 벌었다. 구겐하임은 막대한 이익금으로 계속 새로운 산업을 일으켜서 돈을 벌었다. 마이어는 광산주 1/3을 5천 달러로 매입했다. 그는 광산기사를 고용해서 은광(銀鑛)을 찾아내고 하루 50톤을 채굴했다. 마이어 가문에 열한 명의 자녀가 생겼다. 마이어는 자녀들에게 돈 쓰는 법을 가르쳤다.

마이어는 제련소에 눈을 돌렸다. 채굴보다 제련이 큰돈이 되는 것을 알았다. 그러나 초기에는 적자의 연속이었다. 자녀들은 이 사업에 반대였다. 마이어는 양보하지 않았다. 그는 자녀들을 설득했다. "현재는 적자라도 앞날을 내다보라. 광산은 너희들 것이다. 감나무에서 감은 저절로 떨어지지 않는다. 행운은 쟁취하는 것이다." 자녀들은 드디어 승복했다. 마이어는 자녀들과 함께 필라델피아, 콜로라도 푸에블로, 뉴저지에 제련소를 건설했다. 그리고 해외에도 눈을 돌렸다. 멕시코였다. 가난한 나라. 부패한 나라.

멕시코는 당시 혼돈의 극치였다. 반미 감정은 극에 달했다. 국가 경제는 파탄이었다. 구겐하임은 멕시코 현지에서 은을 발굴해서 정제해 미국에 보내는 발상을 했다. 둘째 아들 다니엘을 현지 시찰차 보냈다. 다니엘도 젊은 시절 유럽에서 공부했다. 그는 진취성이 뛰어났다. 다니엘은 원주민과 교우를 맺고, 멕시코 대통령 포트피리오 디아스와도 친교를 맺었다. 1890년 12월 12일 멕시코 정부와 상담이 성립되어 정유소 두 곳이 건설되었다. 구겐하임의 해외 진출 사업은 새 국면을 맞게 되었다. 마이어는 가족을 집합시킨 모임에서 "구겐하임 가문의 미래는 땅속과 지상에 있다"고 언명했다.

알래스카로!

다음 목표는 알래스카였다. 151만 평방킬로미터 동토(凍土)에는 석유와 금이 풍부했지만 그동안 방치되어왔었다. 알래스카는 1867년 미국이 러시아 황제로부터 720만 달러에 매입한 영토였다. 1에이커에 2센트 먹힌 셈이었다. 1880년 후반 캐나다와 미국 국경 지대에서 대량의 금이 발견되어 '골드 러시'가 시작되었다. 금 산출액은 1880~1896년 사이 500만 달러에서 1895~1906년 사이 1억 달러로 치솟았다. 금 이외에도 구리, 아연, 석탄, 석고가 대량 채굴되었다. 다니엘의 '감(感)'은 적중했다.

광산 개발과 제련소 건설, 운송용 철도 건설과 화물선 운송 등 제반 난제가 쌓이고 쌓였다. 문제는 이 모든 것을 해낼 자금이었다. 구겐하임 자산으로는 어림도 없었다. 다니엘은 J. P. 모건을 찾아갔다. 모건은 자금 조달에 동의하고, 다니엘은 법적 수속을 밟았다. 세 번째 파트너로 유대인 제이코프 시프가 가담했다. 이들은 알래스카 신디게이트를 설립했다. 구겐하임은 자본의 1/3을 거출하고, 경영과 기술을 제공해서 최대의 수익자가 되었다. 알래스카 구리광산 개발이 시작되자 대공황 시절 샌프란시스코로부터 수천 명의 노동자들이 송출되었다. 영하 50도 극한 속에서 일당 3달러 받고, 방값 1달러, 식사대 50센트를 노무자가 지불했다. 1911년 알래스카 철도가 개설되었다. 제1차 세계대전으로 구리 수요는 급증했다. 구겐하임은 석탄, 철강, 산림으로 사업을 확장했다. 볼리비아에서는 주석을, 콩고와 앙골라에서는 다이아몬드 사업을 시작했다. 1887년 콜로라도 구리 광산 소유주가 광산을 팔겠다고 찾아왔다. 다섯째 아들 벤저민(1865~1912)을 현지에 보내 탐사했다. 그는 페기 구겐하임의 부친이었다. 이 사업은 환경운동가들의 저항을 불렀다. 그러나 콜로라도에서 선출된 아들 시몬 상원의원의 노력으로 구겐하임은 승리를 거두었다. 새 회사인 미국 제련정제회사(ASACRO) 이사회는 구겐하임 가문의 형제 다섯 명이 참여해서 경영권을 장악했다. 다니엘이 사장으로 선출되고, 시몬은 재무를 담당했다.

다니엘, 사업과 자선의 시작

다니엘(Daniel Guggenheim, 1856~1930)은 미국 광산 재벌이요, 자선사업가다. 그는 마이어의 아들로서 필라델피아에서 태어났다. 젊은 시절 스위스로 유학 가서 스위스 레이스와 자수 산업을 연구하면서 아버지 회사 일을 도왔다. 1881년 그가 주도한 콜로라도 광산 개발은 구겐하임 재벌의 주춧돌이 되었다. 1905년 부친이 사망하자 다니엘은 구겐하임 회사의 총수가 되었다. 그의 능숙한 경영으로 볼리비아 광산, 유콘(Yukon) 금광, 콩고와 앙골라의 다이아몬드, 알래스카와 칠레의 구리광산이 순조롭게 개발되었다. 1918년 구겐하임 가문은 재산이 2억 5천만 달러에서 3억 달러로 추산되어 세계 최고 부자가 되었다. 구겐하임 미술관, 미네소타 주 로체스터의 구겐하임 빌딩, 뉴저지의 머리 구겐하임 하우스(몬머우스 대학교 구겐하임 도서관) 등은 그가 이룩한 재산으로 설립되었다.

다니엘 구겐하임

다니엘은 사업의 천재였고 기업 윤리가 건전한 모범적인 인간이었다. 그는 기업 발전을 위해서는 조직화된 자본력과 조직화된 노동력이 필요하다고 생각해서 노사 간의 친밀성과 이익의 공동 분배를 목표로 삼았다. 기업 내 민주주의를 강조한 그는 노동 문제에 관해서는 헨리 포드에 버금가는 인물이었다. 그는 특히 기업의 이익을 사회에 환원하는 일에 헌신하면서 전 세계의 복지 활동을 지원했다. 구겐하임 펠로십 장려금은 문학 및 예술 분야 인사들에게 수여하는 창작 장려금으로서 다니엘의 동생 시몬(1867~1941)을 기념해서 설립한 '존 시몬 구겐하임 재단'이 이를 관장하고 있다.

해리 프랭크 구겐하임

다니엘과 플로렌스 슐로스 사이에서 태어난 아들 해리 프랭크 구겐하임(Harry Frank Guggenheim, 1890~1971)은 구겐하임 4

해리 프랭크 구겐하임

대 자손이다. 항공 조종사의 취미가 있어 항공기술 분야를 발전시키는 일에 큰 역할을 했다. 캘리포니아공대, 조지아공대, 하버드대학, MIT, 뉴욕대학, 노스웨스턴대학, 스탠퍼드대학, 시러큐스대학, 매크론대학, 미시간대학, 워싱턴대학 등의 항공학 연구를 지원했다. 그는 세계 최대의 구리 매장 광산을 소유한 칠레 코파 회사의 임원으로 선임되어 맹활약을 했다. 그는 1925년, 뉴욕대학에 구겐하임 항공학과를 설치하고, 1년 후에 300만 달러의 자금으로 항공학 진흥을 위한 '다니엘 구겐하임 재단'을 설립했다. 캘리포니아공과대학에 '다니엘 앤드 플로렌스 제트추진센터', 프린스턴대학에 '항공추진과학 구겐하임 연구소'를 설치하고 자금 지원을 했다. 그는 또한 1929년부터 1933년까지 쿠바 대사를 역임하고, 일간지 『뉴스데이』를 창간해서 발행부수 45만 부를 기록하는 미국 10대 언론매체로 육성했다. 구겐하임은 록펠러처럼 자선사업과 사회사업에도 막대한 자금을 지원했다. 예컨대, '다니엘 앤드 플로렌스 구겐하임 재단', '존 시몬 구겐하임 기념재단' 등은 학술 연구비와 장학금을 지속적으로 제공했으며, 뉴욕 구겐하임 미술관, 리오데자네이루, 빌바오 등지에 세운 박물관과 미술관에도 지원을 계속했다.

솔로몬 구겐하임의 현대미술 지원

마이어의 아들 솔로몬 R. 구겐하임(Solomon Robert Guggenheim, 1861~1949)은 필라델피아에서 태어났다. 취리히 콘코디아 인스티튜트에서 공부를 끝내고 미국으로 돌아와서 집안 사업에 관여하다가 1891년 알래스카 유콘 금광회사를 설립했다. 1890년대부터 예술품을 수집하고, 제1차 세계대전 후 사업에서 은퇴한 후 본격적으로 미술품 구입에 나섰다. 그는 힐라(Hilla von Rebay)의 도움으로 근현대 미술품 수집에 집중했다. 1895년 그는 로스차일드 재벌가의 딸 이렌 로스차일드(Irene Rothschild)와 결혼했다. 그는 칸딘스키, 루돌프 바우어(Rudolf Bauer), 마르크 샤갈(Marc Chagall), 페르낭 레제(Fernand Leger), 모홀리 너지(Mohly Nagy), 파울 클레(Paul Klee), 후안 미로(Joan Miro)의 작품을 집중적으로 구입했다. 1939년 그는 미술관을 개관했다. 그는 솔로몬 R. 구겐하임 재단을 설립하고, 뉴욕 미술관을 위시해서 스페인 빌바오(Bilbao)와 베네치아 페기 구겐하임 미술관도 운영하고 있다. 그는 현대미술 발전을 위한 지원 사업에 총력을 기울였다. 1948년 독일 표현주의 작품을 730점을 구입해서 화제가 되었다.

페기 구겐하임 가족들

페기 구겐하임(Marguerite "Peggy" Guggenheim)은 1898년 8월 26일에 태어나서 1979년 12월 23일 사망했다. 페기는 벤저민 구겐하임(Benjamin Guggengheim, 1865~1912)의 딸이다. 아버지 벤저민

은 1912년 타이타닉호 조난 때 사망했다. 벤자민은 1911년 형제들과 함께 하던 회사를 그만두고, 파리에서 자신만의 회사를 시작했다. 벤저민은 에펠탑에 승강기를 놓는 사업에 열중했다. 그는 자유롭게 독립적으로 살고 싶어서 구겐하임 형제들이 운영하는 회사를 그만뒀는데, 그 대가는 컸다. 막대한 구겐하임 재산에 대한 권리를 상실한 것이다. 1912년 봄, 벤저민은 8개월간 파리에 머물다가 일시적으로 가족들한테 돌아올 예정이었다. 여객선 표를 구입했는데, 그 배가 화부들의 파업으로 운항이 잠시 중단되었다. 그래서 벤자민은 타이타닉호의 표를 샀다. 4월 14일 메트로폴리탄 오페라 하우스에서 관객들이 밀려나올 때 "호외! 호외!" 소리가 들렸다. 타이타닉 조난 소식이었다. 2,800명 승객 중 700명만 구조되었다. 온 가족이 부두로 뛰어나갔다. 구조선 카르파티아호의 입항을 보기 위해서였다. 벤저민은 돌아오지 않았고, 그의 애인은 살아서 돌아왔다. 벤저민의 비서도 사망했다. 나중에 선실 담당이 벤저민의 메시지를 들고 와서 전했는데, 벤저민과 그의 비서는 턱시도 정장으로 갈아입고, 어린이와 여성들이 구명정에 타도록 자리를 양보한 다음, 바닷속으로 뛰어들었다고 한다.

아버지의 죽음은 페기에게 큰 충격이었다. 벤저민은 파리에서 사업에 실패해서 큰 손실을 보았다. 자신의 자산 800만 달러를 들고 갔다가 돈을 탕진하고, 거의 무일푼 신세가 되었다. 페기의 어머니는 그 사실을 모르고 있었다. 구겐하임 가족들이 필요한 생활비를 페기 가족에게 빌려주었다. 나중에 그 사실을 알게 된 어머니는 자신의 돈으로 생활하면서, 살림을 줄이고, 미술품과 보석을 팔아넘겼다. 그녀의 부친인 셀리그먼의 유산이 페기 어머니에게 전달되었다. 어머니는 그 유산으로 빌려 쓴 돈을 모두 갚았다. 벤저민의 재산을 정리하고 남은 돈 45만 달러를 페기가 유산으로 받았다. 페기는 구겐하임 미술관을 설립한 솔로몬 구겐하임의 조카딸이다. 어머니 플로레트 셀리그먼(1870~1937)은 셀리그먼 재벌의 가족이었다. 페기가 1919년 21세 되었을 때, 그녀는 250만 달러를 유산으로 받았다.

페기의 인생 출항과 첫 결혼

페기는 젊을 때 전위예술 전문 서점에서 일했다. 당시 그녀는 전위예술가들과 어울리며 지냈다. 1920년, 그녀는 파리로 갔다. 그곳에서 가난한 전위예술가들과 사귀면서 몽파르나스에서 생활했다. 사진가 만 레이(Man Ray)는 그녀의 사진을 찍고, 미술가 마르셀 뒤샹(Marcel Duchamp)은 페기가 좋아하는 화가였다. 또한 작가 내털리 바니(Natlie Barney)와 미술가 로메인 브룩스(Romaine Brooks)와도 사귀면서 내털리 살롱에 자주 드나들었다.

페기는 로런스 베일(Laurence Vail)과 결혼했다. 7년간 함께 살다가 이혼했다. 페기는 존 홈스와 동서 생활을 시작했지만 불행하게도 그는 부상으로 입원한 후 사망했다. 다음에 만난 사람이 가먼이다. 그는 공산주의자였다. 페기는 공산주의 이념에 동조할 수 없었다. 결국, 그와도 결별하게 된다. 페기는 반성했다. 지난 15년간 페기는 남성들에게 예속되어 내조자의 생활만 해왔다. 말하자면 남편의 여자였다. 페기는 월드먼과 자신의 진로를 의논했다. 월드먼은 런던에서 출판사를 하든가 화랑을 해보라는 것이었다. 페기는 화랑을 선택했다. 초현실주의 화가 험프리 제닝스가 화랑을 도와주기로 했다. 그는 30세의 시인이요, 사진작가요, 영화 제작자이기도 했다. 언제나 아이디어가 넘쳤다. 페기는 험프리에게 사랑하는 일은 그만두고 친구로 지내자고 말했다. 페기와의 멋진 인생을 꿈꾸고 있었던 험프리는 그 말에 크게 실망했다. 험프리는 화랑 일을 그만두고 페기 곁을 떠났다.

파리에서 화가 마르셀 뒤샹은 페기를 장 콕토(Jean Cocteau)에게 소개했다. 당시만 하더라도 페기는 추상미술에 관해서 아는 것이 별로 없었다. 뒤샹이 친절하게 현대미술에 관한 지식을 전수했다. 뒤샹은 페기를 여러 화가들에게 소개했다. 뒤샹은 페기에게 전람회 계획을 세워주고 여러 가지 문제점에 관해서 조언을 했다. 페기는 그를 통해 장 아르프(Jean Arp)를 만났다. 그는 조각가요, 그의 아내는 화가였다. 두 사람 모두 초현실주의 추상파 미술가들이었다. 페기는 그의 작업장에서 청동상 조각을 하나 구입했다. 파리에서 페기는 예술가들과 꿈만 같은 만남을 경험하게 되었다.

페기의 영원한 사랑, 사뮈엘 베케트

극작가 사뮈엘 베케트를 만난 것은 기적 같은 일이었다. 베케트는 1937년 크리스마스 다음 날부터 페기의 생활권에 들어왔다. 페기는 베케트를 이전부터 알고 있었다. 그는 제임스 조이스(James Joyce)를 돕는 일을 하고 있다가 자연스럽게 조이스의 딸과 약혼했는데, 나중에 약혼을 파기했기 때문에 그녀를 불행하게 만든 남자로 널리 소문이 나 있었다. 베케트는 페기가 만날 당시 30세가량 되는 키가 크고, 지독하게 여윈 몸집에 눈동자는 초록빛이었다고 페기는 그녀의 『회상록』에 기록하고 있다. 눈동자는 안정감이 없었다. 안경을 쓰고 있었는데, 언제나 멀리 시선을 던지면서 깊은 생각에 빠져 있었다. 말수는 적었다. 실없는 말은 한마디도 하지 않았다. 아주 예의 바른 신사였는데, 복장은 몸에 착 달라붙는 프랑스제 신사복이었다. 도대체 외관에는 무관심한 사람이었다. 베케트는 인생의 좌절감을 깊이 느끼고 있는 작가로서 진정한 지식인이었다. 페기와 베케트는 제임스 조이스가 초대한 만찬에 참석하고 돌아가는 산책길에 둘이서 그녀의 집까지 오게 되어 함께 침대 속으로 들어갔다. 그들은 다음 날 저녁까지 침대 속에 있었다. 베케트가 샴페인을 사 갖고 와서 둘이서 침대 속에서 마시고, 놀다가, 다시 뭉치고, 또 놀다가 간신히 떨어져서 베케트는 가버렸다. 이런 정사의 기억을 페기는 『자서전』에서 상세하게 기록하고 있다.

사뮈엘 베케트

페기와 베케트는 그 후 다시 만나 12일간 함께 살았다. 그 행복은 피할 수 없는 운명이었다. 페기는 베케트를 사랑한 13개월 동안 그녀가 잊을 수 없는 감동적인 기간은 이 당시 2주일간의 생활이었다고 고백했다. 당시 두 사람은 지적으로나 감성적으로 서로가 서로에게 미친 듯이 흥분하고 있었다. 페기는 존 홈스 사망 후, 누구와도 지적인 대화를 나눈 적이 없었다. 이제 베케트와 함께 있으니 느낀 것, 생각한 것이 너무나 자연스럽게 입 밖으로 쏟아져 나왔다.

페기는 당시 런던에서 화랑을 열 생각이었다. 옛 거장들의 그림을 선호했는데, 베케트는 현재 살아 있는 오늘의 그림을 받아들이지 않으면 안 된다고 주장했다. 그는 페기에게 네덜란드의 화가 게어 반 벨데를 소개했다. 그 화가는 피카소의 그늘에서 무명이었지만, 베케트는 이 화가를 극찬했고,

또 한 사람, 시인 윌리엄 예이츠의 동생, 풍격화가 잭 예이츠를 전람회 작품으로 추천했다. 페기는 그의 말을 거역할 수 없었다. 그만큼 베케트는 그에게 절대적인 존재였다. 페기는 두 화가의 전람회를 열기로 했다. 하지만 잭 예이츠는 자신의 그림이 전람회에 적합하지 않다고 사양했다. 그래서 반 벨데 개인전만을 하게 되었다. 페기는 익명으로 벨데의 그림을 구입했다.

베케트는 작가이기 때문에 자신이 쓴 원고를 갖고 와서 페기보고 읽으라고 했다. 페기는 베케트의 시 작품은 형편없는 졸작이라고 생각했다. 어린이 동시(童詩) 같았다. 막 출판된 『머피』는 소설로서 훌륭했고, 프루스트에 관한 평론은 좋았다. 그런데 베케트와 지내면서 페기가 특히 좋아한 것은 밤이건 낮이건 그가 돌아오는 시간을 전혀 예측할 수 없다는 것이었다. 그의 행동은 정말로 예측 불능이었다. 부조리 연극 그대로였다. 확실한 것은 아무 것도 없었다. 모든 것이 허무했다. 페기는 그 점이 스릴이 있었다. 낮이건 밤이건 베케트는 술에 취해 있었다. 그는 꿈속을 마냥 헤매고 있는 듯했다. 집에 들어오면 페기에게 무조건 침대 속에 붙어 있자고 했다. 페기의 사랑이 시작된 지 열흘째 되는 날, 베케트는 더블린에서 왔다는 여성과 바람을 피웠다. 사랑하지 않고 정사를 하는 것은 브랜디를 섞지 않은 커피를 마시는 것과 같다고 베케트는 말했다. 페기는 자신이 베케트의 브랜디 같은 존재라고 생각되어 그에게 실컷 화풀이를 했다. 베케트는 그 일이 있은 후 전화가 왔지만 페기는 응답하지 않았다. 그리고 한동안 소식이 뜸했다. 그러다가 페기는 벼락 같은 소식을 접했다. 베케트가 길거리서 미지(未知)의 남자로부터 칼침 맞고 병원에 실려 갔다는 소식이었다. 페기는 파리 시내 병원을 샅샅이 뒤졌다. 그러나 베케트를 찾지 못했다. 노라 조이스에게 물어보고, 병원을 확인한 다음, 페기는 꽃다발 들고 병원으로 가서 "당신을 사랑해요. 지난일은 용서할게요"라는 메모를 남겼다.

페기 화랑의 개막전

1938년 1월에 개최된 구겐하임 죈(Guggenheim Jeune, 30 Cork Street, London W. 1) 화랑 개막전은 대성공이었다. 장 콕토는 전시회를 위해 페기에게 자신의 희곡「원탁의 기사」배경 그림 30점을 보내왔다. 그림 속에는 명배우 장 말레의 초상화와 여인들 그림이 있었는데, 여인들 몸에서 음모(陰毛)가 보여 영국 세관 통과 때 고초를 겪었다. 페기에게 가장 반가운 한 통의 축전이 도착했다. 전문에는 '오블로모프'라는 사인이 있었다. 페기가 베케트에게 붙인 이름이다. 처음 베케트를 만났을 때, 페기는 곤차로프 소설의 주인공 오블로모프가 살아서 그 자리에 서 있다는 착각을 일으켰다.

베케트는 더 이상 페기와의 밀실 연애를 원하지 않았다. 페기는 그를 진정으로 사랑했지만 더 이상 그의 의식 속으로 파고들 수 없었다. 베케트는 말했다. "나는 죽은 사람이다." 베케트는 페기가 "나 사랑해?"라고 물으면, "응, 술기운에 그랬어"라고 흥얼거렸다. "우리 앞으로 어떻게 해?"하면, "응, 모르겠어"였다. 페기와 베케트는 사랑의 파도를 표류하다 어느 순간 자지러지게 놀라서 깨어난 다음 제각기 외로운 길을 갔다. 베케트는 더 이상 페기를 사랑하지 않는다고 말했다. 페기는 밤마다 베케트가 다시 돌아오기를 기다리며 울고 지냈다. 고도를 기다리는 안타까움이었다.

마르셀 뒤샹은 페기에게 칸딘스키(Wassily Kandinsky)를 소개했다. 당시 그 화가는 70세였다. 30세 연하의 부인 니나와 살고 있었다. 페기는 칸딘스키에게 런던 전시회를 제안했다. 그는 몹시 기뻐했다. 런던에서 한 번도 개인전을 한 적이 없었기 때문이다. 칸딘스키는 런던에 마이클 새들레이어라는 친구가 있었는데, 그의 그림을 다수 소장하고 있었다. 칸딘스키는 런던 개인전 계획을 짜고 그림의 배열까지 공을 들였다. 그는 1910년부터 1937년까지 그린 작품을 전시했다. 페기는 아르프의 현대 조각전도 개최했다. 아르프가 런던의 페기 집에 머물고 있을 때, 조각가 제이콥 엡스타인(Jacob Epstein)은 작품을 보러 와달라고 페기를 초청했다. 엡스타인 작품은 이탈리아 르네상스 시대의 조각을 방불케 했다. 페기의 예술 인맥이 넓어지기 시작했다. 페기는 베케트가 극진히 모시고 있는 제임스 조이스를 만나 사이좋게 지냈다. 조이스는 선조들로부터 물려받은 멋진 양복을 차려 입고 술기운이 오르면 덩실덩실 춤을 추었다. 베케트가 좋아하는 반 벨데의 전시회에 이어 귀재 화가 탕기(Yves Tanguy)의 회고전도 열었다. 그의 초기 및 후기 작품을 망라한 전시회였다. 전시회 중 계속 파티가 열렸다. 템스 강에 배를 띄우고 강상 파티도 열었다. 파티는 그림을 팔기 위한 수단이었는데 모두들 만취되어 그림은 한 점도 팔리지 않고 어지럽게 끝났다.

앙드레 브르통

그러나 페기는 솔선해서 그림을 구입했다. 소문이 번져 탕기의 그림이 화제가 되어 개인전은 대성공이었다. 덕택으로 그는 순식간에 부자가 되었다. 초현실주의 그림이 런던에서 알려지기 시작할 무렵이다. 탕기는 프랑스 브르타뉴 출신 선원으로서 부친은 장관 출신의 가문이었다. 그는 1926년 앙드레 브르통(Andre Breton) 곁에 와서 초현실주의 그룹에 끼어들어 그림을 그리기 시작했다. 그는 어린이처럼 순진하고 사랑스러웠다. 술에 취하면 머리칼이 거꾸로

섰다. 그는 당시 39세였다. 그는 초현실주의에 미쳐 있었다. 페기는 탕기를 좋아했다. 두 사람은 한때 사랑의 도피를 감행했다. 탕기는 유부남이었다. 파리에서 탕기는 매일 아침 페기한테 와서 하루 종일 지내다가 저녁 때 집으로 돌아갔다. 페기는 파리에 오면 베케트의 아파트에서 기거했다. 당시 베케트에게는 애인이 있었다. 탕기가 오면, 베케트는 페기의 차를 빌려 애인과 함께 드라이브 나갔다. 탕기는 페기에게 말했다. "당신은 나를 만나러 오는 게 아니구나. 베케트 만나러 오네." 탕기는 페기를 사랑했다. 앙드레 브르통은 초상화 작품과 농민을 그린 작품을 잔뜩 들고 멕시코에서 돌아와서 파리에서 전람회를 열었다. 브르통 주변에는 항상 사람들이 들끓었다. 카페 앉으면 40명 정도가 따라 붙었다. 그는 의사요, 시인이요, 화가요, 조각가였다. 중요한 것은 그가 초현실주의 전도사였다는 것이다. 브르통은 왕 같은 품격을 지니고 있었다. 초현실주의 스타일의 금발 미녀가 그의 아내였다. 그녀는 수중 무용가였다. 그런데 사건이 터졌다. 초현실주의 그룹이 둘로 쪼개졌다. 시인 폴 엘뤼아르(Paul Eluard)가 브르통의 제자들 반을 이끌고 그룹에서 이탈했다.

페기의 미술계 종횡무진

페기는 무명 화가 존 터너드를 발굴했다. 그의 그림은 칸딘스키처럼 음악적이고, 파울 클레처럼 섬세하고, 후안 미로처럼 화사했다. 색채도 구성도 좋았다. 전시회는 대성공이었다. 페기는 녹색 문자로 'PSI'라는 제목이 있는 그림을 구입했다. 이 그림은 나중에 뉴욕 근대미술관에서 탐을 내어 매입을 요청했지만 페기는 내놓지 않았다. 정신분석 의

프랜시스 베이컨

사 지그문트 프로이트의 손자 루치안 (Lucian Freud)의 그림을 그의 어머니 (프로이트의 며느리)가 들고 왔다. 어린이 미술전 출품작이었다. 세 사람의 어른들이 벌거벗고 계단을 오르고 있는 그림은 프로이트 박사의 초상화라고 페기는 생각했다. 루치안은 1922년 베를린에서 태어나서 1933년 건축가인 아버지를 따라 런던으로 왔다. 1950년대 그는 프랜시스 베이컨 (Francis Bacon)과 함께 영국을 대표하는 표현주의 화가로 인정받았다. 하루는 유명한 추상화가 몬드리안(Piet Mondrian)이 페기를 찾아 화랑에 왔다. 그는 미술 이야기는 하지 않고 대뜸 댄스 나이트클럽을 소개해달라고 했다. 페기는 66세인 몬드리안의 용기와 박력에 압도되었다. 함께 춤을 추었는데, 다시 놀랐다. 정말로 댄스를 즐기고 있었다. 춤 솜씨도 최고였다. 다만 말이 서툴러 언어가 통하지 않아서 문제였다. 그는 프랑스어와 영어가 미숙했다.

롤런드 펜로즈는 영국에서 초현실주의 그림의 최고 수집가였다. 페기는 그에게 탕기 그림을 팔게 되었다. 이 때문에 페기는 탕기와 더 절친해졌다. 그는 매력적인 미남자였다. 페기는 벽에 걸린 델보의 〈밤에 부르는 소리〉 그림 속의 여자가 되어 그와 꿈 같은 정사를 나누며 함께 지냈다. 페기는 조각가 헨리 무어(Hennry Moore)도 만났다. 그는 40세가량 되어 보였다. 당시 그는 교직에 있었는데, 런던 화랑에서 그의 작품은 대인기였다. 그는 초현실주의 그림도 그렸다. 페기는 그의 작품이 사이즈가 너무 커서 집에 둘

수 없어서 구입하지 않았다. 무어에게 그 얘기를 했더니 무어는 작은 청동 조각을 하나 페기에게 증정했다.

1939년 프랑스에서 베케트와 헤어지고, 탕기와도 이별하면서 페기는 런던으로 돌아왔다. 그곳에서 페기는 새로운 연인을 만났다. 영국 화가 르웰린이었다. 그는 스페인 구제위원회를 창설하고 그림의 기부를 받아 경매하고 있었다. 페기도 그 모임을 돕고 있었다. 그와 부인은 둘 다 영국 명문가 출신으로서 호화 주택에 살고 있었는데, 자주 파티를 열었다. 페기는 르웰린과의 관계에서 뜻밖에 임신을 했다. 그의 부인도 임신을 했는데 유산되었다. 이들 부부는 아기를 간절히 원하고 있었는데 안타까운 일이었다. 페기는 자신이 아기를 낳아주겠다고 르웰린에게 말했지만, 그는 거절했다. 페기는 중절 수술을 받았다.

페기와 허버트 리드의 미술관 운동

1939년 3월 페기는 런던에 근대미술관 개설을 구상하고 있었다. 영국 근대미술의 주창자인 미술평론가 허버트 리드(Herbert Read)를 만나 자문을 청했다. 페기는 그를 미술관 관장으로 초빙해서 5년 계약을 체결했다. 페기는 그 당시 예술가 지원으로 연간 1만 달러의 돈을 쓰고 있었다. 그녀는 동원할 수 있는 모든 자산을 근대미술관에 투입하려고 결심했다. 허버트 리드와 함께 미술관 건물을 물색하고, 프랑스로 가서 개관 기념 전시용 작품을 찾고 다녔다. 페기는 그림과 조각을 사들였다. 구입 자금은 충분히 있었다. "하루에 한 점을 사자"는 원칙을 세웠다. 화가들의 아틀리에와 화랑을 누비면서 다니다 보니 소문이 나서 직접 그림을 들고 오는 화가들과 화상들도 있었다. 페기는 오랫동안 브랑쿠시(Brancusi)의 청동상을 갖고 싶어 했다. 그의 작품을 구하려면 그와 친교를 맺어야 했다. 페기는 16년간 그를 알고 지냈지만 관계가 깊지 못했다. 우선 작품의 값을 그에게 말하는 것이 어려웠다. 값을 부르면 그가 어떻게 나올지 알 수 없었기 때문이다. 그 일이 두려웠다. 그의 작품 〈공간의 새〉를 사고 싶다고 했더니 4천 달러 달라고 했다. 두 사람 사이에는 이 때문에 싸움판이 벌어졌다. 그의 아틀리에는 방이 두 개였다. 큰 방에는 작품이 쌓여 있었고, 작은 방은 그의 작업실이었다. 벽면에는 온갖 연장들이 놓여 있고, 방 한가운데 큰 난로가 있어서 청동을 녹이고, 요리도 해서 먹었다. 그는 칵테일을 직접 만들어 마셨다. 큰 방과 작은 방 사이에 작은 공간이 있었는데, 자신이 직접 만든 축음기를 놓고, 동양 음악을 감상했다. 2층은 침실이었다. 사방팔방에 조각 먼지가 쌓여 있었다. 브랑쿠시는 몸집이 작았다. 수염을 기르고 있었다. 까만 눈은 날카로웠다. 그의 몸은 반쪽이 농부요, 나머지 반쪽은 신(神)이었다. 그와 함께 있으면 즐거웠다. 아쉬운 것은 욕심이 과하다는 것이었다. 그는 여행을 좋아했다. 여행 갈 때면 항상 미녀와 함께였는데, 이번에는 페기와 함께라면 좋겠다고 말했다. 페기는 사양했다. 그의 조국은 루마니아였다. 생활은 검소했다. 작품 제작 중심의 생활이었다. 일을 위해서는 모든 것을 희생했다. 여자와의 접촉도 될수록 참았다. 그는 제임스 조이스를 크레용으로 그린 초상화를 갖고 있었는데 페기는 탐이 났지만 좀처럼 내놓지 않았다. 페기는 그와 대판 싸움을 했기 때문에 한동안 사이가 뜸해졌다. 페기는 그의 초기 작품 〈마이아스트라〉를 폴 푸아레의 여동생으로부터 1천 달러 주고 구입했다. 1912년 초기에 그가 제작한 아름다운 새 조각이다. 하지만 페기는 또 다른 〈공간의 새〉를 노리고 있었다. 페기는 노력 끝에 그 작품을 입수하는 데 성공했다. 어느 날, 그와 점심을 들고 있는데, 공습을 만나 폭격을 당했다. 그는 전쟁이 나도 작품과 함께 아틀리에 남아 있겠다고 말했다. 브랑쿠시가 〈공간의 새〉를 완성할 동안 독일군이 파리 근교까지 진격했다. 그 작품을 페기에게 넘겨줄 때, 그는 눈물을 흘렸다.

페기는 장 엘리옹(Jean Hélion)의 그림을 입수했지만, 살바도르 달리(Salvador Dali)의 그림도 입수하기로 마음먹었다. 그가 실력을 발휘했던 1930년대 그림을 모으기로 했다. 어느 여류 화상이 달리 그림을 가져왔기에 즉시 매입했다. 〈액상(液狀)의 욕망 탄생〉이었다. 이 당시 페기는 자코메티의 조각도 입수하려고 했다. 그는 말하는 태도나 행동이 초현실적이었다. 석고상을 발견하고 구입하면서 청동상을 하나 만들어달라고 주문했다. 그는 청동상 작업을 끝내고 기묘한 모양의 짐승 같은 조각품을 들고 왔다. 그 작품에 〈목이 잘린 여인〉이라는 이름이 붙었다. 그는 항상 자신이 조각한 작은 인두상(人頭像)을 호주머니에 넣고 다녔다. 1938년에 페기는 막스 에른스트(Max Ernst)를 만났다. 50세였다. 백발에 푸른 눈, 모양 좋은 코, 그는 매력적인 용모의 화가였다. 그의 곁에는 젊은 애인 리어노라 캐링턴이 앉아 있었다. 페기가 사고 싶은 그림은 리어노라 소유였다. 결국 페기는 그녀의 그림을 구입했다. 그녀는 에른스트의 제자였는데, 동물과 새를 소재로 한 그림을 그리고 있었다. 페기가 구입한 그림은 〈칸돌스틱 경의 말(馬)〉이었다. 페기는 전시 중에 화랑에서 에른스트의 그림 석 점을 매입했다. 당시 에른스트는 강제수용소에 수용되어 있었다.

히틀러가 노르웨이를 침공한 날, 페기는 페르낭 레제의 아틀리에로 가서 1919년에 그린 놀라운 그림을 1천 달러에 매입했다. 레제는 아주 활발한 사람으로서 푸줏간 주인 같았다. 독일군이 프랑스를 점령하자 그는 뉴욕으로 피신했다. 1940년 4월 10일 페기는 만 레이로부터 그의 초기 작품을 구입했다. 독일군 진격이 빨랐기 때문에 전시회는 불가능했다. 페기는

조르주 브라크

자코메티

그림을 파리에서 반출할 방법을 모색했다. 그림을 포장해서 파리에서 반출하든가, 방공호에 보존하든가 둘 중 하나였다. 레제가 도움말을 주었다. 루브르 박물관이 그림을 피난시키고 있는데 혹시 페기에게 도움을 줄는지 모른다는 것이다. 알아봤더니, 루브르는 페기 소장품이 피난 갈 만한 작품이 아니라고 판단했다. 칸딘스키, 파울 클레, 조르주 브라크, 레제, 마르쿠시스, 몬드리안, 막스 에른스트, 키리코, 탕기, 달리, 자코메티, 무어, 아르프 외에도 수많은 현대 작품들이었다. 결국 친구 마리아 졸라가 장소를 제공해주었다. 비시 근처 '상게랑 르 뷰이' 마을에 있는 옛 성(城)이었다. 독일군이 그 마을에 진주했지만 그림을 찾지 못했다. 페기도 피난 준비를 했다. 페기는 독일군 파리 진주 3일 전에 고양이 두 마리를 들고 탈출했다. 탈포트 차로 가기 위해 휘발유를 과거 몇 주일 동안 담뿍 사두었다.

페기의 프랑스 탈출과 미국행

독일군이 프랑스 전국을 점령했기 때문에 페기는 미국으로 탈출하는 방안을 찾게 되었다. 페기는 유대인이기에 잡히면 강제수용소행이었다. 페기는 런던에서 화랑을 할 때, 그녀를 도와준 르네를 만나 그림을 미국에 반출할 방안을 상의했다. 르네는 그르노블에서 미국으로 자신의 짐과 함께 가재도구로서 보낼 수 있다고 말했다. 그림을 포장해서 다섯 개 상자에 넣는 데 두 달이 걸렸다. 당시 구출위원회가 결성되어 수많은 피난민들을 해외로 탈출시키고 있었다. 페기는 이들에게 1천 달러의 자금을 지원했다. 막스 에른스트를 구제하기 위한 대책도 강구했다. 수용소에서 나온 에른스트는 리어노라가 자신의 집을 이미 친하게 지내던 프랑스인에게 넘긴 것을 알게 되었다. 문제는 그림과 조각 작품의 행방이었다. 어떻게 하든 그 집에서 갖고 나와야 했다. 리어노라가 에른스트 곁을 떠나 행방을 감추었다. 리어노라는 멕시코 남자와 결혼해서 리스본에 가 있었다. 페기는 막스 에른스트의 작품을 구입하는 조건으로 그에게 자금을 지원하기로 했다.

페기가 마르세유에 갔더니 브르통은 미국으로 가고 없었고, 에른스트만 남아 있었다. 에른스트에게 2천 달러를 주고, 그의 작품을 원하는 만큼 갖기로 했다. 막스 에른스트 50세 탄생을 기념해서 조촐한 파티를 열어 페기는 와인 잔을 들고 그와의 새로운 만남을 축하했다. 페기는 이때 이상하게도 에른스트에게 마음이 쏠렸다. 페기는 그를 사랑하게 되었다. 막스 에른스트와의 정사(情事)가 시작되었다. 10일 안으로 페기는 미국으로 출발할 예정이었다. 막스는 페기에게 충고했다. 누가 와서 심문을 하더라도 절대로 유대인이라고 말하면 안 된다. 미국인이라고 말해야 한다고 강조했다. 당시 마르세유에서는 유대인들이 매일 체포되어 연행되었다. 그런데 페기에게도 사건이 터졌다. 사복형사가 페기를 찾아왔다. 형사는 페기의 여권을 조사하고 심문했다. 방 안을 뒤지면서 유대인을 찾고 있었다. 형사는 페기에게 경찰서로 동행할 것을 요구했다. 페기는 형사에게 옷을 갈아입을 터이니 밖에서 기다려달라고 말했다. 페기는 몸에 돈을 감추고 있었다. 에른스트에게 연락을 하고 싶었고, 돈을 숨기고 싶었다. 그러나 어떻게 해야 할지 생각이 떠오르지 않았다. 복도에 나갔더니 형사가 보이지 않았다. 형사는 집 밖에서 상사와 이야기를 하고 있었다. 상사는 페기를 보고 정중하게 인사를 하면서 부하에게 페기를 괴롭히지 말라고 일렀다. 당시 미국인은 프랑스인에게 인기가 있었다. 구호물자를 보내주기 때문이다. 형사는 페기에게 서류 미비이니 경찰서에 들러서 등록을 해달라고 전하면서 가버렸다.

페기는 마르세유에서 우연히 자크 쉬프랭을 만났다. 그는 나치를 피해 탈출을 시도하고 있었는데 일이 잘 풀리지 않아 공포에 시달리고 있었다. 잡히면 강제수용소, 고문, 그리고 죽음이다. 페기는 전력을 기울여 그를 탈출 시키는 데 성공했다. 페기는 마르세유를 출발해서 포르투갈 리스본에 도착했다. 그곳에서 막스 에른스트와 상봉했다. 막스는 비참한 얼굴을 하고 있었다. 리스본에서 멕시코 남자와 함께 있는 리어노라를 만났기 때문이다. 막스는 리어노라에게 멕시코 남자와 헤어지라고 설득했지만 소용없었다. 리어노라는 그 남자와 미국으로 갈 예정이었다.

1941년 7월 13일 페기는 가족과 함께 판아메리칸 비행정을 타고 14년 만에 뉴욕으로 돌아왔다. 화물로 발송했던 그림은 무사히 도착되어 있었다. 막스 에른스트와의 그림이 미국에서 팔리기 시작했다. 그는 그림을 판 돈으로 인디언 예술 등 원시예술품을 사들였다. 페기는 막스와 함께 생활을 시작했다. 막스와 페기는 버지니아 주에서 결혼 수속을 마치고 결혼식을 올렸다. 뉴욕 페기 집 위층에는 극작가 클리퍼드 오데츠가 살고 있었다. 그는 밤새 시끄럽게 소리를 내면서 연습을 하고 있었다. 페기는 밤에 잠을 잘 수 없었다. 오데츠는 미안하다고 사과하면서 극장표 두 장을 보냈다.

막스가 다른 여자와 밀회하는 사진이 잡지에 보도되었다. 페기의 고민은 깊어졌다. 페기는 더 이상 참지 못했다. 그녀는 막스를 잊기 위해 마르셀 뒤샹에게 접근했다. 뉴욕에서 전시회 준비를 할 때, 페기는 뒤샹의 도움을 요청했다. 여류 화가 특별전을 열게 된 것도 뒤샹의 아이디어 때문이다. 그런데 막스도 전시회 준비를 도와주기 위해서 왔다. 그런데 문제는 여류 화가 도로시아 태닝의 노골적인 막스 유혹이었다. 그 때문에 페기는 마음이 상하고, 막스와의 다툼도 끊이지 않았다. 그럴수록 페기와 뒤샹의 관계는 점점 깊어졌다. 막스와 도로시아의 관계도 깊어졌다. 페기의 결혼 생활은 이로 인해 파국을 맞게 되었다.

페기와 화가 잭슨 폴록과의 만남

뉴욕에서 1941년 10월 20일 '20세기 예술 갤러리(Art of this Century Gallery)'가 문을 열었다. 전시회는 성공적으로 개최되었지만, 페기의 복잡한 개인 생활은 화랑 운영을 어렵게 만들었다. 페기는 잠을 못 이루고 수면제를 복용했다. 1939년 런던에서 화랑을 시작할 때 허버트 리드는 페기에게 신인 발굴 전시를 하자고 권한 적이 있다. 페기는 뉴욕에서 그 전람회를 열기로 했다. 응모 작품 심사 결과 40명이 선발되었다. 이 신인전에서 잭슨 폴록이 독특한 빛을 발산했다. 그는 페기의 후원으로 화단의 기수로 부각되었다. 페기가 케네스 맥퍼슨과 친하게 지내고 있을 때, 새로 입주한 아파트 벽, 폭 23피트, 높이 6피트 벽에 그림을 설치하기로 했다. 페기는 그 그림을 잭슨 폴록에게 부탁했다. 폴록은 거대한 캔버스 앞에서 그림을 구상했지만 좀처럼 생각이 나지 않았다. 폴록은 고심에 고심을 거듭하면서 연일 구상에 시간을 보냈다. 연말이 되어도 그림은 완성되지 않았다. 그의 아내 크래스너(Lee Krasner)는 폴록과 함께 연말 여행을 떠났다. 신년 초, 창작에 열중하도록 폴록을 홀로 화실에 남겨두고 크래스너

잭슨 폴록

는 부모 집에 갔다. 그런데, 마지막 약속 날짜가 다가왔지만 그림은 완성되지 않았다. 그러나 결정적인 순간이 왔다. 잭슨은 "비전이 보인다"고 외치면서 미친 듯이 그림에 매달리다가 불과 세 시간 만에 그림을 완성했다. 미국 표현주의 추상화 최초의 걸작이 탄생된 순간이었다. 청(靑)과 백(白), 그리고 황(黃)색이 난무하는 인간의 군상(群像)이었다. 흑(黑)으로 사람을 그리고, 그 위에 색을 흘리고 칠하는 기법이었다. 그 그림을 벽에 걸려고 했는데 너무 길었다. 폴락은 무진 애를 썼지만 해결이 안 되었다. 그는 신경과민이 되어 몇 날 며칠이고 술을 퍼 마셨다. 폴락은 너무 취해서 옷을 다 벗어버리고 벌거숭이 몸으로 사람들 모인 장소에 나타났다. 그는 아무런 판단도 할 수 없었다. 뒤샹이 중재에 나서 그림을 축소했다. 그림이 전시되었을 때, 폴락은 대리석 화덕에 오줌을 갈기고 떠났다. 페기는 화를 내지 않았다. 미국 회화에 새로운 획을 그은 천재가 탄생했기 때문이다. 후에 페기가 그 집을 떠날 때, 그림은 아이오와대학교에 기증되어 현재도 그곳에 남아 있다.

페기는 폴록의 그림을 좋아했다. 함께 지내고 있는 케네스는 그런 페기를 참을 수 없었다. 집 안에 걸린 폴록 그림에 페기는 조명을 달고 싶었는데, 케네스는 반대였다. 그래도 페기는 밀어붙였다. 1943년 10월 페기는 키리코의 초기 작품 16점을 미술관과 개인 수장가로부터 임대받아 전시회를 열었다. 페기는 〈거리의 우울과 신비〉라는 그림을 무척 좋아했다. 수장가인 레저 대위(大尉)에게 그림을 매입하고 싶다고 전했지만 그는 팔 생각이 없다고 말했다. 페기는 이어서 잭슨 폴록의 특별전을 열었다. 그의 그림은 보는 사람의 마음을 사로잡았다. 페기가 예상한 그대로였다. 제임스 존슨 스위니(Johnson Sweeney)는 카탈로그에 멋진 서문을 기고했다. 페기와 스위니는 폴록에게 날개를 달아주었다. 폴록은 날고, 페기는 화제를 모았다. 폴록의 그림이 상당수 팔렸다. 근대미술관도 한 점 매입했다.

페기의 소망은 화랑이 상업적인 목적보다는 전위예술의 중심 역할을 하는 것이었다. 페기는 전쟁을 피해 유럽에서 온 예술가들을 수용하고 지원하는 일에 집중했다. 이들 추상미술 작가들의 작품은 미국 젊은이들에게 대단한 자극을 주었다. 그들은 뉴욕에서 '추상표현파'를 형성했다. 페기는 계속해서 신인 발굴 전시회를 열었다. 한스 호프만, 클리퍼드 스틸, 마크 로스코, 데이비드 헤어 등 신인들이 등장했다. 그룹전을 열어 애돌프 고틀리브, 헤다 스턴, 애드 라인하르트 등 집단을 소개했다. 기성 작가로 전시된 작가는 키리코, 아르프, 자코메티, 엘리옹, 한스 리히터, 허시필드, 베긴 웨일, 로런스 베일, 라이스 페레이라 등이었다. 봄가을에 여는 특별전과 여류 화가 전시회, 그리고, 대학 회화 전시회와 무명 화가들 발굴전도 계속 열었다. 제1회 춘계전에서 잭슨 폴록은 당대 최고 화가로 급상승했다. 폴록은 초기 피카소나 초현실주의 화가들 영향을 받고 있었는데, 어느덧 그 영향에서 벗어나서 피카소 이후 최고의 화가로 떠오르고 있었다. 그러나 폴록의 그림은 잘 팔리지 않았다. 당시 솔로몬의 미술관에서 목수 일을 하고 있었던 폴록은 정기적인 수입이 필요한 형편이었다. 페기는 폴록 지원에 나섰다. 월급 150달러를 지급하고, 그림이 2,700달러 이상 가격으로 팔리면 매출의 1/3을 미술관 기금에 보탠다는 내용의 전속 계약을 맺었다. 1943년부터 1947년까지 페기는 폴록 지원을 계속했다. 이윽고 폴록은 페기 미술관의 중심적 존재가 되었다. 그의 아내이며 화가인 크래스너도 그를 헌신적으로 보살폈다. 페기는 크래스너를 의식해서 폴록과의 관계를 어디까지나 파트론 사이로 선을 그었다. 폴록은 접근하기 힘든 사람이었다. 술을 마시면 걷잡을 수 없었다. 그는 자기 파괴적이고 극심한 우울증에 시달렸다. 정신이 맑아지면 그림이 탄력을 받았다. 평소에는 온순했다. 페기가 폴록에 관심을 집중하다 보니 다른 화가들은 소외감을 느껴 페기의 울타리를 벗어나기 시작했다. 샘 쿠츠 등 화상들이 이 틈새를 쑤시고 들어와시 페기 주변의 화가들을 유인해 갔다.

페기, 베니스에 살다

화가 모리스 허시필드 사망 후, 화상 시드니 재니스가 페기한테 추도 전시회 부탁을 했다. 그 전시회는 성공했다. 페기는 그의 그림 〈거울 앞에 선 두 여인〉을 입수했다. 페기의 전시회는 뉴욕 시만이 아니고 전국적으로 확산되었다. 전쟁이 끝나자, 페기는 파리로 갔다. 메리 매카시와 그의 남편 브로드워터의 권유로 페기는 베네치아 관광여행을 떠났다. 그곳에 도착해서 본 베네치아가 페기의 마음을 사로잡았다. 페기는 여생을 베네치아에서 지내겠다고 결심했다. 페기는 살 만한 집을 물색했다. 집을 찾지 못한 채, 페기는 뉴욕으로 돌아와서 미술관 문을 닫고, 그림과 조각은 전부 창고에 수장한 다음, 개 두 마리를 데리고 다시 유럽으로 향해 떠났다. 이후 페기는 12년 동안 미국에 돌아오지 않았다.

1949년 마침내 베네치아에서 살 만한 집을 발견했다. 그 집은 1784년 베니스에서 두 명의 총독을 배출한 명문가 베니에르 집안이 건축을 시작한 미완성 궁전이었다. 그 건물은 페기가 소장하고 있는 미술품을 전시하기에 적합한 건축물이었다. 1949년 가을, 페기는 이 궁전에서 조각 작품전을 열었다. 아르프, 브랑쿠시, 자코메티, 헨리 무어, 데이비드 헤어, 마리노 마리니 등 명작이 전시되었다. 페기의 베네치아 궁전에서 머물다 간 인사 가운데 자코메티와 소설가 트루먼 카포트(Truman Capote)가 있다. 카포트는 두 달 동안 머물면서 「시성(詩聖)의 노래가 들린다」라는 작품을 썼다. 그는 페기가 넋이 나갈 정도로 매일 재미있는 이야기를 들려주었다. 페기는 즐거웠다. 궁전 곳곳에 그림과 조각을 전시하고도 공간이 모자라 페기는 정원에 전시관을 새로 지을 계획을 세웠다. 궁전 옆집은 미국 영사관이었다. 덕택으로 페기는 미국 위병들의 보호를 받으면서 밤낮을 안전하게 지낼 수 있게 되었다. 몇 차례 그림 도난 사건이 발생했지만 베네치아 경찰서의 기민한 조치로 작품을 전량 회수할 수 있었다. 1956년 폴록이 자동차 사고로 사망했다는 소식을 접하자, 페기는 말했다. "나는 폴록을 세상에 내보냈다. 나의 노력은 그것으로 충분하다."

뉴욕 구겐하임 미술관

페기는 백부 솔로몬이 지은 뉴욕 구겐하임 미술관 개관식에 참석하기 위해 12년 만에 미국으로 갔다. 이 미술관은 1939년 개설되었지만, 1959년 프랭크 로이드 라이트의 설계로 새롭게 완공되었다. 백부가 사망하자 조카 해리 구겐하임이 미술관 이사장을 계승하고, 페기의 친구 제임스 스위니가 관장을 맡게 되었다. 페기는 1956년 『어느 수집가의 회상』이라는 책을 집필했다. 페기는 상당수의 미술품을 미국 미술관에 기

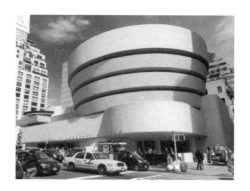
뉴욕 구겐하임 미술관

증했다. 1967년 이탈리아 정부는 페기에게 국가훈장 '기사(騎士)' 칭호를 수여하면서 상장과 훈장을 전달했다. 이 훈장을 받은 여성은 페기 이외에 두 사람밖에 없었다. 1969년 미국 구겐하임 미술관에서 페기 미술품 소장전을 개최했다. 이 일을 계기로 페기는 사후 자신의 소장품을 전부 구겐하임 미술관에 기증했다. 소장품은 전부 페기 이름으로 베네치아에 놔두고, 관리는 미술관이 한다고 명시했다. 페기는 소장품을 자신의 궁전에서 옮기지 않도록 했다. 구겐하임 미술관은 페기를 위해 축하파티를 열어주었다. 1978년 8월 26일 페기 80세 탄생 기념 파티가 열렸다. 페기의 아들 신드바드를 포함해서 22명 인사들이 초대를 받았다. 1979년 페기의 『회상록(Out of This Century: Confessions of an Art Addict)』이 출판되었다.

예술과 사랑으로 한몸이 된 페기

마거리트 "페기" 구겐하임(Marguerite "Peggy" Guggenheim)은 1898년 8월 26일 태어나서 1979년 12월 23일 세상을 떠났다. 페기는 예술품 수집가요, 미술관 경영자요, 화가들의 후원자요, 보헤미안이요, 시대의 연인이었다. 전기 작가 안톤 길(Anton Gill)은 "유럽에 살고 있을 때, 페기는 1천 명의 남자들과 잠을 잤다"라고 썼지만, 나는 그 말을 액면 그대로 믿고 싶지 않다. 아버지 벤저민 구겐하임이 타이타닉호에서 조난당하자, 페기는 깊은 절망 속에 빠져 외로운 인생을 살았다. 페기는 제2차 세계대전 전후 유럽에서 화단(畵壇)에 뛰어들어 그림을 수집하고 미술관 개관의 꿈을 다지고 있었다. 그 당시, 페기는 협력자가 필요했다. 자연히 미술계 인사들, 문화예술계 인사들과 폭넓은 교우 관계를 맺게 되었다. 페기는 그림과 예술과 사랑으로 한몸이 되었다. 페기는 그 구분을 잊고 살았다. 그림을 사랑하고, 그림의 주인을 사랑했다. 페기로서는 너무나 당연한 일이었다. 그 결과 지금 현대미술의 보고가 남게 되었다.

첫 결혼은 다다(Dada) 계열 조각가이며 작가였던 로런스 베일(Laurence Vail)이었다. 그와의 결혼으로 아들 마이클 신드바드(Michael Cedric Sindbad)와 딸 페긴(Pegeen Vail Guggenheim)을 얻었다. 페기는 로런스와 1928년 이혼했다. 로런스가 작가 케이 보일과 밀회를 거듭했기 때문이다. 페기는 존 홀름즈(John Holms)와 두 번째 결혼을 했다. 그는 작가였다.

첫 화랑은 1938년 1월 개관한 '구겐하임 죈'이었다. 마르셀 뒤샹이 적극적으로 도와주었다. 파리 시대에 그녀가 만난 예술가들은 모두 뒤샹을 통해서였다. 페기의 화랑은 유명해졌지만, 첫해에 600파운드의 결손을 입었다. 이때 페기는 현대미술에 집중하기로 결심했다. 1939년 6월 22일 페기는 화랑을 폐관했다. 페기는 허버트 리드의 도움을 받고 추상미술 작품을 수집했다.

1939년이었다. 페기는 50년대에 「고도를 기다리며」로 노벨상을 수상한 작가 사뮈엘 베케트(Samuel Beckett)를 만났다. 당시, 베케트는 소설가 제임스 조이스의 일을 하면서 『머피』를 발표하고 평론을 쓰고 있었다. 두 사람은 격렬한 사랑에 빠져들었다. 결국, 베케트는 이를 악물고 물러섰다. 베케트는 페기가 자신을 단념하도록 새로운 애인을 만나면서 그 일을 페기에게 과시했다. 베케트는 페기가 미술 일에 전념하도록 밀어주었다. 사랑하기 때문에 이별하는 부조리 드라마였다.

페기는 1941년 막스 에른스트(Max Ernst)와 결혼했다. 그는 초현실주의 추상미술의 거두였다. 페기는 그와 1946년 이혼했다. 역시 막스의 복잡한 여자관계 때문이었다. 그와의 생활을 통해 페기는 미술계 인사들을 폭넓게 만나고 방대한 미술품을 수집할 수 있었다. 페기는 여덟 명의 손자손녀를 얻었다. 아들로부터 클로비스(Clovis), 마크(Mark), 캐롤(Karole)과 줄리아(Julia Vail)이다. 딸로부터 패브리스(Fabrice), 데이비드(David), 니콜라스 헬리온(Nicholas Helion)과 샌드로(Sandro Rumney)이다.

페기가 런던에서 허버트 리드와 함께 근대미술관을 운영하기 위해서 가지고 있었던 4만 달러는 전쟁 전후에 허버트 리드의 명작 리스트에 따라 몽땅 그림 매입에 사용되었다. 그 그림을 프랑스 남부 시골 성당 창고에 보관하고 있다가 미국으로 갖고 왔다. 그 화물 속에는 피카소 10점, 에른스트 40점, 미로 8점, 마그리트 4점, 만 레이 3점, 달리 3점, 파울 클레 1점, 팔렌(Wolfgang Paalen, 오스트리아 화가) 1점, 샤갈 1점의 그림이 들어 있었다. 이 그림은 파리에서 미술관을 개관할 때 전시하려고 했던 것인데, 전쟁으로 무산되었다. 페기는 뉴욕에서 네 개의 갤러리를 운영했다. 그중 세 개는 초현실주의 큐비즘(Cubism) 추상미술 전용 갤러리이고, 나머지 한 개는 상업용 화랑이었다. 페기는 잭슨 폴록, 윌리엄 콩던(William Congdon), 팔렌, 막스 에른스트 등을 미국에 알리는 공을 세웠다.

페기는 제2차 세계대전 후, 막스와 헤어지면서 1947년 미국의 화랑 문을 닫고 유럽으로 가서 베네치아에 둥지를 텄다. 1948년 베네치아 비엔날레에서 수집품을 공개하고, 궁전 같은 저택(The Palazzo Venier dei Leoni on the Grand Canal)을 손질하고 증축해서 미술관으로 탈바꿈시켰다. 그 소장품은 유럽 최고의 미국 현대미술 명작으로 평가되고 있다. 1950년대, 페기는 에드몬도 바치(Edmondo Bacci)와 탄크레디 파르메자니(Tancredi Parmeggiani) 등의 이탈리아 작가를 지원했다. 1960년대 페기는 전시 작업에만 몰두했다. 페기는 유럽 각지의 미술관에, 그리고 1969년에는 뉴욕 솔로몬 구겐하임 미술관에 자신의 소장품을 대여해주었다. 1976년 사망 2년 전, 페기는 베니스의 자택과 소장품을 백부 솔로몬이 지은 미술관에 전부 기증했다. '페기 구겐하임 수집 작품(Peggy Guggenheim Collection)'은 20세기 초반 구미 현대 작품의 중요한 전시관으로 명성을 얻고 있다.

페기는 정열적인 여성이었다. 여러 번 결혼하고, 파탄을 겪으면서도 예술에 대한 탁월한 감식안, 날카로운 지성, 예술가에 대한 사랑의 집념은 사그라지지 않았다. 페기는 혈통으로나 경제적으로 행운아였다. 페기는 그 행운을 미술 발전에 헌납했다. 페기의 매력과 흡인력은 수많은 예술가들을 끌어들이고 후원하는 일을 가능케 했다. 우리는 그 한 예를 폴록에서 볼 수 있다. 폴록은 생활고 때문에 마음 놓고 작품 창작을 할 수 없었다. 그는 동성애자였고, 알코올중독자요, 기인이었다. 페기는 그가 뉴욕 뒷거리 술집을 배회하지 않도록 뉴욕 롱아일랜드 한적한 곳에 집을 구해서 살 수 있게 크래스너 부인에게 재정 지원을 했다. 폴락은 이 집에서 수많은 기념비적인 작품을 생산했다. 페기는 이른바 이 시대 예술의 산파였다. 페기는 여생을 베네치아 저택에서 살다가 사후에 재로 남아 자택 정원 애견 옆에 묻혔다.

페기 구겐하임 추모 작품들

사후, 페기에 관한 이야기를 담은 작품이 발표되었다.

2000년 페기 구겐하임과 잭슨 폴록과의 관계를 그린 에이미 매디건(Amy Madigan) 주연 영화 〈폴록(Pollack)〉에서 되살아났다. 감독은 에드 해리스(Ed Harris)였다. 페기의 일생을 그린 연극 〈거울 앞에 선 여인〉(레이니 로버트슨(Lanie Robertson)의 희곡)이 뉴욕 브로드웨이에서 2005년 3월 10일 개막되었다. 이 작품은 페기의 후기 인생에 초점을 맞춘 1인극이었다. 여배우 메르세데스 룰(Mercedes Ruehl)이 페기 역을 맡았다. 그녀는 이 연기로 오비상(Obie Award)을 받았다. 2011년 5월 뉴욕에서 재공연되었는데, 로젠블랫(Judy Rosenblatt)이 연기를 하고, 펜들턴(Austin Pendleton)이 연출을 맡았다. 방송극 〈나 자신의 곤돌라 사공(My Own Private Gondolier)〉이 2010년 10월 19일 BBC라디오 제4방송에서 피오나 쇼(Fiona Shaw)가 페기 역할을 맡아서 화제가 되었다. 2015년 4월에 〈예술에 중독된 페기 구겐하임(Peggy Guggenheim : Art Addict)〉이라는 다큐멘터리 영화가 제작되어 2015년 7월 26일 샌프란시스코 유대인 영화제에서 상영되었다.

도널드 트럼프
"상거래도 예술이다"

도널드 트럼프(1946~)

트럼프의 하루 일과

"나는 돈 때문에 거래를 하는 것이 아니다." 부동산 재벌 도널드 트럼프는 말했다. 그에게는 거래 자체가 매력이요, 기쁨이요, 예술이다. 거래는 그에게 황홀이요, 전투이다. 거래를 하면 스릴을 느끼고, 정신이 정화된다. 거래에 몰두하는 것은 마치 화가가 그림에 미치고, 음악가가 작곡에 매몰되고, 시인이 언어를 탐하는 것과도 같다. 그래서 그에게는 거래가 예술인 것이다. 왜 연극을 하는가? 묻는 사람이 많다. 이야기가 하고 싶고, 놀이에 빠지고 싶고, 초월적인 환상을 추구하고, 이웃과 사회를 돕고 싶기 때문이라고 말한다. 아무도 이 말에 이의를 제기할 수 없을 것이다. 마찬가지로 트럼프의 말에 대해서도 이의를 제기할 수 없다.

트럼프의 하루는 즐겁다. 서류 가방도 들지 않고, 모임의 스케줄도 빽빽하지 않다. 말하자면 일정에 여유 있는 공백을 남겨둔다. 일주일 동안 똑같은 패턴으로 움직이지 않는다. 생활에 무수한 변화를 준다. 아침 6시에 일어나 조간 신문을 읽는다. 식사를 마치고 아침 9시, 트럼프타워 자택에서 아래로 내려와 사무실에 도착한 후, 전화를 걸고, 받으면서 하루에 할 일의 가능성을 모색한다. 보통 전화 횟수는 50회 이상, 때로는 100회를 넘는다. 전화 사이사이에 사람들을 만난다. 미리 약속한 것도 있지만 임기응변으로 그 자리에서 본능적으로 정하는 만남도 있다. 만남은 15분 이내로 끝낸다. 점심 식사 후 휴식은 없다. 6시 반에는 퇴근이다. 집에 와서 밤 12시까지 전화를 건다.

하루 일정의 요체는 즐겁게 일하자는 것이다. 즐거움이 없는 일은 할 가치가 없다. 성공하더라도 안심해서는 안 된다. 살다 보면 예상치 못한 일이 일어난다. 자신이 한 일이 성공하더라도 그것에 너무 집착하고 자만해서는 안 된다. 나락은 언제나 코앞에 있다.

상거래 방법과 기교

거래는 단순하고 명쾌하게 진행한다. 목표를 높이 설정하고, 구하고 싶은 것을 손에 넣을 때까지 집요하게 밀고 나간다. 이런 기질은 천부적 기질이다. 학식과 지능도 중요하지만 결정적인 것은 '감'이다. 그는 모든 것을 크게 생각한다. 말하자면 스케일이 큰 셈이다. 그리고 일에 몰두한다. 성공한 기업가들은 대부분 일에 치인 것처럼 목적을 향해 돌진한다. 미친 사람처럼 빠지는 집념이 있다. 그들의 모습은 활력에 넘쳐 있다. 뉴욕에서 노련한 부동산 업계의 상대와 겨누는 세상에서 싸우고 이기기 위해서는 이런 특성을 지니고 있어야 한다.

적극적이고 과감한 사고방식을 갖는다. 거래에는 신중하게 임해야 한다. 언제나 최악의 사태를 예상하고, 대처 방안을 생각하며, 돌파해야 한다. 그래야 최고의 것을 손에 넣을 수 있다. 항상 융통성을 발휘하면서 선택의 여지를 확보하고 위험부담을 최소화한다. 한 가지 거래에만 집착하지 않고, 여러 개의 가능성을 항상 검토한다. 대처 방안을 대여섯 개 미리 준비한다. 그러기 위해서는 시장조사를 철저히 해야 한다. 그리고 시장에 대한 '감'을 잡아야 한다. 스티븐 스필버그, 크라이슬러의 리 아이아코카, 영화감독 우디 앨런, 배우이며 제작자인 실베스터 스탤론도 '감'이 발동되는 인물들이었다. 스탤론은 41세에 〈로키〉와 〈람보〉라는 영화사에 남는 성격을 두 개나 만들어냈다. 그는 관객의 갈망을 '감'으로 잡았다. 트럼프가 자랑하는 것가운데 가장 신비로운 것이 바로 이 '감'이다. 그는 복잡한 계산에 의존하는 전문가, 최신 기술로 시장조사를 하는 상담회사에 의존하지 않는다. 그는 자신이 조사하고, 자신이 결론을 낸다. 물론 그 이전에 여러 인사들의 의견을 청취한다. 낯선 지방의 부동산을 매입할 때는 반드시 그곳에 가서 택시 기사에게 이것저것 물어보고 '감'을 잡은 후 결론을 내린다.

거래를 할 때 우위에 서야 한다. 거래 상대가 필요한 것이 무엇인지, 그것이 없으면 상대는 곤경에 빠진다는 내용을 알고 있어야 한다는 것이다. 이 일을 가능케 하는 것은 상상력과 협상력이다. 부동산 거래에서 중요한 것은 입지 조건이 아니라, 최고의 협상력이다. 특등 지역은 없다. 땅은 유행과 관계가 있다. 후진 지역의 땅도, 집을 지어 그곳에 일류 인간을 모으기만 하면 특등지가 된다. 말하자면, 돈을 싸들고 최고급 땅만 물색할 필요가 없다는 뜻이다. 아무리 우수한 상품을 만들어내도 세상이 모르면 아무런 가치도 없다. 세상에는 프랭크 시내트라나 르네 플레밍 같은 미성을 지닌 가수들이 수없이 많지만 그 사람을 알아주는 사람이 없기 때문에 그 사람은 방구석에서 기타를 만지면서 울고 있다. 필요한 것은 사람들의 흥미를 자극하고, 관심을 끌어모으는 일이다. 저널리즘은 항상 기사에 굶주리고 있다. 선풍적인 기사를 항상 쫓고 있다. 대담하고, 물의를 빚는 색다른 일을 저지르고, 논쟁을 불러일으켜야 한다. 그래야 저널리즘은 주목하고 취재한다. 막대한 비용이 드는 광고보다 기사 한 줄이 더 대중에게 먹힌다. 다만 기자들과 대할 때는 정직해야 한다. 상대를 속이거나 자기변호에 급급하면 저널리즘은 자신의 적이 된다. 선전의 비결은 대중의 꿈을 자극하는 일이다. 대중은 언제나 초월적인 것을 몽상하고 있다. 자신이 못하는 일을 상대방이 하고 있으면 흥분한다. 이보다 더 멋지고 웅장한 것은 없다는 환상을 대중이 갖도록 선전을 해야 한다. 이를 위해서는 과장하는 분식(扮飾)이 필요하다.

때로는 싸워야 한다. 자신의 신념을 위해서는 끝까지 싸워서 상대방을 납득시켜야 한다. 〈햄릿〉 1막 3장에서 아버지 폴로니어스가 파리로 공부 떠나는 아들 레어티즈에게 하는 충고는 명언으로 남아 있다. "함부로 입을 놀리지 말 것. 엉뚱한 생각은 실천에 옮기지 말 것…… 싸움판에 끼어들지 말 것. 일단 끼어들면 철저히 해치워야 한다." 거래를 할 때는 이런 전의(戰意)가 필요하다고 트럼프는 말하고 있다. 자신이 공격하지 않아도, 자신을 엎어버리려는 사람들이 우글거리고, 성공한 사람을 방해하는 사람들이 주변에 많기 때문이다. 세상을 영원히 속일 수는 없다. 선전을 통해 일시적으로 대중의 기대감을 자극하는 일은 가능하다.

중요한 일에는 여성을 기용한다. 그가 채용한 여성의 능력은 남성 이상이었다. 업무 담당 부사장 루이즈 선샤인, 영업 담당 부사장 블랑슈 스프레이그, 그의 보좌역 노마 포어더러, 그의 아내 이바나 등 여성들은 모두 성실하고, 유능한 경영인이다. 이들은 그의 최측근 참모들이다.

트럼프의 아버지

트럼프의 성장 과정에서 가장 중요한 영향을 미친 사람은 아버지 프레드 트럼프이다. 그가 아버지로부터 얻은 교훈은 사람을 움직이는 법이요, 효율적으로 일하는 방법이었다. 일을 어떻게 시작하고, 마무리짓는가 하는 것이었다. 아버지는 중요하지만, 그는 아버지 영역에서 벗어나고 싶었다. 자신만의 일을 하고 싶었던 것이다. 그래서 택한 것이 뉴욕 맨해튼 진출이었다.

아버지 프레드 트럼프는 1905년 뉴저지에서 태어났다. 그는 스웨덴에서 미국으로 이민 와서 식당 경영으로 성공한 인물이었다. 그는 과음과 문란한 생활로 프레드가 열한 살이었을 때 사망했다. 할머니는 세 자녀를 키우느라고 삯바느질을 시작했다. 큰딸 엘리자베스는 열여섯, 막내인 존은 아홉 살이었다. 프레드는 장남으로서 집안의 기둥이었다. 그는 과일가게 배달부, 구두 닦기, 건설 현장의 막노동 등 온갖 잡일을 하면서 가계를 도왔다. 건축에 흥미를 느껴 야간 고등학교를 다니면서 도면 보는 법, 견적 내는 법을 배우고, 열여섯 살 때, 첫 건축을 성사시켰다. 그는 도널드에게 "인생에서 가장 중요한 일은 자신의 일에 애착을 갖는 일이다"라고 가르쳤다. 프레드는 고등학교 졸업 후 건축업을 본격적으로 시작해서 대성공을 거두었다.

맨해튼으로 향해 간다!

도널드 트럼프는 1964년 뉴욕 밀리터리 아카데미를 졸업하고, 뉴욕 브롱크스 포덤대학교에 입학했다. 이 대학을 나온 후, 펜실베이니아대학교 대학원 워튼 스쿨에 입학해서 경영학 공부를 했다. 1968년 졸업 후, 그는 아버지의 사업을 도우면서도 아버지를 벗어나고 싶은 원대한 꿈과 비전을 품고 있었다. 그는 뉴욕 맨해튼에 관심을 집중했다. 당시 뉴욕 부동산 시장은 과열 상태로 가격이 치솟고 있었다. 아버지는 상당한 재산가였지만 아들에게 과도한 자금을 주는 일은 없었다. 도널드가 대학을 졸업할 당시, 그에게는 20만 달러의 재산이 있었지만, 대부분의 돈이 브루클린과 퀸스 지역 부동산에 투자되고 있었다.

그의 전기(轉機)는 1971년 맨해튼 아파트를 빌리면서 시작되었다. 그는 맨해튼이 이 세상 중심이고 가장 살기 좋은 곳이라고 생각해서 그곳에 둥지를 틀었다. 이사 와서 첫 번째 한 일은 클럽에 입회하는 일이었다. 당시 뉴욕에서 가장 유명한 클럽은 '르 클럽'이었다. 이스트 54번로에 있는 이 클럽은 유명 인사들과 미녀들이 회원으로 가입되어 있었다. 그는 클럽에 전화를 걸어 입회 의사를 전달했다. 상대방은 웃으면서 "농담이겠지"라고 응수하고 전화를 끊었다. 다음날, 또 전화를 걸었다. "회원 명부를 볼 수 있습니까?" 안 된다고 했다. 다음날, 또 전화를 걸었다. "클럽 회장을 만나고 싶습니다. 전달할 물건이 있습니다." 그때, 상대방은 놀랍게도 회장 이름과 전화번호를 알려주었다. 회장에게 전화해서 정중하게 자기소개를 하고 입회를 희망한다고 말했다. "회원 중에 가족과 친구가 있나요?" "없습니다." "그렇다면 왜 입회를 원하죠?" 도널드는 젖 먹던 힘 다해 그 이유를 설명했다. "이렇게 합시다. 당신 호감 가는데, 21클럽에서 한 잔 합시다."

다음날 밤, 술자리서 회장을 만났다. 그런데 도널드가 술을 못 마셔서 큰일이었다. 상대방은 술고래였다. 그 고래는 또 한 사람 술고래 친구를 데려와서 합석했다. 두 시간 지난 후, 도널드가 "댁으로 가셔야죠" 운을 뗐더니 회장이 말했다. "아니야, 더 마셔야지" 그러자 옆 좌석 술고래도 맞장구

쳤다. 도널드는 이런 일에 익숙하지 않았다. 매일 저녁 7시 집에 들어오면 저녁 식사를 마치고, 신문을 보고, 텔레비전 뉴스를 돌리는 평범한 생활인이었다. 도널드는 아버지 닮아 고지식하고 엄격했다. 그날 이후, 일주일이 지나도 회장으로부터 아무런 연락도 없었다. 다시 전화했더니, 상대방은 도널드를 까맣게 잊고 있었다. 그래서 21클럽 행진을 다시 시작했다. 이번에는 회장이 술을 별로 마시지 않아 맑은 정신으로 회원 추천을 해주었다. 회장은 조건을 달았다. "자네는 젊고 미남이야. 클럽에는 젊고 아름다운 부인들이 많아요. 미인들 근처에는 안 간다는 약속을 해주게." 도널드는 귀를 의심했다. 도널드의 양친은 결혼 50년을 넘겼다. 그런 환경에서 자란 그는 회장의 말이 무슨 말인지 이해할 수 없었다. 그는 굳게 약속하고, 클럽에 입회했다. 입회는 사업에 큰 도움이 되었다. 그는 수많은 독신 미녀들과 매일 밤 데이트하면서 즐거운 시간을 보냈다. 이들은 눈부신 미녀들이었지만 진지한 대화 상대가 아니었다.

도널드는 사업에 성공한 인사들과 교제 범위를 넓혀나갔다. 이들을 통해 뉴욕이 어떻게 기능하고 있는지 알게 되고, 거래 상대와도 친해졌다. 특히 유럽과 남미 부자들과의 교우는 이득이었다. 이들은 그가 지은 트럼프 타워와 트럼프 플라자 고급 아파트를 구입해주는 일등 고객이었다. 저명한 변호사 로이 콘도 알게 되었다. 로이 콘은 그의 사업을 돕는 법률 고문이 되어 여러 송사(訟事)를 해결했다. 로이는 총명하고, 성실하고, 배짱이 있었다. 로이는 친구들이 많았다. 모두가 도널드의 우군(友軍)이 되었다. 그 친구들은 도널드의 다정한 친구가 되었다. 로이 콘은 배신하지 않았다. 병원에서 친구 병상에 마지막까지 남아 있을 그런 인간이었다. 도널드는 맨해튼 클럽을 통해 수많은 인사(人士)들을 사귀고, 수많은 물건에 관한 정보를 접하게 되었다.

맨해튼의 푸른 신호등

　　도널드 27세 때 일이다. 1973년에 맨해튼 부동산 업계는 불황이었다. 그동안 뉴욕 시에 거액을 지원하던 연방 정부가 주택 보조금 지불을 정지했다. 금리도 올랐다. 뉴욕 시의 부채 때문에 시민들은 불안했다. 뉴욕 시는 위기였다. 도널드는 이것이 절호의 기회라고 믿었다. 도널드는 59번로에서 72번로까지에 이르는 허드슨 강 연안에 걸친 왕년의 철도 조차장 부지를 주목했다. 이 미개발 땅은 방대한 가능성을 지니고 있었다. 조건이 좋은 땅을 싸게 구입해서 손해 볼 것은 없었다. 당시 웨스트사이드 근처는 우범 지역이었다. 1973년 여름 어느 날, 도널드는 펜 센트럴 철도가 거액의 부채 때문에 파산을 신청한다는 기사를 읽었다. 이 철도의 부동산 속에 조차장 땅이 포함되어 있었다. 빅터 팔미에리라는 인물이 이 땅을 관리하고 있었다.

　도널드는 일면식이 없는 팔미에리에게 전화를 걸어 단도직입적으로 땅 구입 의사를 밝히고 그를 만나러 갔다. 그는 호감이 가는 인물이었다. 도널드는 그에게 이 땅의 입지 조건과 환경이 나쁘다고 설명했다. 이 땅이 별 가치가 없다는 것을 역설했다. 뿐만 아니라, 이 땅이 용도 지역으로 지정받는 일은 정치적으로 어렵다고 말했다. 도널드는 상대방에게 자신을 믿도록 넘치는 열의와 의지를 과시했다. 팔미에리는 그에게 빠져들어서 34번로의 토지도 개발하도록 권유했다. 그를 만날 때, 도널드의 회사에는 팔미에리 이름도 없었다. 즉흥적으로 그는 자신의 회사를 '트럼프 오가니제이션'이라고 자랑했다. 그리고 자신이 정치인들과 친하다고 말했다. 팔미에리는 이탈리아 사람답게 사람을 쉽게 믿어주었다.

　1974년 7월 29일 트럼프 오가니제이션은 토지 매입 옵션을 획득했다고 발표했다. 웨스트 72번로와 웨스트 34번로에서 39번로에 이르는 토지였다. 도널드가 내건 가격은 6,200만 달러였다. 이 사실이 『뉴욕타임스』 1면 기사에 났다. 다른 응찰자들이 나타났다. 스타레트 하우징 건설사는 1억 5천만 달러의 가격을 내걸었다. 이 일이 진행되는 과정에서도 뉴욕 시의 재정 상태는 계속 악화되고 있었다. 도널드는 웨스트 34번로 토지는 컨벤션 센터 건설 용지로 적합하다고 판단했다. 도널드는 이 계획을 추진하기 위해 루이즈 선샤인을 고용했다. 그녀는 정계 유력 인사들과 인맥이 닿고 있었다. 그녀는 한때 민주당 재정 담당이었다. 처음에는 무보수로 일해주었는데, 나중에 도널드 회사의 중역이 되어 충분한 보수를 받았다. 그러나 뉴욕 주와 시는 별도의 구상을 하고 있었다. 자체적으로 웨스트 44번로에 컨벤션 센터를 짓는다는 계획을 세우고 있었다.

　도널드는 기자회견을 준비했다. 루이즈와 뉴욕 시 홍보 담당 행정관 하워드 루벤스타인의 협력으로 유력자의 지지를 얻는 데 성공했다. 이들은 주 상원 다수당 원내총무와 뉴욕 정계의 거물들이었다. 이들은 "시가 계획하는 배터리 파크 컨벤션 센터 계획은 묘지에 나이트클럽 세우는 격이다"라고 일갈했다. 도널드는 기자 회견장에 "34번로에 기적을!"이라고 쓴 걸개를 걸었다. 도널드는 기자들에게 1억 1천만 달러로 센터를 건립한다고 공언했다. 이 액수는 시가 건설하려는 센터 건립 예산보다 낮은 금액이었다. 도널드의 계획은 신문 기사로 알려져 뉴욕 시민들을 놀라게 했다. 도널드가 강조한 점은 자신의 토지가 입지 조건이 좋다는 것이었다. 동쪽에 고속도로가 있고, 지하철과 버스 정류장이 가깝고, 주민을 철수시킬 필요가 없으며, 건설 비용이 시가 추진하는 센터보다 적다는 것이었다. 시의회 의원 로버트 와그너 리포트는 도널드 토지가 적절하다는 평가를 했다. 이윽고 기류는 도널드 쪽으로 움직였다. 뉴욕 시는 후보지 조사위원회 조사 결과를 토대로 1978년 4월 34번로 토지가 적절하다고 판단되어 이 땅을 매수해서 컨벤션 센터 건설을 최종 결정했다. 도널드가 이겼다. 이것은 금전상의 승리라기보다는 상징적인 승리였다. 수년간의 시간과 노력을 기울인 대가는 미미했다. 83만 3천 달러의 돈이 그에게 지급되었다. 도널드는 뉴욕 시가 건설을 자신에게 맡길 것을 기대했다. 그러나 당시 시장인 에드 코치의 반대로 무산되었다. 도널드는 뉴욕 시에 새로운 제안을 했다. 2억 달러 이하로 센터를 완성하고, 초과 시 자신이 부담한다는 조건이었다. 그러나 시는 듣지 않았다. 시가 감독한 건설 사업은 지지부진, 막대한 예산 초과의 결과를 초래했다. 4년 늦어지고, 7억 달러 예산 초과였다.

뜨거운 감자 도널드 트럼프

도널드의 이름이 세상에 알려지기 시작했다. 뉴욕 부동산 업계에서 도널드는 뜨거운 감자로 부상했다. 팔미에리가 1974년 말, 어느 날 넌지시 귀띔했다. 코모도어 호텔이 경영난으로 몇 년 동안 재산세 600만 달러를 체납했다는 소식이었다. 42번로 그랜드센트럴 역 옆에 위치한 4성 호텔인데, 호텔을 보러 나가다가 아침 9시 쏟아져 나오는 통근족을 보았다. 그렇구나. 몇백만 유복한 사람들이 드나드는 이 길목에 코모도어 호텔이 있었다. 지금은 건물이 황폐했지만 내부를 개수하고 변신을 거듭하면 명물이 될 수 있다고 판단했다. 그는 팔미에리에게 호텔 구입 의사를 밝혔다. 팔미에리는 기뻐했다. 적자투성이 호텔 살 사람은 도널드밖에 없었기 때문이다. 아버지에게 전했다. 아버지는 귀를 의심했다. "이 불황에 후진 호텔을 사다니, 조난당한 타이타닉호 표를 애써 구입하는 것과 같다."

나중에 아버지는 기자에게 당시 심정을 털어놓았다. "도널드는 홈런 한 방 날렸다고 생각했지만, 실패하면 부동산업은 끝난다고 나는 생각했다." 매수 작전을 시작하면서 위험부담을 최소로 줄여나갔다. 은행에 대해서는 불황 시기에 신규 사업에 융자하는 도의적 책임을 강조해서 금전 문제를 해결했다. 뉴욕 시에 대해서는 고용 창출과 환경 변화의 가능성을 제시하면서 대대적인 감세 조치를 요청했다. 그러나 인수 교섭은 복잡하고 힘들었다. 더 큰 문제는 매입 후, 즉시 가동해야 되는 우수한 경영진 확보였다.

도널드는 호텔 개축을 위한 디자인을 위해 젊고 재능 있는 건축가 데어 스컷(Der Scutt)을 만났다. 그는 도널드의 구상을 듣고, 즉석에서 디자인에 착수했다. 핵심 과제는 새로운 이미지였다. 도널드는 스컷을 데리고 그의 아파트로 가서 방 안의 가구 배치에 대해서 물었다. 스컷은 가구를 움직여 재배치하고, 가구 몇 개를 방 안에서 제거했다. 그러자 방 안은 놀라게 좋아졌다. 도널드는 스컷이 마음에 들었다. 그에게 호텔 개축 디자인을 의뢰했다. 1975년 디자인이 완료되었다. 도널드는 객실 1400개의 거대 호텔을 운영할 회사 선정을 시작했다. 코모도어는 뉴욕에서 힐튼호텔 다음으로 큰 호텔이었다. 그는 하얏트를 유력 후보로 지목하고, 1974년 말, 하얏트 사장을 만났다. 사장은 하얏트 대주주 프리츠커와 상의하라고 말했다. 이 일을 치르면서 그는 중요한 사안을 결정할 때는 우두머리를 먼저 만나야 한다는 교훈을 얻었다. 기업에서는 '톱'이 아니면 모두 종업원이다. 종업원은 성심성의 분투노력 않는다. 그는 유명 건축가 프리츠커를 만났다. 그의 자문을 받고 1975년 5월 4일 기자회견을 통해 코모도어 호텔 개축안을 발표했다. 도널드는 금융 전문가 헨리 피어스를 모시고 자금 조달 업무를 시작했다. 젊은 트럼프에 떨떠름했던 은행가들은 은발의 피어스 때문에 안심할 수 있었다. 도널드는 팔미에리와 만날 때처럼 회사의 우수성을 설명하

그랜드 하얏트 뉴욕

고, 업적을 알리면서 정해진 기일 내에, 정해진 예산으로 개축 사업을 끝내겠다고 강조했다. 이 말은 은행가 귀에 솔깃하게 들렸다. 도널드는 그것을 알고 있었다. 도널드는 호텔의 도면과 모형을 보여주었다. 호텔 재건이 주변 지역 상권을 활성화하고, 범죄가 빈번한 슬럼가 환경을 개선할 뿐 아니라, 새 직장이 생겨 고용이 활성화된다는 점을 빠뜨리지 않았다. 물론 하얏트의 치밀한 경영 능력도 자랑했다. 뉴욕 시로부터 세제 감축이 있을 예정이라는 점도 지적했다. 이 말은 실수였다. 은행 융자를 받을 때까지 시는 경감 조치를 취할 수 없고, 경감 조치를 확인할 때까지 은행은 융자를 할 수 없다는 입장 때문에 도널드는 곤경에 빠졌다. 그래서 다른 각도에서 은행을 공략하기로 했다. 은행의 도의적 책임을 거론하기로 했다. 우리들 회사들은 이래도 좋고 저래도 좋다. 그러나 은행은 뉴욕 시에 대해서 책임이 있다. 뉴욕 시는 자랑스러운 우리들의 도시인데 현재 재정난이다. 이 도시에 투자하지 않으면 뉴욕 시는 소생할 수 없다. 교외 건설 사업에 수백만 달러의 융자를 하면서, 자신이 살고 있는 도시에 투자하지 않으면 부끄러운 일이 아닌가. 이런 논리로 압박했다. 그러나 통하지 않았다. 은행원은 기계와 같아서, 한번 '노' 하면 끝이요, 설득의 여지가 없었다. 도널드는 단념했다. 그러나 피어스는 포기하지 않고 다른 금융기관을 공략해서 두 곳으로부터 융자를 얻어냈다. 그랜드 하얏트 호텔은 1980년 9월 그랜드 오픈의 테이프를 끊었다. 1980년대 호텔 연간 이익은 3천만 달러를 넘으면서 도널드는 명성을 날리며 호사스런 세월을 만끽했다.

트럼프타워와 구단

근대미술관의 아서 드렉슬러가 도널드에게 속삭였다. "초고층 빌딩은 돈 쏟는 기계다." 이 말에 그는 야심에 불탔다. 트럼프타워 건설 때문이다. 초기에 그는 디자인에 역점을 두었다. 우선 건물 규모가 뉴욕의 모든 빌딩을 압도하는 사이즈가 되어야 한다고 생각했다. 디자이너 스컷은 40~50매의 도면을 그렸다. 그중에서 트럼프는 하나를 골랐다. 장방형 토대 위에 유리판을 감고 있는 그림이었다. 바깥쪽에 세 대의 외부용 유리판 승강기를 설치하고, 테라스도 만들기로 했다. 28면의 벽을 지닌 고층 빌딩은 뉴요커들의 호기심을 자극한다고 생각했다. 타워 건물이 화려해야 한다는 것은 철칙이었다. 아트리움이 사람의 눈을 끌도록 세심한 주의를 기울였다. 브레시아 퍼니스라는 핑크빛 대리석을 풍성하게 사

트럼프타워

용했다. 아트리움에 24미터 폭포를 설치하는 계획을 세웠다. 폭포 하나에만 건설비가 200만 달러였다. 거주 부분은 30층 이상으로 했다. 이 아파트는 뉴욕을 한눈으로 내려다보면서, 북은 센트럴파크, 남은 자유의여신상, 동으로는 이스트 강, 서쪽에는 허드슨 강이 눈앞에 있었다. 아파트 중 상당 부분에서 두 가지 경치를 조망할 수 있었다. 창은 침대 높이에서 천장에 닿도록 했다. 트럼프타워는 디자인, 건축재, 장소, 선전 효과, 타이밍과 운이 겹쳐 신비로운 매력을 지니게 되었다. 아파트 가격을 올려 최고의 품격을 유지했다. 트럼프타워에 유명인사들―조니 카슨, 스티븐 스필버그, 폴 앙카 등이 몰려들어 아파트를 매입한다는 반가운 소문이 퍼졌다. 통상적인 세일즈 기법을 버리고 역으로 매출을 꺼리는 전략을 세웠다. 구입 희망자들에게 일부러 대기 번호를 주었다. 수요가 증가하자 가격이 올랐다. 가격 인상을 12회나 되풀이했다. 투 베드룸의 경우 가격이 150만 달러였다. 중동에서, 프랑스에서, 유럽에서, 남미에서, 아시아에서 구매자들이 몰려왔다. 트럼프타워는 전체 263세대였다. 자신의 옆 아파트 가격은 1천만 달러를 호가했다. 구입하겠다는 사람이 나섰지만 거절했다. 앞으로 그 방을 자신이 필요로 할지도 모르기 때문이다. 사우디아라비아 부호 카쇼기는 거실을 보고 경탄하면서 즉시 옆 아파트를 차지하고 방을 넓혔다. 자신이 트럼프타워 주인이라는 자부심이 생겼다.

아트리움 상가에도 일류 매입자가 몰려들었다. 최초 계약자는 런던에 본점을 둔 창업 200년 된 보석 및 골동품 상점 '아스프리'였다. 샤를 쥬르당, 부첼라티, 까르띠에, 마사, 해리 윈스턴 등 세계 일류 상점이 임대 계약을 맺었다. "미국 최고의 즐거운 장소"라는 기사가 『뉴욕타임스』에 났다. 최고의 입주자, 최고의 고객이 트럼프타워 번영의 기본이었다. 또 한 가지 운이 따랐다. '421-A(신축건물 면세 제도)'라는 비과세 조치였다. 이것은 트럼프타워를 성공시킨 결정타였다. 뉴욕 시는 1971년 주택 개발 촉진을 목적으로 이 감세 조치를 도입했다. 도널드의 지명도가 높아지고, 신용도 얻게 되었을 뿐 아니라 금전상의 수익도 막대했다. 대성공이었다. 아파트 판매 수수료 수익은 1천만 달러를 상회했고, 점포 임대료 수입은 매년 수백만 달러였다. 마침내 그는 트럼프타워 권리를 전부 소유하게 되었다.

1975년 이후, 도널드 트럼프는 카지노 사업을 시작했다. 애틀랜틱시티에 카지노를 열었다. 또한 그는 1980년대에 뉴욕 시에 저가 임대 아파트를 지어서 분양하는 일에 매진하기도 했다. 그는 최고의 물건, 최고의 투자에만 관심이 있었다. 그러나 축구단 USFL(United States Football League)은 또 다른 진로였다. 그는 1983년 뉴저지 제너럴스(New Jersey Generals)를 인수했다. 그 당시 이 구단은 3천만 달러의 적자를 내고 있었고 시합은 언제나 전패였다. 그는 이 구단을 인수할 때 평소 하던 거래의 방침을 따르지 않았다. 그 이유는 손익을 넘어서서 놀이 기분으로 인수했기 때문이다. 도널드는 대단한 풋볼 팬이었다. 스포츠를 좋아해서 자신의 구단을 갖는 것이 꿈이었다. 지던 팀이 우승하면 대박이었다. 그런 측면도 생각하고 있었다. 우승팀의 반값도 안 되는 600만 달러로 인수해서 시합에 이기면 큰 이득을 취할 수 있는데, 도널드는 그 과정을 즐길 수 있었다.

그는 이 리그의 문제점을 검토하기 시작했다. 첫째는 시합이 봄 시즌에 개최된다는 것이었다. 미국인들은 풋볼은 가을에 한다고 알고 있다. 프로 경기의 재정을 뒷바라지하는 방송국은 봄에는 거액의 방영권을 지불하지 않는다. 봄에 USFL에 100만 달러 지불하는 반면 가을에는 NFL에 3대 네트워크가 3억 5천 9백만 달러를 지불한다. 두 번째는 팀 선수를 최고 수준으로 끌어올리는 일이었다. 그러기 위해서는 톱 플레이어와 계약할 때 돈을 아끼지 말아야 한다. 그리고 선전에 힘을 모아 팬들의 감동을 일으켜야 한다. 그는 경기를 가을 시즌으로 옮기고, 우수 선수를 영입해 강력한 팀을 만들면 기회가 올 수 있다고 믿었다. 그는 이 일을 착착 진행했다. 클리블랜드 브라운스의 쿼터백 브라이언 사이프라는 선수를 영입하고 NFL의 우수 선수들을 몇 명 더 영입했다. 마이애미 돌핀스의 최우수 코치 돈 실러도 영입했다. 자이언츠의 톱 플레이어 로렌스 테일러와 325만 달러로 계약을 체결했다. 그는 유망한 대학 출신 선수도 놓치지 않았다. 그의 작전이 주효해서 팀은 가을 시즌으로 갔다. 1985년 3월 10일 로스앤젤레스에서의 경기에 6만 명의 관중이 몰려들었다. 이 경기에서 뉴저지 제너럴스가 35대 24로 승리했다. 1986년 구단은 적자 운영에서 흑자로 돌아섰다.

도널드는 풋볼 경기에만 넋을 잃고 있을 수 없었다. 1986년 5월 22일 『뉴욕타임스』 기사에 뉴욕 시 센트럴파크 울먼 링크(스케이트 장) 개수 공사 이야기가 실려 있었다. 트럼프타워 아파트에서 울먼 링크가 훤히 내려다보였다. 개수 공사에 수백만 달러를 투입했지만 공사는 지지부진이었다. 시는 개수 공사를 처음서부터 다시 시작한다고 언명했다. 도널드는 공원관리국장 헨리 스턴에게 전화해서 무료로 공사를 해주겠다고 제안했다. 그런데 거절당했다. 도널드는 다시 전화해서 재신청했지만 또 거절이었다. 도널드는 뉴욕 시장 코치에게 엄중 항의하는 편지를 1986년 5월 28일 발송했다. 회답은 놀라웠다. 도널드에게 링크 운영을 맡길 생각은 없지만, 링크 개수에 300만 달러를 기부하면, 건설 감독은 맡길 수 있다는 내용이었다. 도널드는 분노를 느꼈다. 언론은 도널드 편이었다. 하룻밤에 사태는 역전되었다. 언론의 공격이 심해지자 시장은 태도를 바꿔 도널드에게 건설 공사를 맡아달라고 애원했다. 시와의 회담에서 도널드는 건설 비용을 자신이 부담하고, 그 비용은 링크 사용료 수익에서 환급받는다는 조건을 걸었다. 시는 반대였다. 도널드는 다시 협상해서 도널드가 건설비를 출자하고,

링크가 잘 운영되면 300만 달러의 공사비는 변제받는다는 내용으로 합의가 이뤄졌다. 공사 초과분은 도널드가 부담한다는 조건을 달았다. 도널드는 우선 최고의 스케이트장 공사 전문가를 찾았다. 캐나다 심코 회사에 이 일을 맡겼다. 예정보다 한 달 빠른 4개월 만에 공사가 완료되었다. 예산도 300만 달러에서 75만 달러를 절약했다. 개업 이래 링크는 1970년대에 연간 수익이 약 10만 달러에 불과했다. 그러나 도널드가 개설한 링크는 운영 관리를 철저히 해서 첫 시즌에 120만 달러의 수익을 올렸다. 제 경비를 공제하고 순이익이 50만 달러를 상회했다. 이 돈은 자선사업과 공원관리국 비용으로 사용되었다. 최초 1년 동안 50만 명 이상 시민들이 링크를 방문했다. 대성공이었다. 도널드는 스케이트를 못 탄다. 그는 아파트에서 창 너머로 수많은 사람들이 스케이트를 즐기는 것이 보고 싶었을 뿐이다. 수많은 사람들은 도널드가 자신이 만든 링크에서 스케이트 타다 넘어지는 모습을 보려고 지금도 기다리고 있다.

도널드는 일주일 동안 거래한 내역을 밝힌 적이 있다. 홀리데이 인 주식을 매각해서 상당한 수익을 올리고, '바니 메뉴팩처링' 주식을 9.9퍼센트 매입해서 되팔아 2천만 달러의 이익을 올렸다. 1987년 3월 그는 카지노 회사 매입을 시도했다. TV에서 어려움에 처한 한 시민의 장면을 보고 도널드는 즉시 '애너벨 힐' 모금 캠페인을 벌려 10만 달러를 모았다. 이 돈으로 파산 위기에 몰린 시민은 부채를 갚고, 농장을 되찾을 수 있게 되었다. 당사자 미세스 힐과 그녀의 딸을 트럼프타워에 초청해서 아트리움에서 저당 문서 소각 행사를 열었다.

트럼프의 이름이 붙은 캐딜락과 리무진이 생산되었다. 도널드는 1987년 자가용 비행기를 구입했다. 승객 200명 태우는 비행기인데 15인승으로 개조되었다. 침실, 욕실, 집무실이 마련된 호화 여객기였다. 보잉 727은 당시 약 3천만 달러였다. 중고 비행기지만 시가 1천만 달러의 가치가 있는 것인데, 그는 500만 달러의 값을 불렀다. 결국, 800만 달러로 낙찰되어 구입했다.

자서전『거래의 기술』을 출판했던 1987년, 도널드는 사회 진출 20년이 되었다. 그동안 그는 부동산과 건설 사업 등으로 막대한 부를 축적한 재벌이 되었다. 41세에 자산 30억 달러, 68층 초호화 트럼프타워, 4개의 카지노를 소유하게 되었다. 그는 자서전에서 아래와 같이 밝혔다.

> 앞으로 20년 동안 최대의 과업은 지금까지 손에 넣은 것을 일부 사회에 환원하는 독창적인 방법을 강구하는 일이다. 나에게 중요한 것은 무엇을 할 것인가이다. 돈을 주는 것보다도 내 시간을 주는 것이 더 바람직하다. 지금까지 살아오면서 내가 잘하는 일이 두 가지 있다는 것을 알게 되었다. 어려운 일을 극복하는 일과, 우수한 인재들이 최고의 일을 할 수 있도록 동기를 부여하는 일이다. 이런 특기를 지금까지는 나 자신을 위해서 썼다. 그러나 남을 위해서 이런 특기를 어떻게 쓸 것인가 하는 것이 앞으로의 과제가 된다.

1987년 9월 트럼프는 약 10만 달러 들여 미국 중요 신문 광고를 통해 레이건 정권의 대외 정책을 비판했다. 아내 이바나는 말했다. "도널드가 카지노를 소유하고, 빌딩만 지으면서 살아가겠습니까. 도널드는 다른 분야에도 눈을 돌릴 겁니다. 그것이 정치일 수도 있고 또 다른 것일 수도 있겠죠. 대통령 선거에 출마할지도 모르는 일입니다." 그 예언은 적중했다. 2015년, 거부 도널드는 6월 16일 뉴욕 맨해튼 트럼프타워 기자회견 석상에서 공화당 대선 후보 경선 출마를 선언했다. 27년 동안 숙고한 결과였다. 포브스가 발표한 그의 재산은 순자산 41억 달러(약 4조 5,500억 원)로 추정되지만,

실제로는 부동산, 현금, 채권 등 92억 4천만 달러(약 10조 2,500억 원)로 평가된다. 트럼프는 사업가로 성공한 점을 무기로 삼아 선거운동을 해나간다는 방침이다. 예민한 '육감', 끈질긴 성격, 인간 심리에 대한 비상한 통찰력으로 그는 사업에 성공했다. 시대를 읽는 능력이 탁월하고, 정치 감각이 뛰어난 도널드는 대통령이 되면 "일자리 창출"에 힘쓰겠다고 공언했는데, 이는 재벌의 사회 공헌 본능이 발동된 결과라 할 수 있다.

승리의 법칙과 대통령 출마

트럼프는 대통령 출마 선언 후, 7월 11일 애리조나 주 피닉스 컨벤션 센터 대규모 지지자 집회에서 과감한 정책을 쏟아냈다. 그는 정부의 비효율적인 정책을 비난하면서 각종 여론조사에서 선두권을 달리고 있으며, 사우스캐롤라이나 주 여론조사 16% 지지율로 2위인 유력 후보 젭 부시 전 플로리다 주 지사와 스콧 워커 위스콘신 주지사를 제치고 1위에 올랐다. 2015년 8월 15일 아이오와 주 디모인 집회에서 CNN이 공화당 유권자를 대상으로 한 여론조사에서 23%로 벤 카슨(14%), 스콧 워커(9%), 젭 부시(5%)를 누르고 1위를 달리고 있다. 그의 이 같은 약진의 힘은 어디서 오는 것일까.

트럼프는 승리의 법칙을 알고 있기 때문이다. 그는 기업에서 이긴다는 것은 모든 분야에서 이길 수 있는 최고의 법칙이라고 믿고 있다. 개인적 승리는 기업의 승리에서 이루어졌다고 생각했다. 그에게 승리는 시간과 돈과 한걸음 더 앞서가는 전략이었다. 그 돈과 시간과 전략으로 그는 공공사업과 자선사업에 성공할 수 있었다. 기업의 승리는 국민의 생활을 향상시키고, 세계를 더욱더 살기 좋은 곳으로 만든다는 신념을 그는 버리지 않고 있다. 그런데, 그는 왜 대통령에 출마하는 것일까. 이유는 명백하다. 그 일이 국민에 대한 봉사요 자선사업이라고 생각하기 때문이다. 700만 달러 시코르스키 헬리콥터를 타고 유세장에 내린 트럼프는 기성 정치에 불만을 품은 대다수 국민이 정치의 변화, 위대한 미국을 간절히 소망한다는 것을 간파하고 출마했다. 69세 트럼프는 "그 일을 내가 하겠다"고 국민에게 호소하고 있다. 트럼프를 지지하는 것은 기성 질서에 반기를 드는 일이었다. 그것은 이데올로기의 문제가 아니었다. 선거 때마다 달콤한 약속을 하지만 아무런 성과도 없는 타성의 정치와 부패한 정치에 대한 분노의 폭발이었다. 트럼프가 쓰고 있는 캡에 "미국을 다시 위대한 나라로 만들자(Make America Great Again)"라는 구호가 있다. 국민은 그 문자를 보고 가슴이 뭉클할 것이다. 이 모든 것이 트럼프의 돈과 시간과 전략적 비전의 소산이었다.

트럼프는 사색하고, 책을 쓰고, 과감하게 발언한다. 발언의 요지는 이렇다. 정부가 제공하는 모든 것은 국민의 세금으로 충당한다. 정부가 돈을 벌 수는 없다. 정부는 경제를 돕는 일을 한다. 그 일은 공명정대하고 법대로 움직여야 한다. 제반 규정을 지켜야 하고, 감사 기관은 규정이 지켜지고 있는지 항상 감시해야 한다. 트럼프는 현 정부가 이 일을 제대로 하고 있는지 걱정스러워한다. 그는 정부가 제대로 하고 있지 않다는 판단을 하고 있다. 그는 정부를 하나의 거대한 기업체로 보고, 기업을 성공시킨 승리의 법칙을 원용해서 미국이 직면한 문제를 해결하고, 미국을 선진 강국으로 만들기 위해 지갑을 열기로 결심했다.

그는 인재, 투자, 그리고 그 밖의 경영 자원을 동원할 것이다. 르네상스 시대 메디치 가문이 한 것처럼 부와 권력을 장악하게 되는지 현재로서는 알 수 없다. 다만 놀라운 것은 그의 도전이다. 그로서는 일생일대의 모험이 될 것이다. 이 일은 허술하게 이루어지지 않았을 것이다. 치밀한 성격으로 보아 오랫동안 구상하고, 심사숙고하고, 자문을 청하고, 계획을 짜고 시작한 일일 것이다. 나는 이 모든 내용을 밝히려고 하는 것은 아니다. 나의 목적은 그가 애써 모은 돈을 어떻게 쓰고 있는지 밝히는 데 있다. 2015년 8월 3일 보도에 의하면 젭 부시 후보는 6개월간 1억 2천만 달러의 정치자금을 모았다고 한다. 그런데, 도널드 트럼프는 후원금 모금 소식이 전해지지 않고 있다. 대통령 선거 자금을 자신의 개인 돈으로 충당한다고 호언장담했다는 외신은 전해지고 있다.

트럼프 성공의 다섯 가지 비결

그는 로버트 기요사키(Robert T. Kiyosaki)와의 공저 『미다스 터치 - 왜 어떤 기업가는 성공하고, 대부분은 실패하는가(Midas Touch: Why Some Enterpreneur Get Rich and Why Most Don't)』(2001)에서 성공의 요건을 간단명료하게 설명했다. 트럼프와 기요사키는 다섯 가지 성공의 비결을 공개했다.

1. 인간적인 강력한 힘. 창조하고자 하는 정신, 피할 수 없는 실패, 그것을 극복하는 의지는 강력한 인간적 힘과 능력에서 나온다.
2. 초점이다. 적재적소에 집중적으로 몰입하면서 일의 중심을 잃지 않아야 한다.
3. '브랜드'(brand)가 있어야 한다. 자신이 주장하는 내용을 확실하게 반영하고 전달하는 표상(表象)이 있어야 하고, 자신의 일을 남에게 알리는 적극적인 의지가 있어야 한다.
4. 인간관계이다. 성공은 혼자서 이루어지지 않는다. 자신을 돕는 파트너가 필요하

다. 파트너를 찾아서 유익한 인간관계를 맺어야 한다.

5. 작은 일을 소홀히 말라. 작은 일이 성공을 유도한다.

위에서 열거한 성공 필수 요건이 트럼프의 사업 과정에서 어떻게 반영되고 있는지 살펴보자.

트럼프는 스코틀랜드 애버딘 골프장 개발을 위해 5년간 200군데 이상의 토지를 물색하다가 이상적인 장소를 찾았다. 장소 발견 이후에도 숱한 어려운 교섭, 환경 영향 관련 일 등으로 일은 계속 지체되었다. 트럼프는 이 지형 때문에 거의 지형학 전문가가 되었다. 개발 계획에 대해서 일부 사람들은 맹렬히 반대하고, 또 일부는 대찬성이었다. 트럼프는 경제계, 정계, 정부, 지방민들을 상대로 교섭을 벌이지 않으면 안 되었다. 트럼프는 007 영화배우 숀 코네리를 골프장으로 초청해서 세계 매스컴의 화제가 되었다. 반대론자의 환경보호 보고서는 13센티미터 두께 책 두 권 분량이었다. 그 책 속에는 오만가지 문제점들이 모두 포함되어 있었다. 트럼프는 정면으로 반격에 나서서 주장했다. 이 토지에 1억 파운드를 투자할 예정이다. 이 곳을 개발해서 역사적인 명소로 조성할 계획이다. 이 계획은 조성 단계에서 6,230개의 단기 고용과 개발 후에는 1,440개의 장기 고용을 창출하게 된다. 트럼프는 비즈니스와 환경 양면에서 면밀한 조사를 하고, 국가유산 관련 기관과 협력하면서, 이 골프장이 개설되면 스코틀랜드에 골프학교를 열고, 950개의 콘도를 건립해서, 500호의 주택, 450실 호텔, 36호의 별장, 450명을 수용하는 종업원 숙소를 마련한다는 설명도 했다. 트럼프는 모든 일을 직접 현장에서 처리했다. 트럼프는 전력을 기울였다. 그 결과 스코틀랜드 사람들은 이 개발이 국익에 도움이 된다는 것을 이해하게 되었다.

트럼프타워 건설에는 숱한 일화가 뒤따랐다. 토지에 대한 제반 결정권을 확보하는 데만 3년이 걸렸다. 트럼프는 티파니 보석상 옆에 타워를 세우기로 했다. 그러기 위해서는 티파니 인접 토지의 공중권(空中權) 구입이 선결문제였다. 이 일은 티파니에게 달려 있었다. 티파니를 설득하는 일이 급했다. 비용으로 500만 달러가 소요되었다. 이 권리를 취득하면 아무도 타워의 시야를 가릴 수 없게 된다. 또한 이 일을 성사시키기 위해서는 우선 뉴욕 시로부터 '조닝(용도지역지정)' 허가를 받아야 했다. 허가 결정권은 티파니의 월터 호빙에게 있었다. 다행히도 그는 트럼프와 쉽게 타협했다. 그런데 토지 주인 레너드 칸델이 말을 듣지 않았다. 칸델은 토지 임대계약 기간을 20년에서 100년으로 연장하는 조건으로 동의했다. 트럼프는 두 상대자와 신사협정을 맺었다. 두 사람은 신사였다. 합의는 30분 만에 도달했다. 그러나 이 타결이 이뤄지기 전 3년 동안에 걸쳐 당사자들 간에 수많은 편지와 전화가 오갔다는 사실을 알아야 한다. 3년 동안 트럼프 머리에는 온통 타워뿐이었다. 타워가 일의 중심이요, 초점이었다. '포커스(focus)'가 없었으면 트럼프타워는 불가능한 일이었다.

세 번째는 브랜드이다. 트럼프의 부친은 뉴욕 시 건설업자였다. 주로 소주택 건설이었다. 저가격 고품질 주택이 '트럼프'라는 이름으로 소문났다. 트럼프는 젊은 시절부터 자신은 어떤 품질을 지향할까라는 고민을 계속해왔다. 트럼프는 뉴욕 맨해튼에 눈독을 들였다. 그래서 주거지를 그쪽으로 옮겼다. 브랜드는 시민과의 약속이라고 생각해서 트럼프는 브랜드 만들기를 시작했다. 트럼프는 자신의 브랜드를 만들어내기까지 시간도 많이 걸리고 고생도 많았다. 그는 자신의 브랜드를 맨해튼에서 시작해서 전국으로 퍼뜨린 다음 전 세계로 확산시킨다는 의도를 지니고 있었다. 그가 내 건 브랜드는 최고 품질의 건축물과 환경이었다. 트럼프의 브랜드는 기업 이념의 소산이었다. 그의 브랜드 확립에는 인재가 필요했다. 그들의 협력 없이는 불가능한 일이었다. 트럼프는 한번 만나면 오랫동안 함께 있도록 노력했다. 그래서 그의 주변에는 30년 이상 일하고 있는 사람들이 수두룩하다. 그의 탄탄한 조직은 그의 브랜드를 키워나갔다. "최고의 품질"은 변함없는 그의 브랜드였다. 브랜드를 망가뜨리는 일은 절대 용납될 수 없었다. 트럼프의 행동, 그 자체가 브랜드였다. 회사원들은 트럼프의 행동을 보고 그가 지향하는 브랜드를 알 수 있었다. 트럼프는 누구나 쉽게 자신을 만날 수 있도록 '오픈도어' 정책을 고수했다. 이것은 회사의 밑바닥 정보에 접하는 기회라고 생각해서 트럼프 자신이 바라는 일이었다. 트럼프는 사원들에게 과제를 주고 최선을 다하도록 선도하는 '교사'였다. 사원 개개인의 도전과 업적은 모두 회사의 브랜드로 집약되었다. 그 브랜드는 대표자 트럼프의 이름으로 세상에 알려지게 되었다.

브랜드의 중요성을 말하는 한 가지 사례가 있다. 아이스크림 상품에 하트 그림을 넣는 브랜드 전략으로 아이스크림 업체 골드 스톤을 도와준 사례가 그것이다. 당시 골드 스톤은 직원 열두 명, 점포 35개, 총수입 9백만 달러의 중소기업이었다. 10년 후, 점포는 1,400개 장소로 증가하고, 총 수입은 5억 달러가 되는 대기업으로 성장했다. 브랜드를 창안한 캐시는 말했다.

> 브랜드는 무엇인가. 그것은 단순히 '로고'가 아니다. 물품 판매의 도구가 아니다. 그것은 기업인이 외부에 발신하는 '약속'이요, 고객에게 전하는 기업인 자신의 '체험'이다. 브랜드는 기업인 자신의 이름, 제품, 서비스가 제공하는 정서요, 지적 내용이다.

"하트 앤드 마인드" 브랜드는 "마음으로 사고 머리로 납득하는" 물품의 표시가 되었다. 브랜드는 감정이요, 논리인 것이다. 위대한 브랜드는 순수하고, 의미가 있고, 다른 것과 차별이 된다. 트럼프는 브랜드 창출이 없는 기업은 성공할 수 없다는 사실을 자신의 체험으로 널리 알리고 있다.

트럼프는 자신의 브랜드를 엔터테인먼트 사업, 골프장 개설, 호텔 경영, 빌딩 건설에 사용했다. 프로듀서 마크 버넷이 트럼프에게 텔레비전 프로그램 〈서바이버〉 출연을 요청했다. 이 프로그램은 시즌 최고가 되었다. 트럼프의 지명도는 이 때문에 더욱더 높아졌다. '트럼프 오가니제이션'의 국제적인 지명도도 높아져서 트럼프의 브랜드 가치는 급상승했다. 강연 요청이 일주일에 수십 건이 되었다. 출판사는 책을 쓰라고 졸랐다. 트럼프는 브랜드 상승 기회를 적시에 이용했다. 샤넬처럼, 구찌처럼, 트럼프 하면 이미지가 떠오를 정도가 되었다. 트럼프의 이름이 브랜드가 되어 엄청난 광고 효과를 만들어내고 있었다. 브랜드가 확립되면, 별도의 홍보 선전이 불필요해져서 시간이 절약되고, 기회는 많아진다.

다음은 인간관계 문제다. 트럼프가 만난 최고의 파트너는 아버지였다. 아버지와 그는 아름답고 유익한 관계를 맺어왔다. 젊은 시절, 그는 아버지의 건설 현장에서 건설의 디테일을 익혔다. 아버지는 아무런 취미도 없이 일만 했다. 밤에 집에서 전화 거는 아버지 소리를 듣기만 해도 공부가 되었다. 아버지는 교섭의 명수였다. 아버지는 세심하고 철저하고, 부지런했다. 트럼프가 가장 어렵고 힘들었던 일은 사람을 만나고, 고용하는 일이었다. 이럴 때, 트럼프에 힘이 된 것은 본능적 '직감'이었다. 상대의 능력을 평가면서도 시행착오를 거듭하는 일이 많았고, 그것을 알아내는 데 오랜 시간이 걸리는 경우도 있었다.

프로듀서 마크 버넷을 만났을 때, 트럼프는 직감적으로 그에게 호감이 갔다. 트럼프는 이후 오랫동안 방송일로 그와 파트너가 되었다. 그는 트럼프의 흥행 관련 사업에 큰 영향을 끼쳤다. 국내외에서 트럼프는 사업을 시작하면 즉시 팀을 짜서 운영하고 현장의 요구를 처리했다. 호텔 영업은 최고의 서비스가 필수이기 때문에 파트너와 직원들 간 일사불란한 협조가 필요하다. 트럼프는 엄하고 공평하게 이들을 관리했다. 인간관계를 결정짓는 것은 힘의 우열이 아니라 설득의 기술이라는 것을 그는 알고 있었다. 협상이나 교섭을 하는 경우 중요한 것은 상대방이 무엇을 원하고, 생각하고 있는지 정확히 알아내는 일이다. 상대방을 부드럽게, 유연하게 대하면서 자신의 내심은 밝히지 않는 것은 바람직하다. 될수록 많은 지식을 머리에 담아두고 상대방을 만나야 한다. 교섭의 대원칙은 돈을 넣이 가신 쪽이 유리하지만, 상대방에게 공평성을 잃지 않고 있다는 것도 알려야 하는 것이다. 그래야 상대방이 믿고 거래가 이어진다.

트럼프는 칭찬도 많이 받았지만, 공격도 숱하게 받았다. 매스컴에서 비난 받는 일은 허다했다. 공격에는 언제나 복선이 있다. 그런 경우, 트럼프가 택하는 최선의 방법은 반론을 제기하지 않는 것이었다. 왜냐하면, 반론은 상대방을 끌어내서 그들이 유리한 고지에 서려는 계산이 있기 때문이다. 그러나 때로는 반론이 필요한 때도 있다. 특히, 소송에 휘말렸을 때는 단호하게 대처해야 한다. 트럼프는 수많은 사람들을 만나서 인연을 맺고 사업을 하면서 아버지가 입버릇처럼 "사업은 간단하지만, 인간은 어렵다"라는 명언을 항상 염두에 두고 있었다.

트럼프는 자기 혁신과 자기 계발에 힘썼다. 인간의 성장이 곧 회사의 성장이 된다는 생각 때문이었다. 회사가 망하면 사원들 때문이라고 생각할지 모르지만 모든 책임은 자신한테 있다는 것을 알아야 한다. 잃게 되는 것은 결국 자신의 인생이요, 돈이요, 사람이다. 회사가 삐걱대는 이유는 대체적으로 서로 잘못 만나서 갈등을 빚고 싸우기 때문이다. 인간은 천차만별이어서 탐지 불능인 경우가 많다. 회사는 이른바 인간 박물관인 것이다. 원만한 인간관계를 위해서 트럼프가 주장하는 것은 누구나 쉽게 할 수 있는 작은 일들—상대방 말을 잘 듣고, 잘 관찰하고, 자신의 말수를 줄이는 일이었다.

대통령에 출마하는 시점에서 트럼프는 새로운 브랜드를 만들어내고 있다. 그는 정치사회적인 발언을 쏟아내는 정의로운 투사라는 자신의 브랜드를 키우고 있다. 그가 1990년대 금전적으로 역전되었을 때 배운 일은 '포커스'(focus)의 중요성이었다. 경제적으로 어려울 때, 그는 생활의 초점을 잃었다. 그 결과는 뻔했다. 파리에서 패션 구경하고, 세계 곳곳을 방랑하면서 들뜨고, 놀면서 사업에 집중하지 않았다. 그는 나태해지고 주의력이 산만해졌다. 트럼프가 깜짝 놀란 것은 『월스트리트 저널』과 『뉴욕타임스』에 같은 날 동시에 난 자신의 몰락 기사를 본 순간이었다. 트럼프는 눈을 뜨고 자세를 가다듬었다. 그는 매사 초점을 정하고 일에 집중하기 시작했다. 그는 다시 일어났다.

너 나 할 것 없이 누구나 쉽게 의기상통하는 것은 아니다. 때로는 자신과 반대이면서 사사건건 서로 어긋나는 사람도 있다. 그런데, 뜻밖에도 그런 사람이 쓸모가 있는 경우가 있다. 의견이 일치하고, 호흡이 맞는 것도 아니지만, 견해 차이로 인해 새로운 발상이 떠오르기 때문이다. 조직의 수장은 직책상 다양한 사람을 만나야 하기 때문에 실로 다양한 접근 방법이 필요하다. 자신이 아끼고 좋아하는 사람에게는 언제나 감사와 존경의 뜻을 전달해야 한다. 그래야만 관계는 더욱더 견고해진다. 인간관계는 차곡차곡 돌을 쌓아 올리는 일과도 같다.

다섯째, 작은 일이 중요하다. 사업에서 이기고 성공하려면 이것은 철칙이다. 개인적인 작은 일이 성장하지 못하고 주저앉는 경우가 있다. 그런 경우는 자신의 외곽 조직을 검토하고, 그 규모를 성찰할 필요가 있다. 작지만 아주 중요하고 큰 것이 있다. 예컨대 '트럼프'라는 이름이다. 한 개인의 숨겨진 이름이 '트럼프타워'가 되면서 커지고 유명해졌다. 어느새 명성, 권력, 지위의 대명사가 되었다. 이후, '트럼프'라는 이름이 붙은 부동산과 제품이 쏟아져 나왔다.

큰 것을 구상하다 보면 작은 일들, 사소해서 주목받지 못했던 일들이 각광을 받게 된다. 작은 것들이 큰 것을 구성하고 있기 때문이다. 작은 것이라 해도 작게 생각해서는 안 되는 것이 있다. 건축 설계도만 하더라도 그렇다. 책상 위에 펼쳐진 도면을 보고 트럼프는 웅대한 상상을 하게 된다. 상상은 계속 초고층으로, 초고층으로 밀고 올라간다. 건축이 끝나자 트럼프타워의 유리 벽면이 유명해졌다. 당시 벽을 유리로 감는 일을 이해 못하는 사람들이 많았다. 트럼프는 아름답고 진기한 건축물을 세우기 위해서 '유리'라는 극히 작은 건축의 한 부분을 생각해낸 것이다. 맨해튼 최고의 빌딩으로 만들기 위해서 불가피한 일이었다. 세상은 점점 호화스러워지고, 현대화되리라는 생각을 트럼프는 당시 하고 있었다. 세부에 이르기까지 점검하면서 트럼프는 유리와 이탈리아 대리석으로 건축물을 일신했다. 트럼프는 항상 교향악단을 생각한다. 작은 악기 하나하나가 모여 조화로운 음악이 흘러나오는 기적에 관해서다. 교향악 연주는 작은 것이 큰 것으로 되살아나는 경우가 된다. 트럼프는 타워 계단을 일일이 오르면서 구석구석을 점검했다. 트럼프타워 객실이 왜 손님들의 칭찬을 받는가. 그것은 현관에서부터 객실에 이르는 통과 과정에서의 사소한 편리함, 서비스, 그리고 쾌적함 때문이라고 그는 생각했다. 호텔 '트럼프 소호'는 여행 잡지 『트라벨 레저』에서 뉴욕 최고 호텔로 평가되었다.

사람들은 트럼프에게 바쁠 터인데, 어떻게 책을 쓰고 있는가 묻는다. 트럼프는 책 쓰는 일이 작은 일로 보이지만 자신에게는 트럼프타워만큼 큰일이라고 말했다. 책을 쓰는 일은 자신의 경험을 나누는 일이라고 트럼프는 생각한다. 내 방을 방문한 사람들은 트럼프가 집 안의 의자, 전기 스탠드, 거울, 실내등과 그 밖의 사소한 집 안 물건들을 흥정하는 것을 보고 놀란다. 트럼프는 집 안과 사무실 비품의 값을 빠삭하게 알고 있다. 작은 것도 소홀이 여기지 않고, 그 값을 알아내는 것이다. 사업가의 본능이지만, 작은 것을 보는 눈이 보통 사람과 다르게 비범하다. 젊은 시절, 대중 앞에 나가서 연설하는 일이 어렵고 힘들고 겁났다. 그는 대중 전체를 거대 집단으로 보지 않고, 그중 한 사람, 한 사람을 주목하고 집중했다. 그랬더니 아무렇지도 않았다. 큰 것 속 한 부분, 작은 것을 보는 관찰 효과였다. 특히 부동산 개발 업자는 토지와 건물의 상황을 점검하는 경우, 특히 단서가 되는 것은 눈에 잘 띄지 않는 작은 부분이 입증하는 건물의 큰 부분이다. 이 관찰은 견적 작성에 필수적인 일이 된다. 트럼프는 이런 일에 신물이 날 정도였지만, 이토록 사소한 일에도 정성을 쏟는 일은 그를 성공의 길로 이끌었다.

샘 월튼은 작은 일 하나를 착안했다. "항상 저렴한 가격 ─ 항상"이라는 슬로건이었다. 20년 후, 2007년 9월 12일 슬로건이 바뀌었다. "돈을 절약해서 보다 좋은 생활을!" 이렇게 마트 슬로건 문자는 바뀌었지만 "작은 돈으로 저가의 물건을 살 수 있다"라는 내용은 예나 지금이나 그대로였다. 아칸소 주 작은 디스카운트 가게로 시작해서 미국 최대의 '월마트'가 된 배경이다. 작은 것으로 큰 것을 만든 좋은 예이다. 1960년대 미국에서 피자가 잘 팔릴 때, 미시간 주 입실랜티에 사는 톰 모너건은 작은 피자 가게를 운영하고 있었다. 그는 고객들에게 작은 약속을 했다. "30분 이내 배달 안하면 무료입니다." "전화 한 통화로 도미닉스 피자가 갑니다." 명물 '도미노 피자'도 이렇게 작은 일로부터 시작되어 크게 발전했다. 1960년 메리 케이는 5천 달러로 화장품회사를 시작했다. 2001년 사망했을 때, 메리 케이 화장품회사는 전 세계 47만 5천 명의 화장 컨설턴트를 거느리고 20억 달러 이상의 수익을 올리고 있었다. 이 회사는 우수 영업사원에게 핑크빛 캐딜락 자동차를 선물한 것으로 유명해졌는데, 1997년까지 8천 대의 캐딜락을 선물했다. 그녀에게 '작은 것'은 여성의 힘이었지만, 실상 그것은 작지만 무한한 여성의 능력이었다.

이와 같은 트럼프의 다섯 가지 비결을 이해하고, 그 재능을 소유하게 되면, 당신에게도 성공의 길은 열린다.

조지 소로스
"금융, 자선, 그리고 철학"

조지 소로스(1930~)

투자 신동의 가정과 환경

조지 소로스는 1930년 8월 12일 헝가리 부다페스트의 유대인 집안에서 태어났다. 옥스퍼드대학교 수상식에서 만난 기자에게 소로스는 자신을 "금융, 자선 및 철학을 생각하는 투자전문가(speculator)"라고 소개했다. 영국에서는 1992년 9월 16일 100억 달러 규모의 파운드화를 투매해서 영국 은행을 굴복시킨 인물로 알려졌다. 세칭 "블랙 웬즈데이(Black Wednesday)"에 그는 환차익(還差益)으로 2주일 만에 10억 달러 이상을 벌었다. 2015년 현재 242억 달러 상당의 재산가이지만 80억 달러를 전 세계 사회 공익사업에 기부해서 워런 버핏, 빌 게이츠에 이어 세계 3위의 자선사업가로 알려지고 있다.

소로스를 오늘의 인물로 만든 몇 가지 요인이 있다. 첫째는 부친 티바다르(Tivadar)의 위기 관리를 체험한 소년 시대의 깨달음이다. 둘째는 런던 스쿨 오브 이코노믹스(London School of Economics)에서 만난 스승들, 해럴드 라스키(Harold Laski), 프리드리히 하이에크(Friedrich A. von Hayek), 라이오넬 로빈스(Robbins Lionel), 칼 포퍼(Popper Karl) 등의 교육이다. 칼 포퍼의 '열린사회(Open Society)' 이론은 그의 삶을 끌고 간 이념이다. 셋째는 시대 배경이다. 넷째는 금융 사업과 자선 활동이다.

부친 티바다르는 1893년 헝가리 농촌 니르바크타 유대교인의 가정에서 태어났다. 지방 도시 클루지 시의 대학에 진학해서 법률 공부를 했다. 때로는 독일 하이델베르크대학에 가서 청강도 했다. 부친은 에스페란토에 정통해서 소로스에게도 어린 시절 에스페란토를 가르쳤다. 1914년 당시 20세 청년 티바다르는 재학 중에 장교로 임관되어 동부전선으로 출정했다. 부친은 전쟁 포로가 되어 시베리아 수용소에 압송되었다. 제정 러시아가 무너지자, 그는 1920년 3월 3일 수용소를 탈출해서 천신만고 끝에 고국에 돌아와서 부잣집 딸 엘리자베스(Erzsebet)와 1924년 결혼했다. 독일군 헝가리 침략 후 '유대인 사냥'이 시작된 시기에 그는 위조 신분증을 만들어 나치 점령 시대를 살아남았다. 소로스는 부친의 이런 위기 관리 기술을 어린 시절에 목격하고 그 소양을 평생 간직했다. 1936년 부친은 그의 가명(家名) '슈바르츠(Schwartz)'를 소로스(헝가리 말로 계승자, 에스페란토로는 '솟다'라는 뜻)로 개명했다. 소로스가 열세 살 되던 1944년 3월 나치 독일군이 헝가리를 점령했다. 소로스 가족은 도피 행각을 시작했다. 1945년 소련군과 독일군이 펼친 혹독한 시가전에서도 소로스 가족은 살아남았다. 소로스는 1947년 영국으로 이민을 갔다.

런던에서의 가난과 우울

소로스는 런던에서 9년간 살았다. 런던 생활은 어둡고, 침울하고, 가난했다. 차 한 잔 마실 돈을 움켜쥐고 식당에 우두커니

앉아 있는 날이 많았다. 부친이 보낸 부족한 생활비가 전부였다. 주당 3파운드 받고 과수원에서 사과 따는 일을 했다. 그러는 동안에도 낮에는 영어 공부, 밤에는 에라스무스나 아리스토텔레스 등 고전과 철학책을 열심히 읽었다. 1949년 가을, 그는 런던 스쿨 오브 이코노믹스(LSE)에서 철학과 경제학 그리고 특히 금융에 관한 전문적인 지식을 습득했다. 당시 런던에는 국제적으로 명성을 떨친 학자와 예술가들이 모여들었다. 비트겐슈타인과 칼 포퍼, 경제학자 프리드리히 하이에크, 미술사학자 에른스트 곰브리치 등은 모두 오스트리아에서 온 망명객이었다. 헝가리 출신 사회학자 칼 만하임, 아서 쾨슬러 등도 헝가리에서 망명 와서 런던에 거주하고 있었다.

LSE에서 명성을 떨치고 있는 라스키 교수는 마르크스 사상과 민주주의를 조화시키는 강의를 하고 있었는데, 소로스는 그의 정연한 이론에 깊은 감동을 받았다. 노벨상을 수상한 프리드리히 하이에크 교수의 마르크스 사상 비판도 소로스가 경청한 강의였다. 케인스 이론을 비판한 경제학자 라이오넬 로빈스 강의는 소로스를 놀라게 하고 열광시켰다. 이들 저명 교수들에 접하고, 그 가르침을 전수받는 일은 소로스의 앞날에 큰 영향을 미치게 되었다. 이들 학자들은 식민지 해방, 사회정의, 전체주의, 자유시장, 복지사회, 사회개혁 등 20세기 국가들이 직면한 중요한 과제들을 집중적으로 연구하며 강의하고 있었다. 소로스는 주간에는 이들의 강의를 듣고, 나머지 시간은 도서관에서 밤 9시 15분까지 책에 매달렸다. 그러다 뜻밖의 일이 생겨 행운이 겹쳤다.

크리스마스 시즌에 일어난 기적 같은 일

크리스마스 휴가 기간 소로는 역에서 포터 아르바이트를 하다가 다리뼈에 금이 가는 부상을 입었다. 이 사고로 소로스는 두 가지 보상을 신청했다. 공공기관의 산재(産災) 보상과 유대인구원위원회로부터의 구호금이었다. 구원위원회로부터 매주 일정액이 전달된다는 통지가 왔다. 산재 보상으로 200파운드의 대금이 전달되었다. 이 돈이면 1년 동안 일 안 하고 지낼 수 있었다. 이 시기에 또한 퀘이커 종교단체로부터 장학금이 전달되었다. 소로스는 이 사건으로 자선의 고마움을 알게 되었다.

소로스는 평생의 은사 포퍼의 강의를 듣게 되었다. 포퍼는 1902년 빈에서 태어났다. LSE에서 포퍼는 논리실증철학을 제창하고 발전시켰다. 1937년 나치 독일이 오스트리아를 점령하기 직전 그는 아내와 함께 뉴질랜드로 갔다. 그곳에서 교편을 잡고 있을 때, 그는『열린사회와 그 적수들(The Open Society and Its Enemies)』을 집필했다. 이 책은 그가 과학에서 찾은 분석 원리를 정치사회 이론에 적용해서 전체주의 체제를 비판한 내용을 담고 있다. 포퍼가 뉴질랜드에 머물고 있을 때, 로빈스와 하이에크는 그의 저서를 읽고 깊은 감명을 받았다. 이 두 학자는 포퍼를 LSE에 초청하자고 대학 당국에 건의했다. 그 결과 1945년 포퍼는 대학에 초청되어 논리학과 과학 방법론 강의를 맡게 되었다. 포퍼는 당시의 마르크스주의, 역사결정론, 언어철학, 정신분석학 등을 대상으로 삼고 그 학문의 내용을 극심하게 비판했다. 포퍼는 비트겐슈타인과 1946년 10월 케임브리지대학 정례 토론에서 정면으로 충돌했다.

포퍼는 앙리 베르그송이『도덕과 종교의 두 원천』에서 사용한 '열린사회'의 개념을 발전시켰는데, 그의 지론은 "모든 일은 불확실하고, 인간은 잘못을 저지를 수 있다. 그 잘못을 시인하고, 잘못된 것을 시정해서 이상적인 '열린사회'를 만들어야 한다"는 것이었다. 소로스는 이 개념에 입각해서 '상호작용성(reflexivity)'과 '오류성(fallability)'을 해명했다. 시장이나 사회는 인간들이 상호 영향을 끼치며 형성되는 공간이며 그런 복잡한 상호 관계 속에서 절대로 올바른 것은 있을 수 없고, 모

칼 포퍼

든 것은 부정확하며 오류를 범할 수 있기 때문에 잘못을 시정해서 더 나은 사회를 만들 수 있다고 강조했다. 그는 말했다. "우리들의 이해력과 사건들 사이에는 양방향의 상호작용이 있다. 이것이 양쪽에 불확정 요소를 제공한다." 소로스는 졸업 후 영국의 증권 회사에서 일한 적이 있다. 포퍼의 철학은 그의 투자 행동의 원점이 되고 시장경제, 민주주의와 깊은 연관을 맺고 있다.

소로스는 포퍼 교수를 지도교수로 모시고 철학 공부에 매진했다. 수잔 랭거의 『철학의 새로운 관점(Philosophy in a New Key)』을 독파하고, 그 책의 참고 서적을 모조리 읽은 후 21세의 소로스는 포퍼에게 편지를 보냈다.

『열린 사회와 그 적수들』을 갈 읽었습니다. 지난, 깊은 감명을 받았습니다. 그 책을 읽게 된 동기는 역사적 보편성에 흥미를 가졌기 때문입니다. 내용에 대해서는 아무런 이론(異論)이 없습니다. 다만, 역사 발전의 법칙

은 역사주의 학자들만의 주장이 될 수 없다고 생각합니다. …… 저의 관심은 인류의 진보입니다. 왜냐하면, 어떤 사회 형태에서도 보편적으로 유효한 것은 유일하게도 변화의 법칙이기 때문입니다. 저는 국제무역을 전공하고, 현재 경제 전공 학사과정 3년째인데, 야간 석사과정으로 복지경제학 전공에 등록했습니다. …… 교수님도 지적했듯이 과학은 일종의 사회적 과정입니다. 지침이 없이는 발전이 어렵고, 비판이 없으면 면목상의 학자가 되거나 기인으로 끝나게 됩니다. …… 교수님의 책을 읽고 확신했습니다만, 교수님 지도를 통해 저의 연구는 지침과 도움을 얻을 수 있다고 믿습니다. …… 시간을 허락해주신다면 저녁 6시 이후 뵙고 싶습니다. 감사합니다.

1954년 소로스는 LSE에서 철학박사 학위를 받았다.

소로스의 사회 진출

1982년 소로스는 국제 자선사업에 참여했다. 그때 창설했던 기구를 '열린사회재단'이라고 명명했다. 동유럽 여러 나라를 대상으로 하는 장학제도에도 칼 포퍼의 이름을 붙였다. 이후 소로스의 자선사업은 확산되는데 이 모든 일을 진행하면서 소로스는 기회가 있을 때마다 포퍼를 찬양하고, 그에게 경의를 표했다. 포퍼는 소로스를 훈도하고, 논문을 지도하며, 그를 철학자, 투자가, 자선사업가, 정치가로 대성토록 했다. 소로스는 실토한 적이 있다. "돈을 버는 중요성도 알고 있습니다만, 저는 위대한 철학자로 인정받기를 갈망하고 있습니다." 소로스가 포퍼에 끌린 것은 자신이 체험한 나치 독재와 공산주의 교조주의의 고난과 잔혹성 때문이었다. 소로스는 LSE를 졸업한 후에도 철학 사상 연구와 사회사업의 꿈을 잊지 않았다.

소로스는 증권거래연감을 참고로 해서 런던 금융기관에 취직 원서를 냈다. 그러나 여의치 않았다. 그래서 고위직은 가망이 없어서 '팬시굿즈(Fancygoods)'라는 잡화 제조 판매회사의 관리직으로 취직해서 판매직으로 옮겼는데, 그 생활은 "따분하고, 굴욕적이고, 무의미했다"고 회상했다. 몇 년 다니다 그만두고 도매상 세일즈맨으로 일했다. 판매는 실패였다. 런던 지구 판매 담당에서 북웨일스 지구 담당으로 좌천되었다. 그는 절망적이었다. 소로스는 이때 금융업에 진출하자고 결심했다. 새로운 직장에서 주급 7파운드 받고 일하는 견습 사원이 되었다. 이윽고 그는 국제적인 금시장 딜러의 조수가 되었다. 직장 옆자리에 조사부가 있었다. 그들 이야기를 엿들었더니 주식투자 얘기였다. 제법 벌이가 쏠쏠하다는 것이다. 안과의사로부터 이익을 반반 나누기로 하고 수백 파운드 빌렸다. 소로스는 그 돈으로 '잉글리시 후버 바큠 회사'의 주(株)를 샀다. 소로스 최초의 투자였다. 조사부 직원이 가르쳐준 대로였다. 첫 투자에 그는 돈을 벌었다. 그러나 소로스는 그 회사에서 실적 미달로 쫓겨났다. 그러나 그의 좌절과 패배는 그의 행운이었다. 점심시간 식탁 옆에 앉아 있던 견습 사원 로버트 메이어(Robert Mayer)가 그에게 뉴욕에 있는 자기 부친 증권회사(F. M. Mayer)에서 재정 거래 트레이더로 일하겠느냐고 타진했다. 그는 가기로 작심했다. 하루의 결근과 힐책이 인생 항로를 바꿨다. 25세 때 일어난 일이었다. 비자를 대기하고 있을 동안 주식 투자한 것이 대박을 터뜨렸다. '싱거 앤드 프리들란다(Singer & Friedlander)'의 주권이었다. 이어서 그는 런던에서 대량의 포드 자동차 주를 사서 뉴욕에서 매도하고 큰 이익을 얻었다. 친척으로부터 빌린 자금으로 투자한 것이 잘되어 지갑 돈이 5천 달러로 늘어났다.

소로스의 미국 주식 투자

1956년 9월 조지 소로스는 정기여객선 아메리카호를 타고 미국으로 출항했다. 끝없는 수평선을 바라보면서 소로스는 5년 동안만 증권가에서 일하기로 결심했다. 50만 달러 벌려면 5년이면 충분하다고 생각했다. 그 돈이면, 다시 영국으로 가서 학자로서 철학 연구를 할 수 있다고 생각했다. 우선, 뉴욕 퀸 지구에 있는 형님 댁에 숙소를 정하고 회사에 출근했다. 교통이 불편해서 맨해튼 리버사이드 드라이브의 방 두 개 아파트로 주거지를 옮겼다. 소로스는 증권 재정 거래를 담당했다. 소로스가 미국에 온 지 한 달 만에 수에즈 전쟁이 발생했다. 이스라엘이 이집트를 침공해서 가자지구와 시나이반도 대부분을 점령하고 나세르대통령은 수에즈 운하 국유화를 선언했다. 대주주였던 영국과 프랑스 민간 운하회사는 소유권을 박탈당했다. 이 사건으로 유엔평화유지군이 창설되었다. 이 혼란 속에서 석유주는 활기찬 움직임을 보였다. 소로스는 주식 거래에 돌입했다.

10월 23일 공산주의 체제에 불만을 품었던 부다페스트 시민들이 궐기했다. 시민들은 소련군과 싸우고, 소련군은 대규모 반격에 나섰다. 반란은 진압되었다. 수만 명이 체포되어 처형되고, 수십만 명의 시민들이 탈출했다. 필사적인 도주 행로에 62세 된 소로스의 아버지와 52세 된 어머니가 있었다. 양친이 빈에 도착한 후, 소로스는 반체제 인사 세 명과 교류하게 되었다. 이들은 뉴욕에 도착한 후 록펠러재단이 후원하는 숙소에 머물렀는데, 이 장소가 소로스 거주지 가까이에 있었던 것이다. 하루 일을 끝내고, 이들의 숙소에서 만나 이야기를 나누는 사이 소로스는 자선사업을 구상하고 있었다. 1957년 1월 17일 양친이 뉴욕에 도착했다.

소로스가족재단

소로스는 증권 거래에 자신이 붙었다. 모건스탠리, 쿤 로브, 워버그 등 유명 금융기관과 거래 상대를 했다. 3년 안에 이미 5년 계획은 달성되었다. 금융업은 성공이었다. 롱아일랜드에 별장을 지니게 되고, 중고 폰티악 차도 사게 되어 그는 주말이면 결혼하게 될 아날리제 위차크(Annaliese Witschak)와 별장에서 즐겁게 지냈다. 그 여인은 미술과 음악을 좋아하는 독일 출신 보험회사 직원이었다. 그녀는 전란을 겪었고 양친은 타계했다. 그녀는 소로스와 예술 취미가 같아 함께 연극도 보고, 영화도 보았다. 소로스는 아날리제 때문에 현대무용의 열광적인 팬이 되었다. 텔레비전은 멀리했다. 스포츠도 별 관심이 없었다. 그러나 테니스, 수영, 스키는 즐겼다. 부친 티바다르는 자신의 부동산과 나치 보상금을 포함해서 50만 달러의 자금을 손에 쥐자 스위스에 '가족재단'을 설립했다. 이 기금은 나중에 소로스 자신이 세운 대규모 자선사업의 기반이 되었다. 소로스는 양친을 열심히 돌봤다. 시간 여유가 생기면 철학 논문을 읽고, 원고를 썼다. 소로스는 1956년부터 1959년까지 메이어 회사에서 일하고, 29세 때 투자은행 베르트하임사(Wertheim & Co.)의 해외 담당 부장 보좌역으로 자리를 옮겼다. 그는 트레이더에서 애널리스트로 승격했다. 그는 이 회사에서 독일 드레스너 은행 주식 거래로 막대한 이익을 올렸다. 1960년 독일 보험회사를 검색하고 포착한 행운이었다. 그는 애널리스트, 세일즈맨, 트레이더 세 가지 역할을 동시에 수행하는 고급 인력이 되었다. 베르트하임사에 온 지 1년, 그는 막대한 액수를 결제할 수 있는 신임을 얻어 통 큰 매입을 할 수 있는 중책을 맡게 되었다. 정보를 얻고, 사전에 면밀한 조사를 하고 투자하는 것이 그의 특기가 되었다. 그 결과는 막대한 이윤의 창출이었다.

소로스는 미국에 와서 4년간 계속 성공 궤도를 달렸다. "숫자를 보면 직감이 번득입니다." 그는 말했다. 1963년 그는 이 회사를 사임했다.

펀드회사 회장 소로스

1963년부터 1930년까지 소로스는 아널드사(Arnold & S. Bleichroeder)의 부사장 자리에 있었다. 1967년 소로스는 사장을 설득해서 펀드회사(The First Eagle Funds)를 설립했다. 이 회사에서 소로스는 공격적인 투자를 감행했다. 1969년 소로스는 400만 달러를 들여 자신의 헤지펀드(Double Eagle) 사업을 시작했다. 1973년 더블 이글 펀드는 1,200만 달러를 투입해서 '소로스 펀드 매니지먼트(Soros Fund Management)'를 설립했다. 소로스는 회장으로 취임했다. 짐 로저스(Jim Rogers), 스탠리 드러켄밀러(Druckenmiller), 마크 슈바르츠(Mark Schwartz), 키스 앤더슨(Keith Anderson), 그리고 소로스의 두 아들이 펀드에 동참했다. '퀀텀 펀드(Quantum Fund)'는 소로스가 양자역학을 창시한 독일 이론물리학자 베르너 하이젠베르크(Werner Heisenberg)의 '불확정성 원리(Principle of Quantum Mechanics)'를 염두에 두고 만든 것이었다. 이 원리는 하이젠베르그가 1927년에 제창한 것으로서 자연계는 계측의 본질적 한계 때문에, 어떤 원자도 그 위치와 운동량을 동시에 특정할 수 없다는 원리다. 위치와 운동량을 특정할 수 있으면 미래의 궤적도 예측할 수 있다는 고전적 물리학의 전제를 부정하는 것으로서, 과학적 인과율을 뒤엎는 것이었다. '퀀텀'을 새로운 펀드의 이름으로 선정한 것은 상호작용론과 오류론 때문에 생기는 불확정성과 불완전성에 집착하는 그의 철학적 신념 때문이었다. 대부분의 투자자들은 부유한 유럽인들로서 회원은 천 명을 넘지 않았다. 1천 달러로서 5천 달러의 장기 주식을 구입할 수 있었다. 말하자면 투자액의 50%를 대출받는 혜택이었다. 2011년 소로스는 10억 달러에 달하는 외부 투자자들의 자금을 245억 달러에 달하는 가족재단의 돈으로 반환했다. 정부 규제 때문이었다. 2013년 퀀텀 펀드는 55억 달러 자산으로 성장하면서 역사상 가장 성공한 헤지펀드 기록을 세웠다. 1973년 이래로 현재까지 400억 달러를 운용했다. 1974년 다우 평균주가가 24% 하락한 시기에도 펀드는 17.5%의 성장을 기록했고, 이듬해에는 27.6%, 1976년에는 61.9%라는 비약적인 성장률을 기록했다. 1979년 성장률은 59%, 1980년에는 경이적인 102%였다. 모건스탠리의 바이런 위원은 "소로스가 퀀텀 펀드를 시작할 때, 물론 그는 돈을 벌기 위해서였지만, 또 다른 이유는 자신이 돈을 버는 것은 철학적 통찰이 있기 때문이라는 것을 증명하기 위해서다"라고 말했다. "소로스는 신비스러운 방식으로 돈을 벌었다. 소로스는 전 세계의 돈과 신용의 흐름을 눈으로 그려보는 재능이 있었다." 15년간 소로스 옆에서 일했던 펀드매니저 게일리 그래드스턴이 한 말이다.

소로스의 자선 활동

1973년부터 소로스는 활발한 자선사업을 펼쳤다. 남아프리카연방 케이프타운대학교 교육을 지원하면서 철의 장막 뒤 반체제 운동을 돕기 시작했다. 소로스는 자산도 생기고 성공했지만, 만족하지도 않았고 행복감도 느끼지 못했다. 자산가들은 돈을 벌면 온갖 사치를 다하지만 소로스는 그렇지 못했다. 그는 그림, 골동품, 우표 등 수집에도 흥미를 느끼지 못했다. 도박도, 자동차도, 명예도 안중에 없었다. 자산가로 세상에 알려지는 것은 딱 질색이었다. 그는 물질주의자가 아니었다. 그는 말했다. "돈은 일을 하는 재료이다."

소로스 자신의 자산은 펀드보다 더 빠르게 늘어났다. 퀀텀 펀드 연간 이익 20%가 업적 급여이고, 운용 자산의 1% 수수료도 자신의 몫이었다. 이것만으로도 계산하면 3년 동안 6천만 달러 수입이 된다. 이와는 별도로 개인 자산이 거두는 수입이 또 있다. 예컨대, 1977년 2만 5천만 달러의 자금을 펀드에 투자했다고 하면, 1980년 말에는 1억 2천만 달러가 되는 계산이다.

소로스는 스스로 경이로운 변신을 감행했다. 50대 인생에 접어든 소로스는 아직도 성취하지 못한 꿈이 있다는 것을 깨닫게 되었다. 이후 20년 동안 그는 달리기 시작했다. 그는 이른바 '국경 없는 정치가'였다. 지구가 그의 무대였다. 명석한 두뇌, 과단성 있는 성격, 풍부한 자금을 통해 소로스는 국내는 물론이고, 전 세계 여러 분야의 지도자들을 만나고 활동 자금을 지원했다. 그는 정책을 입안하고, 행동하면서 전 세계에 광범위한 영향을 끼치고 있었다. 소로스는 노벨평화상 후보에도 올랐다. 재벌들의 정치 활동은 역사적으로 메디치 가문을 시작으로 미국에서는 리먼, 해리먼, 록펠러, 케네디 집안을 예로 들 수 있다.

소로스는 변혁의 종소리가 들리는 러시아 등 구 공산권 동구 여러 나라 반체제 인사들을 지원하면서 국제 평화 활동을 위해 노력했다. 러시아의 보리스 옐친, 남아프리카연방의 넬슨 만델라, 한국의 김대중, 폴란드와 체코의 유력 정치가들에게도 문제점을 지적하고 협의하고 우정을 나누었다. 코피 아난 유엔사무총장, 미국 국무장관 올브라이트, 세계은행 총재 제임스 울펀슨 등과도 수시로 전화 통화를 했다. 카네기국제평화재단 이사장 모턴 아브라모위츠는 소로스에 대해 "자신의 외교 정책을 실현할 수 있는 유일한 미국인"이라고 평했다. 그러나 소로스는 민간인이었다. 당리 당파에 속하지 않았다. 그만큼 순수했다. '열린사회' 이념으로 자선활동을 하는 차원이었다. 자금 규모와 지원 사업 범위로 보아 소로스는 최고의 자선사업가 반열에 올랐다. 그는 카네기와 공통점이 있었다. 카네기도 소로스와 마찬가지로 특유의 이념을 바탕으로 자선사업을 하고 있었다. 카네기는 자신의 자선사업을 "부의 복지"(The Gospel of Wealth)라고 말했다. 재산을 가진 자는 가난한 사람을 위해 교육시설과 문화시설을 제공할 의무가 있다는 것이었다. 카네기는 영어권 나라에 3천 개 도서관을 만들고, 국제사법재판소와 헤이그 평화궁전 건설을 성취했으며, 카네기국제평화재단을 설립했다.

소로스는 1977년 노벨평화상을 수상한 '앰네스티 인터내셔널'에 기부했다. '헬싱키 워치'의 기부금을 증액했다. '헌법77'의 창설자 바츨라프 하벨을 중심으로 한 체코 반체제 단체에 대해서도 최대 자금 후원자가 되었다. 1977년 소련을 방문해서 소련 당국의 감시를 받고 있던 블라디미르 퍼만을 극비리에 만나고, 항공사 스튜어디스를 통해 퍼만 조직에 총액 10만 달러의 현금을 보냈다. 1981년 아프가니스탄 반공 게릴라들을 지원했다. 그는 국제의료원조기관(AMI)에 운영자금을 전달했다. AMI는 아프가니스탄 전화(戰禍) 지역에 의사를 파견하는 프랑스 단체였다.

소로스는 각계 저명 인사들과 세계적인 지도자들을 만나고 있다. 망명 작가들, 시인 앨런 긴즈버그, 인권운동가 아리예 나이어, 평론가 수전 손태그, 시인 조지프 브로드스키 등을 만나 철의 장막 뒤 상황에 관해서 토론을 하고, 의견을 교환했다. 소로스는 아날리제와 1983년 이혼하고, 그해 수잔 웨버와 결혼했다. 소로스는 그녀를 열린사회재단 이사장으로 기용했다. 소로스는 펀드 일에 깊이 관여하면서도 자선사업 일도 열심히 보고 있었지만, 이 일은 마음이 통하는 조언자와 협조자가 필요한 일이었다. 수잔 웨버는 그런 협조자였다.

열린사회협회의 지식인 지원 사업

소로스는 1984년 300만 달러 예산으로 헝가리에 '열린사회협회(Open Society Institute)'를 창립했다. 그는 헝가리 작가 지원을 위해 극작가 이슈트반 엘시를 선택했다. 그는 반체제 문화인이었다. 민중봉기 때 체포되어 투옥되었다. 그는 4년의 형기를 마치고 희곡을 쓰기 시작했다. 헝가리 국내에서는 판금되었지만 서독에서 간행되어 높은 평가를 받았다. 엘시는 아네트 라보리와 우정을 나누고 있었다. 라보리는 분단된 유럽 동서의 가교 역할을 하고 있는 인사였다. 그는 소르본대학에서 역사학과 정치학을 전공하고, 1970년대부터 유럽지식인협력재단에서 일하고 있었다. 이 단체는 반공산주의 유럽 지식인 단체인 문화자유회의의 하부조직이었다. 『엔카운터』는 이 단체가 발행하는 정치평론 전문지였다. 라보리는 이 단체의 비밀 조직을 구축했다. 라보리는 이 네트워크를 통해 동구 공산권 문화인들을 선발해서 반년 정도 서구에서 생활하는 프로그램을 운영하고 있었다. 서구 사회의 자유를 만끽하고 돌아온 이들의 숫자는 1990년 3천 명을 넘어섰다. 폴란드 독립자치노조 '연대(連帶)'의 지도자가 된 아담 미츠니크도 이 프로그램 참가자였다. 그를 파리로 데려오기 위해서 장폴 사르트르도 나서서 폴란드 당국을 설득했다. 1980년 극작가 엘시는 뉴욕에서 소로스를 만나 몇 주간을 함께 지나면서 라보리 이야기를 했다. 이 것이 계기가 되어 소로스와 라보리의 오찬이 이루어졌다. 소로스는 라보리에게 동구권 학생들에게 장학금을 주고 싶다고 하면서 자문을 청했다. 이들의 만남이 있은 후, 장학기금이 마련되어 라보리의 추천으로 동유럽 인재들이 수급자가 되었다. 소로스는 폴란드 공산주의 독재 체제에 항의하는 '연대' 조직의 운동에 대해서 깊은 관심을 갖고 '연대'에 자금 지원을 했다.

소로스재단 활동 보고서

1996년 소로스재단 이사장으로 새로 부임한 문예평론가 에카테리나 게니에바는 2000년 2월 활동 보고서를 발표했다. "현재 재단은 47건의 대규모 프로그램을 실행하고 있다. 스태프는 1,010명, 러시아 내 156개소 도시에 사무소를 운영하고 있다. 당 재단의 지원을 받고 있는 수혜자는 500만 명 정도이다." 소로스는 러시아에 대해서 방대한 사업을 지원했다. 정부가 지원을 중단한 과학자를 위해서 소로스는 1억 달러의 자금을 지원했다. 또한 인문과학 분야 교육을 위해 1억 달러의 돈을 투입했다. 마르크스레닌주의에서 벗어나도록 수백만 권의 교과서 구입비를 제공했으며 교사들을 장려하는 상을 제정하고, 도서관에 거액을 지원했다. 33개교 러시아 지방대학에 인터넷 설비를 설치하고, 독립 미디어를 후원하고, 군인들의 직업 전환을 위해 막대한 자금을 제공했다. 소로스는 러시아 국민들이 기억하는 유명한 외국인이 되었다.

소로스의 의도는 폐쇄사회인 러시아를 열린사회로 전환시키려는 노력의 일단이었다.

1994년부터 2000년까지 소로스가 각 재단에 제공한 총액은 25억 달러가 되었다. 소로스는 말했다. "돈을 버는 것보다 쓰는 것이 더 어렵다." 그는 미얀마의 민주화 운동, 알바니아의 학교 건설 지원 사업을 지원했다. 1991년 소로스는 센트럴유로피언대학교(CEU) 본교를 부다페스트에 세우고, 프라하와 바르샤바에 분교를 열었다. 이 대학으로 전 세계 89개국에서 학생들이 몰려온다. 소로스는 수업료 전액 면제 장학제도를 실시했다. 강의는 영어로 진행되었다. 소로스는 이 대학에 연간 2천만 달러를 기부하고 있다.

소로스는 유능한 상담역을 만났다. 맨체스터대학교의 사회학과 시어도어 샤닌 교수였다. 소로스는 러시아 사회과학 교육의 혁신을 제안한 샤닌 교수에게 부탁해서 '인문과학 개선 계획'을 성안했다. 샤닌의 지도로 러시아에서 논문 모집이 시작되었다. 이 일로 400권의 연구서와 교과서가 출판되었다. 하이에크와 포퍼의 명저도 러시아어로 번역 출판되었다. 이 서적들은 소로스의 지원으로 교육기관에 배부되었다. 이 작업은 러시아 교육과 변혁에 크게 공헌했다.

1992년 소로스는 보스니아 시민들의 고통 완화를 촉진하는 사업에 5천만 달러를 기부했다. 사라예보에 정수 장치를 설치해서 시민 27만 5천 명에게 깨끗한 물을 마시게 한 것도 소로스의 인도주의적인 자선 활동 때문이었다. 국제과학재단 지원과 사라예보 물 작전은 전 세계의 이목을 끌었다. 1998년 초, 소로스는 서울에 왔다. 기자들을 피하기 위해 제임스 브라운이라는 이름으로 호텔에 체크인했다. 소로스는 새로 선출된 김대중 대통령과 면담을 했다. 이 자리에서 소로스는 아시아 금융 위기 대처 방법을 대통령에게 전수했다고 전해지고 있다. 소로스는 독재자를 참지 못했다. 말레이시아 수상 마하티르 모하마드, 벨라루시 대통령 알렉산드르 루카셴코, 세르비아 대통령 슬로보단 밀로셰비치, 크로아티아 대통령 프라뇨 투지만 등의 독재 권력을 비판하고 공격했다.

소로스는 2003년 11월 11일 『워싱턴포스트』와의 인터뷰에서 부시 대통령을 패배시키기 위해서 자신은 전 재산을 희생할 수 있다고 말했다. 그는 2004년 민주당 선거 승리를 위해 2,550만 달러를 선거운동 단체에 기부했다. 이 밖에도 부시 대통령 후보를 패배시키기 위한 527개 선거운동 단체에 총액 2,358만 1천 달러를 지원했다. 2009년 8월 소로스는 아동구호기금으로 3,500만 달러를 뉴욕 주에 기부했다. 소로스의 자선 활동은 다양하고, 기부한 곳은 많고, 액수는 이루 말할 수 없을 정도로 막대하다.

소로스의 명예와 저작물

소로스는 뉴욕 신사회연구소, 옥스퍼드대학교, 부다페스트 코르비누스대학교, 예일대학교 등에서 명예박사 학위를 수여받았다. 그는 2000년에 Yale International Center for Finance Award를 수상하고, 1995년 볼로냐대학교에서 Laurea Honoris Causa 최고상을 받았다.

소로스는 펀드와 자선사업을 계속하는 바쁜 일정 속에서도 책을 읽고 글을 썼다. 책을 통해 자신의 입장과 소신을 세상에 알리기 위해서였다. 그가 출간한 주요 서적은 다음과 같다.

- Soros on Soros: Staying Ahead of the Curve, 1995
- The Crisis of Global Capitalism: Open Society Endangered, 1998
- The Alchemy of Finance, 1988
- Open Society: Reforming Global Capitalism, 2000
- George Soros on Globalization, 2001
- Underwriting Democracy: Encouraging Free Enterprise and Democratic Reform

- Among the Soviets and In Eastern Europe, 2004
- The Bubble of American Supremacy: The Cost of Bush's War in Iraq, 2004
- The Age of Fallibility: The Consequences of the War o Terror, 2006
- The Soros Lectures at the Central European University, 2010
- The Crash of 2008 and What It Means: The New Paradigm for Financial Markets,
- The New Paradigm for Financial Markets: The Credit Crisis and What It Means,
- Financial Turmoil in Europe and The United States, 2012
- The Tragedy of the European Union, 2014

로스차일드 가문
"유럽 은행을 휘어잡은
유대인의 결집"

메이어 암셸 로스차일드(1744~1812)

제6장

로스차일드 가문

가문의 창시자 메이어 암셸 로스차일드

　　　　　　　　로스차일드 가문은 독일 프랑크푸르트에서 시작되었다. 1460년 이곳에 유럽 최초의 유대인 '게토'(강제 거주 지구)가 자리를 잡았다. 이곳은 금융과 무역의 중심지였다. 그 지역은 성벽으로 차단되고, 안에는 쓰레기가 쌓이고, 7미터 길 양쪽에는 쓰러져가는 초가지붕 집들이 줄지어 서 있었다. 창문은 기독교인 거주 지역을 볼 수 없도록 판자로 가려져 있었다. 길 끝에는 유대인 묘지가 있었다.

　　최초로 게토에 거주하게 된 유대인 열네 가족 200명은 18세기 중엽 로스차일드 집안이 거주하는 시기에 3천 명으로 늘어났다. 프랑크푸르트 주민은 대부분 프로테스탄트 루터교 신자였다. 그들이 사는 지역에는 광장, 공원, 강, 산책로, 넓은 주거 공간과 시원한 조망이 있었다. '저주받은 인종들' 유대인들은 날이 새면 일터로 가기 위해 성벽 밖으로 나오고, 저녁에 게토의 울타리로 돌아가는 일만 허락되었다. 이들이 하는 일은 전당포, 금전거래, 중고품 매매였다. 유대인들은 식별하기 좋은 복장 때문에 쉽게 학대와 혹사의 제물이 되었다. 살아남기 위해 유대인 간의 유대는 절대적이었다. 가족만이 신뢰의 근거였다. 동족결혼(endogamy)은 로스차일드 가문의 철칙이요, 정략이었다.

은행 왕국을 세운 메이어 암셸 로스차일드(1744~1812)는 프랑크푸르트 게토에서 태어났다. 다섯 아이 중 넷째였다. 어릴 때부터 부친과 함께 시나고그(유대인 예배당)에 다녔고, 세 살 때 히브리어 공부를 했다. 수학, 지리, 공작은 학교 밖에서 배웠다. 암셸은 공부를 잘해서 율법학자의 길을 갈 예정이었다. 1755년 부친은 암셸을 뉘른베르크 교외 퓌르트에 있는 율법양성학교에 보냈다. 입학 후 부친이 천연두로 별세하고 9개월 후 모친도 죽자, 암셸은 1757년 유대인이 경영하는 시몬 울프 오펜하이머(Simon Wolf Oppenheimer) 은행에서 수습사원으로 일하게 되었다. 이 은행은 기독교인 귀족들과 왕실과도 거래를 하고 있었다. 은행에 대량의 진기한 경화(硬貨)와 메달 등이 쏟아져 들어왔다. 암셸은 오펜하이머 밑에서 야무지게 일을 배웠다. 그 자신도 진품이 들어오면 고객들에게 연락해서 매매하면서 이득을 취하고, 동시에 숱한 정보를 입수하고, 인맥을 구축했다. 그의 고객 중에 헤세 백작(Wilhelm IX of Hesse)이 있었다. 백작을 통해 경화 매매 사업이 약진했다. 헤세를 통해 칼 프리드리히 부데루스와 친교를 맺었다. 그는 헤세 집안의 금고지기였다. 그는 이윽고 로스차일드 집안의 숨은 파트너가 되었다. 19세 때, 그는 프랑크푸르트에 돌아왔다.

메이어 암셸은 금융업 이외에도 직물, 향신료, 홍차, 커피, 초콜릿 등 열대지방의 기호품을 사고 파는 상인이 되었다. 게토의 자신의 집에는 상품이 가득 찼다. 그는 1770년 구틀 슈나퍼(Guttle Schnapper)와 결혼해서 열 명의 자녀를 얻었다. 이들이 성장하자 가업에 종사하도록 했다. 아들들은 상품 배달하고, 딸들은 집 안에서 총무 일을 보았다. 장남은 프랑크푸르트에 남게 하고, 나머지 네 명 자식들은 각기 다른 유럽 도시로 보내서 사업을 배우고 금융업에 종사하게 만들었다. 메이어 암셸의 사회적 지위가 향상되고, 재산도 늘어났다. 궁정 용달 금융업자로 성장해서 유대인 출입금지 지역에도 들어갈 수 있게 되었다.

로스차일드는 영국에도 진출할 수 있게 되었다. 3남 네이선 메이어 로스차일드(Nathan Mayer Rothschild)는 영국제 포목을 다루는 상업을 시작했다. 1780년대와 1790년대는 영국에서 산업혁명이 일어난 시기여서 방직기계로 짠 섬유제품이 값도 싸고 품질이 좋아 독일에서 인기를 얻었다. 네이선은 맨체스터에 자리를 잡고 4년간 면직물 사업으로 큰돈을 번 후에 런던으로 진출했다. 그곳에서 '네이선 로스차일드와 그 자제들(N. M. Rothschild & Sons)'이란 이름으로 회사를 설립했다. 런던 업계는 활기차게 움직이고 있었다. 상인들은 항상 자금이 필요했다. 런던은 금융업으로는 안성맞춤이었다. 로스차일드는 독일과 국제적 관계를 맺고 활동하는 다국적 기업으로서 사회적인 신뢰를 얻고 있었다. 네이선은 가족의 재산을 운용하면서 재산을 막대하게 증축하고 있었다. 특히 금융시장에 진출해서 큰 이익을 얻었다.

그는 1806년 한나(Hannah Barent Cohen)와 결혼했다. 둘 사이에서 일곱 자녀들이 탄생했다. 세 딸과 네 아들이었다. 헤세 백작은 나폴레옹에게서 얻은 수입을 숨기고, 영국 정부에서 얻은 수입은 다시 영구 국채에 투자했다. 이 경우 은행가의 손을 빌려야 하는데, 금고지기 부데루스는 로스차일드를 추천했다. 로스차일드는 신용이 있고, 수수료가 싸며, 일이 빠르다는 것이 그의 설명이었다. 나폴레옹과 웰링턴이 전투를 계속할 때, 네이선은 영국군에 군자금을 댔다. 워털루에서 영국군이 승리했다. 이 일로 네이선은 영국 왕실과 인연을 맺게 되어 사업은 더욱더 탄력을 받았다.

로스차일드 가문의 유럽 진출

메이어 암셸은 1812년 임종을 앞두고 가족의 지침이 되는 유언을 남겼다. 가족의 규율, 행동, 권력의 계승에 관한 법에 따라 암셸 집안은 대를 이어나갔다. 그의 아들 네이선 메이어가 1836년 59세로 사망했다. 당시 그는 동산(動産)으로 따진다면 세계 제1의 부호였다. 네이선 메이어의 로스차일드 런던이 대번창해서 엄청난 실력과 영향력을 미치면서 유럽 여러 나라에 위세를 떨치고 있었다. 그의 돈이 오스트리아, 프로시아, 나폴리, 포르투갈, 중부 이탈리아 교황령 등 유럽 각국에 대출되었다. 나폴레옹 전쟁이 끝날 때, 로스차일드 가문은 19세기 중엽, 유럽 금융계 정상으로 올랐다. 네이선의 아들 라이오넬은 대영제국 절정기에 빅토리아 여왕의 금고를 장악했다. 1847년에는 영국 하원 선거에 출마해서 의원에 당선되었다. 당시 영국 재상은 글래드스턴과 디스레일리가 번갈아 맡고 있었다. 라이오넬은 이 두 재상을 막후에서 조종하며 정권 실세로 활동했다. 특히 디스레일리를 재상에 끌어올린 공을 세웠다. 인도의 무갈 왕조를 배후 조종해서 대영제국의 속국으로 만든 공작에도 그는 개입했다. 일본의 이토 히로부미(伊藤博文)를 키우고 지원했다는 설도 유포되고 있다. 런던 로스차일드 라이오넬의 아들 3대째 너대니얼(1840~1915)은 남작 작위를 수여받아 로스차일드 가문은 남작으로 귀족 집안이 되었다.

런던의 로스차일드가 실패한 한 곳은 미국뿐이었다. 제임스 메이어의 아들 살로몬 제임스(1835~1864)는 1859년 남북전쟁 전야에 미국을 방문하여 발전 가망이 없는 나라로 판단했다. 더욱이 살로몬은 남군이 승리한다고 판단해서 은행을 잘못 유도해 로스차일드 가문은 막대한 손실을 입었다. 미국 경제가 영국을 누르고 50년 후 대약진을 한다는 예상을 당시 로스차일드는 아무도 할 수 없었다. 이것이 패인이었다.

그러나 파리 로스차일드는 석탄 광업, 철도 개발로 번영을 누리고 있었다. 로스차일드는 은행업을 개선했다. 가문 중심의 패밀리 기업에서 법인 조직으로 움직이는 은행, 주식으로 가동되는 은행으로 전환했다. 파리 로스차일드는 외부에서 에밀 페레르(1800~1875)를 영입했다. 그는 유능했다. 철도와 투자 부문에서 업적을 올렸지만 독선적이었다. 1848년 2월 혁명이 일어나고, 7월에 왕정이 무너지면서 파리 로스차일드는 파탄에 직면했다. 로스차일드와 인연을 끊었던 페레르가 나폴레옹 대통령 취임 이후 '크레디 모빌리에' 은행을 설립했다. 제임스 로스차일드는 이 일을 로스차일드에 대한 도전으로 받아들였다. 모든 수단을 다 써가면서 은행 설립을 중단시키려 했지만 효과를 거두지 못했다. 1851년 황제의 후원으로 페레르의 은행은 정식으로 인가를 받아 출범했다. 제임스 로스차일드는 다시 반격에 나섰다. 결국 1867년 페레르 은행은 로스차일드의 끈질기고도 치밀한 공작으로 파산하면서 무너졌다.

나폴레옹 황제는 로스차일드 가문에 화해의 손을 내밀었다. 1862년 로스차일드는 황제를 파리 근교 페리에르 샤토에 초청했다. 900마리 꿩을 날리면서 사냥을 하고, 로시니가 지휘하는 파리 오페라의 감미로운 음악의 선율 속에서 연회객들은 밤이 가는 줄 몰랐다. 황제와 로스차일드는 화해를 하면서 로스차일드의 조건을 전면적으로 수락했다.

독일은 중공업 중심의 산업혁명 중이어서 방대한 자본이 필요했다. 로스차일드는 함부르크에서 빈 크레디탄스탈트 은행을 통해서 유럽 지역에 영향력을 행사하고 있었다. 빈은 베를린과 함께 정치경제의 중심지였다. 합스부르크 집안은 로스차일드에게 철도 건설, 광업, 중공업에 투자하도록 의뢰했다. 독일에서 탄광, 철광, 철도를 경영하고 있었던 노르드반(Nordbahn) 회사의 게오르그 시나 남작은 로스차일드 집안이 국왕과 황태자를 모욕했다고 비난했다. 시나 남작은 노르드반 주주총회에 나타나서 로스차일드 일족의 사임을 요구했다. 살로몬 로스차일드는 반격에 나섰다. 시나 남작과 그 일행은 투표권을 잃고, 회사를 떠나게 되었다. 로스차일드는 빈에서 실레지아 지방의 석탄과 철광석 채굴권을 취득하고, 1842년 체코 동부 모라비아에서 왕가의 허가를 얻어 제철소를 구입했다.

살로몬 메이어 로스차일드

살로몬 메이어(Salomon Mayer von Rothschild, 1774~1855)는 오스트리아 로스차일드의 시조이다. 그는 프랑크푸르트에서 메이어 암셀의 둘째 아들로 태어났다. 1800년 그는 캐럴라인(Caroline Stern)과 결혼해서 안셀름 살로몬(Anselm Salomon, 1803~1886), 베티(Betty Salomon, 1805~1886) 두 자녀를 얻었는데, 베티는 파리 로스차일드의 총수인 삼촌 제임스 메이어와 1824년 동족결혼을 했다. 1820년 살로몬은 오스트리아로 가서 오스트리아 정부 사업에 참여했다. 빈에서 살로몬은 잘로몬마이어폰로트실트 은행을 설립하고, 노르드반 철도사업에 자금을 지원했다. 그는 왕실을 통해 관료사회와 정치인들과 인맥을 형성했다. 살로몬은 로스차일드 특유의 전략으로 석탄, 철광석, 수은, 동, 고무, 석유, 금, 다이아몬드 등을 대상으로 채굴, 구입, 판매하는 상술로 막대한 이익을 거두었는데, 특히 석유의 채굴권은 로스차일드에게 뜻하지 않는 이익을 안겨주었다.

그가 운영하는 빈 은행은 큰 성공을 거두면서 오스트리아 경제를 발전시키는 데 큰 역할을 했다. 1822년 프란츠 1세 황제는 그의 공로를 인정해서 남작 작위를 그에게 수여했다.
1843년 그는 오스트리아 명예 시
민권을 얻은 첫 유대인이 되었다.
그는 빈에서 부동산을 구입할 수
있는 권리를 얻은 셈이다. 그는
뢰미센카이저 호텔을 구입해서
20년간 그의 사무실과 주거로 사
용했다. 살로몬은 학교를 건설하
고, 교원들의 봉급을 자신이 지급
하고, 시민들의 주택을 건설해서
저가로 제공할 계획도 세우고 진

살로몬 메이어 로스차일드

행했다. 그러나 오스트리아 상류층의 반유대 감정 때문에 이 일은 차질을
빚었다.

런던, 파리, 빈, 프랑크푸르트 등지에 거점을 둔 로스차일드 다국적 기
업은 1871년 나폴레옹 3세가 독일에 패배하자(보불전쟁) 프랑스 정부로부
터 50억 프랑의 전시 배상 처리 문제를 의뢰받았다. 보불전쟁은 열강 세력
의 새로운 균형 관계를 형성했다. 로스차일드는 동유럽보다는 런던이나 서
유럽, 파리를 선호했다. 그 때문에 동방의 지점들은 문을 닫게 되었다. 전
시 배상을 둘러싼 차관은 새로운 금융업 시대를 열었다. 주식 제도의 은행
으로 금융 제도가 바뀌고 있었다. 로스차일드는 가문 이외의 은행에도 거
래를 트고, 투자를 시작했다. 그러나 프랑크푸르트와 빈 지점은 약화되고
런던과 파리 사이의 관계는 서먹해졌다. 게다가 메이어 암셸 차세대 주자
들이 하나둘 병으로 쓰러졌다. 메이어 칼의 건강도 나빠졌다. 메이어 암셸
과 다섯 형제의 사업과 업적은 이제 종말의 시기를 맞고 있었다. 로스차일

드 가문은 사업이나 가문의 의무를 버리고, 취미와 유흥과 정사(情事)에 시간을 보냈다. 일부는 시오니즘 운동에 헌신하기도 하고, 포도를 재배해서 와인 연구에 몰두하기도 했다. 그래도 와인은 돈이 되었다. 그중에서도 네이션 메이어의 종손에 해당하는 앙리 제임스(1872~1946)는 국적이 프랑스였다. 그는 의학의 길로 가서 개인 병원과 연구소를 설립하고, 제1차 세계대전 중에는 공장을 설립해서 트럭, 구급차 등을 생산했다. 병사들의 식량을 진공 팩에 보존하는 발명을 하고, 살균 우유의 무료 배달 조직을 만들기도 했다. 그는 화장비누 '몽사봉'을 만들어 팔고, 앙드레 파스칼이라는 펜네임으로 희곡 작품을 집필해서 이 작품을 공연할 극장을 건설했다. 그는 여배우들과 요트를 타고 지중해를 누비고, 디아길레프 러시아 발레단을 파리에 초빙해서 니진스키와 파블로바의 공연에 자금 지원을 했다. 앙리의 아들 필립(1902~1988) 남작은 영화 제작자였다. 그는 보르도산 와인 '무토 클레라'를 개발했다. 그의 아내 엘리자베스는 나치 강제수용소에서 피살되었다. 그의 딸 필리핀(1935~?)은 영국인이었지만, 코메디 프랑세즈의 여배우가 되었다. 부친이 사망한 후 그녀는 '샤토 무통' 와인 회사를 경영했다. 이런 일은 가훈에 위배되는 일이었다.

로스차일드 가문의 다양한 활동

가문의 잦은 일탈에도 불구하고 로스차일드 가문의 중심은 은행업이었다. 현재도 런던과 파리에는 그 은행이 건재하고 있다. 런던 은행은 단 한 번도 업무가 중단되지 않고 유럽 금융계의 중심에 자리 잡고 있다. 뉴욕 지점은 일족이 아닌 제럴드 로젠펠드가 경영하고 있다. 파리 총수 제임스 메이어 후손인 모리스(Maurice de Rothschild, 1881~1957)는 단신 제네바에서 큰 재산을 이루고, 에드몽 아돌프(1926~1997)는 지중해 클럽에 투자해서 사우디아라비아 아카바 항만을 개발했다. 1956년 이집트 나세르 대통령이 수에즈 운하 국유화를 선언했을 때, 그는 이 운하를 통과하지 않고 아카바에서 원유를 지중해 경유로 이스라엘로 운반하는 파이프라인을 건설했다. 비시 정권하에서 참고 견디며, 저항했던 파리 지점 2대 에두바르(Edouard Alphonse James de Rothschild, 1868~1949)는 프랑스 국내에 있던 개인 자산과 기업을 전부 비시 정부에 의해 몰수당했다. 부친의 유지를 따라 아들 기(1909~2007)는 자유 프랑스군 전차부대 대장이 되었는데, 한때, 독일 잠수함 공격을 받고 12시간 표류하다가 살아나기도 했다. 그는 반나치 레지스탕스 운동의 영웅이었다. 그는 드골 장군과 함께 개선하면서 전후 프랑스 경제 부흥에 중요한 역할을 했다. 아프리카 사하라 사막 석유 개발에 힘썼고, 카스피해 유전 개발로 재산을 축적했다. 그는 드골 대통령 정부 이후 퐁피두 대통령과도 우정을 나누었다. 그 시절 그는 파리 로스차일드 은행의 회장을 맡고 있었다. 그는 98세로 생을 마감하면서 자서전『로스차일드 자전』을 간행했다.

살로몬 로스차일드는 방대한 개인 재산으로 미술품과 골동품을 수집하고 자선사업에 재산을 기부했다. 1848년 혁명이 발생했을 때, 합스부르크 지방에서 반로스차일드 정서가 고조되면서 그는 막대한 재산을 상실하게 되었다. 74세의 살로몬은 주변의 압력을 받고, 아들 안셀름에게 은행을 상속하고, 빈을 떠나 파리로 향했다. 그곳에서 그는 1855년 사망했다. 이탈리아 르네상스 시대 미술품과 18세기 작품은 루브르 박물관에 기증되었다. 카를로 돌치(Carlo Dolci)의 그림도 그 속에 포함되어 있다.

로스차일드 가문은 유대인으로서의 아이덴티티를 고수하며 유대인 커뮤니티를 250년간 5세대 가족을 통해 이끌고 살아왔다. 월터 로스차일드(Walter Rothschild, 1868~1937)는 이스라엘 건국을 선언한 영국의 '발포어 선언문'을 수락한 인물이다. 그는 부친 너대니엘(런던 가문 3대)과 함께 대영제국의 재정을 실질적으로 장악한 금융계 거물이었다. 이 선언문이 나온 1917년 11월 2일 러시아 혁명이 일어나서 레닌과 트로츠키가 케렌스키 정권을 타도하고 권력을 장악했다. 이 혁명을 월터가 계획하고 혁명 자금을 후원했다고 전해지고 있다.

파리 로스차일드 가문의 수장 제임스의 아들들은 알폰스, 귀스타브, 에드몽 제임스, 살로몬 제임스인데, 이 가운데서 3남 에드몽(1845~1931) 남작은 중요한 역할을 담당했다. 그는 부친과 함께 쌓은 막대한 재산을 이스라엘 건국 자금으로 헌납하고 유대인 조국 귀환 운동에 사용했다. 그는 이스라엘 초대 수상 데이비드 벤구리온 중심 과격파와는 달리 온건한 평화주의자였다. 그는 아랍인들과의 상생을 늘 주장했다. 에드몽은 현재까지 '이스라엘 건국의 아버지'로 칭송받고 있다. 그는 전 재산을 투척해서 이스라엘 땅에 200개 이상의 유대인 정착지를 건립했다.

이블린 로버트 로스차일드

런던 은행을 관장했던 이블린 로버트(Evelyn Robert de Rothschild, 1931~)는 은퇴할 즈음 파리 지점장 데이비드(1942~)에게 그의 자리를 물려주기를 원했다. 데이비드는 이블린의 손을 잡으면서 일족의 결속을 다짐했다. 로스차일드의 가족 간 유대는 이토록 강하다. 로스차일드 가문은 20세기 은행업에 큰 공헌을 했다고 본다. 런던의 로스차일드는 가문의 역사적 역할과 의무를 인정해서 아카이브를 설립하여 자료와 기록을 수집 보관하고 있다. 로스차일드 가문의 현재 수장은 역사학자 엠마 로스차일드(1948~?)이다. 그는 빅터 로스차일드의 두 번째 부인 테레사 메이어 사이에서 태어난 딸이다.

로스차일드 가문은 포브스가 정하는 세계 부호 리스트에 좀처럼 얼굴을 내밀지 않고 있다. 간혹 영국 『선데이 타임스』가 발행하는 부자 리스트에 현재 런던가의 주인인 제이컵 로스차일드와 그의 아들 너대니얼(2007년 판에 자산 13억 파운드)이 간혹 등장할 뿐이다. 이들의 재산은 미스터리로 남아있다. 한때 유럽 금융을 뒷전에서 장악하고 쥐고 흔든 이 집안의 돈 만지는 기술은 누구도 따를 수 없이 능란할 것이다. 스위스 잡지에는 그 곳에 근거지를 옮긴 파리 가의 모리스, 에드몽, 뱅자맹의 제네브 집안 소식이 간혹 기사로 나고 있다.

런던 가의 이블린 로스차일드는 두 번째 아내 빅토리아 사이에 자녀가 셋이 있다. 린 포레스터는 세 번째 아내가 된다. 장녀가 제시카, 차남은 데이비드 메이어인데, 가장 활동적이다. 그의 직업이 탐험가이기 때문이다. 2006년에 남극과 북극을 답파했다. 2010년에는 요트로 태평양 횡단에 성공했다. 그는 환경보호단체 '어드벤처 에콜로지'를 주재하는 환경운동가이다. 2007년에는 'Live Earth'라는 지구온난화 방지 촉진을 위한 자선음악회를 개최했다. 그러나 2009년 11월 발각된 지구온난화 관련 증거 자료 조작 사건인 '크라이메이트 게이트 사건'에 연루되어 그의 명예는 단체와 함께 추락했다. 특히 이 운동을 주도한 막후 세력이 유럽 로스차일드였기 때문에 가문이 입은 타격은 컸다.

너대니얼 필립 로스차일드

런던 로스차일드 가는 1980년 대부터 헤지펀드 투자에 손을 대고 있었다. 현 6대째 주인인 제이컵이 주도하는 RIT나, 차기 주인인 너대니얼 필립(1971~)이 주도하는 '아티카스'는 전형적인 펀드 투자 회사이다. 하지만 2008년 리먼 쇼크로 펀드 거래가 주춤하자 두 회사는 문을 닫았다. 가문 특유의 순발력으로 순식간에 자원 투자로 전환한 너대니얼은 2010년 영국 광산 회사 '앵글로 아메리칸'의 석탄, 비철금속 책임자 제임스 캠벨과 손잡고 자원 주식을 사들이는 펀드 회사 '발라(Valla)'를 설립했다. 광물 자원에 눈을 돌린 로스차일드 가의 원점 회귀 전통주의는 1980년대 제이컵 집안과 이블린 집안 사이에 벌어진 은행 운영 문제의 충돌과 내분을 상기시킨다. 당시, 제이컵이 외부의 자본을 받아들이자는 의견을 내자 이블린은 순혈주의를 주장하면서 반대했다. 결국 로스차일드 전 가족은 이블린 쪽 손을 들어주어 외부 경영을 차단하는 방향으로 갔는데, 이에 불만을 품은 제이컵은 별도 회사 RIT를 설립해서 독립했다. 로스차일드 가문 중심 유대주의 성벽은 여전히 높고, 가문의 전통주의 뿌리는 깊고 탄탄하다.

헨리 포드

"당신의 마차를 별에 묶어라"

헨리 포드(1863~1947)

제7장

헨리 포드

출생과 성장

에디슨이 전구를 발명한 해가 1879년이다. 발전소와 송전소가 생겨 세상 곳곳이 밝아진 것은 20세기 들어서 생긴 일이다. 자동차도 19세기 말에 탄생되었지만 보급된 것은 1903년 포드 자동차회사가 MT형(1908) 자동차를 생산할 때부터이다. 1900년대에는 전 세계에 자동차 수천 대뿐이었다. 1927년 5월 26일 헨리 포드(Henry Ford)는 미시간 주 하일랜드파크 공장에서 MT형 자동차 1,500만 대 생산을 지켜보고 있었다. 자동차가 대중 이동 수단으로 실용화된 그날, 헨리 포드는 아들 에드셀과 함께 첫 차(1896)와 T형(1908)이 진열되어 있는 디어본 엔지니어링 연구소까지 새로 나온 차를 타고 갔다.

포드는 식육점에서 매달려 이동하는 고깃덩어리를 보고 컨베이어 벨트를 착안했다. 자동차 한 대를 3시간 만에 조립하는 대량생산 방식으로 생산 비용을 절감해서 발매 당시 950달러 하던 자동차가 1926년에는 290달러로 가격이 떨어졌다. 뿐만 아니라, 이 같은 포드 생산 방식은 모든 종류의 물품 생산에 널리 파급되었다. 대량생산의 저물가 정책이 대량소비를 유도하고, 노임과 종업원 보수가 개선되면서 사회복지가 증진되었다. 기술적인 개량과 산업 시스템의 개선은 경제사회 구조와 생활 방식을 바꿔놓으면서 유통업과 운수 산업이 발달하고, 판매 방식이 변하는 20세기 산업사회 대변동이 일어났다. 이 일은 인류 역사에서 개인이 이룩한 또 한 번의 눈부신 업적이 되었다. 그것은 포드 개인의 영광만이 아니라, 그가 유행시킨 '포디즘'(Fordism)으로 미국인의 자긍심이 국제적으로 고양되는 사건으로 화제를 모았다. 헨리 포드 일가는 재벌이 되었다. 그 돈은 '포드재단(Ford Foundation)'이 되어 사회 발전과 인류 평화에 공헌하게 되었다.

헨리 포드는 미국의 사업가요, 포드 자동차회사(Ford Motor Company)의 설립자이다. 대량 제조 생산 기계(assembly line of mass production)를 가동시켜 20세기 산업혁명에 지대한 공헌을 했다. 그는 포드자동차 생산으로 세계 굴지(屈指)의 거부가 되었으며, 막대한 재산을 포드재단에 기부해서 사회문화 교육 발전에 다대한 공로를 세웠다.

헨리 포드는 1863년 7월 30일 미시간 주 그린필드 타운십(Township) 농장에서 태어났다. 그의 부친 윌리엄 포드(WIlliam Ford, 1826~1905)는 아일랜드 코크카운티에서 태어났다. 그의 모친 메리 포드(Mary Ford, 1839~1876)는 미시간 주에서 태어났다. 포드 일가는 1832년 아일랜드에서 미국으로 이주했다. 헨리의 조부모가 아일랜드를 떠난 것은 1847년으로서 당시 아일랜드는 '감자 기근'으로 어려운 시기여서 많은 주민들이 미국으로 이주했다. 미국에 도착한 다음 친척으로부터 350달러를 빌려 디트로이트 근처 디어본 지구에 80에이커의 토지를 구입했다. 이곳은 미시간 지방 구리 광석 운반 통로여서 번창했다. 헨리 포드의 부친은 철도 회사 공원이었다. 헨리가 탄생한 1863년에 부친은 농사에 성공해서 농업이 일가의 주업이 되었다. 헨리는 농사가 싫었다. 열두 살 때 평생 기억에 남는 두 가지 사건이 일어났다. 아버지가 그에게 주머니 시계를 준 일과 디트로이트 교외에서 로드 엔진을 목격한 일이다. 시계는 분해하고 재조립했다. 당시 교통수단은 마차였는데, 그날은 수레바퀴에 엔진을 매단 차가 지나간 것이다. 헨리는 자동차 운전자에게 수많은 질문을 했다. 훗날, 헨리 포드는 회상했다. "그날, 그 엔진을 본 이후, 오늘날까지, 나의 최대 관심사는 달리는 기계를 만드는 일이 되었다."

열다섯 살 때, 포드는 친구들이나 이웃 사람들이 소유하고 있는 시계들을 분해해서 조립하는 일을 재미 삼아 했다. 그래서 그는 동내에서 시계 수리공으로 이름이 났다. 스무 살 때, 포드는 주일마다 4마일 걸어서 예배당에 갔다. 1876년 모친이 사망하자, 그는 망연자실했다. 부친은 그가 농업에 종사할 것이라고 믿었다. 그러나 그는 농사일을 떠났다.

공장 취직, 자동차 연구, 결혼

1879년 포드는 디트로이트 기계공장에 견습공으로 취직했다. 낮에는 직장 일을 하고, 밤에는 시계 수리를 했다. 처음에 취직한 곳은 제임스 플라워 형제 회사(James F. Flower & Bros.)였고, 나중에 옮긴 직장은 디트로이트 드라이 도크 회사(Detroit Dry Dock Co.)였다. 1882년 그는 디어본 농장으로 돌아갔는데, 농장 일보다 농기구 수리에 더 열중했다. 그 당시 그는 웨스팅하우스 휴대용 증기 엔진을 능숙하게 다룰 수 있을 정도로 기술이 좋았다. 포드는 이 시기에 디트로이트 브라이언트스트라튼 경상대학(Bryant & Straton Business College)에서 부기(簿記)를 배웠다. 포드는 클라라 브라이언트(Clara Jane Bryant, 1866~1950)와 1888년 4월 11일

결혼했다. 부친으로부터 80에이커의 토지를 받았는데, 농사보다는 벌목해서 재목 장사를 했다. 그들 사이에서 에드셀 포드(Edsel Ford, 1893~1943)가 태어났다.

1891년 포드는 에디슨 전기상회(Edison Illuminationg Company)의 기술자가 되어 월급 45달러를 받았다. 1893년 기술 주임으로 승격하자, 월급도 두 배로 올라 그는 시간과 돈을 아끼지 않고 가솔린 엔진에 관한 실험과 연구를 계속했다. 1896년 연구 결과 그는 자동 프로펠 자동차를 완성할 수 있었다. 미국에서 최초로 개발된 가솔린 차는 1893년 두리에이 형제가 제조한 것이었다. 그 차는 평균 속도 시속 10.7킬로미터였다. 헨리 포드가 최초로 차를 판매한 것은 1896년으로서 가격은 200달러였다. 그 자동차 이름을 '포드 쿼드리사이클(Ford Quardricycle)'이라고 붙였다. 그는 계속해서 이 모델을 개선하는 데 총력을 기울였다.

1896년 포드는 처음으로 에디슨을 만났다. 에디슨은 그의 자동차를 인정했다. 에디슨의 격려를 받고, 포드는 1898년 두 번째 자동차를 완성했다. 디트로이트의 갑부 윌리엄 머피(William H. Murphy)의 지원으로 포드는 에디슨 회사를 사임하고, 1899년 8월 5일 디트로이트자동차회사를 설립했다. 그러나 생산된 자동차는 질이 나쁜 데다 값은 비싸게 매겨졌다. 그것은 포드가 바라는 일이 아니었다. 결국 회사는 성공하지 못하고 1901년 해체되었다.

헤럴드 윌리스(Harold Willis)의 도움을 받고, 포드는 26마력 자동차를 1901년 10월 완성했다. 이 자동차의 성공으로 머피와 주주들이 공동으로 1901년 헨리 포드 자동차회사를 설립했다. 포드는 주임 기사였다. 1902년 머피가 새로운 회사 운영을 계획하자, 포드는 자신의 이름을 빼고 회사에서 물러났다. 포드가 나가자 머피는 회사 이름을 캐딜락 자동차회사(Cadillac Automobile Company)로 바꿨다.

포드 앤드 맬컴슨사

포드는 자전거 경주 선수 톰 쿠퍼(Tom Cooper)와 팀을 이루고, 80마력 자동차 '999'를 만들어냈다. 1902년 바니 올드필드 (Barney Oldfield)는 이 차를 몰고 자동차 경주에서 우승했다. 이 일로 포드 는 디트로이트 지역에서 알려져 석탄업자 알렉산더 맬컴슨(Alexander Y. Malcomson)의 후원을 받게 되었다. 두 사람은 파트너 관계를 맺고 '포드 앤드 맬컴슨(Ford & Malcomson Ltd.)'을 발족했다. 이들은 염가의 자동차 를 설계하고 실험했다. 그들은 공장을 빌렸다. '존 호레이스 닷지 기계공장 (John and Horace E. Dodge)'과 부속품 납품 계약을 맺고, 16만 달러의 부 품을 구입했다. 자동차 판매는 부진했는데, 납품회사는 조속한 대금 지불 을 요구했다. 회사 절명(絕命)의 위기였다. 맬컴슨은 이에 대처하면서 다른 일단의 투자자들을 끌어들였다. 닷지 형제들에게는 회사 주식 일정 부분을

톰 쿠퍼와 함께 만들어낸 '999'

인수하도록 권했다. 1903년 6월 16일 포드자동차회사는 자산 28만 달러를 투자해서 주주들과 합작으로 합병회사를 새로 설립했다. 포드는 새 자동차를 세인트클레어 호수 빙판에서 공개했다. 그는 그가 만든 자동차를 시속 91.3마일로 달리게 하면서 새로운 기록을 세웠다. 바니 올드필드는 국내일주 드라이브를 했다. 포드 자동차는 전국에 알려졌다. 1904년 3월, 658대 판매로 이익 10만 달러를 얻었다. 헨리 포드의 배당금은 2만 5천 달러였다. 자동차 생산량은 1일 25대였다.

T형 자동차

헨리 포드는 회사 내분에 휩싸였다. 동업자 맬컴슨과의 갈등과 대립이었다. 포드는 심복 커즌스와 협조해서 맬컴슨과 작별하고, '포드 매뉴팩처링'(Ford Manufacturing) 부품회사를 설립했다. 그리고 포드 자동차용 엔진 등 부품 생산에 매진했다. 포드는 1905년 자동차 경주에서 활약한 프랑스 차를 분해해서 조사한 결과 가볍고 강력한 바나듐 합금의 사용을 알아냈다. 이 합금을 이용해서 그는 N형 포드차를 생산해서 1906년에 600달러로 판매했다. 이를 계기로 포드사는 합금연구소를 신설했다. 사원을 모집해서 3개월간 학교로 보내 연수교육을 마친 후, 연구소에서 근무토록 했다. 이 연구소는 전국 최고의 수준을 유지하면서 바나듐이외에 니켈, 크로뮴, 몰리브덴 등의 부품 생산이 가능해졌다. 소형인데 가볍고 빠른 저가 대중차 T형을 제작할 수 있게 되었다.

1908년 10월 1일 T형 자동차가 공개되었다. 자동차 좌측에 조종간이 있었다. 전체 엔진과 트랜스미션(변속기)은 안 보이도록 속에 집어 넣었다. 네

N형 자동차

T형 자동차

개의 실린더는 견고한 박스 속에 밀폐되었다. 서스펜션은 반타원형 스프링을 사용해서 울퉁불퉁 험한 도로도 끄떡없었다. 차체는 다른 자동차에 비해 바퀴가 높았다. 이 때문에 시골길을 달리는 것이 편했다. 모터와 동력 전달 통로는 완전히 밀폐되어 진흙, 돌, 물로부터 안전했다. 자동차는 운전하기 쉽고 편하고, 가격이 낮아서 구입하기 편하고 수리하기도 좋았다. 1908년 자동차 가격은 825달러였다. 1908년 10월 1일부터 이듬해 9월 30일까지 1만 1천 대가 판매되었다. 1911년 3만 5천 대, 1912년 7만 8천 대, 1913년 16만 8천 대, 1914년 24만 8천 대 팔리면서 미국 자동차 시장의 48퍼센트를 차지하게 되었다. 1920년대 대부분의 미국인들은 T형 자동차를 사용했다. 자동차 판매는 날개를 달았다. 해마다 전해보다 100퍼센트 이윤이 늘어났다. 포드는 더 효율적이고, 더 싼 자동차를 만들기 위한 실험을 계속했다.

포드의 새로운 대량생산 방식

수요에 응하려면, 포드는 새로운 생산방식을 개발하지 않으면 안 되었다. 디트로이트 북방 하일랜드파크 7만 평 토지에 최신

식 자동차 공장을 세웠다. 당시 생산 효율 전문가 프레더릭 테일러는 공업 생산에 과학기술을 응용하도록 제안하고 있었다. 헨리 포드는 그의 의견에 찬성이었다. 포드는 새 작업 지침서를 발표했다.

1. 공구를 작업 인원과 작업 순서대로 배치하면, 구성 부품은 완성까지 최단거리를 이동한다.
2. 운반대 장치를 사용해서 부품을 작업 인원 가까이에 둔다. 부품은 다음 작업원들에게 운반된다.
3. 유동 작업으로 부품은 적절한 간격을 유지한다.

1913년 포드사는 대량생산 벨트를 공장 내에 신설했다. 작은 부분의 변화가 큰 변화를 일으켰다. 매그니트 발전기를 각 작업원이 받을 때, 그 위치를 20센티미터 높였더니 처리 시간이 반으로 줄었다. 모터 조립 작업을 세분화해서 나누었더니 생산성이 세 배 늘었다. 조립 라인의 일부를 분속 150센티미터로 동작시켰더니 작업원들이 따라가지 못해 품질이 떨어졌다.

분속 40센티미터로 했더니 다음 부품이 올 때까지 여유가 생겼다. 그래서 분속 112센티미터가 최적 속도라는 것을 알게 되었다. 포드는 강조했다. "일을 서두르면 안 된다. 필요 시간을 1초라도 깎으면 안 되지만, 여분의 시간이 남아도 안 된다." 전에는 섀시를 조립하는 데 6시

벨트에서 작업중인 노동자들(1913년)

간 걸렸는데, 90분이면 충분해졌다. 1916년에 100만 대째 T형이 생산되었다. 하루 2천 대의 자동차를 생산하게 되었다. 생산이 급격히 늘어난 덕택으로 가격이 인하되었다. 800달러에서 360달러까지 가격이 인하되어 포드차가 시장을 독점하게 되었다. "차의 품질을 저하시키지 않고 가격을 내리면, 구매자 수는 증가한다"는 것을 회사는 알게 되었다.

애버리(Clarence Avery), 마틴(Peter E. Martin), 소렌슨(Charles E. Sorensen), 윌스(C. Harold Wills) 등 사원들은 자동차 개발의 발전을 도모한 중진들이었다. 자동차 판매 대수는 1914년 25만 대에서, 1916년 저가 자동차 값이 360달러로 인하되자, 47만 2천 대로 증가했다. 1918년 미국 자동차의 절반이 T형이었다. 제1차 세계대전이 끝날 무렵 세계 자동차의 반은 포드의 T형이었다. 1년 평균 100만 대, 1927년까지 총 생산 대수가 1,500만 7,034대였다. 1913년 포드가 1년간 발주한 부품은 라이트 100만 개, 차륜 80만 개, 타이어 80만 본, 강철 9만 톤, 소가죽 40만 마리 분량, 창유리 186,000평방미터, 신차 운송용 화차 3만 5천 량이었다. 그 밖에 광석, 윤활유, 가솔린 등 공급이 계속되었다.

미국 우드로 윌슨(Woodrow Wilson) 대통령은 포드에게 1918년 미시간 주 의회 민주당 후보로 나서달라고 요청했다. 당시 전쟁 중이었지만, 포드는 국제연맹(League of Nations)을 지지하는 평화의 역군임을 주장하며 입후보했다. 포드는 공화당 후보 트루먼 뉴베리에게 패배했다.

1918년 12월 포드는 포드자동차 회장직을 아들 에드셀 포드에게 이양했다. 다만 헨리는 최종 결재권만 확보했다. 그래서 때로는 아들과 반대 입장에 서기도 했다. 헨리 포드는 다른 회사를 시작했다. '헨리 포드와 그 아들 회사'이다. 이 회사 설립은 포드 자동차 회사의 주식을 사들이는 데 목적이 있었다. 결국은 부자가 나머지 주 전부를 사들이는 데 성공했다. 이로

써 가족이 회사를 독점하게 되었다. 1920년대 중반, T형 판매는 경쟁사로 인해 감소하기 시작했다. 타 회사는 소비자가 차를 살 수 있도록 지원하는 지불 계획을 발표했다. 타 회사 차들은 현대적 기계장치가 추가되고, 차체 스타일도 좋아졌다. 아들 엣셀의 권고에도 불구하고 포드는 새로운 장치나 소비자 신용 구매에 동의하지 않았다.

A형 자동차와 노동복지

1926년, T형 판매 부진을 염려한 포드는 드디어 새 모델 창출에 힘썼다. 그 결과 A형 자동차가 1927년 12월 출하되어 1931년까지 총 400만 대가 생산되었다. 헨리 포드는 노동자의 작업 환경을 개선하고, 보수 체계를 개선하는 데 목적을 둔 '복지자본주의' 주창자가 되었다. 1914년 포드는 하루 임금을 당시 임금의 두 배인 5달러로 올려서 세상을 놀라게 했다. 오하이오 주 클리블랜드 신문은 "오늘날의 경제계 침체 상황에서 임금 인상 소식은 먹구름 속을 뚫고 오르는 로켓과도 같다"라고 사설에 썼다. 이 소식을 접하고 최고의 노동자들과 기계공들, 전문 기술자들이 포드자동차회사로 몰려들기 시작했다. 포드가 일당 5달러로 인상한 날이 1914년 1월 5일이었다. 포드는 또한 하루 8시간 6일 근무제를 고수했다. 포드의 임금 정책은 지역 경제 활성화에도 도움이 되었다. 노동자들과 회사원들의 근로 여건이 좋아짐에 따라서 그들이 생산하는 자동차를 그들이 구매할 수 있게 되었다. 복지 후생 정책은 이것만이 아니었다. 6개월 이상 근무한 노동자들과 회사원들에게 이익 배당이 돌아갔다. 이 규정에는 노동자의 도덕적 생활이 조건이었다. 과음, 도박 등 생활이 문란한 사람들은 제외되었다. 회사에 사회복지부가 있어서 항상 이 문제에 신경을 썼다. 대부분의 사람들은 무난하게 복지 혜택을 받았다.

포드사의 누적된 문제는 노동력에 관한 것이었다. 포드자동차회사는 수만 명에 달하는 노동자를 디트로이트에 유치했다. 그러나 대량생산으로 단조(鍛造) 노동 인력이 감소되고, 산업재해가 빈번했다. 포드는 노동 환경의 개선을 추진했다. 노동자 일터 순환제도를 실시했다. 이익 분배 제도를 실시해서 연말에 특별 상여금을 지급했다. 노동자와의 환담 시간도 만들었다. 일당 임금도 파격적으로 인상했다. 8시간 노동제도 지켰다. 당시 업계 표준 노동시간은 9시간 내지 10시간이었다. 평균 일당은 1달러 80센트에서 2달러 50센트였다. 포드의 노동 환경 개선책과 노동자 존중은 포드를 존경하고 칭찬하는 여론을 일으켰다.

그러나 헨리 포드는 노동조합만은 반대였다. 그는 자신의 자서전『나의 인생과 사업』18장에서 노조에 대한 자신의 견해를 피력하고 있다. 그는 노조가 극소수 지도자에 의해 크게 영향을 받고 있으며, 그들 때문에 노동자들이 피해를 본다고 말했다. 헨리는 노동자들에 대한 아들 에드셀의 동정심에도 불만이었다. 그래서 그는 노무 관리 책임은 해리 베넷(Harry Bennett)에게 맡겼다. 베넷은 해군 출신 권투선수였다. 그는 공장 안에 폭력 조직을 만들어서 노동자조합을 탄압했다. 에드셀과 베넷의 관계도 나빠졌다. 부친은 베넷을 심복으로 삼았다. 에드셀은 경리와 설계를 담당했는데, 베넷의 방해가 심했다. 그는 점점 기운이 빠졌다. 절망적인 기분으로 마시는 술은 그의 건강을 해쳤다. 에드셀은 위암에 걸려 1943년 5월 49세로 사망했다. 그의 차남 벤슨은 "아버지 병은 할아버지 탓이다"라고 분노했다. 헨리도 에드셀에 대해서 자책감을 느꼈다.

베넷은 헨리를 설득해서 헨리 포드 사망 시에 회사를 10년간 관재(管財)

인이 경영하는 유언장을 작성케 했다. 관재인으로 베넷은 찰스 소렌슨과 반유대계 인물 찰스 린드버그를 지명하도록 했다. 베넷 자신은 임원회 비서가 되었다. 헨리는 아들 에드셀 후임으로 베넷을 사장으로 임명하려고 했지만, 의결권 2/3를 소유한 포드 집안 여성들, 헨리 포드의 아내 클라라 제인(Clara Jane), 에드셀의 아내 엘리너 로시안 클레이(Eleanor Lowthian Clay) 등이 반대했다. 헨리는 자신이 다시 사장으로 앉고, 에드셀의 장남 헨리 포드 주니어를 부사장으로 임명했다. 해군 소위였던 헨리 2세는 1943년 8월 병역을 면제받고 포드자동차회사에 입사했다.

헨리 포드 주니어

헨리 포드 주니어는 회사 현황을 시찰하고 경악했다. 공장 시설도 낡았고, 종업원의 사기도 저하되어 있었다. 1931년 이래 이익 계산도 없이 자동차 부문은 매월 수백만 달러의 손실을 보고 있었다. 경영은 사실상 파탄이었다. 관리 상황이 전반적으로 부실했다. 정부의 군수품 주문으로 간신히 파산을 모면하고 있었다. 헨리 포드 주니어는 회사 복구를 위한 결의를 다졌다. 노쇠한 사장과 베넷 파벌의 저항을 제거하는 일이 급선무였다. 회사 정상화를 위해서는 조부와의 충돌이 불가피했다. 포드 집안 여성들이 헨리 주니어에 가담했다. 1945년 9월 20일, 가족회의가 열렸고 결국 조부 헨리 포드는 손자 헨리 주니어에게 사장 자리를 이양했다.

헨리 포드 주니어는 대개혁을 시작했다. 해리 베넷을 회사에서 축출하고, 존 부가스(John Bugas)를 관리본부 책임자로 임명했다. 주니어는 제너럴모터스의 중역이었던 어니스트 브리치(Ernest Breech)와 루이스 크루소(Lewis

Crusoe)를 고문역으로 임명했다. 회사 재정 상태는 최악이어서 자신의 힘으로 해결하기 어려웠다. 찰스 손튼 대령이 이끄는 병참업무 팀이 생산, 보급 관련 일을 돕게 되었다. 이때부터 회계 업무가 정상으로 돌아왔다. 열 명의 손튼 팀은 10년 걸려 회사를 개혁하고 채산을 맞췄다. 헨리 포드 주니어는 매일 아침 자동차 시승을 하면서 새 모델을 점검했다. 경리 담당자와 제조 담당자 간의 갈등, 충돌, 조율, 인화 문제도 사장이 경영 전략 회의를 주재하면서 해결했다. 헨리 포드 주니어는 경리 쪽 일을 우선시했다. 헨리 포드 주니어는 1945년부터 1960년까지 포드자동차회사의 회장으로 재임했다.

한편 조부 헨리는 정치사회 문제에 관심을 모았다. 그는 이 분야 관련 자료를 수집하기 시작했다. 한편 헨리 포드 주니어 측근들은 정치 문제와는 거리를 두었지만 사회 문제에 관해서는 적극적인 관심을 기울였다. 미술품과 골동품 수집에도 열을 올렸다. 조모 클라라와 모친 엘리너 등 여성 인맥은 일치단결해서 주니어의 사업을 돕고 있었다. 다만 헨리 주니어의 아내 앤 맥도넬(Anne McDonnell)은 별난 여성으로서 사교계 활동에 열중하고 남편과 자동차에 관심을 끊었다. 헨리 2세는 1964년 그녀와 이혼하고, 마리아 베토레(Maria Cristina Vettore)와 1965년 결혼했지만, 1980년에 이혼했다. 다시 1980년 캐슬린 듀로스(Kathleen DuRoss)와 결혼했지만, 1987년 그녀와 사별했다. 헨리 주니어는 그 나름대로 술과 여자를 탐했다. 술은 집안 내력이어서 그의 동생 벤슨은 술 때문에 목숨을 잃었다. 이 모든 일에도 불구하고 헨리 포드 주니어는 회사를 회생시키는 데 성공했다. 주니어는 회사 경영을 절대왕조 체제에서 관계자 전원의 회사로 전환시켰다. 주주, 경영진, 판매원, 기계공, 회사원 등 전원이 회사의 주체였다. 포드 집안이 기증한 포드재단도 관계자들의 공동 소유였다. 주니어는 가부장적인 헨리 포드와는 전혀 다른 성품의 인물이었다.

리도 아이아코카의 등장

헨리 주니어 측근에서 두각을 나타낸 인사는 아제이 밀러(Arjay Miller)와 로버트 맥나마라(Robert McNamara), 제이 에드워드 룬디(J. Edward Lundy), 리도 아이아코카(Lido Anthony "Lee" Iacocca)였다. 아이아코카는 이탈리아 이민 아들로서 1924년 10월 15일 펜실베이니아 앨런타운에서 태어났다. 가족은 식당업을 했다. 1942년 앨런타운고등학교를 졸업하고, 이웃 베슬리헴 지역에 있는 리하이대학교에서 산업공학을 전공했다. 그 대학을 졸업한 후 월리스 기념 장학금을 수여받아 프린스턴대학교에 진학해서 정치학과 합성유지(플라스틱)를 전공했다. 1946년 8월 그는 수습 기술공으로서 포드사에 취직했다. 그는 35세에 부사장이 되겠다는 계획을 세웠다. 그 꿈을 안고, 그는 상품 판매직으로 전직했다. 그는 후에 영업 담당 교육 부서로 승진해서 회사 핸드북을 집필할 정도로 두각을 나타냈다. 그는 이 일을 10년간 계속했다. 1956년 그는 신차 구입 융자를 입안했다. 선금 20%에 월 56달러 분할 상환 방식−"56 for 56(56년의 56달러)" 판매 캠페인을 필라델피아 지역에서 펼쳤다. 이 캠페인은 대성공을 거두어 필라델피아에서 전 미국 최고의 매상을 올렸다. 1960년 이 업적을 인정받아 아이아코카는 중요 부서에 승진되었다. 1964년 봄 뉴욕 만국박람회에 그가 출품한 신차 '포드 머스탱(Ford Mustang)'은 저가격(2,368달러)에 성능 좋고 스포티한 자동차여서 젊은이들이 열광했다. 이 성공으로 아이아코카는 시사주간지 『타임』과 『뉴스위크』 표지 기사에 대서특필되었다. 포드로서는 대단한 선전이 되었고, 아이아코카로서는 인기 절정을 누리면서 포드사 2인자로 군림하게 되었다. 1968년 아이아코카는 가정용, 소형, 연료 효율성 자동차 '핀토(Pinto)'를 개발해서 성공했다. 무게는 2천 파운드, 가격

은 2천 달러 이하로 책정되었다. 자
동차 내부와 외관을 전면적으로 바
꿨다. 이 자동차는 1971년부터 생
산을 시작했다. 아이아코카는 포드
핀토의 중심 동력이었다. 1977년
핀토의 연료 탱크에 이상이 발견되
어 1978년에 1971년~1976년에 생
산된 전 차량을 리콜하는 불상사가
생겼지만 아이아코카는 이 위기도
슬기롭게 넘겼다.

리도 아이아코카

헨리 주니어와 아이아코카의 갈등

그의 승승장구 출세는 헨리 주니어에게는 위협이 되
었다. 1976년 10월 헨리 주니어의 아내 엘리너가 사망했다. 헨리 주니어는
슬픔에 잠겨 매사에 의욕을 잃고 사장직 은퇴를 결심했다. 그는 회사를 가
족에게 넘겨주는 일을 서둘러야 했다. 그러기 위해서는 우선 아이아코카를
밀어내는 것이 급선무였다. 그러나 임원 회의는 아이아코카의 해고에 반대
했다. 그는 아이아코카의 부정을 캐기 위해 사립탐정을 고용했지만 성과를
거두지 못했다.

1977년 헨리 주니어는 경영진에 대한 대폭적인 인사 개혁을 단행했다.
헨리 주니어는 자신과 아이아코카, 필립 콜드웰의 수뇌부를 우선 재정립했
다. 콜드웰은 부사장으로 승격해서 2인자가 되었다. 아이아코카는 자신도

모르게 강등되었다. 아이아코카는 이런 모욕을 받아들일 수 없었다. 아이아코카는 콜드웰을 제거할 계획을 세웠다. 그런데, 콜드웰은 지지자들이 많아서 기반이 너무 단단했다. 아이아코카의 진정한 적수는 헨리 주니어였기 때문에, 헨리 주니어 퇴출 방안을 모색했다. 1978년 헨리 주니어가 중국 방문길에 올랐다. 아이아코카는 이 기회를 포착하고 최후의 반격을 시도했다. 아이아코카는 회사 중역을 찾아다니면서 헨리 주니어의 퇴진을 종용했다. 그러나 이 일이 통 먹히지 않았다. 그러는 와중에 그의 음모를 중역 한 사람이 헨리 주니어에게 알렸다. 헨리 주니어는 행동에 나섰다. 승산은 그에게 있었다. 전체 임원진을 불러다 놓고, "나냐 아이아코카냐" 물었다. 전원이 포드 쪽으로 기울어졌다. 다음 날, 헨리 주니어는 아이아코카를 만나 임원직 퇴출을 통고했다. 아이아코카는 바닥 마루가 벗겨진 낡은 부품 센터 방으로 쫓겨나고, 비서는 눈물을 흘렸다. 그는 포드사에서 사망선고를 받았다.

사업계에서 권력투쟁은 흔히 있는 일이다. 아이아코카 사건은 재벌 왕조 절대 권력에 대한 도전이었다. 아이아코카는 포드사에서 놀라운 업적을 쌓았다. 그로 인해, 회사의 경영이 호전되고 위기를 극복할 수 있었다. 아이아코카는 포드사의 제2인자였다. 그는 사장이 되어도 당연했다. 그러나 그는 포드 가문이 아니었다. 그는 너무나 강하고 유능해서, 가족들 힘으로는 제어할 수 없는 거물이었다. 너무나 크기 때문에 무너진 경우가 된다. 그가 사임한 후, 헨리 주니어는 사장직을 물러났지만 재정의 끈은 놓지 않고 있었다. 경영에도 신경을 썼다. 감시는 게을리하지 않았다. 필립 콜드웰이 사장이 되었지만, 헨리 주니어는 이 일을 탐탁하게 여기지 않았다. 지금까지 회사는 포드 가문이 끌고 왔었다. 그러나 지금, 헨리 일족 가운데 경영을 할 수 있는 인재는 한 사람도 없었다. 게다가 포드 가문에 파쟁이 생겼다. 4대째에 이르러 종형제 사이에 파벌 싸움이 벌어진 것이다. 종자매

들도 싸움에 끼어들었다. 헨리 주니어는 사장 자리를 동생에게 주고 싶었지만 중역들은 동의하지 않았다. 헨리 주니어는 그나마 회사를 위해 노력했지만, 경영은 중역들과 부서장에게 맡기고 할아버지 헨리 포드가 한 것처럼 젊은 시절 못했던 도락에 빠져들었다. 2001년 포드사는 연간 55억 달러의 손실을 입었다. 공장폐쇄, 해고, 차용, 적자 등의 어두운 문자가 포드사 관련 기사에 붙어 다녔다. 파산이 임박했다는 소문도 들렸다.

아이아코카와 크라이슬러 자동차회사

아이아코카는 1979년 크라이슬러(Chrysler) 자동차회사로 가서 사장으로 취임했다. 크라이슬러는 오랫동안 아이아코카에게 손짓을 하고 있었다. 당시 크라이슬러는 수백만 달러의 손실을 입고 있었기 때문에 파산 위기였다. 그 이유는 '닷지 아스펜(Dodge Aspen)'과 '플리머스 볼레어(Plymouth Volare)'의 리콜 때문이었다. 아이아코카는 직원들을 해고하고, 유럽 크라이슬러와 푸조(Peugeot)를 매각하고, 포드사 때 함께 일했던 동료들을 영입해서 회사를 재정립했다. 포드에서 아이아코카는 새로운 스타일의 미니밴 생산을 위한 '미니맥스 프로젝트(MiniMax Project)'를 갖고 왔다. 헨리 주니어는 과거 이 계획에 무심했다. 포드에서 이 계획을 책임졌던 스펄리치(Hal Sperlich)는 아이아코카 사임 전에 회사에서 퇴출당했었다. 크라이슬러에 와서 그는 아이아코카와 둘이서 자동차 역사의 신기원을 이룩하게 되었다.

아이아코카는 크라이슬러의 재정난 해결을 위해 1979년 미국 의회에 접근해서 대출 보증을 요청했다. 보증을 얻기 위해서는 생산비 절감, 터

빈 엔진 생산 같은 장기 계획 축소 등의 전제 조건이 필요했다. 아이아코카는 과감하게 이 모든 난관을 돌파했다. 1981년 크라이슬러 '닷지 에어리스'와 '프리마우스 릴라이언트' 생산이 탄력을 받았다. 의회의 대출보증 승인으로 정부 지원 관련 업무가 원활해지자 회사는 쌩쌩 돌아가기 시작했다. 1987년 아이아코카의 AMC 인수는 이 회사가 보유한 체로키 지프(Jeep Grand Cherokee)를 간절히 원했기 때문이다. 그러나 이 자동차 생산은 아이아코카가 은퇴하는 1992년에야 실현되었다. 1980년대 내내 유행했던 "자부심이 돌아왔다", "더 좋은 차를 원하시면, 이 차를 구입하세요"라는 구호는 아이아코카의 상표가 되었다.

아이아코카는 1984년 윌리엄 노바크(William Novak)와 공저로 『Iacocca : An Autography』라는 제목의 자서전을 출간했다. 이 책은 1984년~1985년 베스트셀러가 되었다. 책에서 얻은 수입은 당뇨병 연구에 기부했다. 그는 메리와 1956년 9월 29일 결혼했는데, 메리는 당뇨병으로 1983년 사망했다. 그는 현재까지 당뇨병 연구를 위한 병원 지원 사업을 계속하고 있다. 1982년 로날드 레이건(Ronald Reagan) 대통령은 아이아코카를 자유의 여신상 재건을 위한 기금조성위원회재단의 이사장으로 임명했다. 2000년 아이아코카는 '올리비오 프리미엄 프로덕트(Olivio Premium Prodcts)' 회사를 창립해서 올리브 제품을 생산하고 있다. 회사 수익금은 당뇨병 연구에 기증되고 있다. 아이이코카는 그의 모교 리하이대학교의 교육 발전 기금 조성 캠페인도 주도하고 있다. 이 대학에는 '아이아코카 연구소(The Iacocca Institute)'가 있다.

헨리 포드의 전쟁과 평화

헨리 포드는 전쟁을 반대했다. 전쟁은 무서운 낭비라고 생각했다. 포드는 전쟁에 군자금 대는 기업가에 대해서도 비판적이었다. 포드는 그들을 설득해서 군자금 지원을 중단하도록 요청했다. 1915년 평화주의자 로지카 슈빔머(Rosika Schwimmer)는 포드의 자금 지원을 얻어 '유럽평화선단(Peace Ship to Europe)'을 발진했다. 당시 유럽은 제1차 세계대전 중이었다. 포드와 170명의 평화사절단은 유럽을 방문했다. 포드는 월슨 대통령에게 평화선단 문제를 논의했지만 정부의 지원을 받지 못했다. 그는 중립국 스웨덴과 네덜란드로 가서 평화주의 운동가들을 만났다.

영국에 있는 포드 소유 공장은 트랙터를 생산해서 영국의 식량 증산에 기여하고 있었다. 트럭과 비행기 엔진도 생산했다. 1917년 미국이 참전하자, 아이러니하게도 공장은 중요한 무기 공급처가 되었다. 1918년 전쟁이 진행 중이고 국제연합 설치가 국제정치의 논란이 되고 있을 때, 월슨 대통령은 포드에게 미시간 주 상원의원 선거에 민주당 후보로 입후보하라고 권했다. 월슨 대통령은 포드가 당선되면 의회에서 자신이 주장하는 국제연합안을 지지해줄 것을 믿었다. 포드는 선거전에 나갔지만 패배했다. 포드는 월슨 대통령의 국제연합 창설안을 지지하며 그에게 정치자금을 제공했다.

포드는 미국의 제2차 세계대전 참전에 반대했다. 전쟁을 피하면 국제 교역은 성수기를 맞는다고 주장했다. 포드는 전쟁은 탐욕적인 정상배의 이윤 추구 때문에 일어나며, 그 결과는 대량살상이라고 우려했다. 1939년 독일 잠수함이 미국 상선을 공격한 것은 전쟁상인의 음모로 발생한 사건이라고 주장했다. 1939년 전쟁이 발발했을 때, 그는 주전론자와는 상거래를 중단한다고 선언했다.

경제공황기의 대부분의 사업가들처럼 포드는 프랭클린 루스벨트(Frank-lin Roosevelt) 대통령과 행정부를 좋아하지 않았다. 루스벨트는 미국을 전쟁 쪽으로 끌고 간다고 생각했다. 포드는 나치 독일과 군수품 거래를 계속했다. 미국이 전쟁에 돌입하자, 포드는 포드 자동차회사에 거대한 군수 공장을 디트로이트 근처 월로우 런(Willow Run)에 건설하도록 지시했다. 1941년 건축공사를 시작해서 1942년 10월부터 폭격기 B-24를 제작했다.

1943년 아들 에드셀이 일찍 사망하자, 포드는 회사 일을 전담하게 되었다. 그러나 건강 악화로 회사 일은 여의치 않았다. 회사 일은 계속 타인에 의해서 결재되었다. 찰스 소렌슨이 인도하는 중역진에 의해서 회사는 운영되었다. 1944년 포드는 소렌슨이 계속 두각을 나타내자 자리에서 밀어냈다. 1945년 엣셀의 미망인은 포드 주니어를 새 회장으로 추대했다. 젊은 포드는 회사의 중진 해리 베넷을 회사에서 제거했다.

1920년 대 초, 포드는 반유대 주간지를 후원했었다. 포드는 흑인, 여성, 장애인을 채용하면서 유대인을 차별했다. 1918년이었다. 포드의 개인비서 리볼드(Ernest G. Liebold)는 포드를 위해 주간지 『디어본 인디펜던트(The Dearborn Independent)』를 매수했다. 리볼드는 이 주간지를 1920년부터 1927년까지 운영하면서 편집장을 맡고 있었다. 전국의 모든 포드 관련 회사는 이 신문을 고객들에게 배부했다. 반유대 캠페인 때문에, 포드는 나치 독일로부터 환영받았다. 1924년 하인리히 힘러(Heinrich Himmler)는 포드에 관해서 "가장 귀중하고, 중요하고, 지혜로운 투사"라고 찬양했다. 포드는 히틀러의 『나의 투쟁』에 언급된 유일한 미국인이 되었다. 히틀러는 포드를 "위대한 인간"이라고 추켜세웠다. 포드는 1938년 7월 나치 독일로부터 외국인에게 수여하는 최고 훈장인 독일독수리대십자훈장(Grand Cross of the German Eagle)을 받았다. 1924년 포드는 히틀러의 특사 루테크(Kurt

Ludecke)를 자신의 자택에서 만났다. 음악가 바그너의 아들(Siegfried Wagner)이 루테크를 포드에게 소개했다. 루테크는 포드에게 독일 정부에 기부금을 주도록 요청했다. 포드는 이 제안을 거절했다.

헨리 포드의 경제학

포드의 경영 철학은 미국의 경제적 독립이었다. 포드 자동차회사는 한 사람의 강한 기업인이 창업하고 소유하며 2, 3대에 승계된 동족 경영 체제였다. 그가 세운 리버 루지 공단(River Rouge Plant)은 세계 최대의 강철 생산 종합 공장이었다. 포드는 국제무역이 세계평화를 이룩할 수 있는 길이라고 믿었다. 포드는 1911년 영국과 캐나다에 자동차 공장을 세웠다. 그의 자동차 생산 공장은 독일, 오스트레일리아, 인도, 프랑스 등지로 확대되었다. 1929년에는 소비에트연방과도 자동차 생산 기술 협정을 체결했다. 1932년 포드는 전 세계 자동차의 1/3을 생산하게 되었다. '포디즘'이라는 단어가 유행했다. 그 의미는 '본질적으로 미국적인 것' 즉, '미국주의(Americanism)', '미국 자본주의', '미국 문화'였다.

1945년 헨리 포드는 은퇴했다. 1947년 그는 83세에 사망했다. 에드셀 포드는 외아들이었다. 1893년 부친이 30세 때 출생한 그는 대학에 진학하지 않았다. 부친은 그를 독자적으로 후계자 교육을 통해 키웠다. 10대 무렵부터 그는 회사 여러 부서를 전전하며 실무를 익혔다. 1919년 에드셀이 사장직에 취임했을 때, 그는 25세 젊은이였다. 부친은 그를 계속 뒷바라지했다. 에드셀은 명목상의 사장이었다. 부친이 일일이 일에 간섭했다. 그런데, 에드셀은 부친의 성격을 닮지 않았다. 부드럽고 예의바르며 인내심이 남

달랐다. 그는 공장보다 사무실에 있는 날이 많았다. 기계에는 관심이 없었다. 기계 부문은 전문가에 의존했다. 주변 돌아가는 얘기에도 귀를 기울이고, 사내 문제점도 파악했다. 그는 자동차 외관에 집중하면서 신형 모델 개발에 힘썼다. 부친은 반대였다. 부자간에 갈등과 충돌이 생겼다. 포드사의 쇠퇴 징조가 나타나기 시작했다. 1925년에 이르러 연간 생산 200만 대를 초과했지만 대중차 점유율은 57퍼센트에서 45퍼센트로, 1926년에는 34퍼센트로 떨어졌다. T형은 한물가고, A형이 출현할 때까지 공장은 일시 문을 닫았다. A형은 한때 큰 인기가 있었지만, 국내 경제 상황이 악화되어 구매력이 감퇴했다. 미국 자동차 생산고는 1929년 459만 대, 1930년 279만 대, 1931년 197만 대, 1932년 114만 대로 감소했다. 타 자동차 회사의 신차 경쟁도 격렬했다. 소비자들에게는 크라이슬러의 신차 플리머스가 더 좋아 보였다. 게다가 노동 문제가 새로운 쟁점으로 떠올랐다.

헨리 포드의 인간학, 포드재단

헨리와 에드셀 포드가 1936년 1월 15일 미시간주에 설립한 포드재단은 경제, 교육, 인권, 민주주의, 창조 예술, 제3세계 발전 등에 특별한 비중을 두고 있는 문화 재단이다. 현재 109억 달러 자산을 소유한 세계 최대의 문화 재단으로서 뉴욕에 본부를 두고 있으며, 세계 각국에 10개의 지부를 두고 있다. 2011년 포드재단은 빈곤 해소, 부패 청산, 민주주의 신장, 교육 증진, 보건위생, 과학, 커뮤니케이션 등에 4억 1,300만 달러의 예산을 투입하는 지원 활동을 계속했다. 1936년 에드셀의 기부금 2만 5천 달러로 시작한 포드재단은 초기에는 미시간주의 자선 활동과 교육기관 지원에 국한했으나, 1956년 재단의 규모가 커지면서 국내와 해외 78개 나라의 6천 개 이상 비영리단체를 지원했다. 1951년 포드재단이 FAE(Fund for the Advancement of Education)를 통해 미국 고등교육 발전 프로그램을 지원한 일과 1955년 카네기재단과 함께 추진한 NMS 프로그램(National Merit Scholarship Program)은 최고의 교육 지원 사업으로 높은 평가를 받았다.

1943년 에드셀의 사망과 1947년의 헨리 포드 사망으로 인해 헨리 포드 주니어가 재단을 계승했다. 이를 계기로 포드재단은 세계 최고의 자선단체로 발돋움하게 되었다. 재단 이사회는 가이더 위원회(Gaither Study Committee)에 의뢰해서 재단의 미래 계획을 성안했다. 동 위원회는 포드재단이 인류의 안녕을 위하고, 세상의 다급한 문제를 해결하는 국제기구가 되어야 한다고 건의했다. 2012년 포드재단은 자료관을 뉴욕 시로부터 록펠러 아카이브 센터로 옮겼다. 위원회 건의에 따라, 재단은 고등교육, 예술, 경제발전, 인권, 환경 등 분야에 대대적인 지원을 실시했다. 1950년대 포드재단은 예술과 인문학 지원에 중점을 두고, 조지프 앨버스(Joseph Albers), 제임스 볼드윈(James Baldwin), 솔 벨로(Saul Bellow), 허버트 블라우(Herbert Blau), E. E. 커밍스(E. E. Cummings), 플래너리 오코너(Flannery O'Connor), 제이컵 로렌스(Jacob Lawrence), 모리스 발렌시(Maurice Valency), 로버트 로웰(Robert Lowell), 마거릿 미드(Margaret Mead) 등 저명 문화인들이 특별 지원을 받았다. 1961년에는 코피 아난(Kofi Annan)이 미네소타대학교 교육 장학금을 수여받았다. '극작가 프로그램(Program for Playwrights)'에 따라 샌프란시스코 액터즈 워크숍(San Francisco's Actor's Workshop), 휴스턴 앨리 디어터(Houston Alley Theatre)와 워싱턴 아레나 스테이지(Washington Arena Stage) 등 극단에 극작가 지원금을 제공했다.

1967년 뉴욕 시 공립 초등학교 교육 지원, 인종차별 철폐 운동 단체 지원, 1976년 방글라데시 그라민 은행(Grameen Bank) 빈민 대출금 지원, 1987년 에이즈 퇴치 운동 등도 지원을 했다. 포드재단은 2001년부터 12년 간 계속된 민간 교류 프로그램(International Fellowship Program)에 2억 8천만 달러를 지원했다. 2003년부터 2013년까지 포드재단은 뉴이스라엘 펀드(The New Israel Fund)를 통해 4천만 달러를 이스라엘 국내 프로그램에 지원했다. 포드재단은 이스라엘 내 아랍인 구호에도 진력하면서 이스라엘과 팔레스타인 간 평화 유지에 각별히 신경을 썼다.

현재 포드재단의 8개 중점 사업은 다음과 같다.

1. 공정과 평등이 보장된 투명한 민주주의 정부를 위한 다섯 가지 지원 정책
    a. 시민의 정치적 참여
    b. 시민사회와 자선의 강화
    c. 선거제도의 개선과 민주적 참여
    d. 투명하고 효율적인 정부의 실현
    e. 범세계적 재정 관리 개선

2. 경제적 공평성을 위한 다섯 가지 지원 정책
    a. 좋은 직장의 확보와 서비스의 접근
    b. 다음 세대 인력 확보 전략
    c. 평생 보장되는 경제적 안정의 구축
    d. 빈곤 가정의 생계 보장 기회의 확대

3. 교육 기회와 장학 제도를 위한 세 가지 지원 정책
    a. 중등교육의 전환. 빈곤 지역의 교육 시간 증가를 위한 공립학교 개선

b. 고등교육의 기회 증진과 질적 향상의 성취

　　c. 보다 많은 양질의 교육 확보

4. 표현의 자유를 위한 여섯 가지 지원 정책.

　　a. 다양한 예술 공간 확보

　　b. 공공 미디어의 향상

　　c. 미디어 권리와 접근의 향상

　　d. 사회정의를 위한 종교의 공공성

　　e. 미디어를 통한 사회정의의 탐구

　　f. 전 세계 사회정의 발전을 위한 신진 및 기성 영화인 지원

5. 인권을 위한 일곱 가지 지원 정책

　　a. 인종의 정의와 소수의 권리

　　b. 이민과 난민의 보호

　　c. 시민과 범죄 공판 시스템의 개선

　　d. 전 세계 인권의 강화

　　e. 경제 및 사회정의의 실현

　　f. 여성 권리의 보호

6. 수도권 생활. 안전, 주택, 교통, 직장을 위한 세 가지 지원 정책

　　a. 양질의 주택 보급

　　b. 수도권 토지개발의 촉진

　　c. 저소득층을 위한 주택, 직장, 교통의 확보

7. 성과 출산의 권리와 건강을 위한 세 가지 지원 정책

　　a. 성 문제 연구

　　b. 출산의 권리와 성적 건강의 향상

　　c. 청년층 성, 출산의 권리와 건강

8. 지속적 성장. 범세계 빈곤의 퇴치와 환경 보호를 위한 두 가지 지원
   정책

   a. 자연자원에 대한 공동사회의 권리 증대
   b. 기후변화에 대한 대책

역대 회장

- 에드셀 포드(Edsel Ford) 1936~1943
- 헨리 포드 주니어(Henry Ford II) 1943~1950
- 폴 G. 호프먼(Paul G. Hoffman) 1950~1953
- H. 로원 가이더(H. Rowan Gaither) 1953~1956
- 헨리 T. 힐드(Henry T. Heald) 1956~1965
- 맥조지 번디(McGeorge Bundy) 1966~1979
- 프랭클린 토마스(Franklin Thomas) 1979~1996
- 수전 브레스퍼드(Susan Berresford) 1996~2007
- 루이스 우비나스(Luis Ubinas) 2008~2013
- 대런 워커(Darren Walker) 2013~

빌 게이츠
"마이크로소프트 제국의
형성과 발전"

빌 게이츠(1955~)

빌 게이츠, 그는 누구인가?

빌 게이츠(William Henry "Bill" Gates III)는 1955년 10월 28일 미국 워싱턴 주 시애틀에서 태어났다. 그는 기업가, 자선사업가, 컴퓨터 프로그래머, 투자자이다. 1975년 그는 폴 앨런(Paul Allen)과 함께 마이크로소프트(Microsoft)를 창립했다. 세계 최대 PC 소프트웨어 회사이다. 게이츠는 2014년 5월까지 이 회사의 회장, CEO, 소프트웨어 주 설계자, 최대 주주를 맡고 있었다. 그는 여러 권의 책을 저술하거나 공저하고 있다.

1987년부터 경제잡지 『포브스(Forbes)』 세계 부호 리스트에 오르고 있는데, 1995년부터 2015년까지(2007~2008년 재정위기를 제외하고) 세계 최고 부자 자리를 차지하고 있다. 2009년부터 2014년까지 그의 재산은 820억 달러로 추산되고 있다. 게이츠는 컴퓨터 관련 최고의 기업가로 꼽히는데, 그의 경영 전략 때문에 비난을 받기도 해서 여러 재판 소동도 일으키는 잡음을 몰고 왔다.

그러나 근년에 이르러 게이츠는 통 큰 자선사업가로 변모하고 있다. 2000년에 창설한 '빌과 멀린다 게이츠 재단(Bill & Melinda Gates Foundation)'을 통해 수많은 자선사업 단체에 막대한 기부를 하고, 과학 연구 프로그램을 지원하는 일을 하고 있다.

게이츠는 2000년 1월 마이크로소프트의 이사장 자리를 물러났다. 2006년 6월 15일 마이크로소프트 회사 일을 '풀타임'에서 '파트타임'으로 전환한다고 언명했었다. 2014년 2월 마이크로소프트 회장직도 물러났다. 그는 자선사업 재단 일에 전적으로 매달리겠다고 말했다. 게이츠는 소프트웨어 일을 레이 오지(Ray Ozzie)와 크레이그 먼디(Craig Mundie)에게 넘기고, CEO 나델라 사티아(Satya Nadella)를 돕는 기술고문 직만 보유하고 있다.

하버드대학교를 중퇴했던 그는 현재 '버크셔 해서웨이(Berkshire Hathaway)' 이사이며, 종교는 가톨릭, 멀린다 게이츠(Melinda Gates)와 1994년 결혼했다.

소년 시절, 운명의 날

시애틀의 유니버시티 콘그리게이셔널대학 부속교회의 터너 목사는 1년에 한 번 학동들에게 성서 암기 과제를 냈다. 그 과제를 완수하는 아동에게는 시애틀 명물 우주탑에서 목사님의 만찬 대접을 받게 되어 있었다. 열한 살 아동 빌은 목사님이 낸 마태복음 5, 6, 7장 산상수훈을 완전히 암기했다. 그동안 이 구절을 완전히 암기한 아동은 한 사람도 없었기 때문에 목사님은 몹시 놀랐다. 그는 빌의 집을 방문해 아동의 놀라운 암기력을 칭찬하면서 빌은 심상치 않은 두뇌를 갖고 있다고 말했다. 빌은 목사님에게 말했다. "마음만 먹으면 뭐든지 할 수 있어요."

빌은 재능 있는 가계(家系)에서 태어났다. 어머니 쪽 증조부 맥스웰(J.

W. Maxwell)은 유명한 은행가였다. 증손자가 마이크로소프트를 창설한 나이 19세에 그도 고향을 떠나 큰마음 먹고 네브라스카 주 링컨 시에서 은행업을 시작했다. 그는 1892년 워싱턴 주 사우스벤드의 시장으로 선출되고, 주 정부 일을 하다가 1906년 시애틀로 이사 갔다. 맥스웰은 그곳에서 내셔널 은행을 설립하고, 은행업으로 전국적인 명성을 얻게 되었다.

맥스웰의 아들 제임스 맥스웰은 워싱턴대학교를 졸업하고 그도 은행 일을 시작했다. 제임스는 대학 시절 아델 톰슨을 만나 결혼했다. 두 젊은이는 시애틀 사교계의 꽃이었다. 그는 퍼시픽 내셔널 은행의 은행장으로 승진했다. 이들의 딸 메리 맥스웰은 1929년 시애틀에서 탄생했다. 미인인 메리는 워싱턴대학교 재학 시절 빌 게이츠라는 이름의 학생을 만났는데, 그는 당시 법학대학원 진학 준비를 하고 있었다. 빌의 부친 게이츠 2세는 워싱턴 주 브레머턴에서 태어났다. 부친은 그곳에서 가구점을 경영하고 있었다. 게이츠 2세는 대학을 졸업하고 변호사보(補)가 되었다. 메리는 그의 후배였지만 그녀가 1952년 졸업하자 두 사람은 결혼했다. 부부는 시애틀에 둥지를 틀고 메리는 학교 교사로, 게이츠는 법률사무소를 개설해서 공동 경영자가 되었다. 1954년 메리는 장녀 크리스티를 낳고 1년 후, 장남 빌 게이츠 3세를 낳았다.

게이츠 3세는 1955년 10월 28일 오전 9시에 태어났다. 양친은 아들에게 '트레이'라는 별명을 붙였다. 후에 3세가 된다는 뜻이었다. 메리는 아들 탄생 후 육아를 위해 교사직을 그만두었다. 남편은 법률사무소를 독자적으로 설립했다. 게이츠는 소년 때부터 뭐든지 1등이었다. 그는 1등에 대한 강박관념이 있었다. 메리는 사회봉사 활동을 하다가 퍼스트 인터스테이트 은행 임원이 되었다. 빌 2세는 워싱턴 주 변호사협회 회장이 되었다. 게이츠 부부는 시애틀의 저명인사가 되었다.

소년 시절의 빌 게이츠

빌 게이츠는 열한 살 때 수학과 이과에 뛰어난 성적을 나타냈다. 그는 시애틀 명문교 레이크사이드 스쿨(Lakeside School)에 진학했다. 빌은 재학 중 회사를 설립했다. 컴퓨터 신동들하고 모인 것이다. 1968년 봄, 레이크사이드 스쿨은 중대한 결정을 내렸다. 학교 예산으로 컴퓨터를 한 대 구입한다는 것이었다. 당시 컴퓨터 가격은 수백만 달러였다. 정부, 대학, 대기업이 아니면 구입할 수 없었다. 그래서 학교에서는 가격이 저렴한 텔레타이프 형을 구입하기로 했다. 요금을 지불하면, 명령을 텔레타이프로 입력하고, 전화선을 통해 시애틀 중심가에 있는 PDP-10(Program Data Processor, 프로그램 데이터처리장치)에 송신하는 기계였다. PDP는 DEC(Digital Equipment Corporatation)가 개발한 미니 컴퓨터였다. 저변 면적은 사방이 50센티, 높이 1미터 반, 중량 250파운드였다. 이 기계는 게이츠의 성장에 중요한 역할을 하게 된다. 이 기계를 통해 게이츠는 '퍼스널 컴퓨터(personal computer)'의 앞날을 모색하게 되었다.

PDP는 제너럴일렉트릭(GE) 소유였다. 이 회사는 기계 사용료를 받았다. 학교 어머니회는 이 기계의 구입을 위해 재활용품 장터를 통해 약 3천 달러를 모금했다. 레이크사이드 스쿨은 미국에서 컴퓨터를 설치한 최초의 고등학교가 되었다. 수학 시간에 처음으로 컴퓨터를 보자, 게이츠는 자석처럼 기계에 붙어버려 틈만 나면 보러 갔다. 그것은 기적 같은 것이었다. 게이츠가 평소 빠져 있는 과학소설 이상이었다. 게이츠가 컴퓨터실로 갈 때마다 2년 선배 폴 앨런이 그곳에 있었다. 폴은 과학소설을 게이츠보다 네 배는 더 읽고 있었다. 폴 집에 가서 게이츠는 폴의 과학소설 장서를 보고 깜짝 놀랐다. 폴이 독서량이 많은 것은 워싱턴대학교 도서관장보를 맡고 있는 아버지 때문이었다. 게이츠와 폴은 컴퓨터에 미쳐 있

폴 앨런과 빌 게이츠

었다. 7년 후 두 학생은 마이크로소프트를 설립했다.

하버드대학교 시절

1873년 가을 게이츠는 장학생(National Merit Scholar)으로 하버드에 진학했다. 그는 SAT 1600점 만점에서 1590점을 땄다. 게이츠는 하버드에서 스티브 발머(Steve Ballmer)를 만났다. 그는 후에 게이츠를 계승해서 마이크로소프트 CEO가 되었다. 게이츠는 학부와 대학원 강의 양쪽을 이수했다. 첫 학기에 그는 '수학 55'라는 하버드에서 가장 어려운 수학 과목을 수강했다. 게이츠는 이 과목에서 우수한 성적을 얻었지만, 그보다 나은 두 학생이 있었다. 게이츠와 같은 기숙사에 있는 앤디 브레이터먼이 그중 한 사람이었다. 그와 게이츠는 친구가 되어 함께 하숙을 했다. 게이츠는 경제학, 역사학, 문학, 심리학 등 학부 강의를 수강했다. 게이츠는 36시간 이상 자지 않고 공부하고, 10시간 자고, 다시 공부하는 불규칙한

스티브 발머

생활을 했다. 그리스 문학 시험 때는 답안지 쓰다가 자는 일도 있었다. 그래도 성적은 B였다. 출석이 부진해도 시험만 보면 우수 학점을 땄다. 고등학교 때 연극반에 있었는데, 아무리 긴 대사도 한번 훑어보면 암기했다. 침대서 자는 일이 드물었다. 어디서나 앉으면 자고, 누우면 잠들었다. 게이츠는 복장도 잠자리도 관심이 없었다. 게이츠는 무슨 일을 하면 열광적으로 집중하는 버릇이 있었다. 게이츠의 관심은 오로지 컴퓨터였다. 그는 하버드 에이켄 컴퓨터 센터에서 줄곧 밤을 새웠다. 자면서도 컴퓨터 꿈이었다. 하버드서 1년 지난 후, 게이츠와 앨런은 하니웰 회사에서 일하면서 컴퓨터 산업이 한계에 왔다는 것을 실감했다. 그들은 기술혁명의 시대가 온다는 예감을 했다. 이윽고, 둘은 의기투합해서 자신들의 컴퓨터회사를 만들자는 결의를 다졌다. 앨런은 하드웨어에 관심이 있었고, 게이츠는 소프트웨어에 집중하고 있었다.

게이츠는 포커에도 열중했다. 포커 룸에는 우수 학생들이 모였다. 이 당시 게이츠는 같은 복도에 있는 친구 스티브 발머와 자주 만나 정보 교환을 하고 격론을 벌였다. 수년 후, 게이츠는 발머를 마이크로소프트 관리 부문에 초빙했는데 결국에는 게이츠 회사 2인자가 되었다. 레이크사이드에서 게이츠는 수학이 1등이었지만, 하버드에서는 1등이 아니었다. 그는 수학자의 꿈을 포기했다. 게이츠는 컴퓨터 과학 분야에서는 단연 수석이었다. 게이츠는 밤에 포커 룸에 없으면 컴퓨터 센터에 있었다. 밤에 컴퓨터실 책상

위에서 자는 일도 허다했다.

1974년 12월 어느 날 앨런은 하버드 광장 매점에 놓인『포퓰러 일렉트로닉스』1월호를 보고 가슴이 뛰었다. 표지에 MITS사가 만든 소형 컴퓨터 '알테어 8080' 사진이 실려 있었다. 기계 심장부 마이크로프로세서는 인텔(Intel)의 8080을 쓰고 있었다. 당시 컴퓨터는 소프트웨어가 설정되지 않은 채 출하되었다. 게이츠와 앨런은 부족한 그 소프트웨어를 공급할 생각이었다. 앨런은 잡지를 읽고 난 후, 게이츠한테로 뛰어갔다. 폴은 게이츠에게 "포커는 일시 중단이다. 새로운 일이 생겼다"라고 고함을 질렀다. 게이츠와 앨런은 자신들의 BASIC언어를 사용해서 알테어용 프로그램을 사용할 생각이었다. 그들은 자신들이 개발한 알테어용 BASIC을 직접 MITS에 팔 것인가, 아니면 MITS를 통해 그들의 고객들에게 팔 것인가 궁리했다. 셰익스피어를 좋아했던 앨런은「줄리어스 시저」가운데 한 구절을 읊었다. 인생에는 물때가 있어서 썰물이 오면 올라타야지 놓치면 모든 것을 잃게 된다는 요지의 구절이었다. 게이츠는 폴의 진의를 깨달았다. 개인 컴퓨터의 기적이 일어난 순간이었다.

게이츠는 그의 저서『미래로 가는 길(The Road Ahead)』(1995)에서 다음과 같이 말했다.

대학 2학년 때, 폴 앨런과 하버드 광장에서『포퓰러 일렉트로닉스』지에 실린 기사를 읽은 것이 모험의 시작이었다. 처음으로 프로그램을 쓴 것은 열세 살 때였다. 나와 폴은 교통차량 수를 계측하는 'Traf-O-Data' 소프트웨어를 고안해서 수입을 챙겼다. 1975년 겨울, 기숙사에서 나와 폴은 고성능 BASIC을 메모리에 넣는 일을 낮밤을 가리지 않고 하고 있었다. 잠은 테이블 위가 아니면 마루였다. 먹지도 않고, 친구도 만나지 않고 일에 열중했다. 그렇게 5주간 지난 다음 BASIC을 완료해서 세계 최초의 마이크로컴퓨터 소프트회사가 탄생했다. 우리는 그 회사 이름을 '마이크로소프트(Michrosoft)'라고 명명했다. 1975년 봄 나는 하버드를 휴학할 결심을 했다. 이 문제에 대해서는 양친과 여러 번 상담했다. 양친은 나의 열의를 보고 찬성하기로 결정했다. 나는 회사를 궤도에 올려놓고 대학으로 돌아가서 졸업할 계획이었다. 폴과 나는 처음부터 모든 자금을 자력으로 조달했다. 둘 다 어느 정도 저축이 있었다. 폴은 하니웰 회사에서 받는 급료가 있었고, 나는 기숙사 심야 포커로 번 돈이 있었다. 다행히 우리들 회사는 큰돈이 들지 않았다.

사람들은 지금 나에게 마이크로소프트 성공의 비결을 가르쳐달라고 한다. 사원 두 사람의 영세기업으로 출발해서 직원 1만 7천 명, 연간 매출 60억 달러 이상의 회사를 어떻게 육성했는가, 그 비결은 무엇인가. 이 질문은 간단히 대답할 수 없는 문제이다. 나는 운도 좋았지만, 중요한 것은 우리들 최초의 비전이 그 비결이었다고 생각한다.

│ 컴퓨터 개발의 역사와 게이츠의 접점

컴퓨터 개발의 역사는 1940년대, 2차 대전 중에 본격적으로 시작되었지만, 싹이 튼 것은 200년 전 천재들의 꿈과 의욕 때문이었다. 첫 발단은 1742년, 프랑스 수학자 불레즈 파스칼의 계산기 발명이었다. 19세기 천재 수학자이며 철학자인 찰스 바베지(1791~1871)는 이 기계를 개량해서 1823년 '프로그램'을 만드는 거대한 '해석기관'과 '계산기'를 발명했다. 수학 방정식을 풀고 싶었던 그는 방대한 기계가 필요했지만 당시 정부는 이 일을 지원하지 않았다. 재정 지원의 손을 뻗친 사람은 시인 바이런의 딸 오거스타 에이다 백작부인이었다. 미모의 백작부인은 유명한 수학자였다. 그녀는 해석기관 동작에 명령을 내리는 펀치카드 사용을 고안했다. 1890년 국세 조사에서 데이터 표 작성 작업에 이 펀치카드가 사용되었다. 이후, 펀치카드는 모든 사무기기에서 사용되었다.

1930년대, IBM은 대형 계산기 개발을 위해 하버드대학교 하워드 에이켄 교수에게 '마크-1' 개발을 위해 50만 달러의 연구비를 제공했다. 하버드대학교는 후에 그를 기념해서 에이켄 컴퓨터센터를 열게 되었고, 1944년 드디어 마크-1이 완성되었다. 이 기계를 개량해서 제작한 미국 최초의 전자식 디지털 컴퓨터가 '에니악(ENIAC: Electronic Numerical Integrator And Calculator)'이다. 1946년 발표되었던 이 기계는 중량 30톤, 1만 8천 개의 진공관, 7만 개의 저항기, 1만 개의 콘덴서로 이루어진 방대한 기계였다. 크기는 자동차 두 대 정도였는데, 50만 달러의 개발비가 들었고, 1초에 약 5천번의 가감산(加減算)이 가능했다. 진공관은 7분에 하나 꼴로 고장 났지만, 원자폭탄 제조의 수치 계산에 이 기계를 사용할 수 있었다.

1947년, 벨 연구소에서 트랜지스터 실험이 성공해서 노벨 상을 수상했고, 진공관이 반도체로 대체되는 길이 열렸다. 반도체는 처음에 게르마늄의 결정으로 만들었지만, 나중에 실리콘 사용으로 일반화되었다. 1950년대 후반, 또 한 번의 비약적인 기술적 발전이 이루어졌다. 집적회로(IC) 기술이 확립된 것이다. 1971년, 마이크로프로세서 개발로 컴퓨터 중앙처리장치(CPU) 전체를 손톱만 한 실리콘 칩(chip) 속에 코드로 기입하는 일이 가능해졌다. 이 때문에 컴퓨터는 더 작아지고, 빨라지고, 강력해졌다.

1975년에 이르러 비로소 컴퓨터는 일반 가정과 사무실 책상머리에서 개인적으로 사용될 수 있었다. 처음 개발된 PC(Personal Computer)인 알테어에 명령어를 쓴 두 젊은이가 빌 게이츠와 폴 앨런이다. 이들이 개발한 컴퓨터 언어는 BASIC(Beginners All-purpose Symbolic Instruction Code)이라는 이름의 언어였다. 폴이 목격한 '알테어 8800' 사진 한 장이 BASIC의 길을 열고, 마이크로소프트 혁명을 촉발하면서, 열아홉 살 게이츠를 광활하고 풍요로운 행운의 바다로 인도했다.

에드 로버츠의 MITS

컴퓨터의 발전은 DEC나 IBM 같은 대기업에 의해서 이뤄지기보다는 자신의 컴퓨터(PC)를 갖고 싶은 기업가와 '호비스트(hob-byist)'들의 갈망과 노력에 의존하고 있었다. 호비스트 가운데 한 사람이 에드 로버츠였다. 그는 전자기기에 미쳐 있었다. 전자기기 공부를 위해 공군에 입대하고, 알바커크의 공군기지에 배속되었다. 제대 후, 그는 MITS(Micro Instrumentation and Telemetry Systems) 회사를 설립하고 전자기기 판매를 하면서 번영을 누렸다. 그러다 1970년대 초 사업이 쇠퇴하면서 25만 달러의 손실을 보았다. 무너지는 회사를 구출하기 위해 그는 컴퓨터 제조업에 진출했다. 1975년 1월호『포퓰러 일렉트로닉스』지에 알테어 광고를 낸 시점이었다. 게이츠와 앨런은 개발자 에드 로버츠(Ed Roberts)와 접촉했다. 로버츠의 알바커크 사무실에서 행한 게이츠와 앨런의 BASIC(마이크로소프트의 프로그램 언어) '데모'가 성공하자, 알테어 BASIC은 MIST의 품목으로 등극해서 공급의 수순을 밟게 되었다. 폴 앨런은 이 회사의 소프트웨어 부장으로 부임했다. 게이츠

에드 로버츠

는 1975년 겨울 하버드를 떠나 앨런과 함께 알바커크에서 일하기로 결심했다. 게이츠는 MITS의 스태프가 아니었기 때문에 급료를 받지 못했는데, 대신 그는 독자적으로 일했다. 그는 알버커크에 사무실을 열고, 1976년 11월 26일 '마이크로소프트' 회사 설립을 뉴멕시코 주청에 등록했다. 주식 소유는 60대 40으로 게이츠가 앨런보다 많았다. 이 비율은 나중에 64대 36으로 변경되었다. 마이크로소프트가 1986년 주식을 공개했을 때, 게이츠는 주식 1,100만 주를 보유하고, 앨런은 600만 주를 확보했다.

MITS는 알테어를 광고하면서 2개월 내에 컴퓨터 키트(kit)를 발송한다고 약속했다. 그러나 고객들이 398달러를 지불하고 받은 컴퓨터 한 세트는 빈약한 물건이었다. 조립이 어려워 몇 시간이 걸렸다. 게이츠와 앨런이 하버드에서 연구하던 8080 BASIC 언어는 최초의 알테어 컴퓨터에는 없었다. BASIC 운행을 위한 메모리 보드 설계도 당시에는 없었다. 메모리 용량은 256바이트에 불과했다. 게이츠는 앨런과 함께 부족한 부분의 소프트웨어를 공급하기로 마음먹었다. 고교 시절에 통달한 BASIC의 언어로써 알테어용 프로그램 작업을 서두르면서 그는 소프트웨어 시장의 무한한 성장과 놀라운 기업적 가능성을 점치게 되었다. 게이츠는 MITS 사장에게 작업 진행 과정을 알리면서 기다려줄 것을 요청했다.

로버츠는 트레일러를 타고 전국을 돌며 알테어 선전 판매를 했다. 그는 전국 규모의 컴퓨터 클럽을 조직하고, 『컴퓨터 노트』라는 회보를 발간했다. 게이츠와 앨런은 밤을 새우고, 패스트푸드로 견디면서 BASIC 확장 작업을 계속해서 프로그램을 완성하고, 1975년 7월 22일 로버츠와 라이선스 계약을 체결했다. 이들은 MITS로부터 선금 3천 달러를 받으면서 알테어 한 대 당 30달러에서 60달러의 사용료를 받기로 했다. 이 계약은 게이츠와 앨런에게 약 18만 달러의 특허권 사용료를 받도록 했는데, 그 액수는 만족

스럽지 못했어도, 알테어에 끼워서 BASIC을 팔아야 하기 때문에 당분간 MITS와의 동고동락은 어쩔 수 없는 일이 되었다. 계약이 체결된 시점이 바로 마이크로소프트가 회사 이름을 걸고 본격적으로 사업에 시동을 건 순간이 된다.

마이크로소프트와 20명의 신동들

게이츠는 레이크사이드 시절 후배였던 크리스 라슨과 하버드 시절 동료 몬테 다비도프를 알바커크에 데려왔다. 다비도프는 BASIC의 수치 청산 관련 프로그램을 개발한 신동이었다. 1975년 후반에 게이츠는 'Disk BASIC' 프로그램을 완성했다. 게이츠와 앨런이 개발한 BASIC은 시간이 지나면서 전국적으로 보급되었고, 컴퓨터 업자들은 이들의 BASIC을 구하러 알바커크로 몰려들었다. 게이츠와 앨런은 바빠졌다. 둘이서 몰려오는 주문을 감당할 수 없었다. 게이츠는 컴퓨터 신동들을 불러들이면서 더 큰 목표로 향해 움직이기 시작했다. 게이츠의 부름에 달려온 신동들은 크리스 라슨, 리처드 웨일랜드, 마크 맥도널드, 스티브 우드, 앨버트 추 등이었다. 이들은 공항 근처 은행 건물 8층에 모였다가, 파크 센트

마이크로소프트의 '신동'들

럴 타워로 사무실을 이전하고, 그곳에서 '포트란(FORTRAN)' 개발에 박차를 가했다. 게이츠는 직원들을 역마차 몰듯이 무섭게 일을 몰고 갔다. 게이츠는 열심히 일하고, 경영하고, 프로그램 쓰고, 직원들을 독려하며 진두지휘했다. 그래도 그의 보수는 직원 가운데 가장 낮았다. 게이츠와 앨런은 언제나 서로 고함을 지르면서 논쟁을 벌였다. 어느 날 일어난 일이었다. 불꽃 튀는 격론을 5시간이나 벌인 끝에 앨런은 기진맥진해서 3, 4일간 회사를 나오지 못했다. 마침내, 1983년 병을 얻은 앨런은 마이크로소프트를 사임했다. 완벽주의자 게이츠는 일에 관해서 용서가 없었다. 그는 화산 같은 카리스마였다. 그는 전 세계 정보의 중심에 있었다. 게이츠는 자신의 비전을 사원들이 이해하도록 노력했다. 사원들은 벌벌 떨면서 게이츠 마음에 들도록 열심히 일을 했다. 게이츠는 적극적인 판매 전략과 우수한 소프트웨어를 무기로 라이벌 회사를 계속 제치고 나갔다. 게이츠와 사원들과의 일체성은 회사가 성공한 이유가 된다. 마이크로소프트가 다른 회사와 구별되는 특징은 최고의 우수한 두뇌들이 모여 있다는 단순한 사실이다. 게이츠는 말했다. "우수한 사원 20명이 없으면, 마이크로소프트는 평범한 기업체가 되고 말았을 것이다." 그는 1998년 1월 27일 새너제이주립대학교에서 스티브 잡스에 관해서 말했다. "영감을 안겨주는 지도자 가운데서 스티브 잡스는 내가 만난 사람 가운데 최고였습니다. 그는 사람들이 자신들의 능력 이상으로 일하도록 만들었습니다. 그는 최상급 마술사입니다. 저 자신이 2급 마술사이기 때문에 그 사람을 알아볼 수 있습니다. 스티브 잡스가 한 일은 사실 믿을 수 없을 만큼 굉장한 것이었습니다. 그는 자신의 팀이 환상적인 업적을 성취하도록 무섭게 밀어붙였습니다." 이 말은 게이츠 자신에게도 고스란히 해당되는 말이다.

MITS 매각, 게이츠의 약진

1976년 후반, 마이크로소프트는 최고의 단골 NCR (National Cash Register)와 제너럴일렉트릭(GE)를 확보했다. 두 회사는 BASIC을 필요로 했다. 1977년 1월 앨런은 MITS를 사임하고, 두 달 후, 게이츠는 하버드를 중퇴했다. 이후 게이츠는 마이크로소프트에 전력을 기울였다. 이후 5년간 그는 2, 3일 짧은 휴가를 두 번 얻었을 뿐이었다. 미국의 컴퓨터 산업은 급격하게 성장하고 있었다. 놀랍게도 애플이 시작 발동을 걸고 있었다. 게이츠는 소프트웨어 시장의 급신장에 대처하고 있었는데, 로버츠는 계속 게이츠 하는 일에 방해를 놓고 있었다. 1976년 MITS는 1,300만 달러의 매상을 올리고 있었다. 그러나 알테어는 사라지는 운명의 별이었다. BASIC는 MITS의 중요 수입원이었다. 게이츠는 MITS와 연결되어 있는 것이 자신에게 큰 손해가 된다는 것을 차츰 알게 되었다. 게이츠는 로버츠의 MITS 매각 계획을 알게 되었다. 게이츠는 앨런과 힘을 합해 BASIC을 회수할 궁리를 했다. 게이츠는 변호사인 부친과 상담해서 방법을 알아내고 로버츠에게 BASIC 라이선스 종료 통지를 냈다. 이 때문에 로버츠와 재판이 진행되었다. 이때, 마이크로소프트는 운영 자금 문제에 직면했다.

1977년 5월 22일 로버츠는 MITS를 파테크에게 매각했다. 로버츠는 시가 수백만 달러 파테크 주식을 주머니에 넣고 사라졌다. 파테크는 게이츠와 협상하러 왔다. 변호사가 청년 게이츠를 얕본 것은 실수였다. 3주간에 걸친 중재 심리는 게이츠의 승리로 끝났다. 21세 장발족 게이츠는 피자 씹고 콜라 마시면서 컴퓨터 단말기 앞에 미친 듯이 항상 쭈그리고 있었지만, 사실상 그는 무서운 사업가 재질과 투지를 겸비하고 있었다. 이 싸움에서 그가 패배했으면 오늘날의 마이크로소프트는 없었다고 전해진다. 게이츠는 승소해서 더 이상 자금 걱정을 하지 않아도 되었다. 에드 로버츠는 몇 년간 파테크에 있다가 고향 조지아로 돌아가 농장을 구입하고, 대학에서 의학 공부를 한 다음 개업의가 되었다. 그는 게이츠를 억만장자로 만든 최초의 공로자로 기록되었다.

1977년 마이크로소프트에 입사한 미리엄 루보는 42세의 주부였다. 그녀는 게이츠의 일상생활을 챙기는 어머니 같은 비서였다. 그녀는 타자, 서류 정리, 부기, 비품 구입, 급여 계산, 일정 확인, 심지어 게이츠의 두발과 식사까지 손보는 중요한 역할을 하고 있었다. 게이츠는 점점 바빠졌다. 그녀의 내조는 불가피했다. 그녀는 회사가 1979년 1월 1일 워싱턴의 벨뷰로 이전할 때, 알바커크에 남았다. 남편 직장 때문이었다. 이 때문에 게이츠 비서직을 스티브 우드의 처 말라가 맡게 되었다. 대이동 전, 또 한 사람의 신동 고든 레트윈이 입사했다. 이사 전에 열한 명의 직원들이 개인 사진을 찍었다. 이 사진은 후에 전국 잡지에 실리는 특종이 되었다. 마이크로소프트는 신설 회사에 25만 달러 DEC-20을 설치했다. 이후, 게이츠는 자신이 태어난 고향 땅에서 한없이 솟구치는 비상의 세월을 만나게 된다.

마이크로소프트의 새로운 도약

1975년부터 2006년까지 게이츠는 작업의 범위를 확장했다. 마이크로소프트는 1979년 연간 매출 약 400만 달러를 기록했다. 매 중요 상품은 BASIC이었다. 게이츠의 비서로 일했던 말라 우드가 여성들의 시간외 임금 건으로 게이츠와 충돌해서 회사를 그만뒀다. 남편인 스티브 우드도 사표를 냈다. 이 사건은 게이츠가 고작 2, 300달러 때문에 발끈 화가 나서 일어난 일이어서 결국 게이츠가 양보하게 되었는데 후유증은 컸다. 마이크로소프트는 게이츠와 앨런 두 사람의 파트너가 운영하는 회사로서 타 직원들은 아무런 주식 지분이 없었다. 스티브 우드는 자신들의 헌신적 노력에 대한 금전적 대가가 없는 것에 대해서 실망했던 것이다. 우드의 사임으로 게이츠는 1980년 6월 사장 보좌역으로 하버드 출신 스티브 발머를 고용했다. 그는 게이츠의 분신이며 '최고의 마케팅 프로'였다. 발머는 게이츠의 IBM 보카러톤 회담을 보좌하면서 1980년 11월의 현안 문제 타결 합의 서명을 이끌어냈다.

게이츠는 IBM이 소유하고 있는 PC 내부에 침투해서 회사의 성장을 도모했다. 당시 IBM은 OS(운영체제, Operating System) 기술을 갖춘 회사를 물색하고 있었는데, 운 좋게도 IBM은 마이크로소프트의 BASIC 언어에 관심이 있었다. IBM은 게이츠에게 OS 기술 보유 여부를 문의해 왔다. 사실상 게이츠 회사에는 OS가 없었지만 그는 그것이 어디에 있는지 알고 있었다. 시애틀 컴퓨터 프로덕츠가 '큐도스(QDOS)'라는 이름의 제품을 갖고 있었다. 게이츠는 발 빠르게 움직였다. 사용 목적을 그 회사에 숨기고 '도스(DOS)'를 7만 5천 달러로 구입했다. 그렇게 해서 게이츠는 IBM과 라이선스 계약을 맺게 되었다. '도스'는 IBM이 채택해서 널리 보급되어 컴퓨터 운영체제의 표준이 되었다. 그러나 표준화를 방해하는 강적이 있었다. 애플의 매킨토시 컴퓨터였다. 매킨토시는 쓰기 편한 'GUI(그래픽 사용자 인터페이스, Graphical User Interface)'를 채용하고 있었다. GUI를 사용하면 사용자는 마우스를 누르기만 하면 컴퓨터에 명령을 내릴 수 있다. 스티브 잡스의 작품이었다. 게이츠는 계속해서 마이크로소프트 애플리케이션 소프트웨어(Application Software) 분야 개발에 진출했다. 잡스의 작업을 게이츠가 밀어주는 양상이 된 것이다. 게이츠는 1982년 표 계산 소프트웨어 '멀

티플랜'을 발표하고, 1984년 개정판을 내놓았다. 그러나 이것은 큰 성공을 거두지 못했다. '워드' 홍보를 위해 디스켓 10만 장을『PC 월드』잡지에 부록으로 첨가했지만 매출은 신통치 않았다.

윈도우 95의 성공

1983년 마이크로소프트는 혁신적인 운영체제 '윈도우(Windows)'를 발표를 했지만 제품은 완성을 보지 못하고 있었다. 1985년 11월이 되어서야 그 실체가 드러났다. 이 소프트웨어도 초기에는 반응이 냉담했다. 게다가 애플은 매킨토시 도작(盜作) 혐의로 마이크로소프트를 제소했다. 소송은 1990년대까지 질질 끌다가 "애플은 프로그램의 저작권을 주장할 수 있으나, 프로그램의 일반적인 공통점을 독점할 수 없다"는 판결이 났다. 애플은 표면적으로는 이겼지만 법적으로는 이길 수 없었다. 그리고 애플은 사업적으로도 이길 수 없었다. '윈도우'는 개정판이 나온 후 성능이 향상되어 대성공을 거두었다. IBM과의 제휴도 끝나고, '윈도우'의 압도적인 시장 제패로 게이츠의 독립적인 회사 운영이 열매를 맺어가고 있었다. 1998년 미국 정부 사법부와 20개 주 사법 당국은 반트러스트 소송을 제기했다. 게이츠는 당당하게 법률 위반을 부인했다. 성실하게 일하고, 법을 지켰다고 주장하면서 어려운 재판의 고비를 넘겼다.

화제의 중심이 된 게이츠는 1986년 마이크로소프트 신규 주식 공개(IPO)로 대성공을 거두면서 미국의 부호 반열에 오르게 되고, 명사의 대접을 받게 되었다. 게이츠는 경제 전문지『포브스』와 시사 주간지『타임』에서 격찬되고, 1987년『포천』표지 기사로 다뤄지는 약진을 거듭했다. 소프트웨어 표준을 설정한 후 현재까지 마이크로소프트는 여전히 컴퓨터업계의 선도적인 지위를 지키고 있다. 표준의 설정이 없으면 컴퓨터 문화는 발전할 수 없다. 마이크로소프트가 성공한 가장 큰 이유는 '윈도우'로 가장 우수한 운영체제의 표준을 설정했기 때문이다. 게이츠는 1984년에 행한 연설에서 말했다. "새로운 표준을 만들기 위해서는 조금씩 다른 것을 만들 것이 아니라 완전히 새로운 것을 창조해서 사람들의 상상력을 사로잡아야 합니다. 내가 지금까지 본 제품 가운데 매킨토시가 만든 것은 그 수준에 도달한 유일한 것입니다."

게이츠는 성공에 관한 빗발치는 질문을 받고 그 비결을 다음과 같이 말했다. "우리는 우수한 사람들을 모았지요. 그리고 파트너가 되었어요. 우리는 올바른 시기에 올바른 자리에 있었는데, 우리는 그 자리에 제일 먼저 갔습니다."

창조적 역량과 게이츠의 질주, 그리고 연인들

발머는 마이크로소프트에 기업 경영을 통달한 전문가가 필요하다는 것을 통감했다. 회사는 급격한 성장과 업무 확장을 지속하고 있으니 경영적 측면의 문제에 직면하고 있었다. 격심한 시장 경쟁이 눈앞에서 전개되고 있었다. 이 파도를 넘고 가는 경영적 수완을 갖춘 인재가 필요했다. 발머는 게이츠를 설득해서 외부에서 전문 경영인을 모셔오기로 하고 스탠퍼드 비즈니스 스쿨 출신 제임스 다운을 초빙했다. 그는 게이츠와 발머가 중요시하는 총명한 두뇌와 풍성한 활력을 지닌 인물이었다. 그는 회사 매출을 2천만 달러에서 6천만 달러로 끌어올리는 목표를 세웠다.

1982년 말에는 3,400만 달러가 되고, 직원 수는 200명을 넘어섰다. 그러나 호황을 누리는 것은 이 회사만이 아니었다. 텍사스 주 휴스턴에 자리 잡은 컴팩 컴퓨터 코포레이션(Compact Computer Corporation)은 1983년 1월 IBM-PC 호환기를 판매하기 시작한 회사였다. 이 회사는 첫 해에 매상 1억 달러를 기록했다.

1981년 11월 13일 게이츠와 발머는 마이크로소프트 사원 총회를 즐겁고 유쾌하게 개최하는 전통을 세웠다. 1991년에는 게이츠가 오토바이를 타고 총회장에 입장했다. 7천 명의 사원들은 그에게 열광적인 환호와 박수를 보냈다. 그해는 신참 프로그래머 찰스 시모니의 '매출폭탄 연설'로 총회장은 달아 올랐다. 마이크로소프트 상품 매출은 매년 두 배씩 늘어났다. 1981년 매출액은 1,600만 달러였다. 그러나 이것은 시작일 뿐이었다. 게이츠는 의기양양 말했다. "나에게는 두 가지 희망이 있다. 하나는 어머니도 사용할 수 있는 컴퓨터 개발이요, 아버지 법률회사보다 더 큰 회사를 설립하는 일이다. 그리고 중요한 것은 우리들이 표준을 만드는 일이다." 마이크로소프트는 주식회사로 조직이 개편되어 사원들도 주식을 소유할 수 있게 되었다. 사원들은 한 주를 1달러로 살 수 있는 자사주 구입 때문에 저임금의 보상이 충족 되었다. 훗날 회사 주를 소유한 이들은 그 주식으로 모두 갑부가 되었다.

폴 앨런이 1982년 말 중병에 걸렸다. 8년 동안 휴가도 없이 주 80시간의 격무에 시달리던 그는 암과의 투병을 위해서 1983년 초 마이크로소프트 부사장 직을 물러났다. 마이크로소프트 최초의 경영 부문 사장 제임스 다운이 11개월 근무 끝에 돌연 사표를 냈다. 게이츠와의 갈등설이 유포된 직후였다. 게이츠는 마이크로소프트를 전문 기술 측면에서 끌고 갈 것인가, 아니면 회사 경영 측면에서 끌고 갈 것인가 고민하게 되었다. 제임스 다운은 게이츠와 발머 외곽에 있었다. 말하자면 의사 결정 성역에 참여하지 못했다. 문제는 일하는 시간이 달랐다는 것이다. 게이츠는 새벽 2시에 사무실에 있었고, 그 시간에 제임스 다운은 아내와 두 아들과 함께 가정에 있었다. 다운이 주관하는 아침 회의 시간은 게이츠가 자는 시간이었다. 그 중간 역할을 발머가 담당하지만 거리는 좁혀지지 못했다. 다운이 출근하면 사무실에 게이츠의 속옷이 여기저기 널려 있었다. 다운은 그 옷을 주워서 게이츠의 가방 속에 넣었다. 그런 일은 사장이 할 일이 아니라고 그는 불평을 했다. 그러자 게이츠는 그에게 새 직장을 구해서 나가라고 말했다. 그는 그 다음 주에 나가버렸다. 사실 게이츠에게는 함께 일하는 형님 같은 따뜻한 사장이 필요했다. 1983년 8월 게이츠는 친구인 컴퓨터 광고 분야 부사장 존 셜리를 영입했다. 셜리는 취임하자마자 조직과 경영을 개선하는 일에 착수했다. 마이크로소프트 제조 원가를 20퍼센트 삭감하고, 판매수와 생산수의 균형을 맞춰나갔다.

11월 10일 뉴욕 헴슬리 팰래스 호텔에서 윈도우 시작품 발표회가 열렸다. 한편 발머는 새로운 인재 개발을 위해 대학을 두루 돌면서 면접시험을 보았다. 그는 "시험 문제 정답보다는 '생각을 하는' 인재를 만나는 것이 더 중요하다"고 말했다. 30분 동안 질문에 답하는 것을 보고 그는 인재를 발굴했다. 학생 프리드먼은 마이크로소프트의 자유로운 분위기, 복장의 제약이 없는 개방성이 좋아서 응시했다. 프리드먼은 채용이 되었다. 첫날 출근해보니 회사 분위기는 화목하고 창조적 자유가 보장되어 있었다. 작업에 아무런 간섭이 없는 지적 자유가 그는 마음에 들었다. 1983년 말, 사원 450명 가운데 100명이 프로그래머인데, 잘들 놀고 열심히 일했다. 이들은 모두 게이츠와 발머가 선발한 인재들이었다. 게이츠는 이들의 얼굴, 이름, 전화번호, 차량 번호까지 전부 기억하고 있었다. 프로그래머들은 게이츠처럼 일하도록 가르침을 받았다. 주당 60시간에서 80시간의 과중한 일이었다. 잔업과 토요일, 일요일, 휴일 출근에 과외 수당이 지급되었다. 모두들 자기 자신이 회사를 운영한다는 사명감에 불탔다.

1984년 4월 16일자 『타임』지 표지에 빌 게이츠를 특집으로 다루면서 1978년 열다섯 명으로 시작한 회사가 510명 회사로 발전하면서 1억 달러 매출을 올리고 있다는 내용이 실렸다. 소프트웨어 신동 게이츠는 현재 연애 중이라는 소식도 전하고 있었다. 상대는 27세 컴퓨터 외판원 질 베넷이었다. 게이츠는 1983년 이 여인과 교제를 시작했다. 그녀는 게이츠를 "알버트 아인슈타인, 우디 앨런, 그리고 록 가수 존 쿠우 세 사람을 합친 성격의 인물"이라고 표현했다. 질은 게이츠와 사귀는 일이 즐겁지 않았다고 말했다. 그는 "일에 미쳐 있었고, 언제나 피곤한 모습이어서 여자 친구는 그의 마음에 없었다"고 말했다. "빌은 과격한 성격이고, 경쟁심이 강하고, 감수성이 예민한 사람인데, 항상 외롭고 쓸쓸했다"고 말했다. 이들의 연애는 1984년에 끝났다.

1985년 10월에 시작한 주식 공개에서 게이츠는 마이크로소프트 주 1,122만 2천 주(49%)를 소유하고, 그중 8만 주를 매각할 예정이었다. 앨런은 639만 주(28%)를 소유하고, 그중 20만 주를 매각할 예정이었다. 스티브 발머는 171만 주를 소유했다. 존 셜리는 40만 주, 찰스 시모니는 30만 5,667주, 고든 레트윈은 29만 3,850주를 각각 소유하게 되었다. 게이츠 양친은 두 사람 이름으로 11만 4천 주를 소유했다. 테크놀로지 벤처스 인베스터즈는 137만 8,901주를 보유했다. 1985년 셜리의 급여는 22만 8천 달러, 게이츠는 13만 3천 달러, 발머는 8만 8천 달러였다. 1985년 6월 30일까지 과거 1년간 마이크로소프트의 매출은 1억 4천만 달러였다. 이익금은 312만 달러, 수익의 19%였다. 주가는 1주에 21달러였다. 주식공개로 부자가 된 사원들이 들떠 있을 때, 게이츠는 범선 한 척을 5일간 빌려서 오스트레일리아 해역 산호초를 감상하면서 독서삼매(讀書三昧)에 빠져 있었다. 게이츠의 이른바 독서 휴가였다.

'마이크로소프트 윈도우즈'가 8월에 출시되고 1985년 11월 20일 회사는 IBM과 OS-2 운영체제 개발 협정을 맺었다. 마이크로소프트는 BASIC, FORTRAN, COBOL, PASCAL을 IBM의 새로운 마이크로컴퓨터용으로 제공하는 안과 DOS 개발안도 제시했다. 두 회사는 성공적으로 이 제안에 대해서 원만한 타결을 보았다. 이 회담에서도 발머는 수완을 발휘했다.

1986년 마이크로소프트의 사원수는 1,200명으로 늘어났다. 마이크로소프트는 공업단지 29에이커를 구입해서 빌딩 네 채를 지었다. 전 사원이 방 하나를 가질 수 있게 되었다. 음료수는 무료였다. 스포츠클럽 무료 회원권이 지급되었다. 운동장 시설도 있었다. 네 개 건물 한 가운데 호수를 만들어 '레이크 빌'이라고 명명했다. 주식 공개는 사원들의 집중력을 한동안 방해했다. 게이츠는 사원들에게 주식으로 쏟아지는 돈에 정신을 잃지 말도록 당부했다. 게이츠 자신은 새로 마련된 재산을 자신을 위해 사용하지 않았다. 그와 폴 앨런은 1986년 8월 모교인 레이크사이드 스쿨에 돈을 기부했다. '앨런게이츠홀'이라는 이름이 붙은 수학·과학관 건립 기금으로 220만 달러를 기부했다.

게이츠와 앤 윈블래드가 1984년부터 교제를 시작했다. 윈블래드는 미니애폴리스에서 500달러로 소프트웨어 회사를 설립해서 1,500만 달러를 받고 매각한 투자가였다. 그녀는 게이츠보다 여섯 살 연상이었다. 둘은 멕시코 여행을 다녀오고 노스캐롤라이나 해변에 있는 윈블래드 비치하우스에서 휴가를 보내기도 했다. 두 사람은 테마를 정하고 함께 휴가를 즐겼다. 어떤 경우에는 물리학이 테마였다. 두 사람은 물리학 책을 잔뜩 읽고 함께 토론했다. 슈퍼컴퓨터처럼 문제를 처리하는 인간이라는 뜻으로 윈블래드는 게이츠를 '대량 병렬처리' 인간이라고 불렀다. 윈블래드는 게이츠의 능란한 화술과 연기에 매력을 느꼈다. 윈블래드는 결혼을 하고 싶었지만 게이츠는 그렇지 않았다. 그 여인을 위해 보낼 시간이 게이츠에게는 없었다. 두 사람은 3년 후 헤어졌다.

마이크로소프트의 명성과 게이츠의 생활

1990년 5월 22일 빌 게이츠 영광의 날이 왔다. 케이블을 통해 미국 내 6개 도시와 세계 7개 도시에 생방송되는 '윈도우즈 3.0' 발표회였다. 게이츠는 역사적인 뉴욕 발표회에 300만 달러를 썼다. 이 작품은 일찍이 볼 수 없었던 최고의 히트 상품이 되었다. 마이크로소프트 주가는 최고로 치솟고, 게이츠는 『포브스』가 선정한 미국 부호 400명 중 최고 자리에 접근하게 되었다. 폴 앨런의 자산은 12억 달러라고 보도되었다. 농구광이었던 앨런은 1998년 포틀랜드 농구단을 7천만 달러로 매입하고, 선수용 전용기까지 구입했다. 앨런은 비행기에 하이테크 기기를 설치했다. 후에, 그는 자가용 제트기를 구입해서 시애틀에서 포틀랜드까지 비행기 타고 농구시합을 보러 다녔다. 게이츠도 가끔 함께 갔다. 뉴욕 발표 4개월 전, 150달러짜리 윈도우즈가 100만 개 팔렸다. 대성공이었다. 하드웨어가 아니라 소프트웨어가 업계를 뒤흔들고 있었다. 마이크로소프트는 IBM의 지원이 필요 없게 되어 차츰 거리를 두기 시작했다. 주객이 전도되어 IBM이 마이크로소프트에 의존하기 시작했다. 10년 전 게이츠는 IBM 컴퓨터용으로 마이크로소프트 운영체제를 써달라고 부탁하기 위해 넥타이 매고 양복을 갈아입고 부산떨면서 보카러톤 회담장으로 갔다. 게이츠는 IBM에 붙으려고 별일을 다 했다. 그것이 지금은 역전되고 있는 것이다. 1991년에는 애플리케이션 시장 약 1/4을 마이크로소프트가 독점하게 되었다. 1991년 말 IBM은 28억 달러의 손실을 입은 한편, 마이크로소프트는 전년도에 비해 이익이 55% 상승했고 수익은 48% 상승했다. 마이크로소프트는 매주 70명 정도씩 직원을 늘렸다. 연말에는 직원 수가 1만 명이 되었다. 마이크로소프트 시가는 보잉사를 제치고 미국 북서부 지방 최대의 회사로 급성장했다. 회사 추정 시가 219억 달러가 된 마이크로소프트는 제너럴일렉트릭(GE)을 시가에서 추월했다. 1986년 주식 공개 때 1천 달러 투자한 사람은 1992년 3만 달러의 이익을 얻게 되었다. 마이크로소프트 간부들, 직원들, 경영진들 모두 부자가 되었다. 게이츠, 앨런, 발머는 억만장자가 되었다. 16인의 간부 사원이 백만장자가 되었다. 전 사장 존 셜리는 1억 1,200만 달러의 재산을 축적했다. 1992년까지 백만장자 꿈을 달성한 마이크로소프트 사원은 2천 명을 넘어섰다. 공항에서 억만장자가 된 빌 게이츠를 오랜만에 만난 친구는 게이츠의 허름한 옷매무새가 옛날과 변함이 없고, 만났더니 "야, 우리 핫도그 먹으러 갈래?"라고 하더라고 말했다.

게이츠는 억만장자가 되었어도 한동안 자숙하면서 비행기는 이코노미 클래스를 탔다. 1997년에 이르러서야 그는 자가용 제트기를 구입했다. 게이츠는 돈 쓰는 일에 신중했다. 그는 화려한 생활을 경멸하지만, 그렇다고 해서 금욕적인 수도승 생활을 하는 것은 아니다. 그는 고급 샴페인을 즐기고, 냉장고에는 언제나 여섯 병 이상의 돔 페리뇽 명주(銘酒)가 저장되어 있다. 게이츠는 자동차를 좋아해서 일할 때는 렉서스를 타고, 취미로는 10만 달러의 페라리 348을 소유하고 있다. 1988년 폴 앨런과 함께 시속 350킬로미터 달리는 포르쉐 959를 구입했다. 당시 미국에 29대밖에 없는 자동차였다. 한 대에 32만 달러지만, 시가는 백만 달러를 호가한다. 한 번 충돌하면 네 대의 자동차가 부서진다. 미국 운수성은 이 차를 해외에 내보낼 것을 권하고 있었다. 그는 일에 지치면 자동차를 몰고 벌판을 달린다. 너무나 빨리 달리고 싶은 본성 때문에 속도 위반으로 유치장에 갇힌 적도 있다.

게이츠는 개인 수집으로 레오나르도 다빈치의 문집인『레스터 수기(Codex Leicester)』를 1994년 결혼한 해에 뉴욕 소더비 경매에서 380만 달러로 낙찰받아 세상을 깜짝 놀라게 만들었다. 이 수기는 다빈치가 1478년경서부터 그가 사망한 1519년까지 써내려간 방대한 양의 메모의 일부로 18매 종이 앞뒤에 문자와 스케치가 기록되어 있다. 다빈치는 생전에 이 수기를 제자 프란체스코 멜치에게 맡겨놓았다. 그는 스승의 유언에 따라 스페인 국왕에게 전부 매도하고 싶었는데, 국왕은 일부만 매입했다. 현재 마드리드 국립도서관에 소장되어 있는『마드리드 수기』가 그것이다. 프란체스코가 1570년 86세에 사망하자, 나머지 수기는 흐트러져서 현재 일부 수기가 파리 학사원 도서관과 영국 대영박물관에 소장되어 있다. 그 가운데서 유일하게 개인이 소장하다가 전매(轉賣)되어온 수기가『레스터 수기』이다. 1717년 영국의 레스터 백작이 구입해서 소유했던 것을 미국의 석유 제왕 아먼드 해머가 1880년 560만 달러로 구입했었다. 그 수기가 빌 게이츠 수중에 들어온 것이다. 게이츠는 다빈치의 천재성을 닮고 있다. 다빈치는 그가 경모하는 스승이다.

게이츠는 열성적인 독서가이다. 7년간 9,700만 달러를 투입해서 지은 웅장한 저택으로 1997년 이사했는데, 저택 내 도서관에 이 수기가 전시되어 있다. 1년에 한 번 이 수기는 세계 여러 나라로 나들이 가서 전시된다. 게이츠 도서관 천장에는 그가 애독한 스콧 피츠제럴드의 소설『위대한 개츠비』의 명언을 새겨놓았다. 게이츠는 자신이 일확천금을 거머쥔 소설의 주인공을 닮았다고 생각했을 것이다. 그는 취미로 브리지, 테니스, 골프를 한다. 빌 게이츠는 2014년 8월 처자 넷을 데리고 여름 휴가를 떠났다. 행선지는 이탈리아 휴양지 사르데냐 섬이었다. 가족들은 그 섬에 정박 중인 크루저 '서린(Serene)'에 숙박했다. 길이가 137미터인 이 배는 건조에 1억 3천만 달러가 소요된 호화 유람선이었다. 섬에서 그는 산호초를 감상하고, 친구들과 환담하고, 테니스를 하며, 독서를 즐겼다.

새로운 도전과 신부 멀린다

인터넷 탐색이 가능한 '윈도우즈 95'가 1995년 1월 출시되었다. 게이츠의 첫 번째 저서『미래로 가는 길(The Road Ahead)』(1995)이 출판되어『뉴욕타임스』베스트셀러 리스트에 두 달 동안 올라 있었다. 그의 재산이 129억 달러로 증식되었다.

1998년 스티브 발머가 마이크로소프트 회장에 취임했다. 2000년 1월 31일 마이크로소프트에 인사 변동이 일어났다. 1980년에 순위 30번으로 입사한 스티브 발머가 판매 분야 책임자에서 CEO로 승진했다. 빌 게이츠는 회장 겸 제품 개발 책임자(Chief Software Architect)로 머물게 되었다. 그는 중요 의사 결정에는 참여하지만, 회사 통상 업무 책임은 스티브 발머가 맡으면서 정부와 기업, 그리고 고객에 대한 회사 업무와 진행 방향을 결정하게 되었다. 게이츠와 발머는 성격과 하는 일이 정반대였다. 게이츠는 내성적인 성품에 소프트웨어 개발의 천재였고, 발머는 외교력이 뛰어난 세일즈맨이었다. 마이크로소프트는 매니저와 프로그래머의 상생관계가 절묘하게 이번 인사에 반영되었다. 그 해에 '윈도우즈 98'이 출시되었다. 그 당시 마

빌과 멀린다 게이츠

이크로소프트는 정부로부터 '독점금지법 위반' 소송을 당해 1년여 심의를 받다가 2000년 4월 잭슨 재판관으로부터 사실 인정 판결을 받고 위법 행위가 확정되었다. 이로 인해 법적인 처벌은 받지 않았지만 마이크로소프트는 큰 타격을 입었다. 발머 취임 4개월 후의 일이다. 회사 내에 반성의 어두운 그림자가 드리워지고 "마이크로소프트서 일하는 것은 사회 윤리에 어긋나는 일"이라는 묘한 기류가 감돌면서 직원들의 동요도 있었다. 새로운 기능을 발견하고 검토할 때마다 "독점금지법 위반인가?"라는 불안감이 오랫동안 계속되었다. 그럼에도 마이크로소프트는 검색, 디지털 음악, 휴대전화 등 미개척 분야로 향해 도전을 계속했다. 소프트웨어 시장은 변동이 없었다. 주가는 급상승했다. 1999년 12월 최종 영업일의 시가 총액은 회사 역사상 최고치인 6,125억 달러를 기록했다. 게이츠는 발머에게 회사 일을 맡기고 자신은 소프트웨어와 자선 활동에 더욱더 심혈을 기울였다. 2000년은 게이츠가 아내 멀린다와 함께 새로운 재단을 설립해서 자선 활동에 획기적인 전기를 마련한 해가 된다.

　게이츠의 자산은 대부분 주식으로 남아 있다. 게이츠 말대로 '종이 재산'이다. 게이츠는 대량의 주를 매각하고 현금화했다. 집을 짓고, 대학 캠퍼스처럼 마이크로소프트 오피스 빌딩을 100개 이상 75만 평방미터 대지에 건설하고, 문화예술품과 학술자료 등의 수집을 위해서 막대한 자산을 사용했다. 수십억 달러에 달하는 자선 활동은 존경스러웠다. 빌 게이츠는 2013년 재산 785달러로 세계 부호 1위에 올랐다. 게이츠는 재단 자금 확보를 위해 마이크로소프트 이외에도 여러 군데 투자를 하고 있었다. 이 때문에 2006년 616,667달러의 본봉에 35만 달러의 보너스를 받아 봉급 총액이 966,667달러가 되었다. 그는 1989년 디지털 회사 '코비스(Corbis)'를 설립했다. 2004년 워런 버핏(Warrn Buffet)이 회장으로 있는 투자 회사 '버크셔 해서웨이'의 임원이 되었다. 2006년, 워런 버핏은 게이츠 재단에 자신의 재산 310억 달러를 기부했다. 그해 게이츠는 '제임스 C. 모건 글로벌 인도주의 상(James C. Morgan Global Humanitarian Award)'을 수상했다. 그의 행적에서 한 가지 특기할 일은 1990년부터 고등학교와 대학을 순방하면서 행한 '인생에 필요한 열한 가지 원칙'에 관한 강연이었다. 그 내용이 학생들에게 유익한 지침이 된다는 소문이 알려지면서 '열한 가지 원칙' 선풍이 전 세계를 휩쓸었다.

게이츠는 1994년 1월 1일 멀린다 프렌치(Melinda French)와 하와이의 라나이(Lanai) 섬에서 결혼했다. 이해에 게이츠는 자신의 재단을 발족하면서 자선사업 원점으로 삼았다. 6월에 모친 메리가 유방암으로 사망해 게이츠는 한동안 시름에 잠겼다. 어머니는 그에게 너무나 큰 은혜요 힘이었다. 게이츠 부부는 세 자녀를 두었다. 딸 제니퍼 캐서린(1996년생), 딸 피비 아델(2002년생), 아들 로리 존(1999년생). 게이츠 가족은 워싱턴 호수를 바라보는 메디나 언덕 위에서 살고 있다.

2014년 『롤링스톤(Rolling Stone)』지 인터뷰에서 게이츠는 그의 인생관을 담담하게 밝혔다.

종교의 도덕적 시스템이 가장 중요하다고 생각합니다. 우리는 자식들을 종교적인 방식으로 키웁니다. 애들은 나와 멀린다가 예배하는 가톨릭 성당에 갑니다. 나는 행운아였습니다. 그래서 저는 이 세상의 불공정을 감소시키는 일을 하면서 제가 받은 행운의 은혜를 갚으려 합니다. 이것이 저의 종교적 신념입니다. 그것은 또한 저의 도덕적 신념이기도 합니다. 저는 리처드 도킨스(Richard Dawkins)가 언급한 창조 신화에 동감합니다. 지금 종교가 차지했던 분야를 다는 아닙니다만 상당한 부분을 과학이 충족시키고 있습니다. 그러나 이 세상의 아름다움, 신비스러움은 너무나 놀랍습니다. 그 일이 어떻게 이루어졌는지에 관한 과학적인 해명은 아직도 없습니다.

빌 & 멀린다 게이츠 재단 운영과 활동

게이츠는 앤드루 카네기(Andrew Carnegie)와 존 록펠러(John D. Rockefeller)의 전기를 읽고 나서, 1994년 '윌리엄 H. 게이츠 재단'을 창설하기 위해 그의 마이크로소프트 주식을 내놓았다. 2000년 게이츠와 아내 멀린다는 '빌 & 멀린다 게이츠 재단(Bill & Melinda Gates Foundation)'을 창설했다. 재단 설립의 목적은 건강 관리 향상, 인류의 빈곤 퇴치, 그리고 미국의 교육 기회 및 정보기술 접근의 증진이다. 재단은 워싱턴주 시애틀에 자리를 정하고, 재단 이사는 빌 게이츠, 멀린다 게이츠, 그리고 워런 버핏이다. 다른 중요 임원은 공동회장 윌리엄 H. 게이츠 시니어와 사무총장 수잔 데스몬드-헬먼이다.

2013년 5월 16일 현재 빌 게이츠는 280억 딜러를 재단에 내놓았다. 2014년 11월 24일 현재 423억 달러를 확보한 이 재단은 세계에서 가장 부유한 자선 재단으로 평가되고 있다. 이 재단은 기부자에게 재단의 돈이 어떻게 사용되고 있는지 항시 자료를 제공하고 있다. 게이츠는 자선의 관용성과 확산 방침에 관해서 록펠러의 영향을 많이 받았다. 게이츠와 그의 부친은 여러 차례 록펠러와 면담을 가졌다. 그래서 이들의 자선 행위는 다분히 록펠러 가족의 자선에 초점을 맞추고 있다. 그 결과, 게이츠는 정부와 타 자선 단체가 포기하고 있는 글로벌 문제를 과제로 삼고 있다. 2007년 현재 이 재단은 280억 달러 기부로 미국에서 두 번째 많은 기부를 하는 단체로 기록되고 있다. 게이츠 부부는 자신들의 재산 95퍼센트를 자선에 기부한다는 계획을 세우고 있다.

게이츠의 부인 멀린다는 집을 매도해서 반을 기부한 살웬 가족(Salwen family)의 '반의 힘(The Power of Half)' 자선 행위를 배워야 한다고 말하고 있다. 게이츠 가족은 살웬 가족을 시애틀에 초대해서 그 가족이 한 영광스런 일을 치하했다. 2010년 12월 9일에는 게이츠, 버핏, 저커버그 셋이 모여서 자선 활동에 관한 일을 상의하면서 더욱더 큰 기부 약속을 함께 했다.

게이츠 재단은 4개 분야 프로그램으로 조직되어 있다.

(1) 글로벌 발전 분과

크리스토퍼 엘리아(Christopher Elias)는 이 분과를 이끌고 있다. 그는 세계 각지에서 벌어지고 있는 최악의 빈곤 상황을 해결하기 위해 최선을 다하고 있다. 2006년 3월 게이츠 재단은 국제정의실현단(International Justice Mission)에게 500만 달러를 지원했다. 워싱턴 DC에 자리 잡고 있는 이 단체는 미국 내 성매매 문제를 다루는 단체이다. 성매매와 성노예 문제를 해결하는 방안을 집중적으로 연구하고 실천에 옮기고 있다. 성매매 지역에 사무실을 설치하고 현장에서 발생하는 문제를 직접 해결하고 있다. 지난 3

년 동안 이 사무실에서는 성매매 현장 위장 침투를 통해 조사, 법 집행 업무 훈련, 희생자 구제, 후속 보호 업무 등의 활동을 해왔다.

IJM은 지원금으로 '프로젝트 랜턴(Project Lantern)'을 운영해서 필리핀 세부 시에 사무실을 개설했다. 2010년 '프로젝트 랜턴' 보고서가 발간되었다. 동 위원회가 실시한 법 집행 요원 교육으로 가능해진 법 집행 활동 보고서이다. 성매매 희생자들의 은신처 설치, 상담, 직업교육 등의 활동을 통한 구호 활동도 겸하고 있다. 세부에서의 활동 모델을 타 지방에 적용하는 일도 실시하고 있다.

① 극빈자 재정 지원 사업

- 재정지원연합체(AFI : Alliance for Financial Inclusion)에 대한 3,500만 달러 지원. 개발도상국가의 빈곤 퇴치 연합체에 대한 지원. 저금통장 확보, 보험 등 하루 2달러 이하 수입 극빈자 재정 지원 활동.
- 재정접근연구위원회(FAI: Finance Access Initiative)에 500만 달러를 지원해서 빈곤 지역 국가의 재정 접근 문제에 대한 해결방안 연구 실시
- '프로 무에르(Pro-Mujer)'에 5년간 310만 달러 지원. 남미 지역 빈곤 국가 여성 기업인에 대한 재정 지원과 건강 관리 기회 증진에 관한 연구비 지원
- 그라민 재단(Grameen Foundation) 지원. 그라민 지역 500만 주민 가족 50%가 5년 이내에 빈곤에서 해방되도록 프로젝트를 주관하는 재단에 대한 지원

② 농업 발전 지원

- 국제쌀연구협회 지원. 2007년 11월부터 2010년 10월까지 세계 쌀 증산 지원을 위해 1,990만 달러 지원. 게이츠 재단은 앞으로 20년간 세계 쌀 생산을 70% 증산한다고 언명했다.
- 아프리카 녹색혁명연합(AGRA : Alliance for a Green Revolution in Africa) 지원. 게이츠 재단은 록펠러 재단과 제휴해서 아프리카 농업기술과 소농장 생산 진흥을 지원했다. 록펠러 재단은 1940년대와 1960년대에 걸쳐서 아프리

카 녹색혁명을 지원했다. 게이츠 재단은 1억 달러를 AGRA에 지원하고, 록펠러 재단은 5천만 달러를 지원했다.

③ 물과 위생, 건강 관리

게이츠 재단은 2011년부터 글로벌 발전 계획의 일환으로 개발도상국가(특히 아프리카 사하라 지방과 동남아시아)의 물, 위생, 건강 관리 문제 해결을 위해서 재정 지원을 계속했다. 2011년 중반에 게이츠 재단은 2006년부터 5년 동안 2억 6,500만 달러를 지원했다고 공표했다.

④ 위생 기술 개량

화장실 개량 사업 'Grand Challenge Exploration' 프로그램에 10만 달러, 40만 달러, 100~300만 달러가 순차적으로 지원되었다. 세계 각국에서 실행된 약 200개의 위생 프로젝트가 기술 측면, 시장 측면, 정책 측면에 중점을 두고 2008년부터 게이츠 재단의 재정 지원을 받았다. 남아프리카공화국 더반의 콰줄루나탈대학교에 대해서 남아프리카 게이츠 재단은 위생 관련 연구를 위해 2014년 110만 달러의 연구비를 지원했다.

⑤ 기타 글로벌 특별 사업

· 2004년 인도양 지진 피해자에 대해서 게이츠 재단은 300만 달러를 지급했다. 수혜 단체는 케어(CARE International), 국제구조위원회(International Rescue Committee), 머시코(Mercy Corps), 세이브더칠드런(Save the Children), 월드비전(World Vision) 등이었다.
· 2005년 카슈미르 지진 구조 사업을 위해 50만 달러를 지급했다.
· 2014년 서 아프리카에서 발생한 에볼라 전염병 방역을 위해 유엔 기구와 기타 해당 기관에 500만 달러의 '융통성 있는' 지원금을 보냈다.

(2) 글로벌 건강 분과

· 2011년 글로벌 건강 프로그램 책임자는 트레버 먼델(Trevor Mundel)이었

다. 워싱턴대학교 글로벌건강학과는 새로운 글로벌건강학과를 신설하는 지원금으로 3천만 달러를 지급받았다. 이 학과는 글로벌 건강 교육, 태평양 서북 지역민 건강, 글로벌 건강 연구와 교육에 목적을 두고 있다.

- 에이즈, 폐병, 말라리아 퇴치 기금으로 게이츠 재단은 글로벌 건강 분과에 66억 달러를 지원했다. 이 지원금은 세계 최고액 빈민 전염병 퇴치 기부금이었다. 게이츠 재단이 지원한 백신 지급 운동으로 2000년 이래 아프리카의 홍역 사망 확률이 90% 낮아졌다. 게이츠 재단은 7천만 달러를 아프리카 지역에 지원하면서 국민의 건강과 농업 증진에 기여하고 있는데, 동 재단은 아프리카 정부 당국에 대해서 전쟁에 몰입하지 말고 국민의 건강을 위해 공중위생에 더 많은 예산을 투입해줄 것을 요청했다.
- 적도 지역 전염병(NIDS) 퇴치를 위해 게이츠 재단은 타 원조 기관과 협력해서 3억 6,300만 달러를 지원했다.
- 2005년 세계면역백신연합(GAVI : Global Alliance for Vaccines and Immunization)에 게이츠 재단이 7억 5천만 달러를 지급했다. 이 밖에도 아동 백신 프로그램, HIV 연구, 에어러스글로벌TB백신재단, 폐병 검진 하이테크 저가 프로그램 지원, 헤브루대학교(Hebrew University of Jerusalem's Kuvin Center) 적도 전염병 연구 등에 대해서도 지원을 계속했다.

(3) 미국 지원 분과

미국 분과는 앨런 골스턴(Allan Golston)이 책임자로 있다.

- 미국 산아제한 단체 '출산 계획(Planned Parenthood)'에 7,100만 달러를 지원했다.
- 공공 도서관의 디지털 시대 개막을 위해 기술 지원, 컴퓨터 시설, 소프트웨어 등 공급을 위한 지원을 했다. 또한 카트리나와 리타 허리케인으로 피해를 입은 도서관 복구 비용으로 1,220만 달러를 지원했다.
- 미국 교육을 돕는 관련 분야는 저널리즘, 싱크탱크, 로비 단체와 정부기관이다. 교육을 홍보하는 방송, 언론 기관은 물론이고, 교육을 취재하는 언론

인 교육을 목적으로 하는 '교육 작가 협회(Education Writers Association)'에 1,400만 달러를 지원했다. 지원금을 받은 언론인의 편파적인 보도를 방지하고, 언론의 독립성을 유지하기 위해 지원금 수혜자의 이름을 공개했다.

· 소규모 학교 지원을 위해 2억 5천만 달러를 기부했다.

· 코넬대학교는 새로운 정보통신과학 건축을 위해 게이츠 재단으로부터 2,500만 달러를 기부 받았다. 이 건물은 '빌 앤드 멀린다 게이츠 홀'로 명명되었다. 전체 공비는 6천만 달러였다. 2014년 1월 개관했다.

· 카네기멜론대학교는 카네기멜론 컴퓨터과학대학 신축을 위해 게이츠 재단으로부터 2천만 달러의 기부를 받았다. 이 건물은 '게이츠 컴퓨터 센터'로 명명되어 2009년 9월 22일 개관했다.

· MIT공대의 '게이츠 타워'도 게이츠 재단의 지원을 기념해서 명명되었다. 게이츠 재단은 2007년 3월 22일 워싱턴 DC 지역 빈곤 학생 대학 진출 장학금으로 1억 2,200만 달러를 기부했다.

· 2000년 10월 '게이츠 케임브리지 장학금'이 발표되었다. 재단은 매년 영국 외 거주 학생 100명을 선발해서 케임브리지대학교로 유학을 보냈다.

· '게이츠 밀레니엄 스칼라(Gates Millennium Scholar)'는 미국 내 소수민족 우수 학생 장학금인데, 장학금 전액을 재단이 지원했다.

· 저개발 빈곤 지대 학생들의 대학 진학과 취업을 지원하는 '뉴스쿨벤처펀드(New Schools Venture Fund)'에 3천만 달러를 기부했다.

· 2007년 4월 25일 '강한 미국 학교(Strong American Schools)'에 대해 6천만 달러를 지원했다. 이 단체는 미국 교육을 강화하자는 목표를 내걸고 2008년 대통령 선거 후보자들에게 교육 정책을 선거공약에 집어넣을 것을 주장하는 운동을 벌이고 있었다.

· 티칭 채널(Teaching Channel) 지원 : 2011년 9월 게이츠 재단은 교육자에게 영상 교육 자료를 공급하는 이 기구에 대해 350만 달러를 기부했다. 이 단체의 도움으로 50만 명의 교육자들이 혜택을 입었다.

· 텍사스고등학교 프로젝트 : 2003년부터 게이츠 재단은 텍사스 지방 고등학교 지망생 증원 학교 수준 높이기에 846만 달러를 지원했다. 특히 텍사스–멕시코 국경지대 학교에 유념했다.

- 대학 장학 프로그램 : 1998년 멀린다 게이츠의 모교 듀크대학교에 장학금 수여 제도를 만들고 기금을 전달했다.
- 워싱턴 주 아카이버. 학술 문화 향상을 위한 장학금과 연구 지원 제도에 대한 지원
- William H. Gates Public Service Law Program : 워싱턴대학교 법과 지망 졸업생들 사회 진출 5년간 지원금 프로그램
- 오스틴의 텍사스대학교의 '빌 & 멀린다 게이츠 컴퓨터과학관' 건축에 3천만 달러를 지원했다.

  교육은 게이츠 재단이 집중 지원하는 분야가 된다. 2009년 한 해에 3억 7,300만 달러를 교육에 지원했다. 게이츠 재단은 미국 최대 두 교원조합을 지원하고 있다. 재단의 지원 목표의 하나가 대학 졸업생을 늘려서 빈곤을 해결하자는 것이다. 게이츠 재단은 1999년 2천만 달러를 빌 H. 게이츠 빌딩 건설 기금으로 내놨다. 이 돈은 MIT에 신축되는 컴퓨터 실험실 건축비용이었다. 이 기부는 게이츠 개인의 기부였다. 하버드공과대학 안에 세우는 '맥스웰 드워킨 실험실'(Maxwell Dworkin Laboratory)은 게이츠와 스티브 발머 두 어머니 이름을 붙이고 기념하는 연구소인데, 연구소 건립과 지원을 게이츠가 주도했다. 게이츠는 스탠퍼드대학교에 건축되는 '게이츠 컴퓨터과학관' 신축 비용으로 600만 달러를 기부했다. 이 건물에는 컴퓨터과학관과 컴퓨터시스템연구소가 자리 잡고 있다. 게이츠는 미국 교육의 문제를 다룬 영화 〈슈퍼맨을 기다리며〉의 제작을 재정적으로 지원했다. 이 영화가 개봉되는 선댄스영화제에 참석해서 게이츠는 문화예술계 인사들과 폭넓은 교류를 가졌다.
  2006년 10월 '빌 앤드 멀린다 게이츠 재단'은 두 단체로 분화되었다. 재단 재산 관리를 맡는 '트러스트(Bill & Melinda Gates Trust)'와 지원금 결정

과 수여를 책임지는 '재단(Bill & Melinda Gates Foundation)'이다. 2006년 게이츠 재단은 국제협력의 공로를 인정받아 프린시페 데 아스투리아스상을 수상했다. 2007년에는 인디라 간디 평화상을 받았다. 2015년 인도 정부는 게이츠와 멀린다의 사회 봉사를 치하하기 위해 파드마 부샨상을 그들에게 수여했다.

게이츠는 32세 때 『포브스』지에 미국 400명 억만장자 리스트에 오른 세계 최초 최연소 자수성가 부호였다. 미국 주간지 『타임』은 2004, 2005, 2006년에 연이어 '20세기를 빛낸 100인'에 게이츠를 선정했다. 2005년, 『타임』은 게이츠와 멀린다를 U2의 가수 보노(Bono)와 함께 '올해의 인물'로 선정했다. 1999년 게이츠는 하버드대학교 『선데이 타임스』에 '올해의 CEO'로 선정되었다. 『포브스』는 게이츠를 세계에서 네 번째 힘 있는 저명 인사로 선정했다. 1994년 게이츠는 영국컴퓨터협회의 명예회원으로 추대되고, 2000년 네덜란드 니엔로드경영대학교 명예박사, 2002년 스웨덴왕립공과대학(KTH) 명예박사, 2005년 일본 와세다대학교 명예박사, 2007년 중국 칭화대학교 명예박사, 2007년 미국 하버드대학교 명예박사, 2007년 스웨덴 스톡홀름 카롤린스카 연구소 명예박사, 2009년 영국 케임브리지대학교 명예박사, 2007년 중국 베이징대학교 명예이사 등의 영광을 누렸다.

스티브 잡스
"광기로 치닫는 맨발의 청춘"

스티브 잡스(1955~2011)

잡스와 게이츠, 두 거인의 만남

　　　　　스티브 잡스와 빌 게이츠는 1955년 같은 해에 출생했다. 두 사람은 여자 친구들과 더블데이트를 할 정도로 친한 사이였다. 그러나 사업을 하면서 사이는 멀어지고, 급기야 컴퓨터업계의 최대 라이벌이 되었다. 그렇게 된 원인은 두 사람의 성격과 성장 배경 때문이다. 게이츠는 명문가 출신이요, 학벌은 최고였다. 게이츠는 반항적인 히피도 아니요, 반문화 그룹에 속하지도 않았다. 게이츠는 컴퓨터 도사였다. 잡스는 이 모든 것의 정반대였다.

　잡스는 완벽주의자였다. 예술가적 기질로 인재를 모아 애플로 동료들을 규합하고, 치밀한 계획과 과감한 전략으로 하드웨어, 소프트웨어, PC의 제반 분야를 통합해서 '한 세트'의 패키지로 묶어서 애플을 최고의 경지로 끌어올렸다. 게이츠는 차분한 성격과 분석적 이성으로 사업과 기술을 통솔해서 마이크로소프트 기기 판매 1위의 성과를 달성했다. 게이츠는 잡스의 유능한 경영 전략과 창조적 상상력을 찬양하고, 잡스는 게이츠의 소프트웨어 실력과 자선사업을 존경했다. 사업을 하는 동안 두 사람은 서로 만나서 의견을 교환하고, 도울 일이 있으면 서로 협조하면서 지냈다. 매킨토시의 '엑셀(Excel)'을 뉴욕에서 선보일 때도 게이츠와 잡스는 기자회견 만찬장에 함께 있으면서 테이프를 끊었다. 그러나 내면적으로는 경쟁이 치열했다.

1998년 마이크로소프트가 급상승해서 시가 총액이 2,500억 달러를 달성할 때, 애플 공동 창업자 스티브 잡스는 경영난에 허덕이고 있었다. 1985년 잡스는 애플에서 쫓겨나다시피 나가서 '넥스트컴퓨터'를 창업했다. 사태는 다시 역전되어 잡스가 자신의 물건을 애플에 팔고 의기양양하게 회사에 복귀했다. 1996년 일어났던 기기묘묘한 일이다. 그해 9월 그는 최고경영자(CEO) 자리에 앉았지만 애플의 적자액은 10억 달러에 달하고 있었다.

잡스는 머리 좋고 냉엄한 성격에 타의 추종을 불허하는 기발한 발상의 경영자였다. 그의 재능은 소프트웨어가 아니라 하드웨어였다. 디자인의 힘과 사람 사귀는 외교력은 타고났다. 카리스마로 휘어잡는 지도력은 무서웠다. 애플 제품 가격표를 전부 암기하고 있어서 기업체와의 협상에서 언제나 유리했다. 잡스의 목표는 간단했다. 사용하기 쉬운 기계를 눈에 띄는 디자인으로 감싸는 일이었다. 1997년 애플 도산 직전 잡스는 게이츠를 방문했다. 잡스는 그때 마이크로소프트가 도와주지 않으면 애플은 존재할 수 없었다는 것을 항상 기억하고 있었다. 애플은 당시 자금이 필요했다. 잡스는 게이츠에게 자신의 수위를 조정하면서 솔직하게 도움을 청했다. 그 결과 1억 5천만 달러의 무의결권주(無議決權株) 구입 등의 동의를 이끌어냈다. 게이츠는 그 나름대로 IT의 발전을 위해 애플의 미래에 투자하기로 선심을 썼다.

스티브 잡스는 직원과 자금 관리에 책임을 지고 나섰다. 그는 과거 자신의 두 번 실패를 명심했다. 그는 삼세번 도산하지 않고서는 지혜가 생기지 않는다는 철칙을 믿고 있었다. 그 세 번째 현실이 눈앞에 다가온 것이다. 잡스는 자신이 없는 동안 애플이 고객을 무시하고 이윤 추구에만 몰두해서 회사가 몰락했다고 생각했다. 잡스는 개혁의 칼을 대기 시작했다. 많은 직원들이 해고되었다. 350종류 회사 제품을 10종류로 축소했다. 추진했던 프로젝트도 중단했다. 직원들에게 그는 말했다. "중점적으로 가려면 건수를 줄여야 한다. 우수 제품 네 개로 충분하다. 윈도우즈는 소프트웨어 좋고, 가격 좋은데 누가 애플을 사겠는가?" 그는 직원들을 자극하고 촉발했다. 잡스는 애플의 물류 시스템이 제대로 가동하지 않는다고 생각했다. 이문제를 해결하도록 1998년 채용된 팀 쿡(Tim Cook)에게 그 일을 일임했다. 쿡은 즉시 회의를 소집해서 제조 라인과 물류 시스템을 개선했다. 재고 회전 일수를 5주에서 2일로 바꾸면서 주 단위로 계획하고, 하루 단위로 실천하는 지침을 시달했다. 쿡은 공정 시일의 단축을 감행했다. 쿡의 개선책은 경영 효과를 이루면서 수지 균형이 개선되었다. 현금 유출이 수습되고 회사는 흑자로 돌아섰다. 그러나 1998년 8월 시점에서 볼 때, 애플은 여전히 작은 규모의 회사에 불과했다. 게이츠는 어느 날 "무엇이 가장 두려운가?"라는 기자의 질문에 "지금 이 순간 아무도 모르는 가운데 어느 차고에서 일어나고 있는 일"이라고 답변한 적이 있다. 실제로 그런 일이 벌어졌다. 1998년 실리콘밸리의 어느 차고에서 스탠퍼드 대학원 박사과정 재학생, 25세 두 젊은이, 세르게이 브린(Sergey Brin)과 래리 페이지(Larry Page)가 주식회사 구글(Google)을 출범시킨 사건이 바로 그것이다.

스티브 잡스의 성장 배경

스티브 잡스는 샌프란시스코에서 1955년 2월 24일 태어나서 양부모 폴 잡스(Paul Reinhold Jobs)와 클라라(Clara)에게 입양되어

1960년대 샌프란시스코 베이에어리어에서 양육되었다. 잡스의 친모는 입양 조건을 달았다. 양부모가 대학 출신이어야 한다는 것이었다. 그런데 원래의 양부 변호사는 아들을 원치 않았기 때문에 입양을 취소했다. 할 수 없이 잡스는 고등학교 중퇴생 폴 잡스의 집에 입양하게 되었다. 친모는 다시 조건을 제시했다. 아이를 반드시 대학에 입학시켜야 한다는 것이었다. 양부모는 그 조건을 받아들였다. 양부는 기계 만지는 일을 좋아했다. 이상한 인연이었다. 폴은 양아들 이름을 스티브라고 지었다. 스티브 잡스는 일찍부터 자신이 양아들이라는 것을 알고 있었다. 그래서 간혹 눈물을 흘렸다.

잡스의 반문화적 생활 스타일은 이 무렵 이 지역에서의 생활 환경 때문이었다. 캘리포니아 쿠퍼티노의 홈스테드고등학교를 졸업하고, 1972년 오리건주 포틀랜드에 있는 리드대학에 입학했지만 18개월 다니다가 중퇴했다. 고등학생 시절 잡스는 친구 스티븐 워즈니악(Stephen Wozniak)을 사귀게 되었다. 잡스보다 다섯 살 위였다. 전자기기에 대한 지식은 잡스를 훨씬 웃돌았다. 잡스처럼 워즈(Woz, 워즈니악의 약칭)도 아버지 손에서 어릴 때부터 기계를 익혔다. 그러나 그들은 잡스와는 판이했다. 잡스의 양부 폴은 자동차 부속이나 만지는 고등학교 중퇴 기술자였지만, 워즈 아버지는 '칼텍(Carl Tech)' 출신으로 전자기기 사업을 하고 있었다. 워즈는 부친의 전자 관계 서적을 평소 탐독했다. '에니악(ENIAC)' 컴퓨터에 관한 지식도 충분히 알고 있었다. 워즈는 컴퓨터 제조 회사에 취직했다. 워즈는 친구 차고에서 여러 가지 실험을 하면서 컴퓨터 연구에 열중했다. 잡스와 워즈는 음악 취미가 같았다. 워즈는 잡스에게 밥 딜런(Bob Dylan) 음악을 듣게 했다. 차고에서 여러 가지 실험을 하고 물건을 만들면서 잡스와 워즈는 컴퓨터 사업에 관한 이야기를 하게 되었다.

잡스는 1974년 양부모가 있는 로스알토스로 가서 비디오게임 제조 회사 아타리(Atari)에 취직했다. 시간당 5달러 임금을 받았다. 잡스가 직장을 구한 이유는 돈을 모아 인도로 가기 위해서였다. 여비를 모은 잡스는 히말라야 산록 나이니탈(Nainital) 근처 마을에 도착했다. 잡스는 7개월 동안 인도에 머물면서 선(禪)에 침잠했다. 미국에 돌아와서도 잡스는 선에 빠져 있었지만, 스탠퍼드대학교에서 물리학과 공학 과정을 청강했다. 인도에서 잡스는 인도 사람들이 지적 추리보다는 직관에 의존한다는 것을 알았다. 이것은 그에게 큰 문화적 충격이었다. 직관은 지능보다 더 강한 것이라는 것을 잡스는 알게 되었고, 이런 생각은 평생 그의 신념이 되었다.

애플사의 발단

인도에서 돌아와서 직장 아타리에 잠시 머문 다음, 잡스는 1976년 크라이스 드라이브에 있는 양부모 알토스 집 차고에서 워즈니악과 공동으로 회사를 창립했다. 워즈니악의 '애플 I(Apple I)' PC를 판매하기 위해서였다. 운영자금을 위해 워즈니악은 자신의 'HP 65' 계산기를 500달러를 받고 팔았다. 잡스는 폭스바겐 자동차를 1,500달러에 팔았다. 두 사람은 이제 컴퓨터회사 이름이 필요했다. 그들은 '애플(Apple)'로 정했다. 기계 제작을 위해서는 1만 5천 달러의 돈이 더 필요했다. 잡스는 친구 아버지로부터 5천 달러 빌리고, 나머지 돈은 은행에서 대출받으려고 했지만, 은행원은 잡스의 히피 스타일을 보고 거절했다. 결국 물품회사와 협상 끝에 한 달 기한 외상 거래를 텄다. 잡스는 다음에 만들 애플은 케이스가 있고, 키보드가 부착된 기능 좋은 소프트웨어 컴퓨터여야 한다고 생각했다. 이후 잡스는 '한 세트가 된 PC(packaged computer)'를 만드는 일에 전력을 기울이게 되었다. 1976년 노동절 주말에 워즈는 '애플 Ⅱ' 프로토타입을 완성했다. 이를 '패키지'로 묶어서 번듯한 제품으로 완성하려면 자본이 더 필요했다. 잡스는 자금을 구하기 위해서 아타리사로 가서 조 키넌(Joe Keenan) 회장을 만났다. 회장은 잡스의 몰골을 보고 안심할 수 없었다. 잡스는 맨발이었다. 회장과 협의 중에 맨발을 테이블 위에 올려놓기도 했다. 회장은 "발 내려와. 당신 물건 못 사!"라고 잡스에게 호통을 쳤다. 이 일이 있은 다음부터 잡스는 정장을 하고 카우보이모자를 쓰고 다녔다. 그러자 신기하게도 돈은 순조롭게 구해졌다. '애플 Ⅱ'는 워즈의 회로 디자인만으로 되는 것은 아니었다. 잡스의 '패키지'가 필요했다. 이 점이 워즈와 잡스의 의견 차이였다. 잡스의 아버지 폴은 제품의 완성은 안 보이는 부분에 대한 세심한 배려와 손질이 중요하다고 입버릇처럼 말했다. 잡스는 이 교훈을 항상 명심하고 모든 생산 과정에서 이 가르침을 실행했다.

그가 자신의 주장을 관철시키려면 20만 달러의 돈이 더 필요했다. 잡스는 세쿼이어 신용금고(Sequoia Capital) 회장 돈 밸런틴(Don Valentine)에게 부탁했더니 그는 잡스의 차고를 보러 왔다. 그가 만난 잡스는 바싹 마르고 수염이 텁수룩한 것이 마치 베트남의 호치민 같았다고 그는 회상했다. 밸런틴은 잡스에게 충고했다. "당신이 나의 지원을 받으려면 마케팅 판매 전문가를 고용해야 합니다. 지금 당신 실력으로는 안 됩니다." 그는 마이크 마쿨라(Mike Markkula)를 잡스에게 추천했다. 이후 마쿨라는 20년간 잡스의 마케팅 분야 측근이 되었다. 당시 마쿨라는 33세였다. 잡스는 그를 좋아했다. 두 사람은 함께 사업계획서를 작성했다. 잡스는 동료 워즈에게 상임이사가 되어달라고 요청했다.

1977년 1월 3일 애플컴퓨터사가 발족했다. 마쿨라는 애플의 마케팅 철칙을 발표했다. 그가 강조한 것은 세 가지였다. 첫째는 고객과의 공감대 형성. 둘째는 불필요한 기회를 제거하는 집중. 셋째는 회사와 제품에 대한 상호 의견의 자유로운 개진. 최고의 상품, 최고의 품질, 최고의 소프트웨어 생산을 목적으로 삼고 있는 그에게 있어서 이 철칙은 반드시 지켜야 하는 사훈이었다. 잡스는 고객의 요구와 갈망을 최고의 가치로 삼는 지도자가 되겠다고 결심했다.

애플 II

'애플 II' 발표회는 다행히도 1977년 4월 샌프란시스코에서 열리는 웨스트코스트 컴퓨터 축제와 겹치게 되었다. 잡스는 이 기회에 애플이 만든 최고의 상품을 선보일 작정이었다. 잡스는 정문 앞 명당 자리를 잡기 위해 5천 달러를 미리 주고 장소 예약을 끝냈다. 당시 이 제품은 세 대밖에 완성되지 않았기 때문에 더 많은 상품이 있다는 것을 자랑하기 위해 빈 상자를 잔뜩 회의장에 쌓아놓았다. 애플에는 당시 직원이 열두 명뿐이었다.

잡스와 워즈는 단번에 유명해졌다. 이들은 '애플 II'로 수입을 올리기 시작했다. 이 기계는 최초로 대량생산된 성공적인 '퍼스널 컴퓨터(Personal Computer)'가 되었다. 이 PC는 1981년 마이크로소프트가 만든 '도스(MS-Dos)'로 작동되는 'IBM 컴퓨터'가 출시될 때까지 시장을 독점했다. 1977년 2,500대 판매하던 것이 1981년에는 21만 대로 늘어났다. 그러나 잡스는 불안했다. 이런 인기는 영원할 수 없다고 생각해서다. 결국 이 기계는 워즈의 작품이었다. 잡스는 자신의 기계를 갖고 싶었고 '애플 III'를 만들어보자고 제안했다. 하지만 1980년 5월에 출시된 애플 Ⅲ는 실패작이었다. 잡스는 휴렛팩커드(Hewlett-Packard)에서 두 기술자를 빼왔다. 이들을 통해 잡스의 딸 이름을 붙인, 2천 달러 가격의 16비트 컴퓨터 '리사(Lisa)'를 만들어냈다. 1980년 12월 12일 애플은 '리사'를 계기로 상장회사가 되었다. 상장하자마자 주가는 22달러에서 29달러로 상승했다. 25세 된 잡스는 재산이 2억 5,600만 달러가 되었다.

부자가 된 맨발의 잡스

잡스는 원래 반물질주의자였다. 인도로 순례의 길을 떠나 히말라야 산기슭 선원(禪院)에서 선을 공부했다. 맨발의 히피가 되어 미국에서 컴퓨터회사를 일으키자 순식간에 막대한 돈을 벌어들였다. 돈은 우연히 긁어모은 것이 아니라 작심하고 벌어들인 것이다. 물질을 버리는 철인이 사업의 도사가 된 것이다. 참으로 착잡한 일이요, 기이한 모순이었다. 그는 고급스런 물건, 아름다운 디자인, 예컨대 포르쉐나 메르세데스 자동차, 헹켈의 나이프, 브라운의 기구, BMW 오토바이, 안셀 애덤스의 사진, 뵈젠도르퍼 피아노, 뱅앤올룹슨 오디오 등을 몹시 좋아했다. 하지만 그가 사는 집은 평범하고 가구는 검소했다. 여행을 가도 수행원과 경호원 없는 모습이었다. 업무용 차는 보통 수준이고, 운전은 자신이 했다. 측근이 자가용 비행기를 사자고 해도 그는 한동안 사양했다. 상거래를 하는 경우 잡스는 이윤에 급급하지 않는다. 그는 "돈이 자신의 인생을 망치지 않도록" 항상 명심했다.

그는 돈에 관대한 성격이어서 자선 행위에 열을 올렸다. 그는 한동안 재단을 설립한 적이 있다. 그런데 재단을 사무적으로 관리하는 일이 번거롭다는 생각이 들었다. 게다가 자선을 뽐내는 일이 싫었다. 일찌감치 그는 빈민 질병 퇴치를 위해 래리 재단(Larry Brilliant's Seva Foundation)에 남몰래 5천만 달러의 수표를 보낸 적이 있다. 네팔의 맹인들을 위한 자선 활동에도 참여 했다. 그는 양부모 폴과 클라라에게 75만 달러의 주식을 전달했다.

1983년 1월 애플은 '리사'를 출시했다. 잡스는 리사 팀에 속하지 않았지만 애플 대표이기 때문에 뉴욕 출시 발표회에 나가기로 마음먹고 홍보 담당 고문 레지스 매케나(Regis McKenna)로부터 선전술을 습득했다. 『타임』『비즈니스 위크』『월 스트리트 저널』『포천』 기자들이 뉴욕 칼라일 호텔 발표장에 몰려들었다. 그곳에는 리사 컴퓨터가 꽃 속에 설치되어 있었다. 리사 발표는 '죽음의 키스'였다. 리사는 천천히 죽어가다가 2년 만에 소멸되었다. 이유 중 하나가 고가였다는 것이다. 이제 애플은 '매킨토시(Macintosh)'에 희망을 걸었다. 매킨토시 팀은 본사를 텍사스 타워에서 밴들리 드라이브에 위치한 애플 빌딩으로 옮겼다. 잡스는 고삐를 단단히 거머쥐고 있었다. 창의성이 뛰어나고, 지능이 두드러지고, 약간 모가 난 인재들을 집결시켰다. 그는 간부들과 함께 소프트웨어 기술진을 인터뷰했다. 잡스는 대뜸 물었다. "당신 처녀에요?" "언제 처녀성을 잃었지요?" 지원자들은 얼굴이 빨개졌다. "LSD는 몇 번 했지요?" 배석했던 허츠펠드(Hertzfeld)가 뛰어들어 기술적인 질문으로 화제를 급히 바꿨다. 잡스는 농담을 퍼붓는 가운데서도 일의 중요성을 강조하고 사명감을 불어넣는 것을 잊지 않았다. 1982년 몬트레이 근처 파하로 던스(Pajaro Dunes)에서 50명 남짓한 매킨토시 개발팀을 앞에 두고 잡스는 무릎에 놓을 수 있는 스크린과 키보드가 달린 모형 컴퓨터를 개발팀에게 보여주면서 "이것이 80년대 중반이나 말경에 내가 만들고 싶은 물건"이라고 말했다. 그 후, 이틀 동안 컴퓨터 분석가

벤 로젠(Ben Rosen)과 기계 전문가들, 그리고 팀 리더들이 소견 발표를 했다. 발표회와 토론회를 마감하면서 잡스는 말했다. "50명이 이곳에서 하는 일이 우주로 향해 거대한 파문을 일으키고 있습니다." 그는 이어서 "해군에 입대하는 것보다 해적이 되는 것이 좋다"고 말하면서 맥(Mac) 개발팀의 반항적 기질을 촉구했다. 몇 주 후에 다가온 잡스 생일날, 개발팀은 본부 건물에 대형 걸개를 걸었다. "해피 버스데이! 28세 스티브! 항해가 보상이다, 해적들이여!" 개발팀은 잡스에게도 맞설 수 있다는 자신감을 갖게 되었다.

잡스와 존 스컬리

잡스는 마케팅 전문가를 사장으로 영입하고 싶었다. 잡스 자신은 사장 될 나이가 아니라고 생각했다. 처음에는 측근 마이크 마큘라를 만나서 권유했다. 그의 아내가 결사 반대였다. 그래서 돌고 돌다가 펩시콜라의 소문난 영업의 달인 존 스컬리(John Sculley)로 낙착되었다. 스컬리의 배경은 잡스와 딴판이었다. 그의 모친은 외출할 때 흰 장갑을 끼는 귀부인이었다. 아버지는 월 가의 변호사였다. 그는 브라운대학교 학사 출신이었다. 경영학 학위는 휘턴 스쿨(펜실베니아대학교 경영대학원)에서 받았다. 그는 펩시의 선전으로 두각을 나타냈다. 대학생들에게도 강연으로 인기였다. 스컬리는 평소 컴퓨터 상품 전시 및 선전이 얼마나 허술한지 실감하고 있었다. 스컬리가 애플 사무실에 온 날, 그는 사무실의 자유분방한 분위기에 놀랐다. 스컬리는 집에 와서 컴퓨터 마케팅에 관한 8페이지의 메모를 작성했다. "컴퓨터로 풍성한 인생을 즐긴다는 낭만적 감정을 소비자들이 갖도록 해야 한다"는 것이 메모의 요지였다. 하지만 그는 여전히 펩시를 떠나고 싶지 않았다. 그러나 잡스는 그에게 매달렸다. "이 젊은 수재와 사귀면 재미있을 것 같습니다"라는 것이 스컬리가 잡스와 만나는 이유였다.

1983년 1월 리사 발표를 끝내고, 잡스와 스컬리는 '포 시즌(Four Season)' 식당에서 늦은 밤까지 서로 흉금을 털어놓았다. 잡스는 잊을 수 없는 "신나는 밤이었다"고 그날의 감동을 전했다. 스컬리는 집에 돌아와서 잠을 이루지 못했다. 잡스의 젊은 기백과 비전에 놀랐다. 그와 만나는 것이 펩시콜라보다 더 재미있을 것 같았다. 스컬리는 새로운 야망에 불탔다. 다음 날 잡스 측근은 스컬리에게 전했다. "잡스는 당신에게 반했습니다." 이렇게 되어 두 사람의 교류는 시작되었다. 잡스는 스컬리가 새로 지은 집을 방문했다. 그는 300파운드짜리 참나무 문을 보고 탄성을 질렀다. 손가락이 살짝 스쳐도 문은 열렸다. 완벽주의자 잡스는 이거다 싶었다. 스컬리는 평소 캐딜락을 탄다. 그러나 잡스의 방문을 위해 아내의 자동차 메르세데스 컨버터블 450SL를 몰고 펩시 본사로 갔다. 펩시 사옥은 잡스 건물과는 전혀 달랐다. 들판을 바라보면서 꾸불꾸불한 차도를 지나다 보면 이윽고 조각 공원이 나타난다. 로댕, 헨리 무어, 콜더, 자코메티의 명품 조각이 한 눈에 들어왔다. 본부 건물은 건축가 에드워드 더렐 스톤(Edward Durell Stone)이 설계한 콘크리트와 유리로 지은 건축물이었다. 스컬리의 거대한 집무실에는 페르시아 융단이 깔려 있었다. 일곱 개 창문, 개인용 정원, 별도의 연구실, 욕실까지 있는 호화판 집무실이었다. 사원들의 체육실도 놀라웠다.

몇 주 후 두 사람은 다시 만났다. 이번에는 잡스가 스컬리를 불러 애플 본사에서 스크린을 통해 애플이 하고 있는 일을 소개했다. 잡스는 주변 사람들에게 스컬리가 "정말 스마트하다"고 자랑했다. 잡스는 스컬리 부부를 로스가토스에 있는 튜더식 집으로 초대했다. 당시 잡스는 여자친구 바버라 야진스키(Barbara Jasinski)와 함께 있었다. 잡스는 집 안을 잘 꾸미지는 않앉지만 자신의 취미대로 티파니 램프며, 골동 식탁이며, 레이저 디스크 비디오며, 마루에 널려 있는 발포 쿠션 등이 스컬리의 뉴욕 젊은 시절을 상기시켰다. 스컬리는 그 나름대로 잡스를 시험했다. 메트로폴리탄 박물관으로 잡스를 끌고 가서 그의 교양과 의중을 탐색했다. 스컬리는 대우 문제를 꺼낼 때가 되었다고 생각해서 잡스에게 100만 달러의 봉급과 100만 달러의 보너스를 제시했다. 잡스는 자신의 호주머니 돈을 다 쓰더라도 그 봉급을 주겠다고 스컬리에게 약속했다. 스컬리는 잡스와 정신이 통하는 것을 느꼈다. 잡스는 자신이 젊어서 죽을 것 같으니 일을 빨리빨리 해서 실리콘밸리 역사에 남아야 한다고 말했다. 그 일을 위해 스컬리가 필요하다고 했다. 스컬리는 1983년 5월 애플로 왔다.

1984년은 잡스가 75만 달러를 들인 TV광고의 해가 되었다. 미국 슈퍼볼 결승전 중계방송 중 2초 동안 화면은 먹통이 된다. 그리고 광고가 나간다. 9,600만 시청자가 광고를 보고 있다. 시청자들의 간담을 서늘케 한 충격적인 영상이 떴다 사라지면 "1월 24일 애플 컴퓨터 'Macintosh'를 소개합니다. 여러분은 1984년이 왜 '1984'년이 아닌지 알게 됩니다." 이렇게 시작된 애플 TV광고는 전 세계에 선풍을 일으키면서 역사상 최고의 상업 광고가 되었다. 스컬리가 온 다음 잡스는 옛날의 잡스가 아니었다. 상품 광고와 선전이 잡스의 세일 캠페인의 주 무기가 되었다. 1984년 1월 24일 "디안자 커뮤니티대학"의 플린트 강당에서 애플 연례 주주총회가 개최되었다. 그 자리에서 펼친 잡스의 선전활동에 주주들은 환성을 지르고 열광했다. 신문방송은 이 광경을 놓치지 않았다. 잡스와 스컬리가 계획한 대로 최고의 극적 효과를 달성했다.

1984년 'Mac'의 출시는 잡스를 업계 저명인사로 급부상시켰다. 그는 뉴욕 사교계에 나타났다. 레논의 미망인 오노 요코(Yoko Ono)의 파티에서 예술가 앤디 워홀(Andy Warhol)을 만났다. 그는 뉴욕 고급 아파트를 구입해서 개수했다. 그러나 들어가서 살지는 않았다. 나중에 이 아파트를 가수 보노(Bono)에게 1,500만 달러를 받고 팔았다. 그는 또한 팔로알토(Palo Alto) 언덕에 있는 스페인풍의 침실 열네 개가 있는 저택을 구입했다. 그는 입주했지만 집 단장은 안 했다. 잡스는 스컬리의 애플 취임일을 잊지 않았다. 1984년 5월 스컬리 애플 착륙 1주년 기념 파티를 쿠퍼티노의 유명 레스토랑 '르 무통 누아르(Le Mouton Noir)'에서 성대하게 개최했다. 애플 중역과 주주들이 총집합했다. 잡스는 축배의 잔을 들고 말했다. "나에게 가장 행복했던 두 날은 Mac을 출하한 날과 존 스컬리가 애플에 오겠다고 동의한 날입니다. 이보다 더 즐거운 날은 없습니다. 나는 존으로부터 너무나 많은 것을 배웠습니다." 스컬리는 답사의 말을 이렇게 맺었다. "애플에는 한 사람의 지도자가 있습니다. 스티브와 나 스컬리입니다." 잡스는 그 말을 듣고 희색만면이었다. 인간 상호간의 역사는 변화무쌍하다. 잡스와 스컬리가 걸어간 행로를 보면 알 수 있다.

애플을 떠나다

1985년 2월 잡스는 30세 생일 파티를 샌프란시스코 세인트 프란시스 호텔 볼룸에 하객 1천 명 모아놓고 열나게 베풀었다. 샌프란시스코 심포니 오케스트라가 연주하는 왈츠 음악에 따라 모두들 신나게 춤추고 놀았다. 밥 딜런을 초대했지만 오지 않아서 엘리 피츠제럴드가 〈이파네마서 온 소녀〉와 〈해피버스데이〉를 불렀다. 스컬리는 축배 인사를 했다. 워즈니악은 생일 선물을 했다. 많은 사람들이 선물을 들고 줄을 섰다. 데비 콜먼(Debi Coleman)은 스콧 피츠제럴드의 소설『마지막 거인』초판본을 선물했다. 이 모든 선물을 잡스는 호텔에 놓고 왔다. 파티 후, 'Mac' 팀은 흩어지기 시작했다. 리더였던 앤디 허츠펠드(Andy Herzfeld)가 회사를 떠나고, 버렐 스미스(Burrell Smith)도 1985년 떠나고, 연달아 브루스 혼(Bruce Horn)도 떠났다. 그러나 최대의 뉴스는 애플 공동 창업자 스티브 워즈니악(Steve Wozniak)의 사임이었다. 'Apple Ⅱ'를 만든 그는 크리스마스 시즌에 애플 판매 70%가 그의 작품이었는데도 잡스가 이 기계를 달갑지 않게 여겨서 불편했는데, 당시 그가 발명한 리모콘의 제조 판매 회사를 만들 계획으로 사임했다. 그의 온화한 성격은 작별 방식에도 영향을 미쳤다. 그는 2만 달러 봉급을 받고 임시직으로 애플에 남아 있기로 했다.

1985년 봄, 잡스와 스컬리 사이가 묘해졌다. 이유는 기기 단가 책정 의견 차이 때문이요, 더 근본적인 것은 직능 차이 때문이었다. 스컬리는 경영 분야이기에 전자 기계에 대한 이해가 부족했다. 잡스는 그것이 불만이었다. 스컬리는 종종 발생하는 잡스의 무례한 행동이 마음에 들지 않았다. 1985년 3월에 'Mac'의 판매가 저조해지자 잡스는 울적해지고, 주변 사람에게 험담과 야유를 쏟아냈다. 중간급 메니저들이 참다못해 잡스에게 항의 메시지를 보내고 반기를 들었다. 그들은 스컬리와 잡스 양쪽에 날을 세웠다. 스컬리는 고민 끝에 잡스에게 'Mac' 부문 일에서 손을 떼라고 말했다. 그 분야 기술자들이 요구하는 일을 스컬리가 대변하는 것이었다. 대표자들이 그에게 면담하러 왔을 때, 잡스는 그 말을 듣고 놀라서 귀를 의심했다. 잡스는 스컬리에게 "나를 도와야지"라고 원망하면서 분을 참다못해 눈물을 쏟았다. 스컬리는 이 사태를 이사회에 제기하겠다고 말했다. 잡스는 "믿을 수 없네. 그러면 회사가 망해!"라고 고함을 질렀다. 스컬리는 방에서 나왔다. 잡스와 이사들의 대담을 위해서였다.

4월 11일 이사회가 열렸다. 스컬리는 사태를 보고했다. 이사 아서 로크(Arthur Rock)는 잡스와 스컬리 모두에게 책임이 있다고 말했다. 이사회 중론은 잡스가 그 분야에서 물러나야 한다는 것이었다. 잡스가 방에서 나왔다. 이번에는 스컬리와 이사들이 사태를 논의하기 위해서였다. 스컬리는 자신에게 전권을 주면 회사 분란을 수습하겠다고 말했다. 이사회는 스컬리 편을 들었다. 복도에서 기다리던 잡스는 자신이 패했다는 것을 직감했다. 잡스는 스컬리에게 배신감을 느꼈다. 1985년 5월 잡스는 스컬리를 만나러 가서 그에게 생각할 시간을 달라고 했다. 스컬리는 완강했다. 잡스는 정공법으로 나왔다. "스컬리, 당신 사임하시오." 화가 난 스컬리는 응수했다. "잡스, 당신은 'Mac'을 발전시킬 수 없어요." 스컬리는 혼자 빠져나와 눈물을 흘렸다.

5월 14일 사태는 여전히 혼란스러웠다. 잡스가 물러나지 않았기 때문이다. 5월 23일 잡스는 'Mac' 선임자들에게 스컬리 해임을 고려 중이라고 말했다. 그러나 이사회도, 애플 수뇌부도 모두 스컬리 편을 들었다. 결국 이사회 결정은 잡스의 패배였다. 잡스가 아버지처럼 모셨던 마이크 마큘라도, 아더 로크도, 스컬리도 모두 그를 버렸다. 이런 일을 겪고 나니 스컬리는 더 이상 애플에 머물고 싶지 않았다. 그는 사의를 표했다. 이사들은 회사가 무너진다고 극력 말렸다. 심사숙고 끝에 스컬리는 회사에 남기로 했다. 잡스는 마음을 달래고 새로운 앞날을 모색하기 위해 유럽으로 여행을 떠났다. 파리로, 이탈리아로, 러시아로 세상 물정 살피면서 한 바퀴 돌고 왔다.

잡스는 1985년 8월 유럽 여행에서 돌아왔다. 잡스는 여전히 애플의 이사장이지만 실권이 없어서 그동안 이사회는 참석하지 않았다. 그러나 지금, 회사를 떠나는 순간 잡스는 이사회에 참석할 필요를 느꼈다. 그는 이사장 직 사퇴를 선언했다.

넥스트 창립

잡스는 직원 다섯 명과 함께 새 회사를 준비하고 있었다. 당시 잡스는 애플 주식을 650만 주 보유하고 있었다. 전체의 11%, 시가 1억 달러였다. 그는 자신의 주를 매도하기 시작했다. 5개월 후, 모두 정리했다. 주주총회에 참석하기 위해 한 주 남겨두었다.

잡스는 단단히 화가 났다. 잡스는 자신의 회사 '넥스트(NEXT)'를 설립했다. 1988년 10월 12일 샌프란시스코 심포니 홀에서 '넥스트' 컴퓨터 세계 출시 행사를 개최했다. 3천 명 이상의 청중이 몰려들었다. 잡스는 세 시간 동안 무대에서 청중의 박수갈채를 받으며 작품 발표를 했다. 샌프란시스코 심포니 오케스트라는 바흐의 바이올린 협주곡 A단조를 연주했다. 신품 발표가 끝났는데도 차일피일하면서 컴퓨터 출시가 늦춰지자, 기자는 그에게 물었다. "왜 이토록 지연되고 있는가?" 잡스는 답했다. "늦은 게 아닙니다. 5년 앞당겼습니다." 넥스트 컴퓨터는 드디어 1989년 중반에 판매를 시작했다.

잡스의 여인들

1982년 잡스는 포크싱어 조앤 바에즈를 만났다. 둘은 쿠퍼티노에서 만나 차를 마시고 식사를 하면서 즐겼다. 잡스는 그녀가 사랑스럽고 재미있었다. 그 당시 잡스는 바버라 야진스키와의 관계가 끝나고 있었다. 잡스는 바에즈와 하와이 여행을 가고, 산타크루즈 저택에서 함께 지내면서 그녀의 콘서트에 빠지지 않고 참석했다. 잡스는 바에즈에게 빠져

들었다. 그의 나이 27세, 바에즈는 41세였다. 나이는 이들의 로맨스에 방해가 되지 않았다. 바에즈가 1960년대 가수 밥 딜런의 애인이었다는 사실이 그를 몹시 자극했다. 딜런은 잡스가 몹시 좋아했던 가수였다. 바에즈에게는 당시 열네 살 아들이 있었다. 반전주의자 데이비드 해리스와 결혼하고 얻은 가브리엘이었다. 바에즈가 잡스에게 아들이 타자기를 원한다고 말했더니, 잡스는 바에즈를 데리고 자신의 실험실로 가서 극비리에 진행 중인 컴퓨터를 보여주면서 '애플 II'를 주고, 후에 'Mac'도 한 대 선물했다. 직원들은 잡스의 돌출 행동에 놀라고, 명가수 바에즈의 출현에 화들짝 법석을 떨었다. 이런 일도 있었다. 잡스는 바에즈에게 랄프 로렌의 의상을 보여주려 의상점으로 갔다. 옷을 보여주면서 바에즈 보고 사라고 말했다. 바에즈는 살 만한 여유가 없다고 했다. 잡스는 그 옷을 사주지 않고 그냥 나왔다. 잡스가 바에즈에게 선물하는 꽃다발도 알고 보니 이벤트하다 남은 꽃이었다. 컴퓨터는 선물하지만 나머지는 모른 척 지나갔다. 잡스는 사랑을 해도 실리적인 본성을 지켰다. 잡스는 컴퓨터로 브람스 음악을 바에즈에게 들려주면서 기계가 사람의 소리보다 나아진다는 얘기를 했다. 바에즈는 그 얘기에 승복하지 않았다. 잡스는 고민했다. 10대 아이를 가진 연상의 여인과 가정을 가질 수 있는가. 답은 언제나 부정적이었다. 잡스는 아이를 원하고 가정을 원했다. 그러나 바에즈는 더 이상 아이를 원하지 않았다. 바에즈는 첫 결혼이 파경으로 끝난 후에는 혼자 사는 인생을 갔다. 때때로 로맨스가 있었지만, 그것은 잠깐 동안의 나들이였다.

잡스가 애플을 떠난 후, 양모 클라라가 폐암으로 사경을 헤매고 있었다. 잡스는 그녀의 병상을 지켰다. 갖가지 환담을 나누면서 잡스는 물었다. "어머니, 결혼 전 처녀였어요?" 클라라는 어색해하면서 입을 열었다. 폴과 결혼하기 전에 결혼을 한 번 했는데 남편은 전쟁에서 돌아오지 않았다고 말하면서 잡스의 입양 얘기도 주섬주섬 늘어놓았다. 이후, 잡스는 자신을 낳아준 어머니 찾기에 나섰다. 탐정을 고용했지만 허사였다. 잡스는 자신의 출생신고서에 적혀 있는 의사의 이름을 확인했다. 그의 이름이 샌프란시스코 전화부에 있었다. 그는 전화를 걸었다. 의사는 당장에는 아무 도움이 되지 않았다. 그러나 의사는 잡스에게 편지를 썼다. 그 편지를 봉하고 자신이 죽은 후에 잡스에게 그 편지를 전하라고 적어두었다. 의사가 죽은 후에, 부인이 그 편지를 잡스에게 전했다. 편지에는 출생 내력이 적혀 있었다. 잡스의 생모는 위스콘신의 미혼녀 대학생 조앤 시블(Joanne Schieble)이였다. 탐정은 그 이름을 쫓았다. 잡스를 입양보내고, 생모는 잡스의 생부 압둘파타 잔달리(Abdulfattah "John" Jandali)와 정식으로 결혼했다. 이들 부부는 딸 모나(Mona)를 얻었다. 5년 후, 생부는 이들 모녀와 헤어졌다. 생모는 조지 심프슨(George Simpson)과 재혼했다. 이 결혼도 오래가지 않았다. 1970년 이들 모녀는 로스앤젤레스로 갔다. 잡스는 이 사실을 알고도 1986년 양모 사망 시까지 생모와의 접촉을 시도하지 않았다. 양부 폴에게는 말했다. 폴은 생모와의 접촉을 양해했다.

잡스는 생모에게 전화를 걸고, 생모를 만났다. 양모에게 자신을 입양보낸 것을 이해한다고 말했다. 잡스는 생모에게 감사의 뜻을 전했다. 유산시키지 않은 것만도 다행한 일이라고 말했다. 생모는 그 당시 23세였다. 잡스 때문에 상처를 받고 고통을 받았었다. 입양을 보내면서도 아이의 미래를 걱정하며 대학을 보내야 한다고 양부모한테 서약서를 받아냈다. 생모는 잡스를 보고 감정이 복받쳤다. 생모는 잡스가 유명해지고 부자가 된 것을 알고 있었다. 생모는 당시 입양을 강요당했다고 말했다. 입양해도 아이는 행복할 수 있다는 것을 알고 난 다음 입양 각서에 서명을 했다고 말했다. 생모는 입양한 아들을 보고 싶어서 몹시 고통을 받았다고 말했다. 생모는 잡스에게 여러 번, 여러 번, 사과했다. 잡스는 입양했어도 괜찮았다고 생모를 위로했다.

생모는 잡스에게 여동생 모나가 있다고 말했다. 당시 모나 심프슨(Mona Simpson)은 앞날이 촉망되는 소설가였다. 그녀는 뉴욕 맨해튼에 살고 있었다. 생모는 지금까지 잡스 얘기를 모나에게 하지 않았다. 잡스가 찾아온 날, 비로소 딸에게 이 사실을 전화로 알렸다. 오빠를 뉴욕으로 보내 모나를 만나게 해주겠다고 말했다. 그러나 오빠의 정체에 관해서는 아무 말도 하지 않았다. 모나는 그때 어머니 이야기를 소설로 쓰고 있었다. 모나는 당시 조지 플림턴(George Plimpton)이 주관하던 유명한 문학잡지『파리 리뷰』에 근무하고 있었다. 함께 일하던 편집자들은 모나의 오빠가 누구인지 궁금해했다. 드디어 이들의 만남이 세인트레지스 호텔 로비에서 성사되었다.

잡스와 모나는 로비에서 만난 후 산책을 했다. 그들은 서로 하는 일에 관해서, 살아가는 환경에 관해서, 그동안의 가족사에 관해서 스릴을 느끼면서 시간 가는 줄 모르게 떠들어댔다. 식당에서 저녁 식사를 하면서 두 사람은 모든 것이 너무나 가깝다는 것을 새삼스럽게 느꼈다. 잡스는 자신에게 여동생이 있다는 것이 신기했고, 여동생이 소설을 쓴다는 것이 여간 자랑스럽지 않았다. 1986년 플림턴이 모나 소설『여기가 아니면 어느 곳이나(Anywhere But Here)』출판 기념회를 열었을 때, 잡스는 뉴욕으로 가서 동생과 팔짱을 끼고 행사장에 들어섰다. 둘은 급속도로 친해졌다. 잡스는 동생을 아끼고, 모나는 오빠를 사랑했다. 모나는 잡스를 주인공으로『보통 사람(A Regular Guy)』이라는 소설을 썼다. 잡스가 마음에 들지 않는 점이 한 가지 있었다. 모나의 옷이었다. 모나는 한참 부상하는 젊은 소설가답게 옷을 대충 입었다. 잡스는 매력을 발산하도록 옷을 입어라고 권했다. 모나는 말했다. "나, 모델이 아니에요." 패션 디자이너 잇세이 미야케 점포에서 고급 의상이 모나에게 배송되었다. 빨간 머리 모나에 맞는 잿빛이 도는 녹색 정장이었다. 모나는 깜짝 놀라면서 오빠의 배려에 기쁨을 감출 수 없었다. 한때, 연인이었던 바에즈도 받지 못했던 선물이었다.

모나는 다섯 살 때 헤어진 아버지 찾기를 시작했다. 모나는 탐정을 고용했지만 성공하지 못했다. 모나는 단념하지 않고 다른 탐정을 물색했다. 그 탐정은 새크라멘토의 압둘파타 잔달리라는 사람의 주소를 자동차 면허 기록에서 찾아냈다. 모나는 오빠에게 연락했다. 모나는 혼자서 새크라멘토로 향했다. 사실 잡스는 그에 내해서 흥미가 없있다. 그는 모나를 아껴주지 않았기 때문이다. 그는 모나를 버린 사람이었다. 모나는 아버지가 작은 식당에서 일하는 것을 발견했다. 그는 모나를 보고 기뻐했지만, 태도는 서먹했다. 몇 시간 동안 이야기를 나누면서 아버지는 그동안의 얘기를 모나에게 털어놓았다. 잡스는 모나에게 자신의 얘기를 생부한테 언급하지 말라고 부탁했다. 그래서 모나는 아무 말도 하지 않았다. 아버지는 그 아들을 만난적이 없다고 했다. 그런데 아주 흥미로운 이야기를 해주었다. 아버지가 새너제이에서 멋진 식당을 운영하고 있었다. 식당이 소문나서 유명 인사들이 대거 몰려왔는데, 그중에는 유명한 스티브 잡스도 있었다고 말했다. 모나는 기절할 것 같았다. "그 사람이 아버지 아들이에요!" 목구멍으로 소리가 터져 나올 것만 같았지만 억지로 참았다. 모나는 잡스를 만나 새너제이 식당 이야기를 했다. 잡스는 그 식당과 그 주인을 기억하고 있었다. 잡스는 엄청 놀랐다. "그래, 기억하지, 시리아 사람이었어. 대머리였지. 우리는 만날 때마다 악수를 했어." 잡스는 끝내 그를 만나지 않았다. 몇 년이 지난 다음 잔달리와 잡스의 관계가 온라인에 언급되었다. 당시 잔달리는 네바다에 살면서 네 번째 결혼을 했다. 2006년 그가 모나를 만나러 왔을 때 스티브 잡스에 관해서 물었다. 모나는 사실 그대로 실토하면서, 잡스는 아버지를 만나고 싶어 하지 않는다고 말했다. 잔달리는 그 말을 이해했다. 그는 결국 잡스를 만나지 않았다. 1992년 모나는 이 이야기를 소재로 소설『잃어버린 아버지(The Lost Father)』를 발간했다. 모나는 한 걸음 더 나갔다. 잔달리 가족들의 족보를 캐기 시작했다. 2011년 그 자료로 소설 준비를 했다. 잡스는 생모와는 긴밀한 관계를 유지했다. 크리스마스 때면 모나는 어머니와 함께 잡스 집에서 지냈다. 가족의 재회는 달콤하지만, 어머니는 눈물이 났다. 그럴 때, 잡스는 포근히 어머니를 안아주었다.

잡스에게는 딸이 있었다. 이름이 리사 브레넌(Lisa Brennan)이었다. 그녀 어머니는 크리산(Chrisann)이었다. 잡스가 팔로알토 넥스트 작업실에서 일할 때, 크리산의 집은 사무실 근처에 있었다. 잡스는 틈나면 리사를 보러 그 집에 들렀다. 때로는 리사를 사무실로 데려와서 식당으로 가 리사가 좋아하는 닭고기를 시켜주었다. 잡스가 일본으로 여행 갈 때 리사를 데려갔다. 호사스런 호텔에서 잡스가 최고로 좋아하는 장어 초밥을 둘이서 맛나게 먹었다. 리사는 포근하고 너무나 인간적인 정이 넘치는 이 순간을 잊지 못한다. 그러나 잡스의 성격은 극과 극으로 움직인다. 뜨거운 순간과 냉담한 순간이 시도 때도 없이 교차한다. 리사도 마찬가지였다. 잡스를 따르다가도 순간 멀어진다. 그래서 둘 사이는 오랜 세월 엎치락뒤치락 반복을 계속했다. 잡스는 자신의 경우처럼 되어버린 리사 모녀를 평생의 아픔으로 여겨왔다. 그래서 리사에게는 각별한 신경이 쓰이는 것이었다. 잡스는 고등학교를 졸업하고 크리산 브레넌과 산장에서 함께 살았다. 1974년 잡스가 인도에서 돌아오자 이들은 로버트 프리드란드 농장에서 함께 지냈다. 그들이 로스알토스(Los Altos)에 자리 잡았을 때, 잡스는 아타리에서 일했고, 크리산은 선 (禪)센터에서 시간을 보냈다. 1975년 그녀는 잡스의 친구

그레그 칼훈(Greg Calhoun)과 친해졌다. 그녀는 그레그 곁에 있다가 스티브한테 오는 이중생활을 했다. 이런 일은 당시 흔히 있는 일이었다. 1975년 그녀는 그레그와 단짝이 되어 이듬해 함께 인도로 가기로 마음먹었다. 잡스는 말렸지만 그들은 떠났다. 그들은 인도에서 1년 동안 있었다. 한때, 돈이 떨어져서 그레그는 테헤란에서 영어를 가르쳤다. 그녀는 미국으로 돌아와서 천막 생활을 했다. 잡스는 월 600달러 월세 집에서 대니얼 콧키(Daniel Kottke)와 함께 생활했다. 대니얼과의 생활도 불안정했다. 크리산 브레넌이 이 집으로 들어왔다. 이들은 합숙을 시작했다. 그러다 보니 브레넌이 임신을 했다. 잡스와 결혼 이야기는 없었다. 두 사람 나이는 23세였다. 잡스와 브레넌의 관계는 냉각되었고 둘은 격렬하게 싸웠다. 1978년 5월 17일 브레넌은 리사를 낳았다. 두 사람의 분쟁이 시작되었다. 잡스는 마침내 친자 확인 검사까지 받았다. 리사는 자신의 딸이었다. 잡스는 양육비로 매달 385달러를 보냈다. 이 일이 있은 다음, 잡스는 생활을 일신했다. 약도 끊고, 외모도 가꾸고, 양복도 차려 입고, 생활에 규율을 잡았다.

잡스는 여자에 약했다. 사랑의 낭만에 쉽게 빠져들었다. 1983년 여름, 바에즈와 함께 참석한 만찬 모임에서 펜실베이니아대학교 학생 제니퍼 이건(Jennifer Egan)을 만나 사랑에 빠졌다. 이들의 격렬했던 사랑은 1984년 제니퍼가 스스로 물러나면서 불길이 잦아들었다. 이듬해 4월 잡스는 금발의 미녀 티나 레지(Tina Redse)를 애플 재단에서 만났다. 잡스는 티나를 세상에서 제일 아름다운 여성이라고 격찬했다. 다음날, 잡스는 그녀를 식사에 초대했다. 그녀는 사양했다. 그녀는 남자 친구가 있다고 말했다. 그러나 잡스는 막무가내였다. 잡스의 집요한 구애에 티나는 굴복했다. 그녀는 잡스의 연인이 되어 5년간 꿈 같은 사랑이 계속되었다. 1989년 잡스는 티나에게 결혼하자고 말했다. 그런데 티나는 결혼에 반대했다. 티나는 잡스의 착한 아내가 될 수 없다는 것을 이미 알고 있었다. 인생과 예술의 가치관이 서로 달랐기 때문이다. 잡스와 헤어진 티나는 다른 남자를 만나 결혼해서 두 자녀를 얻었지만 파경의 고통을 겪었다. 잡스는 계속 티나를 사모했는데, 결혼한 후에도 그리움은 여전했다. 잡스가 암 투병할 때, 티나는 그를 문병했다. 잡스의 결혼은 성사되지 않았지만, 티나는 자신을 사랑했던 잡스를 잊지 못했다. 잡스는 병상에서 티나의 하얀 손을 잡고 하염없이 눈물을 흘렸다.

티나와 결별한 잡스 앞에 1989년 10월 새로운 여인이 나타났다. 스탠퍼드 경영학 교실에서 잡스가 강연하는 날이었다. 그 학교 경영대학원 학생 로렌 파월(Laurene Powell)이었다. 그녀는 잡스의 맞춤형이었다. 배짱이 두둑한 강한 성격, 정신적 초월성, 좋은 교육을 받고 뛰어난 독립심, 가정적 성격, 금발에 가득 찬 유머 감각 등이다. 잡스는 그녀를 보고 즉시 공세를 취했다. 그날 저녁 식사에 초대한 것이다. 시원한 가을 저녁이었다. 팔로알토의 채식 식당 '세인트마이클스 앨리'로 갔다. 네 시간 그곳에 머문 후, 이들 두 남녀는 평생을 함께 살게 되었다. 티나와 로렌은 잡스가 평생 사랑한 두 여인이었다.

로렌 파월은 1963년에 태어났다. 부친은 해병대 조종사였다. 부친이 해병대 영웅으로 사망하자, 어머니는 네 아이를 거느리고 재혼했다. 그들은 이때부터 악몽의 세월이었다. 이때 로렌은 자립의 정신을 익혔다. 그러기 위해서는 우선 돈이 있어야 했다. 펜실베이니아대학교를 졸업한 후, 그녀는 골드만삭스에서 근무했다. 충분한 경험을 쌓고, 그녀는 이탈리아 피렌체로 가서 8개월 살았다. 그런 다음 스탠퍼드 경영대학원에 입학했다. 1990년 잡스는 로렌에게 결혼 신청을 했다. 로렌은 수락했다. 12월 잡스는 로렌과 함께 그가 좋아하는 하와이 코나 마을로 휴가 여행을 갔다. 그런데 그해가 다 가도록 결혼식은 거행되지 않았다. 그사이 잡스는 두 여인 사이에서 고민하고 있었다. 잡스는 여전히 장미꽃을 티나에게 보내고 있었던 것이다.

1991년 3월 18일 36세 스티븐 폴 잡스는 27세 로렌 파월과 요세미티 국립공원 '아화니 로지(Ahwanee Lodge)'에서 결혼식을 올렸다. 스티브의 양부 폴, 여동생 모나 등 50명의 하객들이 초청되었다. 그날 요세미티에는 눈이 펑펑 쏟아졌다. 선(禪) 스승 코분 치노(Kobun Chino)가 주례를 맡고, 지팡이로 징을 치고, 향을 피우며 불경을 읊었다. 예식이 끝난 다음 모두들 요세미티 눈 내리는 산길로 하이킹 갔다.

결혼 후에 로렌은 식품 공급 회사 '테라베라(Terravera)'를 창업했다. 열네 살 된 리사는 잡스의 신혼집으로 들어왔다. 잡스는 리사가 어머니와의 문제로 학교 생활에 지장이 있다고 해서 담임의 권고로 집으로 데려온 것이다. 리사는 팔로알토고등학교를 마치는 4년 동안 잡스의 집에 있었다. 이후, 리사는 집을 나와 친지의 집에 가서 살았다. 그동안 잡스의 아내 파월은 리사를 잘 돌봐주었다. 리사는 1996년 하버드대학교에 입학했다. 대학 시절 잡스와 리사 사이는 원만하지 못했다. 리사는 학자금을 잡스의 측근으로

로렌 파월

부터 빌렸다. 나중에 그 사실을 알고 잡스는 화를 냈지만 그 돈을 갚아주었다. 리사의 졸업식 때도 잡스는 가지 않았다. 리사가 부르지 않았기 때문이라고 잡스는 변명했다. 잡스는 70만 달러의 집을 사서 리사와 함께 살라고 크리산에게 주었는데 크리산은 집을 팔고 남자 친구와 파리로 갔다.

1991년 파월은 아들을 낳았다. 리드 폴 잡스(Reed Paul Jobs)라고 이름을 지었다.

리드는 잡스가 다닌 대학교 이름이다. 1995년 딸 에린 시에나 잡스(Erin Siena Jobs)가 태어났다. 그 후 파월은 1998년 딸 이브(Eve)를 낳았다.

잡스와 월트 디즈니

월트 디즈니(Walter Elias "Walt" Disney, 1901~1966)는 "다빈치 이래 그래픽 아트의 거장"이라고 평가된 제작자, 만화가, 애니메이터, 성우, 영화감독, 사업가, 월트디즈니사 공동 창업자(나머지 한 명은 로이 디즈니), 회장이었다. 그는 영화회사를 운영하면서 미키 마우스(Mickey Mouse), 도널드 덕(Donald Duck), 구피(Goofy)의 캐릭터를 만들어냈다. 미키 마우스의 최초의 목소리는 월트 자신이었다. 그는 〈비행기에 미치다〉 〈갤로핀 가우초〉 〈증기선 윌리〉 등 만화영화를 제작해서 대성공을 거두었다. 미키 마우스 영화는 한 달에 한 편 공급되어 세계적인 인기를 얻었다. 〈피노키오〉 〈백설공주〉 등의 만화는 어린이와 어른들의 마음을 사로잡았다. 1930년대 컬럼비아 영화사가 디즈니의 애니메이션 영화를 전 세계에 공급하면서 디즈니는 세계 전역에서 일대 선풍을 일으켰다. 디즈니는 영화에서 얻은 이익으로 1932년 학교를 설립하고 젊은 예술가 육성에 이바지했다. 그는 새로운 영화 기술을 개발하고, 새로운 도구와 장치를 영화계에 도입했으며, 디즈니 영화 〈꽃과 나무〉를 세계 최초로 총천연색 음악영화로 제작했고 그 공로를 인정받아 최초의 오스카 영화상을 수상했다. 디즈니 자신은 22개 아카데미상과 4개의 명예아카데미상을 수상했으며, 59회의 노미네이션으로 디즈니 영화는 전 세계 영화인과 관객의 사랑을 받았다. 그는 또한 7개의 에미상을 수상했다.

1950년대 중반, 스티브 잡스가 태어난 시기에 월트 디즈니는 새로운 미디어인 텔레비전으로 진출했다. 1954년 ABC 방송국과 장기 독점 계약을 체결하고 애니메이션 영화와 자연 기록 영화를 방영하는 〈디즈니랜드〉 프로그램을 방영했다. 이 프로는 시청률 41%였다. 7,500만 시청자 가운데서 3,080만 명이 이 프로그램을 본 셈이다. 디즈니는 회사의 총력을 기울여 새로운 도전을 시작했다. 가족을 위한 유원지 '디즈니랜드' 테마파크 건설이었다. 그는 이 아이디어를 두 딸이 회전목마를 타고 있는 것을 보고 착상했다고 한다. 1948년 스탠퍼드종합연구소에 의뢰해서 입지 조사를 했다. 로스앤젤레스 남쪽 40킬로미터 지점, 애너하임 근처 오렌지 농장 24헥타르를 구입했다. 처음 작성한 예산은 500만 달러였다. 그러나 실제로 건설비는 1,700만 달러가 되었다. 1955년 7월 17일 디즈니랜드 개장 장면이 텔레비전 생방송으로 전국에 방영되었다. 어른 입장료 1달러, 어린이 50센트의 입장료를 내고 처음 일주일 동안 입장한 관람객은 17만 명이 되었다. 미국 최초의 종합 오락 시설을 건설해서 월트 디즈니는 대성공을 거두었다. 미국은 베이비붐으로 1946년에서 1964년 사이에 탄생한 어린이가 7,640만 명에 달했다. 그 아이들이 하루 1만 명 부모와 함께 디즈니랜드로 쏟아져 들어왔다. 1957년 12월 31일 디즈니랜드는 1천만 명 입장객을 기록했다. 당시 입장객 한 사람이 쓴 돈을 평균해서 보면 입장료 2달러 70센트, 음식물 2달러, 선물 18센트로 회사의 수익은 거액에 도달했다. 디즈니랜드는 미국만이 아니고 세계적인 관광지가 되었다. 1959년 디즈니랜드 입장객은 500만 명이었다. 그 숫자는 미국 최고의 관광지 옐로스톤, 그랜드캐니언, 요세미티 국립공원 관광객 전부를 합친 수보다 많았다.

월트 디즈니 프로덕션은 매년 흑자 경영이었다. 디즈니의 로고가 모든 면에서 상승 효과를 일으키고 있었다. 제작한 텔레비전 프로그램이 1950

년대 이미 500편을 넘었다. 테마파크도 계속 대성황이었다. 1958년 월트 디즈니는 '디즈니월드' 건설 계획에 착수했다. 1965년 건설 지역을 플로리다 올랜드로 정하고, 그 지역 1만 1천 헥타르 습지를 약 500만 달러로 매입했다. 월트 디즈니는 이곳에 새로운 형태의 가족 유원지를 만들 계획이었다. "이것은 본인이 과거 42년간 매달린 사업 가운데 최대의 것입니다. 이것이 완성되면, 교육에 도움이 될 것입니다. 가족의 유대가 강화될 것입니다. 지역사회와 나라의 자랑이 될 것입니다." 디즈니는 이렇게 말했다. 디즈니월드는 월트가 사망한 후인 1971년 문을 열었다. 건축비 4억 달러가 소요된 디즈니월드에는 도시계획의 미래상을 엿볼 수 있는 리조트 시설과 호텔, 에프코트센터(EPCOT Center)가 부설되어 있었다. 이 센터는 월트 디즈니가 역점을 둔 세계 각국의 특징을 살린 박람회와 미래 교육 시설이었다. 월트 디즈니사(The Walt Disney Company)는 통칭 '디즈니(Disney)'로 알려지고 있다. 디즈니는 다국적 매스미디어 오락 산업 총체로서 캘리포니아 버뱅크(Burbank), 월트 디즈니 스튜디오 건물에 본부가 있다. 디즈니는 1923년 10월 16일 '디즈니 형제 카툰 스튜디오(Disney Brothers Cartoon Studio)'로서 출발했는데, 미국 애니메이션 산업의 선구자였다. 이 회사는 영화 산업, 텔레비전, 테마파크로 사업으로 분화되고 있다. 이 회사는 월트 디즈니 스튜디오, 월트 디즈니 프로덕션으로도 알려지고 있으며, 1986년 출판과 온라인 미디어 등으로 확대되었다. 디즈니는 ABC 방송국, 디즈니 채널, ESPN, A+E Networks, ABC Family와 전 세계 14개 테마 공원, 다우존스 산업회사, 만화 제작회사 미키마우스 등을 운영하고 있다.

1984년부터 2005년까지 아이스너 시대가 된다. 시드 배스(Sid Bass) 가문이 디즈니 주식 18.7%를 보유하면서 파라마운트 영화사로부터 마이클 아이스너(Michael Eisner)를 CEO로, 프랭크 웰스(Frank Wells)를 회장으로 영입했다. 아이스너는 영화 산업에 역점을 두었다. 디즈니는 스튜디오 회장 제프리 캐천버그(Jeffrey Katzenberg)가 1993년 미라맥스 영화사를 병합하면서 성인 영화 제작을 시작했다. 카젠버그는 프랭크 회장이 1994년 헬리콥터 사고로 숨지자, 디즈니를 사임하고 '드림웍스(Dream Works SKG)'를 설립했다. 그는 잡스와 '픽사(Pixar)' 계약을 체결한 주역이었다. 디즈니와의 이 계약은 2004년 12년 계약이 종료되었다.

픽사 컴퓨터와 영화제작

잡스는 평소에 월트 디즈니의 문화 예술 업적과 그의 디자인 감각을 존경했다. 잡스는 자신이 투자해서 만든 '픽사'와 디즈니 영화는 서로 인대가 맞는다고 생각했다. 1986년 1월 잡스는 '픽사'에 1천만 달러 투자해서 주식 70%를 인수하고, 나머지 주식은 에드 캣멀(Ed Catmull), 앨비 레이 스미스(Alvy Ray Smith), 그리고 38명의 기술자와 직원들에게 배당했다. 처음에는 잡스가 에드와 앨비에게 운영을 일임했다. 매달 한 번 이사 모임에서 잡스는 재정을 살피고 전략을 짰는데, 점차 '픽사' 일에 적극성을 발휘했다.

월트디즈니사가 '픽사'의 애니메이션 시스템에 대해 라이선스 계약을 맺고 최대 고객이 되었다. 디즈니 영화 담당 책임자 캐천버그는 어느 날 잡스를 자신의 영화사로 초대했다. '디즈니월드' 개관 한 달 후인 1971년 12월 20일, 월트의 형제요 공동 창업자 로이 디즈니가 심장마비로 사망했다. 회사는 돈 테이텀(Donn Tatum), 카드 워커(Card Walker), 론 밀러(Ron Miller)에 의한 공동 관리가 되었다. 1979년 디즈니는 파라마운트 영화사와 공동 제작 방식을 취하면서 새로운 차원의 영화 제작 방식을 필요로 했다. 디즈니 영화사를 한 바퀴 돌아본 후, 잡스는 디즈니와 영화 일을 함께 하고 싶다고 말했다. 캐천버그도 좋다고 말했다. 협약이 이루어지고, 이들 합작에 의한 영화에 잡스의 '픽사'가 디즈니의 상호와 함께 나란히 찍히게 되었다. 잡스는 이 일을 아주 중요하게 생각했다. 잡스는 영화 산업에서 놀라운 성공을 성취했다.

애플 복귀

1998년 넥스트 컴퓨터가 출시되었고 고객들은 흥분했다. 그러나 잡스의 관심은 컴퓨터 하드웨어보다는 영화 산업에 있었다. 잡스가 애플을 물러난 후 몇 년간 애플은 순조롭게 성장했다. 그러나 1990년대 들어서서 애플의 매상은 기울기 시작했다. 스컬리의 인사 난맥이 애플을 망가뜨렸다고 잡스는 개탄했다. 1995년에 출시한 '윈도우즈 95'는 성능이 좋았지만 판매는 시원치 않았다. 1995년 크리스마스 휴가로 하와이에서 지날 때, 잡스는 래리 엘리슨(Larry Ellison)과 애플 재탈환을 의논하고 있었다. 1996년 애플의 점유율은 1980년대 후반 16%에서 4%로 하락했다. 주가는 1991년 70달러에서 14달러로 하락했다. 애플은 안정적인 경영이 필요했다. 애플은 넥스트의 지원이 필요했다. 그런데 넥스트도 위기였다. 애플이 사주면 여간 고마운 일이 아니었다. 1996년 12월 2일 잡스는 애플 본사로 갔다. 이임 후 처음이었다. 그는 애플에서 간부들 앞에서 강연을 했다. 넥스트가 애플의 생명줄이라고 말했다. 사실은 애플이 넥스트의 생명줄이었다. 1996년 애플은 넥스트를 4억 2,700만 달러로 매입했다. 이 협상은 1997년 2월에 공식화되었다. 1996년 12월 20일 잡스는 애플 250명 직원들 품으로 다시 돌아왔다.

잡스가 제일 먼저 한 일은 자신의 심복을 요직에 앉히는 일이었다. 그가 없는 사이 애플은 혼수상태에 빠져 있었다고 잡스는 생각했다. 복귀 초에 고문직으로 취임한 잡스는 1997년 길 아멜리오(Gil Amelio) 사장을 밀어내고 자신이 애플의 총수가 되었다. 12년 만의 복귀였다. 그리고 자신에게 반기를 들었던 마이크 마쿨라 같은 중역을 위시해서 반대 세력과 무능한 직원들을 해고하고, 상당수의 사내 프로젝트를 중단했다. 잡스는 '리사' 제작팀의 실패를 거론하며 정면으로 이들을 공박했다. 이들 팀원들은 격하되고 정리되었다. 이 조치에 대해서 일부 사원들은 불만이었다. 그들은 열심히 일했고, 유능한 기술자였다는 평가 때문이다. 잡스는 회사를 키우려면 때로는 혹독한 수단을 써야 한다고 말했다. 1998년 3월 스컬리가 주도했던 터치스크린식 포터블 소형 컴퓨터 '뉴턴(Newton)'을 위시해서 '사이버독'(Cyberdog), '오픈독'(OpenDoc) 계획을 전면 중지시켰다. 검은색 터틀넥 셔츠를 입은 잡스는 연단에 올라가서 전 직원에게 애플의 문제가 무엇이냐고 다그쳐 물었다. 잡스는 생산품 때문이라고 스스로 답변했다. 생산된 물건이 썩어서 '섹스'가 없어졌기 때문이라고 말했다. 옛 동료들 가운데 워즈니악과 앤디 허츠펠드는 살아남았다.

잡스와 게이츠의 악수

잡스는 1997년 8월 '맥월드(Macworld)' 회의에서 애플을 재건하기 위해 마이크로소프트와 손을 잡겠다고 공언했다. 이 발언은

스티브 잡스와 빌 게이츠

매스컴에 크게 보도되었다. 그동안 두 회사는 충돌하고, 싸우고, 경쟁하고 있었기 때문에 직원들도 충격이었다. 게이츠의 재정 담당 그레그 마페이 (Greg Maffei)가 팔로알토 잡스 본거지에 그를 만나러 왔다. 두 회사의 합작 방식을 논의하기 위해서였다. 잡스는 중요한 회담은 언제나 정원을 거닐면서 한다. 그날은 맨발로 걸었다. 잡스는 두 회사가 합작해서 일하면 세상은 더 좋아진다는 신념을 계속 피력했다. 협상은 순조롭게 진행되었다. 애플 주가는 6달러 56센트로 치솟았다. 잡스는 과거 그의 창조 분야에서 일했던 리 클로(Lee Clow)를 불러들였다. 클로와 그의 팀은 잡스 일에 열심히 참여했다. 디자인 팀에 조너선 아이브(Jonathan Ive)가 가담했다. 그는 1992년 애플 디자인 팀에 와서 1996년 팀 리더가 되었지만 잡스 후임으로 온 애플 사장 아멜리오는 디자인에 대해서 큰 관심이 없었다. 그와는 반대로 잡스는 디자인에 집중하면서 아이브의 예술과 창조력에 깊이 의존했다. 스티브와 아이브는 컴퓨터 디자인, 말하자면 '포장(package)'에 심혈을 기울였다. 포장은 컴퓨터의 무대이면서 그 내용이라는 것이 아이브의 신념이었다. 최초의 잡스-아이브 공동 작품은 1998년 5월에 출시된 '아이맥(iMac)'이라는 희한한 물건이 된다. 값도 1,200달러로 낮췄다. 케이스는 오스트레일리아 바다의 감청빛으로 마감했다. 반투명체 플라스틱 소재여서 기계 내부가 들여다보이면서 컴퓨터의 내부와 외부가 일체감을 이루었다. 아이브와 그의 팀은 이 매력적인 케이스를 만들기 위해 한국 제조회사의 힘을 빌리기도 했다. 놀라운 일이었다. 케이스만 60달러 소요되었다. 보통 컴퓨터 케이스의 세 배 되는 비용이었다. 잡스는 나중에 케이스 색을 네 가지 다른 색으로 변화를 주었다. '아이맥'은 "남과 다르게 생각하자"는 잡스의 경영 철학을 실천으로 옮긴 작품이었다.

잡스가 가장 존경하는 음악가 밥 딜런은 잡스를 초대해서 두 시간 동안 애기를 나눈 적이 있다. 한번은 딜런 콘서트가 있는 날, 딜런은 잡스를 만나 어떤 노래를 제일 좋아하냐고 물었다. 잡스가 〈One Too Many Mornings〉라고 말했더니, 콘서트에서 딜런이 그 노래를 불렀다. 콘서트가 끝난 다음 딜런은 지나가는 길에 차창 문을 열고 잡스에게 그 노래는 당신을 위해 불렀다고 말했다. 잡스는 감동을 받고, 딜런이 부른 노래 700곡을 모조리 한 데 묶어서 제작한 다음 아이튠스 스토어에서 199달러에 판매했다. 이 때문에 딜런의 노래가 전국적으로 젊은이들에게 널리 파급되었다.

잡스는 음악이 앞으로 판을 칠 거라고 예상했다. 다른 회사들은 벌써부터 음악 애플리케이션을 만들고 있었다. 휴대용 음악 연주기가 있어야 했다. 2001년 10월 23일 잡스는 연단 위에 올라 호주머니에서 반짝이는 작은 전자기기를 꺼냈다. "이 마술 상자는 수천 가지 노래를 갖고 있습니다. 호주머니에 쏙 들어가죠." 그것은 399달러짜리 '아이팟(iPod)'이었다. 그 가격에도 소비자들은 '으악' 소리 지르면서 음악 소리에 열광했다. 이 기기는 2012년 9월까지 3억 5천만 세트가 세상에 팔려나갔다. 애플은 나이키(Nike)와 공동으로 '나이키+아이팟 스포츠 키드 장비'를 출시해서 운동 때

활용토록 했다. 이어서 소프트웨어 '아이튠즈(iTunes)', '아이튠즈 스토어(iTunes Store)' 등 음악 기기 제조와 판매가 대성황을 이루었다.

그러나 여전히 문제는 남아 있었다. 새 음악을 받아들이는 장치가 복잡했다. 그리고 음악 무단 복제가 일상화되었다. 2002년 음악 CD 판매는 폭삭 주저앉았다. 음악 제조 및 유통 회사들은 잡스를 만나러 왔다. 잡스는 '아이튠즈 스토어'를 열어 음반회사들이 노래를 판매하는 방안을 제시했다. 2003년 4월 28일 잡스는 샌프란시스코에 '아이튠즈 스토어'를 열었다. 잡스는 2003년 10월 아이튠스를 윈도우즈에 접속시켰다. 밥 딜런, 비틀스, 바에즈, 보노 등의 음악을 컴퓨터에서 들을 수 있게 되었다. 2011년 3월 '아이팟 2'가 출시되었을 때, 잡스는 자신이 좋아하는 음악을 잔뜩 집어넣었다. 특히 피아니스트 글렌 굴드(Glenn Gould)가 연주한 바흐 음악은 그가 특히 좋아하는 것이어서 친구들 만나는 자리서 자주 기기를 꺼내 틀었다. 연이은 애플의 성공은 이 회사를 세계 최고 수준의 전자기기 회사로 발전시켰다. 스탠퍼드대학교 졸업식장 상공에는 잡스가 연설할 때, "잡스, 크게 놀아라!"라고 쓴 대형 배너가 나부꼈다.

잡스와 팀 쿡

잡스의 애플 첫 라운드는 성공이었다. 그러나 그가 경영 선두에 나설 것인가에 대해서는 의견이 분분했다. 그의 '초점' 중심 경영은 여전했지만, 그 축이 낭만주의자에서 현실주의자로 옮긴 것이 가장 큰 변화였다. 잡스가 자질구레한 일에까지 간섭하기 때문에 고위직 간부들이 자리를 뜨고, 그럴수록 잡스의 1인 경영 체제가 더욱더 강화되었

팀 쿡

다. 1998년 잡스는 37세의 팀 쿡(Timothy Donald "Tim" Cook, 1960)을 만났다. 그는 이윽고 잡스의 최측근 인물이 되었고, 2011년 1월 잡스 뒤를 이어 애플의 최고경영자(CEO)가 되었다. 2012년 그는 1백만 달러의 상여금을 받았다.

그는 앨라배마 주 모바일(Mobile)에서 태어났다. 부친은 선박회사 직원이요, 모친은 약방에서 근무했다. 쿡은 로버즈데일(Robersdale)고등학교를 졸업하고, 1982년 오번(Auburn)대학교에서 산업공학으로 학위를 얻었다. 1988년 듀크대학교 경영대학원에서 MBA 학위를 받았다. 2015년에는 조지워싱턴대학교에서 명예박사 학위를 받았다. 오번대학교를 졸업한 후에 그는 12년간 IBM에서 컴퓨터 관련 일을 했다. 쿡은 잡스의 요청을 받고 1998년 애플에 입사했는데, 잡스와 5분간 만나서 얘기하고 애플에 들어가기로 결심했다. 그는 애플 취업이 일생일대의 기회라고 단정했다. 쿡은 애플 납품 업자 수를 백에서 스물넷으로 줄였다. 19개 창고를 10개로 줄였다. 컴퓨터 제작 기간도 줄였다. 쿡의 합리적인 일 처리로 경비가 줄어들어 막대한 회사 이익을 거둘 수 있었다. 잡스는 그의 탁월한 능력을 일찍부터 예상하고 있었다. 2009년 이후 쿡은 CEO로 승진하여 잡스가 해외 출장 중이거나 건강상 이유로 직무를 수행할 수 없을 때 그의 자리를 대신 지켰다. 2011년 8월 24일 잡스의 공식 휴무는 쿡의 전권 행사를 가능케 했다. 다만, 중요한 사안에 대한 최종 결정권은 여전히 잡스가 행사하고 있었다. 잡스와 쿡의 협조적 경영은 1998년 60억 달러에서 2015년 1천억 달러의 회사 실적을 성취했다. 2012년 타임지는 쿡을 "세상에서 가장 영향력 있는 100명" 속에 포함시켰다.

쿡은 운동에 민감하다. 등산, 자전거, 헬스 센터에 시간 내서 몰두한다. 그는 미혼이다. 새벽 4시 30분에 일어나서 이메일을 보낸다. 그리고 헬스 센터로 간다. 6시에 회사에 출근한다. 매주 일요일 저녁에 회의를 소집한다. 쿡은 회사 일을 조용히 진행한다. 그는 얼굴에 표정이 없다. 자선 모금 활동도 벌이고 있다. 2009년 그는 자신의 간을 일부 잡스에게 이식했다. 두 사람은 희귀 혈액 보유자이다. 잡스는 한사코 반대했었다. 2014년 10월 앨라배마 아카데미는 쿡에게 앨라배마 시민에게 주는 최고상인 '아카데미상'을 수여했다. 쿡의 연봉은 2015년 현재 922만 달러이다. 쿡은 6억 6,500만 달러 상당의 애플 주식을 소유하고 있다. 2015년 3월 그는 모든 재산을 자선 행위에 기부한다고 공언했다. 2015년 7월 1일 현재 쿡은 듀크대학교 이사로 재임하고 있다.

잡스의 건강 악화

잡스는 그가 1997년 애플과 픽사(Pixar)를 운영할 때 쌓인 과로가 병의 원인이었다고 생각했다. 2003년 10월 의사는 그에게 신장과 요관(尿管) CAT 검사를 권했다. 검사 결과 신장에는 이상이 없었는데, 췌장에 검은 그림자가 발견되었다. 의사는 이 부분의 진단이 필요하다고 말했다. 진단 결과 종양이 발견되었다. 의사는 수명이 얼마 안 남았다고 말했다. 그러나 조직 검사 결과 종양은 성장이 느린 것으로서 치료가 가능하다는 진단이 나왔다. 외과 제거 수술로 건강을 되찾을 수 있다고 믿었다. 그러나 잡스는 9개월 동안 완고하게 수술을 반대했다. 2004년 7월 스캔 검

스티브 잡스의 2007년 모습

사에서 종양이 커져서 확산된 기미가 잡혔다. 그해, 7월 31일 스탠퍼드 메디컬 센터에서 수술을 받았다. 잡스의 다이어트와 금식 습성이 건강 회복에 악영향을 미쳤다. 병원은 잡스에게 육류를 포함한 영양식을 적극 권했다. 잡스는 이 권고를 무시했다. 그는 2주간 병원에 있다가 퇴원했다. 6개월 만에 건강을 되찾은 것으로 알았다. 그러나 착각이었다. 암은 악화되었다. 9개월 전에 수술 받았으면 충분히 제거될 수 있는 종양이었다.

　잡스는 주변 사람들에게 암을 극복했다고 말했다. 2005년 6월 스탠퍼드대학교는 그에게 입학식 축사를 부탁했다. 그는 직접 원고를 썼다. 리드대학 중퇴 이야기, 애플에서 밀려난 일이 오히려 그에게 보약이 된 일, 죽음을 앞둔 심정 등을 아내 파월의 도움을 받아가면서 담담하게 써나갔다. 2005년 암 수술을 받은 잡스는 50세가 되었다. 그해, '아이팟'은 2천만 대가 판매되는 놀라운 기록을 세웠다. 2007년 1월 '아이폰(iPhone)' 발표회가 열렸고, 7월 말 아이폰이 시판되었다. 이후 8년간 아이폰은 5억 대가 팔렸다. 놀라운 성공이었다. 어떻게 이런 일이 가능한가. 해답은 잡스가 내세운 일곱 가지 행동 원리에 있다. 카마인 갈로(Carmine Gallo)의 저서 『스티브 잡스의 혁신 비결(The Innovation Secrets of Steve Jobs)』(2011) 속에 그 비결이 설명되어 있다.

잡스의 일곱 가지 성공 비결

1. 당신이 좋아하는 일을 하라. 잡스는 이런 마음으로 인생을 바쳤다.

2. 이 세상 우주에 당신의 흔적을 남겨라. 그의 열정은 애플 로켓을 발사했다.

3. 머리를 써라. 창조력을 발휘하라. 창조력이 없으면 혁신은 불가능하다.

4. 제품을 파는 것이 아니다. 꿈을 파는 것이다. 소비자는 꿈을 갖고 있다. 잡스는 그들의 꿈을 성취하기 위해 제품을 만든다.

5. 천 가지 일에 "노"(No)라고 말하라. 혁신은 불필요한 것을 제거하면서 필요한 것을 궁극적으로 확보하는 일이다. 복잡성의 목표는 단순화이다.

6. 미친 듯이 황홀한 체험을 만들어라. 잡스는 '애플 스토어'를 통한 단순화 혁신으로 소비자들과 깊고 오래 지속되는 연결 고리를 만들어냈다.

7. 메시지를 성취하라. 잡스는 탁월한 '이야기꾼'(storyteller)이었다. 제품을 예술품으로 만드는 일에 성공해도, 소비자들을 흥분시키지 못하면, 혁신은 물거품이 된다.

카마인 갈로는 일곱 가지 원리를 강조하면서 이렇게 말했다. "미켈란젤로나 잡스나 남이 보지 못하는 것을 보았다. 미켈란젤로는 대리석을 보면서 다비드 상(像)을 보았다. 스티브 잡스는 컴퓨터를 보면서 인간의 능력을 풀어놓는 기구를 보았다."

2008년 잡스의 암은 번지고 있었다. 큰 문제는 그의 식성 때문에 체중이 준다는 것이었다. 채식주의자인 그는 홍당무와 레몬 샐러드, 사과 등을 주식으로 삼으면서 때로는 단식을 했다. 그의 식사와 건강 문제는 2008년 3월호 『포천(Fortune)』에 특집으로 기사화되면서 사회적인 관심사가 되었다. 2009년 1월 14일 잡스는 병가(病暇)로 사무실을 떠났다. 2009년 3월 21일 테네시 주 멤피스에 위치한 메소디스트 대학병원 이식 전문 병실에서 장기 이식 수술을 받고 병이 한동안 호전되었다. 2009년 5월 말 그는 자가용 비행기로 새너제이 비행장에 도착해서 귀가했다. 잡스는 집에 돌아온 기쁨에 넘쳐 있었다. 가족들은 서로 얼싸안았다. 잡스의 공식석상 재등장은 9월 9일 가을 음악회 자리였다. 관중들은 그가 입장할 때 1분간 기립 박수를 보냈다.

예수님의 태블릿 아이패드와 오바마 대통령과의 만남

2010년 초, 그는 원기를 회복했다. 그는 다시 평소 하던 일을 시작했다. 2010년 1월 27일 샌프란시스코에서 '아이패드(iPad)' 발표회가 있었다. 아이폰을 한때 "예수님의 아이폰"이라고 했었는데, 이번에는 『이코노미스트(Economist)』지가 "예수님의 태블릿"이라고 격찬했다. 발표회에 옛날 친구들, 동업자들, 가족들, 여동생 모나 등 수많은 친지들을 초대했다. 그는 발표회 석상에서 평생 강조하던 말을 되풀이했다. "애플이 성공할 수 있었던 것은 기술과 인문 예술의 접합 때문입니다."

발표회 다음 날, 잡스는 침울했다. 그는 24시간 동안 800통의 이메일을 받았는데, 아이패드에 대한 불만이 폭발하고 있었다. '유에스비(USB)' 코드가 없다느니, 또 무엇이 없다느니…… 불평불만의 연발이었다. 잡스는 보통 때 아무런 응답도 하지 않지만 이번만큼은 일일이 메일에 답변을 했다. 시간이 지나면서 불만은 누그러졌다. 아이패드는 팔리기 시작했다. 한 달 안에 아이패드를 100만 대 판매했다. 아이폰보다 두 배 빠른 속도였다. 2011년 3월, 9개월 후 1,500만 대가 판매되었다. 소비품 판매 역사상 최고 기록이었다.

2011년 3월 2일 '아이패드 2'가 발표되었다. 잡스는 새로운 디지털 시대에 대응하기 위해 '아이클라우드(iCloud)'를 2011년 6월 발표했다. 이 기기는 음악 연주, 비디오 영상, 전화, 태블릿 등 다양한 욕구를 충족시켜주는 일종의 디지털 허브였다. 잡스는 2001년 이 기기를 착상했었다. 2007년의 '아이폰', '애플 텔레비전(Apple TV)' 이후 획기적인 발전이었다.

2010년 가을, 백악관 집무실은 오바마 대통령 실리콘 밸리 방문 때 잡스를 만나고 싶다는 뜻을 로렌 파월에게 전했다. 파월은 잡스에게 의향을 타진했다. 잡스는 만나고 싶지 않다고 했다. 파월이 만나야 한다고 아무리 설득해도 듣지 않았다. 할 수 없이 아들 리드가 설득에 가담해서 겨우 승낙을 얻어냈다. 잡스는 오바마 대통령과 45분간 면담을 했다. 그는 대통령에게 미국이 사업하기 좋은 나라가 되려면 규제를 풀어야 한다고 말했다. 또한 교육제도가 교원 노조 규정 때문에 절망적인 상태라고 비판했다. 교사들은 공장의 직공이 아니기 때문에 전문직으로 대우를 받아야 한다고 주장했다. 교장의 인사권도 강화되어야 한다고 말했다. 서적과 모든 교육 자료는 디지털화되어야 한다고도 말했다. 그는 하고 싶은 말을 솔직하게 속사포 쏘듯 전했다. 그는 오바마 대통령과는 이후에도 여러 번 전화 통화를 할 만큼 친숙해졌다.

말기에 접어든 잡스, 그가 이룬 성공 신화

잡스는 하고 싶은 아이디어가 넘쳐나고 있었다. 그러나 2011년 7월 암은 그의 뼈와 몸의 다른 부위에 전이되었다. 고통이 심했다. 더 이상 일을 할 수 없었다. 그는 음식을 거의 섭취하지 않았다. 병상에 누워 텔레비전만 보고 있었다. 2011년 8월 24일 잡스는 애플의 최고경영인 직을 사임하는 공식 발표를 했다. 측근 몇 명과 함께 차고에서 시작한 회사가 2012년 9월 29일 통계에 따르면 전 세계적으로 정규직 72,800명, 비정규직 3,300명이 일하는 기업으로 발전했다. 애플의 해외 본부는 아일랜드 코크(Cork)에 자리 잡고 있다. 2015년 3월 현재 애플은 16개국에 453개 점포를 갖고 있으며, 39개국에 온라인 점포가 가동되고 있다. 43,000명 미국 애플 직원 가운데 3만 명은 애플 스토어에서 일하고 있다. 잡스는 이들 사원들이 애플의 최대 경영 자원이라고 믿고 따뜻하게, 치밀하게 관리했다.

1976년 애플 창립 후, 세월이 흘러 2011년 8월 9일 애플 시가총액은 3,415억 달러로 상승했다. 석유 기업 엑슨모빌에 앞서는 세계 제1대 기업이 되었다. 그날 종가(終價) 시가총액은 애플이 3,467억 달러, 마이크로소프트가 2,143억 달러, 구글이 1,851억 달러였다. 1998년 말 시가총액은 마이크로소프트가 3,446억 달러, 구글이 100억 달러, 애플이 55억 4,000만 달러였다. 애플은 치열한 싸움에서 이기고, 잡스는 승리했다. 애플은 음악 플레이어, 휴대전화 설계, 태블릿의 인터페이스 설계로 컴퓨터 업계를 휘어잡았다. 잡스로 인해 음악회사, 휴대폰 제조회사, 모바일 통신업자, 영화회사, 방송국 등 분야에 변혁이 일어났다. 하드웨어와 소프트웨어 양 칼잡이 경영이 현실이 되었다. 구글도, 아마존도 모두 애플의 수직 통합 모델을 채용하면서 성공했다. 아마존의 전자서적 '킨들(KIndle)'이 그 본보기가 된다. 잡스의 성공 가운데 빼놓을 수 없는 것은 후계자 양성이었다. 팀 쿡의 최고경영자 지명은 그 대표적인 예라 할 수 있다. 잡스가 서거하기 전, 애플에는 '애플 유니버시티'라는 사내 프로젝트가 있었다. 이것은 애플 직원의 교육 프로그램이었다. 그 교육의 핵심은 잡스의 정신과 방법이었다.

스티브 잡스의 죽음

잡스는 2011년 10월 5일 오후 3시 캘리포니아 주 팰로앨토 자택에서 숨을 거두었다. 아내와 자녀들과 여동생 모나가 임종을 지켜보았다. 2011년 10월 7일 가족장이 치러지고, 8일 매장되었다. 당시 친모 조앤은 병원에 있었다. 그녀에게 아들의 죽음은 전달되지 않았다.

애플 컴퓨터회사는 그의 사망을 공식적으로 발표했다. 애플과 마이크로소프트는 조기를 게양했다. 디즈니의 모든 단체와 기관에도 조기가 게양되었다. 애플 직원들의 추도식이 2011년 10월 19일 쿠퍼티노 애플 본사에서 거행되었다. 존 그루버는 말했다. "잡스가 만들어낸 최고의 제품은 애플 상품이 아니라, 애플 그 자체이다." 게이츠는 추도사에서 잡스의 위업을 찬양했다. "잡스만큼 세상에 깊은 영향을 미친 사람은 많지 않다. 그의 영향은 앞으로 여러 세대에 걸쳐서 전

조기가 게양된 모습

해질 것이다. 잡스와 같은 시대에 살았던 행운을 얻은 우리들은 너무나 큰 명예를 얻은 것이다." 캘리포니아 주지사 제리 브라운은 2011년 10월 16일을 '스티브 잡스 데이'로 선포했다. 17일 스탠퍼드대학교 교회에서 추도식이 열렸다. 애플의 중역들, 컴퓨터회사 간부들, 미디어 관련 인사들, 교육계 인사들, 기타 사회 저명인사들, 잡스의 친구들, 정치가들, 잡스 가족들 등 수백 명의 초대받은 조문객들만이 참석했다. 스티브의 딸 에린은 촛불에 불을 붙였다. 리사는 시를 낭독했다. 모나 심프슨은 잡스의 임종에 관한 구슬픈 조사를 낭독했다. 로렌의 다음 인사말은 조문객들을 감동시켰다.

"스티브는 현실에 사로잡히지 않았습니다. 반대로, 그는 현실에 없는 것을 상상하고 있었습니다. 그는 현실을 바꾸는 일에 매진했습니다. 그의 아이디어는 이론에서 추출한 것이 아니라 직관에서 얻은 것입니다. 그것은 진정한 정신의 자유에서 얻을 수 있는 것이었습니다. 이 때문에 그는 가능성에 대한 엄청나게 방대한 감각을 지니게 되었습니다. 그것은 그야말로 웅장한 가능성 감각입니다. 아름다움에 대한 스티브의 열정과 추악한 것을 못 견디는 그의 마음은 우리 가족들을 이끌어왔습니다.

스티브는 자연계의 원초적인 리듬에서 힘을 얻어야 했습니다. 땅, 언덕, 떡갈나무, 꽃밭 등입니다. 장엄한 자연은 스티브의 사고력을 웅장하게 만들었기 때문에 그는 언제나 크게 생각을 했습니다.

우리 아이들처럼 저도 어릴 때 아버지를 잃었습니다. 그런 일은 제가 바라는 일이 아니었습니다. 그런 일은 우리 아이들을 위해서도 절대로 바라는 일이 아닙니다. 그러나 태양은 떠오르고, 태양은 저물어갑니다. 태양은 슬퍼하고 감사하는 우리들 내일도 비춰줄 것입니다. 그래서 우리는 목적과 추억과 열정과 사랑을 지니고 살아갈 것입니다."

가수 보노는 스티브가 좋아했던 딜런의 노래 〈모든 모래 한 알(Every

Grain of Sand)〉을 불렀다. 바에즈는 〈낮게 돌아라, 아름다운 꽃마차여 (Swing Low, Sweet Chariot)〉를 노래했다. 첼리스트 요요마는 바흐의 〈첼로 조곡 제1번〉의 서곡을 연주했다. 무겁고 슬픈 음악이 흐르는 가운데 추도식은 엄숙히 거행되었다. 참가자 모두에게 작은 갈색 상자가 전달되었다. 그것은 잡스의 마지막 선물이었다. 상자 속에는 파라마한사 요가난다 (Paramahansa Yogananda)의 저서 『어느 요가 수도자의 자서전(The Autobiography of a Yogi)』이 들어 있었다. 10월 20일 마지막 추도 예배가 쿠퍼티노 애플 본사 광장에서 열렸다. 만 명의 직원들이 모였다. 전 세계 애플 공장의 기계가 멈춰 섰다. 잡스의 측근들, 팀 쿡, 조니 아이브, 빌 캠벨이 조사를 읊었다. "잡스는 남이 못 보는 것을 보았다." "그는 카리스마, 열정, 찬란함이었다." "그는 아름다움과 순수함으로 승리를 거두었다." "오른쪽을 보세요, 왼쪽을 보세요, 당신의 앞을 보세요. 뒤를 보세요. 사방에 여러분이 있습니다. 결과가 말합니다. 이 모든 것을 해냈습니다." 추도식은 잡스의 찬양으로 넘쳐났다. 그리고 스티브 잡스가 했던 것처럼 앞으로도 할 일이 많다는 것을 명백히 했다.

잡스는 알타 메사 공원묘지(Alta Mesa Memorial Park)에 아무런 표식도 없이 매장되어 있다.

미망인 로렌 파월의 자선 활동

로렌 파월 잡스(Laurene Powell Jobs)는 현재 미국의 사업가요, '에머슨 공동체(Emerson Collective)' 설립자이다. 이 단체는 교육, 이민법 개정, 사회 정의, 환경 보존을 위한 정책 입안을 추진하는 운동을 전개하고 있다. 파월은 또한 불우한 고등학생 대학 입시 준비를 돕는 '칼리지 트랙(College Track)' 이사회 공동 설립자요, 이사장으로 재임하고 있다. '칼리지 트랙'은 팰로앨토, 새크라멘토, 샌프란시스코, 오클랜드, 로스앤젤레스, 뉴올리언스, 오로라 등지에 똑같은 시설을 갖고 있다. 파월은 고등교육 지원 기관인 '우다시티'(Udacity)와 국제관계협의회(The Council on Foreign Relations)의 고문으로 활약하고 있다.

파월은 스티븐 잡스 트러스트(Steven P. Jobs Trust)를 관리하고 있다. 이 트러스트는 1억 3천에서 1억 4천의 월트디즈니 수식을 보유한 최대 주주이다. 디즈니는 2006년 잡스의 픽사 애니메이션 스튜디오를 인수하면서 87억 달러 상당의 주식 1억 3,100만 주식을 현금 대신으로 지불했다. 파월 재단은 이 디즈니사 주식 7.3%를 보유하고 있는 최대 주주이다. 2011년 부군이 사별한 후, 주가는 두 배로 증식되었다. 잡스는 사망 시에 5,500만 애플 주식을 소유하고 있었다. 파월 자신도 3,850만 애플 주식을 소유하고 있다.

파월은 뉴저지 웨스트밀포드에서 성장한 후, 펜실베이니아대학교에서 1985년 경제학 공부를 하고, 1991년 스탠퍼드대학교 경상대학원에서 MBA 학위를 받을 정도로 기업 운영의 경륜을 갖추고 있다. 파월은 결혼 후 자신이 독립적으로 자연식물회사 '테라베라(Terravera)'를 설립해서 운영했으며, 온라인 기구를 만드는 '아키에바(Achieva)'의 이사로도 재임하고 있다.

스티브 잡스는 생전에 공개적으로 자선 행위를 밝히지 않았다. 남이 알지 못하도록 은밀하게 병원 등에 엄청난 기부를 하고 있다는 소문이 돌고 있었다. 빌 게이츠나 워런 버핏처럼 '기부 약속'을 하지 않았다. 여전히 결혼반지를 끼고 인터뷰에 응하고 있던 파월은 기부 약속에 관해 말했다. "기부 약속 서명이 중요하지 않습니다. 기부 행위 그 자체가 중요하고, 어떻게 기부하느냐는 것이 보다 더 중요합니다." 파월은 1997년부터 교육 자선사업에 매진하고 있다. 저소득층 자녀들을 대학에 보내 학업에 집중시키고 실무 경험을 쌓도록 지원하고 있다. 파월의 이민법 개정 운동은 '칼리지 트랙' 운동에서 비롯되었다. 파월은 해외 입양아들이 초·중·고등교육을 이수하고도 대학에 진학 못하고 방황하고 있는 것은 그들이 시민권을 얻지 못해서 주 정부나 연방 정부의 학자금 지원을 받지 못하기 때문이라는 것을 알게 되었다. 이후, 그녀는 이민법 개정 운동에 나서게 되었다. 파월은 1914년 아카데미상 수상 감독인 데이비스 구겐하임(Davis Guggenheim)에게 이민법 문제를 다룬 기록영화를 조속히 제작해달라고 요청했다. 데이비스는 1년 반 걸린다고 말했다. 파월은 이민법 투표 전에 영화가 공개되어야 한다고 강조하면서 3개월 이내로 30분짜리 단편영화를 만들어달라고 재차 요청했다. 기록영화 〈꿈은 지금 실현되어야 한다〉가 완성되어 전국에서 방영되었다. 2015년 8월 파월과 구겐하임 감독은 출연진 청소년들과 그들의 가족들과 함께 워싱턴 국회를 방문해서 영화를 공개했다. 파월은 이민법 투쟁에서 단호한 입장을 취하고 있다. "나는 이들 가족과 함께 절대 포기하지 않습니다." 파월은 『뉴욕타임스』 기자에게 말했다. 파월의 교육 자선사업은 미국 내에 국한되지 않고 전 세계에 파급되고 있다. 특히, 아프리카, 콩고 지역의 지원 사업은 다대한 성과를 거두면서 국제적인 찬사를 받고 있다.

로렌 파월이 미국 공립고등학교의 교육 혁신을 위해 5천만 달러(591억 원)를 기부했다고 2015년 9월 14일자 『뉴욕타임스』가 보도했다. 로렌 파월은 2015년 9월 현재 25조 4천억 원대 재산을 보유하고 있다. 로렌 파월은 기부를 하게 된 배경에 대해 "지금의 공립고교 교육 체계는 100년 전에 설계된 낡은 것이다. 우리가 바라는 교육이 이뤄지지 않고 있다"고 말했다. 파월 잡스는 교육 전문가, 정책 전문가는 물론이고, 창업 전문가와 기업 컨설턴트까지 망라한 전문가 그룹에 현재의 고교 교과과정을 면밀하게 검토하게 한 다음 개선 방안을 내놓게 할 계획이라고 언명했다. 로렌 파월은 이번에 제시한 교육 지원 프로그램에 대해 '슈퍼스쿨 프로젝트'라는 이름을 붙였다. 스티브 잡스의 유지를 실천하는 로렌 파월의 기부 행진은 계속되고 있다.

마크 저커버그
"10억 명이 사용하는
페이스북의 창시자"

마크 저커버그(1984~)

제10장

마크 저커버그

온라인 친구

세계 최대 소셜 네트워킹 서비스(SNS)인 '페이스북'
의 하루 이용자 수가 2015년 8월 27일 현재 11년 만에 10억 명을 넘어섰다.
지구인 일곱 명 중 한 명이 페이스북을 이용한 셈이다. 놀랍고도 놀랄 일이
다. 서로 만난 적이 없더라도 SNS를 통해 친구가 될 수 있는 세상이 되었
다. 이른바 '온라인 친구'가 생긴 것이다. 이 일을 성사시킨 마크 저커버그
의 인생을 보면 그것은 당연한 귀결이요, 엄연한 현실이었다.

페이스북 발동을 걸고 회사를 시작한 마크 엘리엇 저커버그(Mark Elliot
Zuckerberg)는 뉴욕 주 화이트 플레인스(White Plains)에서 1984년 5월 14
일 탄생했다. 미국의 컴퓨터 프로그래머, 인터넷 기업가인 그는 페이스북
다섯 명 공동 창업자 가운데 한 사람이다. 현재 그는 페이스북 회사 회장이
며, 최고경영자(CEO)이다. 2015년 현재 그의 재산은 386억 달러로 평가되
고 있다. 그는 페이스북 최고경영자로서 봉급 1달러를 받고 있다.

그는 하버드대학교 시절에 친구 왈도 세브린(Eduardo Saverin), 앤드류
맥컬럼(Andrew McCollum), 더스틴 모스코비츠(Dustin Moskovitz), 그리고

크리스 휴즈(Chris Hughes) 등과 함께 대학교 기숙사에서 페이스북을 발족했다. 이들은 페이스북을 국내 다른 대학교 캠퍼스에 알리면서 세(勢)를 확장하고, 캘리포니아 팰로앨토(Palo Alto)로 근거지를 옮겼다. 페이스북이 급성장하면서, 23세 마크는 억만장자가 되었다. 2010년 이래로 마크는 시사주간지『타임(Time)』이 뽑은 세계 100명의 영향력 있는 인사 명단에 포함되었다. 2011년『예루살렘 포스트(The Jerusalem Post)』는 마크를 "가장 유명한 세계의 유대인" 제1위에 올려놨다.

마크 저커버그의 성장 시대

그의 부친 에드워드 저커버그는 치과 의사였다. 어머니 캐런 캠프너(Karen Kempner)는 정신과 의사였다. 마크와 여동생 랜디(Randi), 도나(Donna), 아리엘(Arielle)은 뉴욕시 북부 10마일 지점 웨스체스터 카운티의 작은 마을 도브스 페리(Dobbs Ferry)에서 성장했다. 유대인 가족의 규율을 벗어나 그는 무신론자가 되었다.

아즐리고등학교(Ardsley High School)에서 고전학 공부로 우수한 성적을 얻었던 그는 뉴햄프셔 소재 필립스 엑스터 아카데미(Phillips Exeter Academy)에 입학했다. 마크는 수학, 천문학, 물리학 등 과학 분야에서 상을 받은 수재였는데, 대학 지원서에 프랑스어, 헤브라이어, 라틴어, 고대 그리스어를 읽고 쓸 수 있다고 적었다. 그는 학교 펜싱부 소속이었으며, 대학 시절, 호메로스의 서사시『일리아드』를 암기해서 낭송할 정도로 기억력이 출중했다.

마크는 중학교 시절부터 컴퓨터를 만졌다. 1990년대 아버지는 그에게 아타리 베이식 프로그래밍(Atari BASIC Programming)을 가르쳤다. 아버지는 아들의 교육을 위해 소프트웨어 전문가 데이비드 뉴먼(David Newman)을 가정교사로 채용했다. 뉴먼은 마크를 "신동"이라고 불렀다. 마크는 고등학교 때 이미 집 근처 머시대학에서 대학원 강의를 청강했다. 마크는 커뮤니케이션 툴(tool) 게임 프로그램을 만들어서 놀았다. 마크는 병원과 집을 연결하는 '저크넷(ZuckNet)' 프로그램을 만들기도 했다. 이 프로그램은 이듬해 그가 선보이는 '아올스 인스턴트 메신저(AOL's Instant Messenger)'의 원형이 되었다. '냅스터(Napster)' 공동 창업자 숀 파커(Sean Parker)는 말했다. "마크는 그리스 고전 호메로스의『오디세우스(Odysseus)』에 통달했습니다. 로마시대 서사시 베르길리우스(Virgil)의『아이네이드(Aeneid)』구절을 곧잘 인용하기도 했습니다." 마크는 고등학교 시절 '인텔리전트 미디어 그룹(Intellingent Media Group)' 이름으로 '시냅스 미디어 플레이어(Synapse Media Player)'라고 불리는 음악 연주기를 만들었다.

마크의 하버드대학교 시절

하버드대학 시절 마크는 컴퓨터 신동으로 이름이 났다. 그는 대학에서 심리학과 컴퓨터 공부를 했다. 2003년 9월 컴퓨터과학 전공 2학년생이었던 그는 하버드대학 커클랜드 기숙사 33호실에서 화이트보드를 설치하고 수식을 연달아 쓰고 도표를 그리면서 연구에 몰두했다. 그러다가 갑자기 그는 책상에 놓인 컴퓨터를 응시하면서 몽상에 젖어 있기도 했다. 연구가 진전되어 그는 '코스매치(CourseMatch)' 프로그램을 만들어냈다. 이 프로그램은 대학생들의 강의 과목 결정에 도움을 주었다. 컴퓨터를 클릭하면 수강자 리스트가 뜬다. 학생 이름을 클릭하면 수강 과목이 나타난다. 마크는 이때 사람과 사람을 연결하는 방법이 여러 가지 있다는 것을 알았다. '코스매치'는 학생들 간에 대인기였다. 마크는 용기가 나고 야망에 불탔다. 그는 그해 10월 '페이스매치(Facemash)'라는 프로그램을 만들어 사진을 보고 잘생긴 사람을 고르는 법을 하버드생들에게 알렸다. 그는 '페이스북스(Face Books)'이라는 별도의 프로그램을 만들어 대학 캠퍼스에 유통시켰다. 이 프로그램은 기숙사 학생들 사진을 올린 것이다. 이 프로그램은 돌풍을 일으켜서 하버드 네트워크를 마비시킬 정도가 되었다. 일부 대학생들이 자신의 사진을 무단으로 올렸다고 항의하고, 하버드대학 학생신문도 그 부당성을 지적했다. 마크는 대학 사문위원회에 소환되어 학생 윤리 규정 위반, 컴퓨터 안전 침해, 저작권 침해, 프라이버시 침해 등 죄목으로 고발되었다. 마크는 공식적으로 사과의 뜻을 밝혔다. 그러나 그는 사실상 물러서지 않았다. 2004년 2월 4일 '더페이스북(The face book)'을 '더페이스북 닷컴(thefacebook.com)'에 연동시켰다.

"더페이스북은 대학생을 소셜 네트워크(social network)를 통해 서로 연결시키는 온라인 디렉토리입니다. 하버드대학 관계자 여러분을 위해서 이 프로그램을 열었습니다. 더페이스북은 대학의 여러분들을 검색할 수 있습니다. 누가 어느 클래스에 누구와 함께 있는지 알려주는 기능을 갖고 있습니다. 친구의 친구를 표시하는 기능도 합니다. 자신의 소셜 네트워크를 볼 수 있게 합니다."

마크는 다른 대학에도 이 프로그램을 퍼트렸다. 친구 더스틴에게 협조를 요청했다. 두 사람은 컬럼비아, 뉴욕, 스탠퍼드, 다트머스, 코넬, 펜, 브라운, 그리고 예일을 방문하고 '더페이스북' 소식을 알렸다. 일주일 지나자 하버드 학부생 약 반수가 등록하고, 대학원생, 졸업생, 교직원도 등록했다. 3주 후 등록 인원은 6천 명이 되었다. 공개 후 투자자들이 가담 여부를 타진해왔다. 6월에는 어느 투자자가 마크의 회사를 천만 달러로 매입하겠다는 제안을 했다.

페이스북

마크와 더스틴은 2004년 중반에 팰로앨토에 사무실을 열었다. 회사의 51% 주식은 마크가 보유하는 것으로 정하고, 그는 최고경영자(CEO)가 되었다. 세브린의 지분은 34.4%였다. 그동안 회사 설립과 운영 자금은 세브린과 마크의 예금에서 인출했고, 상당액의 광고 수입이 그 돈에 보태졌다. 마크는 모스코비츠의 공로를 감안해서 그의 지분을 6.81%로 증액시켰다. 새로 가담한 파커는 6.47%를 받았다. 모스코비츠와 파커에 대해서는 1년 후 직원으로서의 활동을 지켜본 다음 지분을 두 배로 올려주기로 했다. 설립 당시의 사무를 처리한 법률사무소에 대해서는 나머지 1.29%의 지분을 주기로 했다.

세브린은 불안했다. 모스코비츠와 파커의 지분이 늘어나면, 자신의 지분은 줄어들기 때문이다. 그는 격노하고, 자신의 은행 계좌를 동결시켰다. 이 때문에 더페이스북은 운영비를 지불할 수 없게 되었다. 두 사람은 서로 합의서를 작성하고 만났지만, 타협은 좀처럼 이루어지지 않았다. 마크는 계속 자신의 예금을 회사에 털어 넣었다. 부모들도 지원금을 보냈다. 마크와 가족들은 총액 8만 5천 달러를 더페이스북에 보냈다. 여름방학에 프랑스에서 아르바이트를 하고 돌아온 크리스 휴즈도 회사에 합류했다. 그는 마크의 두뇌 역할을 하면서 회사 일을 도왔다. 3학년이 된 휴즈는 다시 하버드로 돌아갔지만, 마크는 여러 문제에 관해서 끊임없이 그와 전화로 상의했다. 여름이 지나자 더페이스북 이용자가 20만 명이 되었다. 마크와 모스코비츠는 9월에 70개 학교로 프로그램을 추가할 계획이었다. 파커는 투자자들과 계속 협상을 진행하고 있었다.

에두아르도 세브린, 하버드 기숙사에서 생긴 일

에두아르도 루이즈 세브린(Eduardo Luiz Saverin)은 1982년 3월 19일 브라질의 상파울루에서 부유한 유대인 가족에서 태어났다. 에두아르도의 부친 로베르토 세브린은 의복, 선박, 부동산업으로 성공한 기업가였다. 그의 모친은 심리학자였다. 1993년 이들 가족은 미국으로 이민 와서 플로리다 마이애미에 거처를 마련했다. 세브린은 하버드대학교에 입학해서 마크 저커버그와 친해졌다. '피닉스 에스케이 클럽(Phoenix S. K. Club)'의 회원이면서 동시에 하버드투자협회 회장이었던 그는 유류사업에 투자해서 30만 달러를 버는 기업가였다. 피닉스 클럽에서 에두아르도는 마크와 자주 만났다. 에두아르도는 컴퓨터에 대해서는 아는 것이 많지 않았다. 그러나 기업적 감각이 뛰어난 그는 일찍부터 마크를 주목했다.

2003년 10월 말 커클랜드 기숙사에서는 역사적인 일이 벌어지고 있었다. 마크는 기숙사에서 맥주를 들이켜면서 컴퓨터를 응시하고 있었다. 그는 늘 아디다스 샌들을 신고 후드가 달린 작업복을 걸치고 있었다. 마크는 키보드를 연상 두드리고 있었다. 액정 스크린을 향해 사색에 잠기는 순간이 그로서는 가장 행복한 순간이었다. 밤 8시가 지나고 있었다. 스크린에

'Facemash/제작 기록'이라는 문자가 떠올랐다. 페이스매시가 서서히 작동되고 있었다. 하버드대 기숙사 커클랜드 하우스 연감의 학생 사진이 대학 서버에서 그의 컴퓨터로 다운되었다. 계속해서 다른 기숙사의 학생 사진도 다운되었다. 마크의 눈이 빤짝이기 시작했다. 오전 2시 8분이었다. 작업은 계속되었다. 새벽 4시가 되었다. 다운로드된 사진은 수천 장이 되었다. 데이터가 입수되면, 다음은 '알고리즘 언어'였다. 웹사이트를 제대로 운용하려면 알고리즘 구축은 긴요했다. 알고리즘이 완성되면, 다음은 프로그램을 쓰는 일이다. 마크는 이 일을 '페이스매시닷컴(Facemash.com)'이라고 명명했다.

마크는 작업을 끝냈다. 페이스매쉬는 학내에 알려지기 시작했다. 마크는 인터넷으로 사교를 하는 '소셜 네트워크'를 만들고 싶다고 에두아르도에게 말했었다. 그 이름을 '더페이스북'이라고 명명하고 싶다고 말했다. 에두아르도는 눈을 깜박였다. "멋진 생각이다." 그는 즉각적으로 호응했다. 에두아르도는 이 일에 참여하고 싶었다. 마크도 그것을 원했다. 마크는 그에게 개발 자금이 필요하다고 말했다. 서버를 빌려서 인터넷에 올리려면 돈이 필요하다고 말했다. 에두아르도 주머니에 30만 달러 있는 것을 마크는 알고 있었다. 에두아르도는 물었다. "얼마가 필요해?" 마크는 대답했다. "천 달러 정도면 되겠는데, 빌려줘." 에두아르도는 고개를 끄덕였다. "배당은 7대 3이다. 내가 7이요, 네가 3이야. 너는 우리 회사의 최고재무책임자(CFO)가 된다." 에두아르도는 다시 한 번 고개를 끄덕였다. "잘될 것 같아." 에두아르도는 씽긋 웃었다. "잘되고말고." 마크는 활짝 웃었다.

9월 상순, 회사가 세브린 때문에 어려운 지경에 놓여 있을 때, 설상가상으로 캐머론(Cameron Winklevoss), 타일러(Tyler Winklevoss), 디비야(Divya Nareder) 등 하버드 커넥션 3인조 학생들이 마크가 자신들의 아이디어를 도용하고 자신들을 이용했다면서 연방 재판소에 지적소유권 침해를 이유로 고소를 제기했다. 이 사건은 2008년 중반, 페이스북 일부 주식을 이들에게 이양하는 조건으로 타협이 이루어졌다. 마크는 이런저런 일이 겹쳐 2학년 때 하버드를 중퇴했다.

2004년 더페이스북 이용자수는 늘었지만 서버의 처리 능력이 한계에 도달했다. 세브린은 여전히 은행 구좌를 동결하고 있었다. 개학 때까지 충분한 서버를 준비하지 않으면 서비스가 중단될 위기에 처했다. (세브린은 페이스북 소액 지분으로 수억 달러의 방대한 재산을 보유하게 되었다. 2009년부터 그는 싱가포르에서 거주하며 사업을 하고 있다. 2011년 그는 미국 국적을 포기했다. 막대한 금액의 세금을 회피할 목적이었다는 의혹이 제기되면서 미국에서 논란과 비난의 표적이 되었다.)

│ 피터 틸

회사 운영자금은 다급했다. 마크는 숀 파커, 스티브 베넷과 함께 투자 유치를 위해 피터 틸(Peter Andreas Thiel)을 만나러 갔다. 베넷은 파커의 변호사였는데, 여름 이후 회사의 법률 고문이었다. 24세의 신중한 파커가 말문을 열었다. 더페이스북에 학생들이 대거 몰려들고 있는 현황을 소개하면서 세일즈에 나섰다. 마크는 티셔츠에 청바지를 걸치고, 아디다스 샌들을 끌고 갔다. 마크는 거의 입을 열지 않았다. 질문을 받으면 천천히 낮은 목소리로 수많은 대학이 더페이스북을 두드리고 있다고 말했다. 마크는 저자세로 나가지 않았다. 전혀 감정을 드러내지 않고 담담하게 회사의 미래를 전망했다. 마크는 자신이 모르는 것은 모른다고 말했다. 피터 틸에게는 마크의 그런 자세가 인상적이었다. 피터는 며칠 동안 파커와 상담을 계속한 뒤 투자하기로 결정했다. 이 투자는 훗날 "기업 역사상 가장 멋진 투자"로 평가받게 되었다. 피터는 더페이스북에 50만 달러를 대출하기로 했다. 이 대출은 회사 가치를 490만 달러로 평가한 것이었다. 놀라운 것은 이 대출이 후에 10.2%의 더페이스북 주식으로 전환된다는 계약서 조항이었다. 더페이스

피터 틸

북에 반년 이내 2004년 12월 31일에 150만 사용자가 등록하면 대출금이 자동적으로 주식으로 전환되어 더페이스북은 대출금 상환 의무가 소멸된다는 조항이었다. 이 때문에 마크와 동료들은 등록자 영입을 위해 필사적으로 뛰었다. 그것은 절체절명의 동기부여였다. 불행하게도 연말에 150만 등록을 달성하지 못했다. 그런데 놀랍게도 피터 틸은 등록 미달에 실망하지 않고 대출을 주식으로 전환해주었다. 기막힌 기업가 정신이었다. 이 일로 그에게는 충분한 보상이 뒤따랐다. 훗날 주식의 반을 매각했는데, 나머지 반만으로도 시중 가격은 수억 달러가 되었다. 피터는 더페이스북의 중역에 취임하고 회사 발전에 기여하게 되었다.

피터 틸은 1967년 10월 11일 독일 프랑크푸르트에서 태어났다. 그의 나이 한 살 때, 양친과 함께 미국으로 이민 왔다. 그는 캘리포니아 포스터(Foster) 시에서 성장했다. 현재 그는 미국의 기업가, 헤지펀드 매니저, 사회평론가이다. 그는 페이스북의 외부 투자자이다. 2004년 그는 10.2%의 지분을 보유하며, 이 회사의 이사가 되었다. 틸은 10억 달러 상당의 주식을

매도하고도 현재 500만 주를 소유하고 있다. 그는 '팰런티어 테크놀로지 펀드(Palantir Technlogies Fund)' 공동 창업자이며 회장이다. 그는 7억 달러 자금을 보유한 글로벌 헤지펀드 '클래리엄 캐피털(Clarium Capital)' 회장으로 있다. 20억 달러 자산을 지닌 벤처기업 펀드인 '파운더스 펀드(Founders Fund)'의 공동 경영자이기도 하다. 2012년 6월 투자 펀드회사 '미스릴 캐피털 매니지먼트(Mithril Capital Management)' 공동 창업자 겸 투자 분과 위원장으로 재임하고 있으며, 국제적인 벤처기업 '발라 벤처(Valar Ventures)'의 공동 창업자이면서 회장으로 있다.

틸은 2011년 포브스 세계 400대 기업가 중 293위에 올랐으며, 2012년 3월 현재 개인 재산 15억 달러를 소유하고 있다. 2014년 포브스 마이더스 리스트에 22억 달러 재산으로 4위에 올랐다. 틸은 샌프란시스코에 거주하고 있다. 그는 전미 '체스 고수' 21위 안에 들어 있다. 틸은 스탠퍼드대학교에서 20세기 철학을 공부하여 1989년 학사학위를 받았으며, 1992년 스탠퍼드 로스쿨에서 법학박사(J. D.) 학위를 취득했다. 그는 1987년 교육과 법률 관련 분야의 평론을 주로 싣는『스탠더드 리뷰(The Standard Review)』를 창간했다.

틸의 놀라운 점은 철학과 법학을 이수한 후 금융업에 뛰어들면서 대규모 자선사업을 실천하고 있다는 사실이다. 그와 소로스는 경력이 너무도 비슷하다. 틸은 '틸 재단(Thiel Foundation)'을 창립하고 그가 번 돈을 공익사업에 어떻게 사용할 것인가를 연구하고 있다. 그가 세운 경영 철학은 '기술혁신 사업'의 추진이었다. 2010년 11월 '자선 돌파 회의(Breakthrough Philanthropy Conference)'에서 그는 기술, 정부, 인간 관련 분야 여덟 가지 공익사업을 성안하게 되었다. 이 일을 수행하기 위해서 그의 재단은 '틸 펠로십(Thiel Fellowship)', '이미타시오(Imitatio)', '브레이크아웃 랩(Breakout

Labs)' 등 세 개 프로젝트를 시행하고 있다.

틸은 미국 교육의 위기를 실감했다. 그는 2014년에 미국 대학 시스템은 1514년 시대의 가톨릭 교회와 같다고 말했다. 대학 교육의 다양성이 부족하다고 지적했다. 틸 펠로십은 20세(2015년 22세로 변경됨) 이하 청소년에게 2년에 걸쳐 10만 달러 장학금을 수여하는 프로젝트이다. 2010년 9월 틸은 이 펠로십을 선포했다. 이들 대학 중퇴 청소년들은 과학 연구, 창업 과제, 사회봉사 활동 등에 참여하게 된다. 매년 시행되는 선발 시험에서 20~25명의 펠로가 등장한다. 첫 펠로가 2011년 5월 선정되었다. 이미타시오는 르네 지라르(Rene Girard)의 '모방이론(mimetic theory)'을 통한 세계의 이해를 목적으로 삼고 있다. 브레이크아웃 랩은 지원금 확보를 위한 초기 단계 과학 연구에 수여하는 장학금이다. 이 장학금은 전통적인 보수적 경향의 지원금 수혜에서 제외되는 급진적이며 파격적인 성격의 연구에 집중하는 독특한 성격을 띠고 있다. 첫 선발이 2012년 4월 17일과 동년 8월 15일 실행되었다.

틸 재단은 다른 세 분야의 연구 활동을 지원하고 있다. 그 분야는 자유, 과학과 기술, 반(反)폭력 등이다. 그동안 지원을 받은 기관과 단체는 다음과 같다.

Machine Intelligence Research Institute, Anti-aging research: SENS Foundation, Seasteading Institute, Committee to Protect Journalists, Human Rights Foundation, Oslo Freedom Forum, Methuselah Foundation.

2013년 12월 로라 콜로드니(Lora Kolodny)는 틸 펠로십에 관해서『월 스트리드 저널』에 다음과 같이 글을 썼다. "틸 펠로우가 '67 벤처'를 시작해서 5,540만 달러를 모금하고, 두 권의 책을 냈으며, 6,000명 케냐인들에게 물과 태양 전력을 공급했다. 80명의 전현직 펠로우들이 1억 4,200만 달러의 벤처 캐피털을 조성해서 4,100만 달러의 수익을 올리고, 375개소의 직장을 창출했다."

틸은 지성인, 정치 지도자, 회사 중역들의 모임인 '빌더버그 그룹(Bilderberg Group)' 운영위원이다. 그는 정치적으로 보수적 자유주의자이다. 그는 이 그룹에 100만 달러를 기부해서 최고 기부자가 되었다. 그는 공화당에 막대한 기부금을 냈다. 그는 기독교인 양친에 의해 양육되어 기독교 신앙을 갖고 있다. 스탠퍼드대학교 시절, 그는 프랑스 문학비평가이며 철학자인 르네 지라르의 감화를 받고, 그의 신봉자가 되었다. 가톨릭 신자인 지라르는 사회적 갈등을 해소하는 방법으로 희생과 희생물의 역할을 강조했는데, 틸은 이 말에 감명을 받았다. 틸은 여러 잡지와 신문에 글을 기고했다. 그의 저서 『제로에서 하나로(Zero to One)』(2014)는 2012년 봄, 그가 스탠퍼드대학교에서 강의한 내용을 정리한 것이다.

더페이스북의 약진과 마크의 사장 취임

피터 틸의 자금으로 새로운 서버를 사들일 수 있게 되어 더페이스북은 맹렬하게 확산되었다. 가을 학기 첫 주에 15개 대학이 네트워크에 추가되었다. 11월 30일 더페이스북에 100만 명째 사용자가 등록을 했다. 탄생 10개월 만에 거둔 성과였다. 더페이스북 성공 소식은 투자를 자극해서 마크를 찾는 전화가 빗발쳤지만 마크는 아무런 반응도 나타내지 않았다.

마크는 말했다. "나는 이 세상을 확 열어 보이고 싶다." 그의 말대로 대학 캠퍼스가 더페이스북 때문에 확 열린 광장이 되었다. 대학 신입생에게 배부하는 인쇄물에는 사진과 이름, 그리고 출신 고등학교 정도만 들어 있다. 이런 정보만으로는 상대방을 자세히 알아볼 수 없다. 그러나 더페이스북이 생긴 다음부터는 더 깊게, 광범위하게 상대방을 알 수 있게 되었다. 특히 남녀 관계에서는 이 일이 아주 중요한 안건으로 떠오른다. 남학생이 여학생에 대해서 친구가 되어달라고 신청할 수 있게 되었고, 여학생은 상대방의 프로필을 더페이스북에서 검색할 수 있게 되었다. 2004년 4월에 더페이스북이 하룻밤 새에 다트머스대학교를 석권했던 일도 이런 관점에서 보면 쉽게 이해할 수 있다. 등록하지 않으면 소외된다는 강박관념은 더페이스북 등록을 친구들끼리 밀어붙이는 상황을 초래했다. 마크와 모스코비츠는 학생들의 이런 현상을 "황홀상태(trance)"라고 규정했다. 한번 빠져들면 끝없이 이어지는 정보의 바다로 최면술에 걸린 듯 유영하게 되는 도취감 때문이다.

파커가 중심이 되어 더페이스북은 투자를 표명한 『워싱턴포스트』와 벤처스 캐피털과의 교섭을 진행하고 있었다. 페이스북은 여전히 자금이 부족했다. 파커는 친구 모리스 우데거로부터 30만 달러를 빌려왔었는데 어느새 그 돈도 바닥이 났다. 파커는 다시 30만 달러를 빌리려고 했다. 협상이 진행 중일 때, 바이아콤이 새로운 안건을 물고 들어왔다. 페이스북을 통째로 7,500만 달러로 매수하겠다는 것이다. 더페이스북 친구들은 깜짝 놀랐다. 마크는 당장 호주머니에 3,500만 달러가 들어오지만 그런 제안에는 흥미가 없었다. 파커와 모스코비츠에게도 각각 1,000만 달러가 굴러들어오기 때문에 친구들 일부는 제안을 받아들이자고 야단이었다. 『워싱턴포스트』는 10% 주식 취득과 중역 자리 하나가 가능하면 600만 달러를 출자하겠다고 제안했다. 이 제안에도 마크와 파커는 끄덕도 하지 않았다. 액셀과의 투자 상담에서 합의가 이루어졌다. 액셀은 주식 15%를 소유하고 1,270만 달러를 투자하기로 했다. 액셀 파트너즈의 공동 경영자 짐 브라이어는 자신의 개인 돈 100만 달러를 추가로 투자하겠다고 제안했다. 그는 결국 더페이스북의 임원으로 참여하게 되었다. 액셀과의 거액 자금 조달 교섭에 성공한 파커의 수완을 보고 더페이스북 친구들은 경악을 금치 못했다. 더페이스북은 이제 본격적으로 인재를 모으고 마음껏 서버를 사들일 수 있게 되었다. 더스틴도, 마크도 이제 겨우 21세 새파란 청년이었다. 이들은 나이와는 상관없이 비전, 독창성, 헌신적 봉사로 남다른 점이 있었지만 아직도 경험은 부족했다. 유일하게 손위인 25세 숀 파커는 회사 생활 경험이 있었고 운영에는 천재적 소질이 있었다. 그러나 파커는 조직에 구속되는 일을 싫어했다. 그는 본성이 반항아였다. 그는 후에 일을 저질렀다. 운이 나빴다. 그의 별장에서 마약이 적발된 것이다. 그는 결백이 입증되어 처벌은 면했지만 이 사건으로 도의적인 책임을 지고 회사 사장직을 내놨다. 파커는 자신이 공들인 회사에서 세 번씩이나 물러나는 악연을 경험하게 되었다. 파커는 후임을 결정할 권리가 있었다. 파커는 마크를 사장으로 추대했다. 마크는 이를 받아들였다. 다섯 명의 임원 가운데서 사장은 두 명의 임원을 임명할 수 있기 때문에 과반수의 지지를 확보하게 된다. 마크는 이제 더페이스북의 절대 권력을 장악하게 되었다. 마크는 파커가 물러난 후에도 그에게 회사 운영의 자문을 요청했다.

숀 파커

숀 파커(Sean Parker)는 1979년 12월 3일 버지니아 주 헌든(Herndon)에서 태어났다. 부친 브루스 파커(Bruce Parker)는 해양학자였고 모친 다이앤 파커(Diane Parker)는 텔레비전 광고 브로커였다. 숀이 일곱 살 때, 부친은 아타리(Atari) 800으로 프로그램을 그에게 가르쳤다. 해킹과 프로그래밍은 10대의 숀에게는 무엇과도 바꿀 수 없는 취미가 되었다. 해킹으로 16세 때, F.B.I.의 조사를 받았으나 미성년이었기 때문에 사회봉사 정도의 처벌로 끝났다. 파커는 고등학생 때, 여러 가지 컴퓨터 프로젝트로 연간 8만 달러의 수

숀 파커

익을 올리고 있었다. 이 때문에 그는 양친으로부터 대학 진학을 포기하고 기업에 진출하는 허락을 얻었다. 어린 시절부터 파커는 독서광이었다. 언론은 그를 천재라고 말했다.

파커는 5만 달러를 확보하자 1990년 6월 '냅스터(Napster)'를 설립했다. 그는 냅스터를 "냅스터 대학"이라고 불렀다. 대학에서 못 배운 것을 그곳에서 학습할 수 있었기 때문이다. 1년 안에 냅스터는 수천만 이용자를 확보했다. 냅스터는 음악 사업을 혁신하면서 급속도로 발전했다. 냅스터는 '아이튠즈(iTunes)'의 선구자가 되었다. 2002년 11월 파커는 온라인 주소인 소셜 네트워크 '플락소(Plaxo)'를 발표해서 2천만 명 상용자를 확보했다.

2004년 파커는 더페이스북을 보았다. 파커는 마크 저커버그를 만나 몇 개월 후에 함께 일을 하기로 약속했다. 그는 페이스북의 최초 투자자로 참여해서 초대 사장 자리를 차지했다. 사장 취임 후, 그는 피터 틸을 페이스북 투자자로 끌어들였다. 기숙사 동창들 모임으로 이뤄진 회사를 파커는 페이스북 기업체로 발전시키는 공을 세웠다. 파커는 2009년 스웨덴 온

라인 음악 서비스 회사 '스포티파이(Spotify)'에 1억 5천만 달러를 투자하고 그 회사 임원으로 참여했다. 2011년 스포티파이는 미국 시장에 진출했다. 파커는 스포티파이와 페이스북을 파트너로 묶었다. 이어서 파커는 '보티즌(Votizen)', '에어타임(Airtime)', '와일콜(WillCall)', '브리게이드 미디어(Brigade Media)', '피플즈 오퍼레이터(The People's Operator)'에도 투자를 했다.

파커는 암 연구, 말라리아 퇴치 운동 단체, 환경 단체, 자선 단체에 대해서 과감한 재정 지원을 하고 있다. 그는 부유층 증세를 위한 법 개정을 추진하기 위해 미국 양당 관계자들에게 정치자금을 제공하고 있다. 더스틴 모스코비츠가 7만 달러를 후원하는 것을 보고, 그는 10만 달러를 캘리포니아 정치 운동단체 'Proposition 19'에 기부했다. 파커는 소셜 미디어를 자선 운동에 연결시키는 단체인 'Causes'를 창단했다. 2010년 9천만 명이 이 단체에 가입한 후, 이 단체는 2,700만 달러를 모금했다.

페이스북 10억 달러로 사겠다

2005년 가을, 더페이스북은 '페이스북(Facebook)'이라는 새로운 이름을 갖게 되었다. 미국 대학의 학부 학생 85%가 페이스북의 등록자가 되었다. 매일 이들 가운데 60%가 로그인하고 있었다. 페이스북은 미국 대학 정보 시장을 제패했다.

페이스북 운영 회의에서는 매일 활동 방향에 관해서 토론이 계속되었다. 국제화할 것인가, 성인층으로 대상을 확대할 것인가, 고등학생들에게 눈을 돌릴 것인가라는 문제가 거론되었다. 결국 고교생에게도 문호를 개방하기로 하고 준비 작업에 착수했다. 그런데 문제는 고교생들의 신원을 어떻게 파악하느냐는 것이었다. 묘안이 떠올랐다. 사용자의 친구관계를 이용하자는 것이었다. 대학교 1학년 또는 2학년 학생이 고교생 친구나 후배에게 페이스북에 초대하는 방식을 강구했다. 이 부름을 받고 고교생이 가입하면, 그 고교생이 또 다른 친구를 초대하면서 수는 기하급수적으로 증가할 것이라고 예상했다. 페이스북은 전 미국 37,000개의 공사립 학교에 각기 별개의 네트워크를 만들어냈다. 고교생으로 가는 서비스는 페이스북 내 별개의 네트워크로 운영하도록 했다. 고교생 등록이 매일 2만 명씩 늘어나고 있었다. 이제 페이스북은 대학생 전용이 아니었다. 마크와 모스코비츠는 두 개의 서비스를 하나로 통합하기로 했다. 2006년 2월 통합 작업을 끝냈다.

페이스북 가입자는 100만 돌파 후 10개월 만에 500만을 돌파했다. 페이스북 운영대상 대학은 1,800개교가 되었다. 그러나 페이스북은 광고 수입이 있음에도 연간 600만 달러의 적자를 기록했다. 적자는 액셀에서 들어온 돈으로 메꾸어나갔다. 마크는 적자에 대해서 별 신경을 쓰지 않았다. 페이스북만이 아니라 주변에서도 인터넷 소셜 네트워킹 서비스가 늘고 있었다. '닝(Ning)', '디그(Digg)', '비보(Bebo)', '하이 5(Hi 5)' 등이 문을 열고 있었다. 반응도 좋았다. 페이스북은 다른 네트워크에 없는 새로운 기능을 추가했다. 그것은 여러 사진을 여러 장 바꿔서 올리는 장치였다. 이 때문에 사진은 페이스북의 인기 항목이 되었다.

마크는 사진 기능을 첨가하면서 영감이 떠올랐다. 아무리 사소한 것이라도 사교적 관련을 맺게 되면 놀라운 효과를 발생한다는 것이다. 이 성과를 발전시키기 위해 톱클래스 프로그래머의 영입이 절실해졌다. 페이스북이 사진 애플리케이션 기능을 탑재하고 성장세로 가자 컴퓨터와 미디어 업계가 페이스북의 움직임을 예의 주시하게 되었다. 인터넷이 시작된 이래 이토록 뜨거운 호응을 얻은 적이 없었다. 페이스북은 기존의 업계와는 근본적으로 사업적 발상이 달랐다. 창업한 지 20개월도 안 되었는데 20억 달러의 가치가 있다는 소문이 돌기 시작했다. 2006년 6월에는 세계 제3위 광고 에이전시가 페이스북에 가담하기로 결정했다. 인터퍼블릭 그룹은 1년간 1,000만 달러의 광고료를 페이스북에 지불한다는 계약을 맺은 것이다. 이 협찬은 페이스북의 약진을 도모했다.

도대체 페이스북에 대해서 왜 사람들은 난리법석인가? 이유는 간단했다. 사람들은 궁금한 것이다. 인간은 호기심으로 움직인다. 타인의 정보를 알고 싶은 것이다. 내 친구에 무슨 일이 일어나고 있는가. 어떤 새로운 변화가 있는가. 내가 모르는 일이 주변에서 일어나고 있는 것은 아닌가. 특히 젊은이들은 이성 관계에 민감하다. 그녀의 사진을 보고 싶어 한다. 그 남자의 사진을 보고 싶어 한다. 클릭… 클릭… 클릭… 클릭은 계속된다. 페이스북은 이 모든 정보를 풀어줄 방안을 새로운 인재를 선발해서 끊임없이 연구하고, 개발하고, 창안하고 보급했다. 기술적 도전은 계속되었다. '뉴스피드(Newsfeed)' 기능이 탄생되어 전 세계 문화, 교육, 정치, 경제의 최신 정보를 쉽게 얻을 수 있게 되었다. 뉴스피드는 제품의 진화였다. 6월에 야후(Yahoo) 경영진이 페이스북을 10억 달러로 매입하자는 결론을 얻었다. 마크는 어리둥절했다. 주역들은 의견이 둘로 갈렸다. 마크와 숀 파커, 피터 틸, 모스코비츠는 매각에 반대했다. 벤처 캐피털리스트 브라이어는 출구(exit)의 기회로 삼고 매각하자는 입장이었다. 매각하면 액셀은 14개월 만에 투자액의 열 배를 벌수 있기 때문이다. 사원들 대부분은 매각 반대였다. 특히 모스코비츠는 페이스북 초기부터 마크와 단짝이었다.

더스틴 모스코비츠

　　더스틴 모스코비츠(Dustin Moskovitz)는 1984년 5월 22일 플로리다 주 게인스빌(Gainesville)에서 태어나서 오칼라(Ocala)에서 성장했다. 그는 마크보다 8일 늦게 태어났다. 그는 유대인이었다. 그는 하버드대학교에서 2년 동안 경제학 공부를 하다가 팰로앨토로 가서 마크의 페이스북에 동승했다. 2004년 2월 페이스북을 함께 시작한 하버드 동창 가운데 마크 저커버그, 에두아르도 세브린, 크리스 휴즈(Chris Hughes), 더스틴 모스코비츠 등 세 명은 기숙사 한 방 친구였다. 2004년 6월 마크와 더스틴은 하버드를 떠나 캘리포니아 팰로앨토에 사무실을 내고 여덟 명 사원들이 한데 뭉쳤다. 나중에 숀 파커가 합류했다. 모스코비츠는 최초의 우두머리 기술자였다. 2008년 10월 3일 모스코비츠는 페이스북을 떠나 페이스북 기술자 저스틴 로젠스타인(Justin Rosenstein)과 함께 '아사나(Asana)'라는 이름의 새 회사를 창립했다. 그는 모바일 사진 사이트 '패스(Path)'의 투자자였다. 이 회사는 전 페이스북 기술자였던 데이비드 모린(David Morin)이 창업한 회사였다. 2011년 2월 구글(Google)은 이 회사를 매수하기 위해 1억 달러를 제안했지만, 모스코비츠는 모린에게 사절하라고 충고해서 거절했다. 모스코비츠는 2011년 여자 친구 카리 튜나(Cari Tuna)와 함께 자선 단체 '굿 벤처(Good Venture)'를 창립했다. 2012년 그는 세계 최연소 억만장자가 되었다.

더스틴 모스코비츠

2015년 7월 현재, 그의 재산은 99억 달러로 평가되고 있다.

'뉴스피드', 세상에 변화를 주다

　　　　　　　브라이어 일파들의 매각 압력의 중압감 때문에 마크에게 잠 못 이루는 고민스런 날이 계속되었다. 그럴 때면, 그는 드라이브하면서 그린 데이, 위자의 음악을 듣거나 공원과 풀장 주변을 몇 시간이고 산책했다. 여자 친구 프리실라는 "팔고 나서 뭐해요?"라면서 용기를 주었다. 마크는 누나 랜디에게 말했다. "큰돈이지요. 사원들은 이 돈이면 평생 잘살 수 있죠. 그러나 우리는 세상에 변화를 주고 싶습니다." 매매 교섭은 7월 초 2주간 계속되었다. 마크는 끝내 승복하지 않았다. 마크는 자신만만했다. 야후가 제시한 액수는 탐이 났지만 '뉴스피드'의 성공을 확신하고 있었다. 그것이 성공하면 회사 가치는 더 오를 것이기 때문이다.

　페이스북에 위기가 왔다. '뉴스피드' 반대 세력이 집결한 것이다. 일리노이 주 노스웨스턴대학교 3학년생 벤 바가 시작한 반대 캠페인 참여자가 70만 명이 되었다. 500개의 반대 그룹이 생겼다. 반대 이유는 정보 과잉 발송이었다. 회사 측 대응은 마크의 블로그에서 시작되었다. "침착하세요. 듣고 있습니다." 회사가 쓰러지는 것 아닌가? 위구심이 번졌다. 마크는 사과문을 발표했다. "적절한 프라이버시 기능을 조립하지 못한 것은 우리들 잘못이었습니다." 이어서 그는 공개 토론에 참가하겠다는 뜻을 밝혔다. 반대 운동은 서서히 진정되었다. 뉴스피드가 정보 교환에 필요하다는 것을 알아줄 날이 올 거라고 마크는 믿고 있었다. 그동안의 전달 방법은 상대에게 정보를 발송하는 일이었다. 그러나 '뉴스피드'는 페이스북에 정보를 올림으로서 필요한 사람이 정보를 퍼가도록 만드는 일이었다. 자동화된 전달 방식으로 정보를 교환할 수 있게 된 것이다. '뉴스피드'로 세상은 더 가까워진다는 것이다. 세상 모든 정보를 정기 구독하게 된다. 페이스북은 오픈 등록제를 실시했다. 22세 마크 저커버그는 1,200만 명의 회원을 확보하고 있었다.

페이스북의 책임과 한계

투명한 개인, 정보 전달 사회, 그 한계는 어디까지인가? 이 질문은 페이스북이 직면하고 있는 근본적인 문제가 된다. 마크는 자신을 감추지 않고 노출하고 일관성 있게 행동하면 건전한 사회를 만들 수 있다고 믿고 있다. 과연 그럴 수 있을까? 투명한 세상이 되면 사람들은 사회적 규범과 윤리를 지키고 책임 있는 행동을 할 수 있을 것인가? 마크는 할 수 있다고 믿고 있다. 그러나 이 문제는 개인의 프라이버시 문제이기도 하지만, 페이스북이 강조하는 것은 사회생활의 "대담한 투명성"이다. 사람의 경력, 인간관계, 관심사, 취미, 성장 과정, 학력 등에 관해 상세한 기록을 남기고 있는데, 젊은 층은 대부분 이 정보 공개를 수락하고 즐기는 경향으로 가고 있다. 프라이버시와 투명성 충돌은 페이스북의 경우 모순된 입장에 서 있지만, 2006년 '뉴스피드'와 2007년의 '비콘'의 경우 2009년 초의 이용 약관은 이 어려움에 대한 해결책이었다. 페이스북은 친구들을 그룹으로 나누어서 정보 공개 수준을 정하는 방법을 공개했다. 이에 대해서 EPIC(전자프라이버시 정보센터)는 미국연방거래위원회에 페이스북을 조사하고 처벌해줄 것을 요청했다. 2009년 말의 프라이버시 설정 '에브리원

(everyone)' 옵션 등은 이 문제를 해결하는 노력의 산물이었다. 사실 페이스북에는 비밀이 없다. 사생활도 일정 부분 공개되어야 한다는 정책을 초창기부터 고수하고 있다. 아이러니컬하게도 그 흡인력으로 사람들이 몰리고 있는 것이다. 페이스북은 사실상 개인의 이익과 손해를 동시에 쥐고 있다고 할 수 있다. 그 선택은 사람들 인격의 몫으로 돌아간다. 뉴욕 법과대학원의 제임스 그리멜먼 교수는 말했다. "페이스북에는 심각한 프라이버시 문제와 포괄적으로 탁월한 프라이버시 보호 장치가 있다. 프라이버시 문제의 대부분은 사람들이 페이스북을 열광적으로 사용하는 방법에서 생긴 자연스런 귀결이다. 개인 정보 제어의 욕구와 사회적 교류의 욕구 사이에는 서로 용납할 수 없는 긴장 관계가 있다." 그는 프라이버시 침해에 관한 문제는 페이스북 자체의 문제가 아니고, 사용자의 행동의 결과라고 거듭 강조하고 있다. 페이스북은 실명을 사용하기 때문에 자신의 발언에는 책임이 따르게 되어 있다. 이를 입증하듯이 2009년 9월 포네몬 연구소가 조사한 바에 의하면 페이스북은 미국에서 열 번째로 신용할 수 있는 회사라는 결론이 나왔다.

페이스북 평가 150억 달러

페이스북은 일반인에게도 공개되어 폭발적인 성장을 이룩했다. 그러나 심각한 문제가 발생했다. 페이스북은 돈을 벌어야만 했기 때문이다. 세계로 뻗어나가 서비스를 제공하려면 돈이 필요했다. 그동안 광고는 미국인 상대였다. 해외 광고 파트너가 필요했다. 이미 국내 광고 계약을 맺고 있는 마이크로소프트는 해외 광고에 관여하고 싶어 했다. 페이스북은 마이크로소프트에 의존하고 싶지 않았다. 마크는 피터 틸에게 자금 조달 임무를 맡겼는데, 외부로부터 자금을 조달하려면 회사 평가액을 산정해야 한다. 마크는 평가액을 200억 달러로 추산했다. 마이크로소프트 얘기가 나왔을 때 평가액은 150억 달러가 된다는 말이 나왔었다. 마이크로소프트는 5월에 인터넷 광고 회사 "어퀀티브(aQuantive)"를 60억 달러에 매입했다. 마이크로소프트는 150억 달러 평가액을 기준으로 페이스북 1.6%에 대해서 2억 4천만 달러를 출자하기로 했다. 이 계약은 2008년 10월 24일 발표되었다. 페이스북은 기타 투자자 금액을 합치면 총 3억 7,500만 달러에 달했다. 2008년 불황을 넘어갈 수 있는 충분한 현금이 마련되어 마크는 안심이 되었다.

셰릴 샌드버그와 페이스북 광고 사업

셰릴 샌드버그(Sheryl Sandberg)가 페이스북에 와서 경영진을 재편성했다. 이 때문에 회사를 그만 두는 사원이 늘어났다. 핵심적인 일을 했던 오언 밴 나타의 퇴직은 모두를 놀라게 했다. 샌드버그는 페이스북의 영업 방향을 광고에 초점을 맞췄다. 마크의 창업 공신들은 흩어졌다. 초기 측근들 오언 밴 나타, 맷 콜라도 물러나고, 마크의 고교 동창 애덤 단젤로는 최고 기술자 찰리 치버를 데리고 나가 '쿼라(Quara)'라는 새 회사를 차렸다. 최대의 충격은 더스틴 모스코비츠의 퇴직이었다. 창업 당시 마크의 오른팔이었던 그는 페이스북 주식 6%를 보유한 대주주이다. 그는 페이스북을 나왔어도 마크와 만나고 상호 협조 체제를 유지했다.

셰릴 샌드버그

대단히 이성적이고 논리적인 사고를 하는 샌드버그는 페이스북이 지닌 광고 환경에 희망을 걸고 있었다. 페이스북은 계속 돈이 필요했기 때문에 광고로 수입을 올려야 했다. 마크가 샌드버그를 경영 핵심에 포석한 이유가 거기에 있었다. 마크는 투자비로 거둬들인 3억 7,500만 달러를 신바람나게 쓰고 있었다. 그 돈으로 회사원과 기술자들을 영입했다. 어느새 약 500명이 되었다. 이들에게 월급을 지급하고, 데이터 센터에 100대 단위로 서버를 추가했다. 해외에도 센터를 설치할 예정으로 준비하고 있었다. 페이스북 본 건물에서 한 구획 떨어진 곳에 카페테리아를 열고, 구글에서 일류 요리사를 불러와서 사원들에게 무료로 음식을 제공했다. 사무실도 넓은 건물로 이전할 계획이었다. 샌드버그는 입사 후 주변 정리를 마치고, 경영진을 불러 광고 사업 전략 회의를 정기적으로 주최했다. 마크는 휴양 겸 세계 일주 여행을 떠났다. 그는 여행 가방 하나 들고 베를린, 이스탄불, 인도, 일본 등 여러 곳을 돌아다녔다. 덜커덩거리는 버스를 타고 히말라야 고산지대에도 가봤다. 스티븐 잡스가 순례하던 곳이다. 마크의 여행은 샌드버그에게 경영의 자유와 독단을 허락했다. 사원들은 마크가 일부러 그런 기회를 주었다고들 수군댔다.

샌드버그 광고 전략 회의는 오후 6시부터 9시까지 저녁 식사를 들면서 일주일에 한두 번 열렸다. 광고 책임자부터 담당 기술자까지 광고 분야 핵심 사원들이 모인 자리에서 샌드버그는 화이트보드에 큰 글씨로 "우리들의 사업, 그 본질은 무엇인가?"라고 썼다. 이윽고 자유 토론 시간을 가진 다음 전원에게 발언 기회를 주었다. 전략 회의를 거듭할수록 참석 인원 수는 늘어났다. 보통 15명에서 20명이었다. 여기서 거론되는 내용을 놓치면 안 된다는 여론 때문에 모두들 혈안이 되었다. 스태프들은 시장 조사 결과물을 들고 왔다. 시장의 규모, 예측 성장률, 각 업계의 유력자 이름들이 적혀 있었다. 몇 주일 동안 회의를 거듭한 후, 샌드버그는 페이스북의 수익이 어디서 얼마만큼 앞으로 있을 수 있는지 각 개인에게 물었다. 전원이 70% 이상 광고 수입일 것이라고 대답했다. 샌드버그가 8차 전략 회의를 끝낼 즈음, 마크가 여행에서 돌아왔다. 그는 전략 회의가 얻은 결론을 반기며 좋아했다.

페이스북에서는 광고 관련 영업 사원이 260명 일하게 되었다. 샌드버그가 오기 전에는 전 세계에 영업소가 세 군데밖에 없었다. 그가 온 다음에 영업소는 17개소로 급증했다. 페이스북 본부는 캘리포니아 팰로앨토에 있다. 유럽과 아프리카, 중동 본부는 아일랜드 더블린에 있다. 아시아 본부는 서울에 있다. 오세아니아 본부는 뉴질랜드 웰링턴에 있다. 동남아시아 본부는 인도 하이데라바드에 있다. 광고업계는 차츰 페이스북으로 이동하고 있었다. 온라인 광고주는 2008년에서 2009년 사이 세 배 증가했다. 2009년 전미국광고주협회가 조사한 바에 의하면 광고주의 66%가 소셜 미디어를 사용하고 있었다. 그 대부분이 페이스북이었다. 2007년에는 불과 20%였다. 2008년 경제 불황기에도 페이스북은 타격을 받지 않았다. 2009년 12월 페이스북은 530억 건의 광고를 표시했다. 이것은 네트광고 14%에 해당하는 물량이었다. 2009년 페이스북의 총 수익은 5억 5,000만 달러였다. 2008년에는 3억 달러였다. 100%의 성장률이었다. 콤스코아 여론조사회사가 2009년 말 조사한 것을 보면 약 1억 1,000만 명 페이스북 사용자들이 한 달에 6시간을 사이트에서 지낸다는 것이다. 페이스북의 비즈니스 모델은 광고가 되었다.

셰릴 샌드버그는 강연장에서 이렇게 말했다. 이 말은 자기 자신에게 하는 말 같기도 했다.

"일어나세요. 직장의 최고 자리를 목표로 삼으세요. 그럼으로써 당신은 당신 한 명만을 위해 일어서는 게 아니라 우리 여성 모두가 일어서는 것이기 때문입니다. 당신이 리더가 되면서, 그리고 당신으로 인해 더 많은 여성들이 리더가 되면서 당신의 고정관념을 바꿀 수 있기 때문이며, 다른 모든 여성들에게도 긍정적 영향을 미칠 수 있기 때문입니다."

페이스북은 진화하고 있다

2009년 3월 닐센 조사회사가 놀라운 발표를 했다. 소셜 네트워크에서 보낸 시간이 인터넷 메일에 사용한 시간을 앞섰다는 것이다. 이 발표는 커뮤니케이션 형태의 주류가 바뀌고 있다는 것을 말하고 있다. 2009년 조사에 의하면 180개국에서 매일 신규 가입자가 약 100만 명씩 늘고 있는데, 연말에 총 3억 5,000만 명을 초과했다는 것이다. 페이스북이 이토록 성공한 이유는 여러 가지 있을 수 있겠지만, 정보 공유가 간단하고, 친구라는 개인을 특성화시켰기 때문이라고 많은 평론가들은 지적하고 있다. 전 세계로 확산시킨 공로는 사용자 인터페이스 언어가 빠른 속도로 현지 언어로 번역되었기 때문이다. 예컨대 페이스북 2,800만 스페인어 사용자를 위해 세계에서 모인 1,500명 스페인어 이용자가 4주일 안에 완전 버전을 만들어냈다. 페이스북은 아시아 전역에서도 급성장했다. 페이스북 성공의 비결이 뭐냐고 묻는 기자에게, 마크는 대답했다. "정보 공유 수단을 개량하는 것만으로도 사람들의 인생을 바꿀 수 있기 때문입니다." 마크는 특히 페이스북의 3대 특성인 "투명, 공유, 기부"의 개념이 사회에 널리 확산되어 공정한 세계가 실현되기를 갈망하고 있다.

2009년 1월 마크는 셰릴 샌드버그와 함께 세계경제포럼, 일명 다보스 포럼에 참석하고 있었다. 테이블 건너편에는 구글의 공동 창립자 래리 페이지가 있었다. 이 모임은 페이스북의 출자자 벤처 캐피털의 액셀 파트너스가 기술자와 과학자를 위해 매년 다보스에서 개최하는 모임인데, 그는 한 병에 600달러하는 캘리포니아 명산 와인을 아낌없이 대접하고 있었다. 2010년 현재 마크는 페이스북 주식 약 24%(약 30억 달러)를 보유하고 있었다. 두 번째 대주주는 액셀의 약 10%이다. 더스틴 모스코비츠는 6%이다. 러시아의 '디지털 스카이 테크놀로지'가 5%, 에두아르도가 5%, 숀 파커는 약 4%, 피터 틸은 3%, 마이크로소프트는 1.3%를 보유하고 있다. 그레이록 파트너스, 메리테크 파트너스가 각각 1~2%, 홍콩의 억만장자 리카싱(李嘉誠)이 약 0.75%를 소유하고 있다. 광고주 인터퍼블릭 그룹 0.5%, 맷 콜라, 제프 로스차일드, 애덤 단젤로, 크리스 휴즈, 오언 밴 나타 등 전·현 직원 소수 그룹 1%, 리드 호프먼, 마크 핑커스, 웨스턴 테크놀로지 인베스트먼트 등 직원들과 외부 투자자들이 나머지 30% 전후의 주식을 소유하고 있다. 2015년 7월 현재 마크는 425억 달러의 재산을 소유하고 있는 페이스북의 회장이며, 최고경영자(CEO)이다.

유일하게 아시아인으로서 마이크로소프트와 페이스북에서 역할을 하고 있는 사람이 리카싱(李嘉誠)이다. 그는 2014년 자산 310억 달러 소유자로서 세계 갑부 20위 자리를 확보했으며, 아시아인으로서는 최고의 자산가로 꼽히고 있다. '장강실업집단'을 이끌고 있는 홍콩 재벌이다. 그는 소년기 가난한 생활을 했다. 1928년 광둥 차오저우(潮州)에서 태어난 그는 중일 전쟁이 발발하자 1940년 가족들과 함께 홍콩으로 도피했다. 그는 그곳에서 시계상을 하고 있는 숙부 집에서 기식했다. 12세 때였다. 14세에 일터로 나가 일할 때, 그는 플라스틱 물건을 보고 충격을 받는다. 그는 17세 때, '장강 플라스틱 회사'를 설립했다. 이 순간이 그의 운명을 바꿨다. 잡지에 "이탈리아에서 플라스틱제 조화 개발"이라는 기사를 읽고, 이탈리아로 가서 조화 공장에서 일을 하면서 제조 방법을 익혔다. 홍콩으로 돌아와서 그가 만든 '홍콩플라워'는 대성공을 거뒀다. 이 상품은 아시아와 유럽에 수출되어 세계 시장 80%를 장악했다. 리카싱은 이 사업으로 얻은 자금으로 부동산업에 진출해서 거금을 벌었다. 문화대혁명으로 세상이 시끄러워져서 홍콩 시민들이 부동산을 싼 값으로 처분하고 해외로 도피하는 상황이 벌어졌다. 부동산 가격이 이 때문에 폭락했다. 그는 이 기회에 대대적으로 부동산 매입을 시작했다. 1967년의 소동은 진정되고, 지가와 부동산 가격이 상승했다. 리카싱은 일약 대부호가 되었다. 이후 그는 미국 금융시장을 겨냥하면서 주식거래를 하고 있다.

마크의 신조와 사회 공익 활동

2012년 10월 마크는 러시아 수상 드미트리 메드베데프(Dmitry Medvedev)를 만나기 위해 모스크바를 방문했다. 러시아의 소셜미디어 개혁을 자극하고 페이스북 기지를 러시아 시장에 개척하기 위해서였다. 러시아 통신 장관은 마크에게 러시아 프로그래머를 유인하지 말고, 모스크바에 연구 센터를 설립하라고 권고했다. 2012년 러시아에는 약 900만 명의 페이스북 사용자가 있었다. 2014년 스페인 바로셀로나에서 개최된 MWC(Mobile World Congress) 회의에서 마크는 각국에서 모인 75,000명 대표들에게 "모바일 기술 발전이 앞으로 자신의 목표"라고 언명했다. 마크는 "지식경제(knowledge economy)가 인류가 지향해야 되는 미래이다"라고 강조했다. 그가 언급하는 지식경제는 온라인을 통한 지식의 습득과 유통으로 인간의 생활을 향상시킨다는 것이었다.

페이스북을 통한 인간과 기업의 관계는 앞으로도 발전할 것이다. 이를 통해 미래 산업에 놀라운 성과를 이룩할 것이라는 전망은 가능하다. 제품의 콘셉트, 디자인, 제조 과정에서 소비자의 협력을 얻으면서 생산 원가가 절감되고, 소비자가 원하는 제품을 생산하며, 고객 로열티를 산출할 수 있기 때문이다. 이 경우 페이스북은 거대한 협업체가 된다. 페이스북의 사용자들이 만든 애니메이션 영화는 그 좋은 예라 할 수 있다. 〈라이브 뮤직〉이라고 이름이 붙은 이 영화는 17개국 51명의 사용자들이 만든 5분짜리 영화이다. 페이스북에서 이 영화를 방문한 사용자는 57,000명이다. 이 가운데서 17,000명이 특별한 소프트웨어를 다운로드했다. 이들은 어느 부분을 영화에 포함시킬 것인가를 투표로 결정했다. 아이디어가 채택되면 500달러가 상금으로 수여된다. 이 영화는 2009년 말 소니 영화사의 배급으로 극장에서 개봉되었다. 이 과정을 보면 '소셜 네트워킹(social-networking)'이 '소셜 프로덕션(social-production)'으로 전환되는 가능성을 알 수 있다. 이 일은 페이스북이 성취한 친구 관계가 창조 산업을 유발해서 제품이나 서비스를 만들어내는 사회적 능력을 지니고 있음을 알리고 있다. 소비자들은 자신의 개인 정보를 발신하고, 기업은 그 정보를 수신해서 소비자가 원하는 제품을 생산하는 효율성이 달성되는 것이다. 샌드버그는 자랑하고 있다. "우리는 누구보다도 질 높은 정보를 갖고 있습니다. 성별, 연령, 장소 등을 알고 있습니다. 이것은 진짜 데이터입니다. 추론해서 얻은 것이 아닙니다." 페이스북 셀프 서비스 광고 페이지에서는 자신의 광고를 특정한 사람에게만 보여주는 일도 가능하다. 지정한 날, 지정한 도시, 지정한 회사 직원들만 볼 수 있는 광고를 발신할 수도 있다. 페이스북 사용자에 관한 지식을 사용해서 광고주의 시장조사를 돕는 일도 할 수 있다. 어떤 회사가 어떤 CM송을 사용할 것인가 고민할 때, 광고주 페이지에 있는 회원의 프로필을 조사해서 그들이 어떤 음악을 좋아하는지 조사하면 답이 나올 수 있다.

마크는 '스타트업(Start-up)' 교육 재단을 설립했다. 2010년 9월 22일 그는 이 재단을 통해 뉴저지 주 뉴워크 시의 공립학교를 지원하기 위해 1억 달러를 기부했다. 2010년 12월 9일 마크 저커버그, 빌 게이츠, 워런 버핏은 공동으로 기부 약속을 했다. 그들 재산의 반을 자선단체에 기부한다는 약속이다. 마크는 2013년 12월 9일 1,800만 달러 액수의 페이스북 주식을 실리콘 밸리 커뮤니티 재단(Silicon Valley Community Foundation)에 기부했다(시가 9억 9,000만 달러). 2013년 저커버그 부부는 10억 달러 기부자로서 미국 최고 자선 행위 기부자가 되었다. 2014년 10월 저커버그 부부는 서아프리카 에볼라 전염병 퇴치를 위해 2,500만 달러를 기부했다.

마크의 부인 프리실라 찬(Priscilla Chan)은 사이공 함락 후 미국으로 이민 온 중국계 베트남인의 딸이었다. 그녀는 보스턴 교외 브레인트리(Braintree)에서 태어나, 2003년 퀸시고등학교를 졸업했다. 마크가 대학 2학년 시절인 2003년에 만난 연인이었다. 2010년 9월 마크는 당시 샌프란시스코 캘리포니아의과대학교 학생이었던 프리실라를 팰로앨토 하우스에 초대해서 사랑을 나누면서 결혼을 다짐했다. 2012년 5월 19일 두 사람은 마크 집 뒤뜰에서 결혼식을 올렸다. 그날은 프리실라의 대학 졸업을 축하하는 날이기도 했다. 2015년 7월 31일 마크는 첫 딸의 출산을 예고했다.

마크 저커버그는 건강하고 힘이 넘치는 젊은이다. 그는 밤낮으로 일을 해도 건강이 유지된다. 다른 사람보다 더 많은 시간과 정력을 일에 쏟아부을 수 있다. 건강은 그의 행운이라 할 수 있다.

저커버그는 탐구 정신이 강하다. 스티브 잡스의 말대로 지식에 굶주린 '헝그리' 정신의 소유자이다. 정신의 배를 채우기 위해서 그는 끊임없이 지식을 탐식한다. 저커버그는 '지식경제'라는 말을 만들어내기도 했다.

저커버그는 남에게 지지 않으려는 투쟁심에 넘쳐 있다. 그는 새로운 분야를 개척하기 위해 온갖 시련을 극복하며 앞만 보고 달리는 광기를 지니고 있다.

저커버그는 사람을 보는 눈, 사람을 자기 편으로 끌어들이는 인간적인 매력, 그리고 카리스마가 있다. 저커버그 주변에 모인 사람들은 총명하고, 유능하고, 민첩했다. 지도자는 사람 복이 있어야 한다는 말은 그에게 해당되는 말이다. 사람을 끌어들이는 수단은 돈만으로 되는 것은 아니다. 인간적인 신뢰감이 중요하다. 그 신뢰감 때문에 페이스북은 통합된 하나의 조직으로서 상하 일체감이 형성되고 친화력이 이룩되었다.

저커버그는 창조적 비전의 소유자이다. 세상 현황에 대한 그의 통찰력은 인간과 세계의 앞날에 대해서 효율적으로 대처하게 만들었다. 시장의 기능, 생산자와 소비자, 투자자와 기업가의 관계 변화에 대한 확실한 비전은 그의 사업 영역을 확대하고 발전시키면서 안정되고 평화로운 산업 문화에 공헌했다. 막대한 재산을 자선단체에 기부하는 그의 인간사랑은 세상 온 누리에 눈부신 빛을 발산하고 있다.

이 모든 성품과 자질이 저커버그를 21세기 문명 사회에서 성공하게 만들었다.

Akihiko, Jojima. Distinguished Family, DIA PRESS, Tokyo, 2015.

Allen, Michael J. B. "Marsilio Ficino on Plato, the Neoplatonists and the Christian Doctrine of the Trinity", Renaissance Quarterly 1984, The Renaissance Society of America, Inc., 1984.

apple-history.com

Arthur, Charles. Digital Wars, Kogan Page Limited., 2012.

Brandes, H. W. Masters of Enterprise, Giants of American Business, The Free Press, A Division of Simon & Schuster Inc., 1999.

Brennan, Christian. The Bite in the Apple: A Memoire of My Life with Steve Jobs. New York: St. Martin's Press, 2013.

Chernow, Ron. Titan: The Life of John D. Rockfeller, Sr. New York, Random House, 1998.

Cross, Daniel and the editors of Forbes. Greatest Business Stories of All Time, Magazine, Bryon Press Visual Publications, Inc., and Forbes Inc., 1996.

Encyclopaedia Britannica, INC. Pan American and Universal Copyright Union, U.S.A., 1970.

Forbes billionaire list: "Two Decades of Wealth"

Gallo, Carmine. The Innovation Secrets of Steve Jobs, McGraw Hill, New York, 2011.

Garen, Eugenio. 르네상스 문화사 (Eugenio Garin, La cultura del Rinascimento:Prfilo storico, 1967, Japanese edition, Heibonsha Ltd., Publishers, Tokyo, 2011.)

Gates, Bill. Impatient Optimist. An Aagte Imprint, Chicago, 2012.

Gates, Bill. The Road Ahead, Viking Penguin, 1995.

Gates, William H. III with Collins Hemingway. Business @ The Speed of Thought, A Time Warner Company, New York, 1999.

Greenspan, Aron. Authoritas: One Student's Harvard Admissions and the Founding of the Facebook Era/ Palo Altos: Think Press, 2008.

Guggenheim, Peggy. Out of This Century, Confessions of an Art Addict, Andre Deutsch, London, 1979.

Isaacson, Walter. Steve Jobs, Simon & Schuster, New York, 2011.

Kaufman, Michael T. Soros, Alfred A. Knopf, 2002.

Kirkpartick, David. The Facebook Effect, Teri Tobias Agency, LLC., New York, 2010.

Kubo, Iwao. Who Really Runs the World?, Junjunto, Tokyo, 1988.

Landes, David S. Dynasties, Fortunes and Misfortunes of the World's Great Family Business, 2006, Japanese edition PHP, Kazuo Nakatani, 2007.

Levy, Steven. Insanely Great: The Life and Times of Macintosh, the Computer That Changed Everything. New York: Penguin, 2000.

Marshall, David. Bill Gates and Microsoft, Exley Publications Ltd., Watford, 1994.

Melby, Caleb. The Zen of Steve Jobs. New York: Wiley, 2012.

Merzrich, Ben. The Accidental Billionaire, Doubleday, 2010.

Nakata, Yasuhiko. Who Governs the World, Nihonbungeisha, Tokyo, 2010.

New York Times

Nielsen, Waldemar A. Inside American Philanthropy Norman, University of Oklahoma, 1996.

Parks, Tim. Medici Money, 2005, Japanese edition, Haksuisha, Kitadai Miwako, 2008.

Popper, Karl; The Open Society and Its Enemies Princeton, N.J. Princeton University Press, 1962.

Raymond de Roover. The Rise and Decline of the Medici Bank 1397−1494, Cambridge, MA: Harvard University Press, 1963.

Reader's Digest, Family Encyclopedia of American History, The Reader's Digest Association, INC., New York, 1975.

Robertson, Oliver James. American Myth, American Reality. Hill & Wang, New York, 1980.

Rockfeller, David. Memoirs, The Wylie Agency Ltd., London, 2002.

Schlender, Brent & Rick Tetzeli. Becoming Steve Jobs, Crown Business, New York, 2015.

Segal, Ken. Insanely Simple: The Obsession That Drives Apple's Success. New York: Portfolio Hardcover, 2012.

Soll, Jacob. The Reckoning: Financial Accountability and The Rise and Fall of Nations, Basic Books, U.S.A., 2014.

Soros, George. The Bubble of American Supremacy, Public Affairs, 2004.

Soros, George. Financial Turmoil in Europe and the United States, Public Affairs, New York, 2012.

Soros, George. Open Society: Reforming Global Capitalism, New York, Public Affairs, 200.

Soros, George. Opening the Soviet System, London, Weidenfeld and Nicholson, 1990

Soros, George. Soros on Globalization, Public Affairs, 2002.

Soros, George. Soros on Soros, New York, Jown Wiley & Sons, 1995.

Soros, George. The Alchemy of Finance, New York, John Wiley & Sons, 1987.

Soros, George. The Tragedy of the European Union, Disintegration or Revival?, Public Affairs, New York, 2014.

Soros, George. Underwriting Democracy, New York, The Free Press, 1991.

Stone, Irving. The Agony and the Ecstasy, Doubleday & Company, Inc., 1961.

Takahiko, Fukushima. 로스차일드 200년의 영광과 좌절, Kohay co., 2012.

Time (Weekly Magazine)

Trump, Donald J. with Robert T. Kiyosaki, Midas Touch, Why Some Entrepreneurs Get Rich and Why Most Don't, Cashflow Technologies Inc., 2011.

Trump, Donald J. with Tony Schwartz, The Art of the Deal, Random House, 1987.

Vezin, Annette and Luc. The 20th Century Muse, Harry N. Abrams, Inc., Publishers, 2002.

Wallace, James and Jim Erickson. Hard Drive: Bill Gates and the Making of the Microsoft Empire, John Wiley & Sons Inc., New York, 1992.

Welch, Jack with Suzy Welch, Winning, Harper Collins Publishers, Inc., 2005.

Wikipedia: The Accidental Billionaire.

Wikipedia: The Steve Jobs Foundation

Wikipedia: Computer History

Zinn, Howard. A People's History of the United States, Harper & Row, Publisher, New York, 1980.

찾아보기

재벌들의 밥상

곳간의 경제학과 인간학